Passion au Colorado

La nouvelle vie d'une héritière

BARBARA DUNLOP

Passion au Colorado

Passions

éditions HARLEQUIN

Collection : PASSIONS

Titre original : A COWBOY IN MANHATTAN

Traduction française de MARIEKE MERAND-SURTEL

Photos de couverture

Couple : © ANNA POWLALOWSKA/FREE/OREDIA
Chevaux : © ROYALTY FREE/ISTOCKPHOTO

83-85, boulevard Vincent-Auriol, 75646 PARIS CEDEX 13.

Service Lectrices — Tél. : 01 45 82 47 47
www.harlequin.fr

ISBN 978-2-2802-4657-6 — ISSN 1950-2761

- 1 -

Lorsque le pick-up s'immobilisa devant le ranch familial, Katrina Jacobs se livra à un compte à rebours mental du temps qui la séparait de son retour à New York. Son frère Travis coupa le moteur. Elle poussa la lourde portière qui s'ouvrit en grinçant, puis descendit avec précaution, faisant porter le poids sur son pied droit afin de protéger sa cheville gauche blessée.

Une semaine, calcula-t-elle. Deux, maximum. D'ici là, elle aurait rempli son devoir de fille et de sœur. Sa cheville serait rétablie. Et elle pourrait regagner sa compagnie de danse à Manhattan.

Katrina détestait le Colorado.

Travis sortit du camion sa petite valise. Laquelle, elle le savait d'expérience, serait recouverte de poussière sableuse et tenace, comme tout à Lyndon Valley. Elle pourrait l'aspirer tant qu'elle voudrait, la poussière resterait.

Elle rassembla ses forces pour refermer la portière, puis commença à avancer prudemment sur l'allée gravillonnée.

Plutôt que ses bottines de daim bleues pointues à petits talons, un pantalon moulant noir et une blouse grise chatoyante, sans doute aurait-elle dû opter pour des tennis, un jean et une chemise en coton, mais elle ne se résignait pas à traverser les aéroports JFK et Denver International sans accorder un minimum de soin à sa tenue. Il était peu fréquent que les gens la reconnaissent, mais quand cela se produisait, ils la prenaient inévitablement en photo. Entre les téléphones portables et les appareils numériques, tout le monde devenait un paparazzo en puissance.

Vêtu d'un jean délavé, d'une vieille chemise de flanelle et de bottes de cow-boy usées, Travis lui emboîta le pas.

— Tu veux prendre la chambre de papa et maman ?

— Non, répondit-elle un peu trop vite. Je partagerai celle de Mandy.

Katrina n'habitait plus la maison depuis l'âge de dix ans. Cet été-là, soutenue par sa tante plutôt excentrique, elle avait intégré l'Upper Cavendar Academy de New York, un pensionnat des arts du spectacle pour filles. Peut-être était-ce parce qu'elle était partie si jeune, mais aujourd'hui encore, son père, un homme sévère et énergique, l'intimidait terriblement. Sa voix tonitruante lui nouait le ventre, et elle était toujours crispée en sa présence, angoissée qu'il lui pose une question embarrassante, se moque de sa carrière ou fasse une remarque sur son inutilité totale au ranch, toutes tâches confondues.

En ce moment, il se trouvait à Houston, dans un centre de rééducation de pointe, où il impressionnait le personnel par ses progrès rapides après une récente attaque cérébrale. Quoi qu'il en soit, Katrina n'avait aucune envie de dormir entourée de ses affaires.

— Il t'aime, tu sais, dit Travis avec gentillesse. On t'aime tous.

— Et je vous aime aussi.

Elle monta les marches de la véranda et pénétra dans la pénombre fraîche de sa maison d'enfance. Pour un ranch, celle-ci était grande, dotée d'une large entrée, plutôt fonctionnelle, qui menait à une vaste salle de séjour percée de fenêtres avec vue sur la rivière, et comprenant une cheminée de briques et assez de meubles confortables pour une famille de cinq enfants à laquelle s'ajoutaient de fréquents invités. La cuisine était spacieuse et moderne, flanquée d'un gigantesque garde-manger et d'une véranda qui donnait sur une pelouse onduleuse. L'étage comportait six chambres, bien qu'une ait été convertie en bureau après le départ définitif de Katrina.

L'amour filial était obligatoire, elle le savait. Mais en vérité, elle n'avait rien en commun avec le reste de sa famille. Ils la voyaient comme une princesse fragile et gâtée, même pas capable de monter à cheval, encore moins de retourner une botte de foin ou de se servir d'une hache.

Elle avait beau être danseuse étoile dans une compagnie qui se produisait à guichets fermés au New York City's Emperor Theater, avoir fait la couverture de *Dance America* et la *Revue des arts parisiens*, au Colorado, elle n'avait jamais été qu'une fille incompétente.

— Hé, salut, Kitty-Kat !

Son frère aîné, Seth, la souleva dans ses bras vigoureux.

— Salut, Seth.

Agacée par le surnom dont l'affublaient ses deux frères durant son enfance, elle répondit avec moins d'enthousiasme que lui à son étreinte.

Seth la lâcha, et elle recula d'un pas, plaquant un sourire sur son visage. Sourire qui s'évanouit à la vue d'un troisième homme derrière lui. Un homme plus grand, plus large d'épaules, au regard gris pénétrant, à la bouche dure, aux mains qu'elle devinait calleuses et probablement de force à soulever une voiture. Même si leur dernière rencontre remontait à quelques années, il s'agissait sans erreur possible de leur voisin, Reed Terrell.

Il la salua d'un imperceptible mouvement du menton.

— Katrina.

— Reed, lança-t-elle en retour, tandis que son cœur faisait une embardée bizarre.

De la simple nervosité, se dit-elle, une réaction viscérale due à sa taille, ainsi qu'à la force et à l'apparence rude qu'il dégageait.

Au même moment, sa sœur Mandy dévala l'escalier en criant :

— Katrina !

D'une bourrade, elle écarta Seth du passage pour prendre Katrina dans ses bras.

Katrina l'embrassa avec affection. Un peu plus jeune qu'elle, Mandy était la seule à avoir tenté de comprendre sa passion pour la danse.

— Tu es sublime ! s'exclama sa cadette en la considérant de la tête aux pieds.

C'était un compliment, Katrina le savait. Mais quand sa famille la qualifiait de *jolie*, elle ne pouvait s'empêcher d'entendre *inutile*. Etre *jolie* ne servait à rien à Lyndon Valley.

— Merci, Mandy.

D'un geste un peu gauche, elle remit en place les mèches blondes échappées de son chignon. Peut-être aurait-elle dû s'en tenir aux tennis et au jean, tout compte fait, ou sauter l'étape maquillage ce matin. Elle sentait sa famille la jauger et la trouver frivole.

— Tu te souviens de Reed ? enchaîna Mandy en indiquant l'homme silencieux.

— Bien sûr, répondit Katrina.

Sans le vouloir, elle croisa son regard, et un frisson la traversa, déclenchant une faiblesse passagère dans ses genoux. Ridicule pour une danseuse dotée d'un équilibre à toute épreuve. Qu'est-ce qui lui prenait ?

Elle s'efforça de détourner les yeux, mais pour une raison obscure, son regard resta rivé au sien.

— J'ai hâte que tu revoies Caleb, poursuivit Mandy d'une voix excitée. Tu ne te rappelles sans doute pas beaucoup de lui, puisqu'il a quitté Lyndon voilà déjà dix ans.

— Je sais qu'il est le frère jumeau de Reed.

Les narines de ce dernier parurent frémir lorsqu'elle prononça son nom. Faux jumeaux, les deux hommes étaient donc assez dissemblables. Elle se souvenait de Caleb comme une version plus petite, moins intimidante que son frère.

Bonne chose.

Pour Mandy.

— Félicitations, ajouta-t-elle un peu tardivement, serrant de nouveau sa jeune sœur rayonnante dans ses bras.

— On pense se marier à la fin de l'automne. Quand papa sera remis sur pied. Evidemment, tu seras demoiselle d'honneur.

— Evidemment, renchérit Katrina avec un rire forcé.

Si elle-même ne raffolait pas des réunions de famille, Mandy les adorait, et elle ne ferait rien pour gâcher le plus beau jour de la vie de sa sœur.

— Tu seras si belle en robe de demoiselle d'honneur.

— C'est ce que je fais de mieux, ironisa Katrina sans cesser de sourire.

Inconsciemment, elle décocha un nouveau regard à Reed et remarqua qu'il levait les yeux au ciel.

De toute évidence, il la trouvait vaniteuse. Facile pour lui de la juger. Elle était prête à parier que personne ne l'avait jamais traité d'inutile dans toute son existence. Au contraire, on le vénérait pour sa force et sa puissance de travail. Il n'avait pas à s'accommoder d'une jolie plastique.

Non qu'il fut dépourvu de charme, cependant. En fait, son visage anguleux avait une noblesse séduisante. Si son menton était un peu trop carré, son nez légèrement de travers, le gris de ses yeux était moucheté d'argent, ses lèvres pleines étaient…

Quelle mouche la piquait-elle donc ? Reed était un homme imposant, rude, à fort caractère, le prototype du cow-boy macho, ce qui n'avait rien de séduisant.

Aussi loin qu'il se souvienne, Reed Terrell avait éprouvé une attirance folle pour Katrina, ce qui ne signifiait nullement qu'il devait tenter quoi que ce soit, et encore moins qu'il parviendrait à ses fins si jamais il s'y risquait. Tout en elle indiquait qu'il ne ferait pas le poids, du chignon blond comme les blés à ses bottines sexy, avec le pantalon ultra-moulant et la blouse chatoyante entre les deux.

Lorsqu'il l'avait croisée un peu plus tôt chez les Jacobs, des boucles d'or, d'argent et de diamant dansaient à ses oreilles, et un collier assorti étincelait sur son ravissant décolleté. Elle aurait dû paraître ridicule et déplacée dans un ranch, pourtant ce n'était pas le cas. Elle ressemblait à une princesse inspectant le bas peuple, une personne à révérer, à admirer… de loin. Exactement ce que Reed avait l'intention de faire.

Il franchissait à présent le seuil de son ranch, refermant la porte sur la nuit tombante, une longue journée de travail derrière lui. Durant des années, il avait vécu dans cette vaste maison avec son père, un homme très exigeant. Bien que celui-ci fût mort, Reed, par habitude, suspendit son chapeau au troisième crochet de la patère et réajusta le tapis sous ses pieds. Chez les Terrell, il y avait une place pour chaque chose, et chaque chose était toujours à sa place. Dans l'aménagement des lieux, son père avait privilégié la fonctionnalité et la qualité, avec des planchers en érable clair, des meubles sur mesure et un équipement électroménager haut de gamme, remplacé tous les dix ans.

Les dépendances où logeaient les garçons vachers et tout le personnel nécessaire au fonctionnement d'un grand ranch étaient aussi parfaitement tenues, de la cuisine aux dortoirs, des étables aux hangars.

— Danielle veut te parler, annonça son frère Caleb en le rejoignant dans le vestibule, le téléphone à la main.

— Je n'ai rien à lui dire de plus.

Caleb se renfrogna.

— Tu ne peux pas laisser croupir quinze millions de dollars sur un compte en banque.

— Tu n'as qu'à les reprendre, rétorqua Reed.

Il persistait à trouver ridicule que son frère lui ait payé la moitié du ranch familial.

— Tu me laisserais te donner la moitié d'Active Equipment pour rien ?

Caleb faisait référence à l'entreprise qu'il avait fait fructifier ces dix dernières années à Chicago.

— Ne sois pas stupide.

— C'est la même chose, décréta Caleb. Tiens, prends-la. Elle a quelques idées.

Danielle Marin était l'avocate de Caleb. Après le fiasco du testament de leur père, elle avait rédigé les papiers transférant la propriété du ranch de Caleb à Reed, avant de monter la transaction financière permettant à Caleb de racheter sa part.

Bien que peu reconnaissant de l'avoir aidé à s'enrichir, Reed devait admettre que la jeune femme paraissait savoir ce qu'elle faisait.

Il prit le téléphone.

— Allô ?

Comme toujours, Danielle alla droit au but, d'un ton sec.

— Bonsoir Reed. Vous avez eu le temps de lire les propositions que je vous ai envoyées par e-mail hier ?

— Pas encore.

Il ouvrait rarement ses e-mails, ayant peu d'amis portés sur la technologie. La plupart des gens qu'il connaissait continuaient à l'appeler sur sa ligne fixe ou passaient simplement au ranch quand ils avaient quelque chose à lui dire.

A l'autre bout du fil, Danielle soupira.

— Chaque jour d'attente vous fait perdre à la fois des revenus et des possibilités de placements.

— Vous me l'avez déjà signifié.

— Pouvez-vous me donner quelques lignes générales, tout de même ? Vous souhaitez garder vos investissements dans le pays ? tenter l'étranger ? des valeurs sûres ? des marchés émergeants ?

— Je pensais acheter une voiture de course, marmonna-t-il, irrité d'avoir à se préoccuper de ce satané argent — il existait au ranch de réels problèmes appelant de réelles solutions.

Aussitôt, l'avocate haussa le ton.

— Donc vous voulez que je réserve des liquidités pour des achats de luxe ?

— Je plaisantais, Danielle. On n'a pas de route en dur à Lyndon Valley.

— Rien ne vous empêche de rouler sur l'autoroute. Qu'est-ce qui vous plairait ? une Lamborghini ? une Ferrari ?

— C'était une blague.

— Cessez de plaisanter, Reed.

Ce fut son tour de soupirer.

— D'accord. Laissez l'argent dans le pays.

— Bien. Alors, peut-être des valeurs vedettes ? Ou

vous préférez un pourcentage dans une start-up ? Je peux vous conseiller certains secteurs.

Reed n'avait pas envie d'y réfléchir pour le moment. Pour être franc, il n'avait qu'une envie, ôter ses habits poussiéreux, prendre une bonne douche, se griller un steak, puis visualiser les yeux bleu foncé de Katrina avant de sombrer dans le sommeil.

— Je vous le ferai savoir, assura-t-il à Danielle.

— Bientôt ?

— Oui, bientôt. Promis.

Après avoir raccroché, il monta à l'étage. Tout en se shampouinant sous le jet brûlant, il songea que ses cheveux devenaient trop longs. En cherchant un peu, il trouverait bien une ou deux raisons supplémentaires pour aller jusqu'à Lyndon et se les faire couper. Sinon, il les raccourcirait de nouveau lui-même au rasoir. Même si sa dernière tentative lui avait valu pendant des jours les moqueries de Mandy.

Penser à Mandy le fit songer à Katrina. Il coupa l'eau et sortit de la profonde baignoire.

Il enfila un jean propre, un vieux T-shirt gris, peigna ses cheveux humides avec les doigts. Ensuite, pieds nus car il faisait encore bon en cette chaude journée de mai, il descendit dans la cuisine.

Une odeur de steaks grillés lui parvint du barbecue situé sous la véranda arrière, qui donnait sur la rivière. Caleb l'avait devancé dans la préparation du dîner. Les steaks étaient la seule chose qu'il savait cuisiner. En songeant à son frère, il sentit un petit pincement au cœur.

Brouillés depuis le décès de leur mère, dix ans plus tôt, ils ne s'étaient réconciliés que depuis quelques semaines. Tous deux tenaient leur père cruel et autoritaire pour responsable de la mort de leur mère, qui avait succombé à une pneumonie non soignée. Mais leurs réactions avaient été diamétralement opposées. Caleb avait quitté la propriété, en colère, et n'y était plus revenu. Reed était resté pour protéger le ranch hérité de sa mère.

Il discerna une voix féminine à travers la porte moustiquaire.

Mandy, de toute évidence.

Lorsque Caleb était revenu pour régler les problèmes de testament, Mandy et lui avaient renoué et étaient tombés follement amoureux. Reed sourit. Il avait toujours considéré Mandy comme une sœur. Qu'elle devienne officiellement membre de la famille était formidable.

Il prit une bière fraîche dans le réfrigérateur et sortit sous la véranda. Là, il s'immobilisa en découvrant Katrina, assise à la table. En entendant des pas, elle se tourna dans sa direction.

Elle tenait un verre de vin rouge entre ses doigts délicats, aux ongles manucurés. Ses yeux bleu saphir brillaient dans la lumière du soir. Les rayons du soleil couchant soulignaient ses seins ronds sous le tissu moiré de son chemisier. Son corps parfait de danseuse éveilla immédiatement sa libido.

Le sourire de Katrina s'effaça, et l'éclat de son regard s'éteignit.

— Salut, Reed. Quelque chose ne va pas ?

Il se rendit compte qu'il fronçait les sourcils. Elle était la sœur de Mandy. Interdiction de fantasmer en secret sur elle. Même si, a priori, elle resterait peu de temps à Lyndon Valley, il allait devoir faire un effort sur ce plan.

— Non, tout va bien, répondit-il en s'approchant. Je meurs de faim.

Il se força à focaliser son attention sur Caleb, qui brandissait une spatule au-dessus du gril.

— Encore dix minutes, précisa ce dernier.

Mandy le rejoignit près du barbecue et posa une main complice sur son épaule.

Puisque vaisselle, salades et pain se trouvaient déjà sur la grande table rectangulaire, Reed se cala dans une des chaises longues en teck et but une gorgée de bière.

— Ton vol s'est bien passé ? demanda-t-il à Katrina d'un ton courtois et neutre.

— Oui, répondit-elle sur le même mode. Très confortable.

Elle pivota de manière à lui faire face. En vision périphérique, il vit Mandy embrasser son frère sur la joue puis lui parler à l'oreille.

— Tu étais en première classe ? poursuivit-il.

Katrina plissa les yeux.

— Pourquoi ?

— Comme ça. Pour rien.

— Tu penses que je suis une princesse ?

— J'en déduis que la réponse est oui.

A vrai dire, Reed considérait que la classe économique n'était pas vraiment confortable, mais il trouvait également qu'un siège de première classe était du gaspillage pour une personne aussi menue qu'elle.

Ils se toisèrent du regard pendant plusieurs secondes.

— Tu restes longtemps ? reprit-il, se demandant si elle prendrait aussi cette question pour une insulte.

Mais cette fois, elle ne répondit pas sur-le-champ.

— Une semaine. Peut-être deux.

— Toujours dans la danse ?

Il ne savait pas grand-chose de sa vie à New York, sauf qu'elle était une sorte de ballerine importante, et que Mandy avait hâte d'aller la voir sur scène.

— Toujours dans la danse, confirma-t-elle avec un sourire ironique. Et toi, toujours dans l'élevage ?

— Toujours dans l'élevage, oui. Tu es ici en vacances, je suppose ?

— Si on veut, lâcha-t-elle, un brin sarcastique.

— Quoi ? Ce ne sont pas des vacances ?

Tout en sirotant son vin, elle jeta un bref coup d'œil en biais à sa sœur. Puis haussa ses minces épaules.

— Ni piscine ni palmiers. Mais j'imagine qu'on peut le qualifier de vacances, en effet.

— Princesse, marmonna-t-il à travers un sourire.

— Une fille doit entretenir son bronzage.

Il considéra ses propres avant-bras, très hâlés.

— Ce n'est pas un problème par ici.

— Je parie que tu as la marque des manches courtes, comme tous les fermiers.

— Je parie que tu as la marque du bikini, comme toutes les princesses, riposta-t-il sans retenir une moue narquoise.

— C'est beaucoup plus joli, répliqua-t-elle du tac au tac.

A court d'arguments, il leva sa bouteille pour lui porter un toast amusé.

— Je m'incline.

Soudain, à sa grande surprise, Katrina se pencha en avant et déclara tout bas :

— En fait, je me suis foulé la cheville.

Se penchant vers elle, il baissa la voix à son tour.

— Et c'est un secret ?

— Pas vraiment, c'est juste que…

Elle pinça ses lèvres pourpres, et Reed eut brusquement envie de l'embrasser.

Elle rougit.

Avait-elle eu la même pensée ?

Mais il chassa aussitôt cette supposition ridicule. Et opta pour une explication bien plus plausible.

— Tu as honte de t'être blessée ? demanda-t-il.

— C'était un accident stupide. Je fais en général très attention à mes chaussons, mais…

Mandy les interpella.

— Votre steak, bleu, à point ou bien cuit ?

— Bleu, répondit Reed sans quitter Katrina des yeux.

— A point, indiqua-t-elle. Et pas trop gros, s'il te plaît.

— Tu ne te sens pas d'attaque pour une portion de cow-boy ? railla-t-il.

Elle effleura son ventre plat.

— Mon partenaire doit être capable de me soulever.

— Tu as peut-être besoin d'un partenaire plus costaud.

— C'est perdre un kilo dont j'ai besoin.

— Pour moi, tu es parfaite.

Les mots étaient sortis malgré lui.

Katrina cilla, mais s'abstint de répondre. Puis elle se mordit la lèvre, avant de tourner résolument son attention sur Caleb, qui apportait le plat de steaks.

Reed avait dit quelque chose de mal. Il ne savait pas très bien quoi, en tout cas, elle l'avait brutalement mis sur la touche.

Katrina ignorait pourquoi, la veille au soir, elle avait parlé de sa cheville à Reed. L'aveu lui avait bêtement échappé et compromettait ses efforts constants de maintenir ses deux univers cloisonnés. Elle se jura de ne plus recommencer.

Depuis que la sœur de son père, la généreuse tante Coco, l'avait prise sous son aile des années auparavant, convainquant ses parents de la laisser venir vivre avec elle à New York, Katrina avait mené deux existences séparées. A New York, en formation de danse classique à l'académie, elle se sentait dynamique, vivante. Elle faisait partie de la mosaïque culturelle à laquelle tante

Coco, peintre moderne renommée, avait pris soin de la confronter pendant qu'elle grandissait. Elle y trouvait sa place. Elle était normale, acceptée, voire respectée. Au Colorado, elle se sentait en décalage. Une anomalie, un être singulier qui ne devait montrer aucune fragilité.

Elle se demandait souvent ce qui avait décidé tante Coco à l'extraire de l'univers du ranch, en quoi elle avait reconnu une âme sœur chez la petite fille de dix ans. Elle avait toujours eu l'intention de lui poser la question. Mais Coco était morte d'une rupture d'anévrisme deux ans plus tôt, sans que Katrina ait eu la chance de l'interroger.

Aujourd'hui, parvenue au pied de l'escalier de sa maison familiale, elle rassembla son courage à deux mains. Ses deux frères et ses deux sœurs, déjà vêtus pour leur journée de travail, étaient attablés devant un solide petit déjeuner constitué de crêpes, de bacon et d'œufs brouillés. Que Mandy et Abigail puissent engloutir autant de calories tout en restant si minces ne cesserait jamais de l'épater.

En pivotant sur la dernière marche, elle prit garde à ne pas clopiner. Cela dit, Reed parlerait probablement de sa cheville à Caleb, qui à son tour le mentionnerait à Mandy. Une fois de plus, elle serait la branche faible du robuste arbre Jacobs.

Elle s'approcha de la table dans un chœur de « bonjour », prit la chaise libre à côté de Mandy, cherchant des yeux un fruit, voire un muffin aux céréales complètes. Mais on poussa dans sa direction un plateau de crêpes moelleuses, suivi de sirop d'érable et d'un monceau d'œufs.

— Merci, fit-elle sans y toucher. Je trouverai bien une pomme dans le frigo ?

Un silence tomba sur la tablée, tandis que quatre paires d'yeux la fixaient.

— Je mange peu au petit déjeuner, expliqua-t-elle.

Comme Abigail commençait à se lever, elle l'arrêta en sautant sur ses pieds.

— Non, non. Ne bouge pas, j'y vais.

La brutalité du mouvement relança la douleur dans sa cheville, mais elle réprima sa grimace de souffrance. Pendant qu'elle se dirigeait vers la cuisine, la conversation reprit, lui parvenant par l'ouverture percée dans le mur de séparation avec la salle à manger.

— Abigail et moi pouvons rester au ranch quelques jours de plus, déclara Seth. Mais, ensuite, on aura besoin de nous à Lyndon pour la campagne.

Alors que Katrina ouvrait une des doubles portes du grand réfrigérateur, son portable vibra dans sa poche. Il affichait un numéro new-yorkais inconnu. Elle s'éloigna au fond de la cuisine, afin de s'isoler des voix de ses frères et sœurs.

— Allô ?

— Bonjour, Katrina.

Elle serra les dents en reconnaissant Quentin Foster. Membre du conseil d'administration de Liberty Ballet, il lui avait fait des avances la dernière fois qu'ils s'étaient parlé.

— Je voulais savoir comment tu allais, poursuivit-il d'un ton plein de sollicitude.

— Bien, répondit-elle platement, se demandant comment couper la conversation avec diplomatie.

Quentin était un personnage important pour la compagnie de danse, mais son attitude avait radicalement changé, passant de la cour galante à une insistance proche du harcèlement.

— Nous sommes tous très inquiets pour toi.

— Je vais bien, et je rentre bientôt.

— « Rentre » ? répéta-t-il d'une voix plus aiguë. Tu as quitté New York ?

— Je suis en visite dans ma famille. Il faut que je te laisse. Merci de ton appel.

— Katrina, attends.

Elle se fit violence.

— Oui ?

— Est-ce que tu as repensé à ce que je t'ai dit ?

A savoir, qu'il devienne son amant ?

— Je n'ai pas changé d'avis, répliqua-t-elle.

Du coin de l'œil, elle surprit le regard curieux de Seth.

— Je dois y aller, Quentin. Merci encore de ton appel.

Rapidement, elle coupa la communication et remit le téléphone dans sa poche, reportant son attention sur la discussion qui allait bon train autour de la table.

— Aujourd'hui, Mandy va jeter un œil sur le troupeau de Blue Lake, disait Travis. Et moi, je vais aller voir combien de bêtes se sont déplacées dans le canyon.

La répartition du bétail sur les vastes prairies de leur domaine, en tenant compte des saisons, de la météo ou des pluies, relevait d'une science dont Katrina n'avait aucune idée. Elle avait souvent pensé que si elle avait vécu au XIXe siècle, elle aurait sans doute péri jeune par stupidité, à moins d'être éliminée par sa communauté, indignée de son incompétence.

— Le véto doit passer vers 11 heures, indiqua Mandy. Mais vous savez comment ça se passe.

— Je dois contacter le bureau de la campagne avant de commencer quoi que ce soit, annonça Abigail.

Elle aidait leur frère aîné qui briguait le poste de maire à Lyndon.

Katrina choisit une belle granny-smith, la rinça sous le robinet puis retourna à table.

— Et toi ? demanda Travis pendant qu'elle se rasseyait.

— Tu veux m'accompagner à cheval au lac aujourd'hui ? proposa Mandy.

Elle hésita, guettant les expressions de chacun. Ils avaient oublié, ma parole, songea-t-elle. Elle n'avait jamais maîtrisé ces animaux. Ils lui faisaient peur. La pensée d'être assise dessus durant six heures la terrorisait d'avance.

— J'ai un programme d'entraînement et de répétition plutôt strict, objecta-t-elle.

Seth balaya l'argument d'un geste.

— Prends un jour de repos.

— Je…

— L'air frais te fera du bien, ajouta Travis.

Seule Mandy la fixait avec curiosité.

— J'aimerais, mais je dois garder la forme.

Katrina appuya son mensonge d'une moue de regret.

— L'équitation est un excellent exercice, plaida Travis.

Elle tenta de changer de sujet.

— Est-ce qu'il y a une bicyclette dans le coin ?

Puisqu'elle n'avait pas accès à une salle de gym, le jogging serait le plus simple. Mais les secousses risquaient d'être trop brutales pour sa cheville convalescente, surtout sur terrain inégal.

Ses frères et sœurs échangèrent un regard.

— Une bicyclette ? répéta Seth.

— Pédaler est bon pour mes quadriceps.

Travis émit un petit son méprisant.

— Un peu de travail productif serait bon pour tes quadriceps aussi.

— Travis ! intervint Abigail.

— Il doit y avoir un vieux vélo dans la remise bleue, déclara Mandy. On ira voir après le petit déjeuner. Tu es sûre de ne rien vouloir de chaud en plus de ta pomme ?

— Non, c'est parfait.

Elle mordit dans le fruit, dont la saveur acide la ravit.

Après ce qui sembla une éternité, chacun retourna à son repas.

— On y va dès que tu es prête, proposa Mandy quelques instants plus tard.

— Je le suis.

Katrina se leva aussitôt. Elle préférait manger sa pomme en chemin plutôt que rester là, les nerfs à vif, à attendre d'autres remarques ou questions embarrassantes.

Mandy posa un Stetson cabossé sur sa tête. Les talons de ses bottes claquèrent sur les lamelles de bois de la véranda, tandis que Katrina suivait sans bruit sur les semelles de ses tennis. Ce matin, elle avait mis un jean délavé, une chemise blanche toute simple. Elle regretta de ne pas avoir pensé à glisser une casquette dans sa valise.

Il leur fallut presque cinq minutes pour atteindre la remise bleue, appelée ainsi à cause de sa porte bleue. Il y avait aussi la remise verte, la remise jaune et la remise de devant, qui avait une porte rouge. Katrina n'avait jamais réussi à comprendre ce manque de cohérence dans les noms. Mais elle avait cessé de poser ce genre de questions depuis fort longtemps.

Mandy se fraya un passage dans le bâtiment encombré.

— Tu ne m'as pas dit ce que tu pensais de Caleb.

— Il a l'air sympa, répondit Katrina en toute sincérité.

De fait, Caleb s'était montré amical, courtois et drôle.

Mandy fit volte-face, la mine outrée.

— Sympa ? C'est tout ce que tu trouves à dire sur mon fiancé ? Il est extraordinaire !

— Je viens juste de refaire sa connaissance.

Caleb avait six ans de plus qu'elle, et elle se souvenait à peine de lui lorsqu'elle était enfant.

— Oui, c'est vrai. Mais ça saute aux yeux, non ?

La fausse indignation de sa sœur la fit sourire.

— Je suis sûre qu'il est extraordinaire. Et ça saute aux yeux qu'il est fou de toi.

— Oui, il l'est, minauda Mandy en se glissant de biais entre des étagères et un quad.

— Qui le lui reprocherait ? Tu es une affaire en or.

Même dans la pénombre, Katrina vit les yeux de Mandy étinceler de joie tandis qu'elle écartait des bidons en plastique afin de leur faciliter l'accès.

— Et toi ? demanda-t-elle.

— Je ne suis pas une très bonne affaire.

Qu'avait-elle à apporter à un homme ? Une vaste garde-robe de couturiers ? Une habileté à échanger des banalités dans les cocktails ? Une carrière à la fois exigeante et précaire ?

— Je veux dire, tu vois quelqu'un ? insista Mandy.

— Ah !

— Mais bien sûr que tu es une affaire en or, poursuivit sa sœur en déplaçant une lourde toile goudronnée. Une sorte d'épouse trophée rêvée.

Katrina n'avait pas envie d'être une épouse trophée.

— Non, je ne vois personne.

— Vraiment ? Et tous ces gars chic et riches qui vont aux mêmes fêtes que toi, alors ?

— Aucun ne m'a jamais demandé de sortir avec lui.

— Menteuse.

— D'accord, quelques-uns. Mais pas récemment.

Sauf si on comptait Quentin Foster. Le simple fait de penser à lui la fit frémir. Le comportement de cet homme l'avait profondément choquée. Il ne lui avait pas proposé de sortir avec lui, mais plus crûment, de coucher avec lui. Avant de la menacer.

— Les New-Yorkais ne savent pas reconnaître une femme bien, déclara Mandy. Ah, voilà.

Chassant Quentin de son esprit, Katrina se hissa

sur la pointe des pieds pour voir par-dessus une pile de cageots. En effet, un solide VTT était appuyé à un établi. D'ordinaire, elle pédalait sur un vélo fixe dans la salle de sport située près de son appartement, mais elle s'adapterait.

— On va réussir à le sortir de là ?

— Facile, assura Mandy.

Elle le souleva, le porta par-dessus le fatras de la remise, puis dehors. Ensuite, elle regonfla les pneus avec le compresseur.

— Je n'arrive pas à croire que tu aies fait tout ça, confessa Katrina, pleine d'admiration pour sa sœur.

— Tout quoi ?

— Gonfler les pneus, par exemple. Tu sais même te servir d'un compresseur.

— Toi, tu sais te tenir sur des chaussons à pointes. Bon, tu veux rouler beaucoup ?

— Oh ! Une vingtaine de kilomètres.

Après, elle ferait des assouplissements, un peu de musculation, et verrait comment sa cheville tenait le coup.

— Je vais chez Caleb, plus tard, annonça Mandy.

— Super.

— Si tu attends cet après-midi pour partir et que tu prends le chemin le long de la rivière, je peux te retrouver au ranch des Terrell et te ramener en voiture après le dîner.

Katrina hésita. Passer encore du temps en compagnie de Reed ne l'emballait pas. Cet homme la rendait nerveuse et la mettait mal à l'aise. Mais Mandy constituait le meilleur tampon entre elle et le reste de sa fratrie. En son absence, elle craignait que ses frères ne l'entraînent, à son corps défendant, dans une activité qu'elle pourrait regretter, comme monter à cheval.

— D'accord. Je te retrouve chez les Terrell.

- 2 -

Reed avait encore du mal à se libérer des injonctions paternelles. Comme du vivant de Wilton Terrell, il se levait chaque matin avec en tête une longue liste de tâches à réaliser au ranch. Puis il travaillait dur jusqu'au soir. Et si quelque chose tournait mal, s'il faisait une erreur, ou s'il n'était pas au maximum de ses capacités, il s'armait par réflexe contre la colère de Wilton.

Bien entendu, il savait qu'il n'aurait plus jamais à affronter les foudres de son père, mais ses vieux réflexes étaient encore bien ancrés. Il commençait seulement à mesurer l'impact puissant de Wilton sur sa vie.

Son frère Caleb trouvait stupide qu'il continue à travailler aussi dur et cherchait un régisseur à plein temps pour encadrer les chefs d'équipe et les employés qui aidaient aux tâches quotidiennes. Mais Reed ne parvenait pas à décrocher aussi facilement.

La journée était terminée. De retour dans la sellerie, il accrocha sa selle, nettoya les brosses et les peignes dont il s'était servi pour panser son cheval, les rangea dans leurs tiroirs respectifs et ferma soigneusement le placard avant d'éteindre la lumière.

La boule orange du soleil couchant frôlait l'horizon, parsemé de nuages roses surplombant les pics enneigés des lointaines montagnes Rocheuses. Comme Reed se dirigeait vers la maison, un camion s'arrêta devant, et il reconnut le logo du ranch Jacobs sur la portière. Malgré lui, un élan d'excitation le saisit. Puis il vit que seule Mandy occupait la cabine. Pas de Katrina.

Il allongea le pas pour lui ouvrir la portière.

— Salut, Mandy.

Elle descendit du véhicule, prenant au passage un plat sur la banquette arrière.

— Brownies, indiqua-t-elle avec un sourire.

— Génial. Caleb doit être à l'intérieur.

— Avec Katrina ?

De nouveau, Reed ressentit une petite montée d'adrénaline.

— Katrina est là ?

— Je l'espère, répondit Mandy. Elle devait me rejoindre ici en fin d'après-midi.

— J'ai passé un bon moment dans l'écurie, donc je ne peux pas te dire.

Il avait dû manquer son arrivée. Pourtant, il ne voyait pas d'autre véhicule, alors peut-être Mandy se trompait-elle.

— Hmm, fit celle-ci, balayant le jardin du regard.

— Qu'est-ce qu'il y a ?

— Elle est venue à vélo.

Elle se dirigea vers la maison et Reed lui emboîta le pas, lui prenant le plat des mains.

— Pourquoi à vélo et non à cheval ?

— Elle voulait faire de l'exercice.

Drôle d'idée, songea Reed.

Ils entrèrent. Caleb arpentait le vestibule, le téléphone à l'oreille. Il les salua du menton en continuant à s'entretenir avec son interlocuteur.

— Je vois mal comment ils pourraient compliquer davantage la situation. Je doute que Danielle veuille prendre l'avion jusqu'au Brésil. Si ? En personne ? Eh bien, qu'elle y aille ! Il va falloir octroyer un gros bonus à cette femme.

Mandy se dirigea vers la cuisine, puis en ressortit.

— Katrina est là ? articula-t-elle silencieusement à l'attention de Caleb.

Il haussa les épaules sans comprendre, poursuivant sa conversation téléphonique.

Le front soucieux, Mandy se tourna vers Reed.

— Elle longeait la rivière. Elle devrait déjà être arrivée.

— J'y vais, déclara-t-il, repartant aussitôt vers la porte.

Katrina se trouvait sans doute coincée quelque part sur le chemin. Ou alors, prise de fatigue, elle se reposait. A moins qu'elle ait un vrai problème. Mais c'était peu probable, le chemin était bien balisé et plutôt sûr. Reed pariait plus sur un simple retard qu'une catastrophe.

Il remonta l'allée en direction de l'écurie, enfourcha un quad garé devant et démarra l'engin. D'un coup d'œil au ciel, il estima qu'il disposait encore d'une bonne heure avant la tombée de la nuit. Même si cela suffisait, il ne voulait pas perdre de temps.

Il fit près de six kilomètres avant de repérer Katrina. La bicyclette était renversée sur le bas-côté, et Katrina, penchée dessus, paraissait toute petite et perdue au milieu d'un bosquet de trembles. Elle se leva à son approche, et ses épaules se détendirent lorsqu'elle le reconnut. Reed vit que la chaîne avait sauté, et ses mains délicates étaient noires de cambouis.

Elle méritait une bonne note pour l'effort, mais un blâme pour l'échec. Il connaissait des gamins de six ans capables de replacer une chaîne de vélo.

— On dirait que tu as des ennuis, lança-t-il, luttant pour ne pas sourire devant son attendrissant air d'impuissance.

— Après le virage, j'ai heurté une bosse et la chaîne est tombée.

— Et tu n'as pas réussi à la remettre ?

— Tu te moques de moi ?

Il inspecta la bicyclette à terre.

— Ne sois pas aussi susceptible, Katrina.

— Je ne…

— Tu te vexes pour un rien.

— Je ne suis pas mécanicien, bougonna-t-elle.

— Et moi, je ne suis pas une ballerine.

Elle ne trouva rien à répondre.

— Inutile que je me salisse les mains à la replacer ici, reprit-il en soulevant le vélo par le cadre pour le porter sur le quad. A moins que tu tiennes à faire le reste du trajet avec.

— Dans le noir ?

— Je te le déconseille. Mais à toi de voir.

Au moyen d'un tendeur, il accrocha le vélo à l'avant du quad.

— Non, répliqua-t-elle d'un ton acerbe. Je n'ai pas envie de finir le trajet à vélo.

— Au fait, tu n'as rien ? demanda-t-il un peu tardivement.

Elle ne paraissait pas blessée, mais c'était la première question qu'il aurait dû poser. Grossière erreur de sa part.

— Non, répondit-elle avec humeur.

— Tu n'es pas tombée, au moins ?

— Non. La chaîne a sauté, c'est tout. Je me suis arrêtée et j'ai essayé de la remettre, ajouta-t-elle en lui montrant ses mains maculées.

— C'est ce que je vois.

— Je ne me suis pas juste assise au bord de la route pour attendre un chevalier en armure étincelante.

— Tant mieux. Parce que c'est moi que tu as eu à la place.

Katrina cilla, honteuse de s'être laissée aller à son mouvement d'humeur.

— Merci, dit-elle.

Il sourit devant son embarras.

— Je ne pêchais pas les remerciements. Mais je t'en prie.

Elle semblait si vulnérable dans l'immensité du paysage qu'il sentit son cœur se serrer.

— Je suppose que ces choses-là arrivent par trois, lâcha-t-elle soudain.

Perplexe, il la fixa, se demandant ce qui lui avait échappé.

— Par trois ?

— D'abord, ce chausson de danse qui craque, expliqua-t-elle avec un regard piteux à sa cheville. Ensuite, j'ai failli trébucher sur des câbles derrière la scène parce qu'ils étaient à moitié cachés sous un rideau. Et maintenant, la chaîne.

L'image de Katrina chutant à cause de câbles mal rangés le fit frémir. Mais il garda une voix neutre.

— En effet, on dirait que tu as joué de malchance ces derniers temps.

— L'ironie, c'est que cette fois, le but était précisément d'éviter les ennuis, soupira-t-elle.

— Bravo.

— Mandy voulait que je monte à cheval, continua-t-elle. Mes frères insistaient et je savais que de toute façon… Enfin, bref. Donc j'ai pensé… — elle désigna la bicyclette démantelée — pédaler est un de mes exercices préférés.

Il l'imagina avec effroi pédaler dans l'enfer des voitures en plein centre de New York.

— Dans Central Park ?

— A mon club de sport, concéda-t-elle. Sur un vélo fixe.

Bien qu'il fût fortement tenté de la taquiner sur ce point, Reed se sentit soulagé. Il préférait la savoir juchée sur un vélo à l'intérieur d'un bâtiment plutôt que slalomant entre les camionnettes de livraison, les bus et les taxis.

— Je peux t'installer celui-ci en stationnaire sur une barre, s'entendit-il proposer. Dans l'écurie. Ce ne serait pas très high-tech, mais je peux ajouter un peu de résistance sur le pédalier, et au moins, tu ne risquerais rien.

Alors même qu'il formulait la proposition, il s'interrogea sur sa santé mentale. Qu'est-ce qui lui prenait ? Il avait un million de tâches plus urgentes à accomplir.

— Mes frères vont se moquer de moi.

Il l'observa tandis qu'elle le rejoignait près du quad, ébloui par la beauté de son visage, la profondeur de ses yeux, la grâce de sa bouche au rose intense.

— Ça peut rester notre secret.

Hésitante, elle le considéra avec attention. Puis elle soupira.

— Je ne peux pas courir à cause de ma cheville. Or, je dois m'entretenir. Hier j'ai passé la journée assise dans des avions. Je comptais m'échauffer en pédalant, puis faire des étirements. Maintenant, mes muscles sont froids.

— Tu as froid ?

— Trop froid pour des étirements.

D'un geste vif, il déboutonna sa chemise.

— Qu'est-ce que tu…

— Mets ça, grommela-t-il en la drapant sur ses épaules.

Avec la vitesse et le vent lorsqu'ils rouleraient, il allait faire encore plus froid.

— Mais je n'ai pas besoin…, protesta-t-elle.

Son regard tomba sur son torse dénudé, et elle cilla,

avant de détourner les yeux et d'enfiler la chemise sans un mot. Les manches dépassaient d'au moins quinze centimètres au bout de ses doigts, et elle les roula sur ses avant-bras.

Une fois la chemise boutonnée, son petit pantalon noir et son joli T-shirt rose disparurent sous l'ample tissu.

— Ravissant, commenta-t-elle.

Il inclina la tête d'un air narquois.

— C'est la collection printemps-été de Dior.

— Tu connais Dior ?

— Cela te surprend ?

— C'est une marque de haute couture.

— Sans blague. On a la télé satellite ici, tu sais.

— Et tu regardes les défilés de haute couture ?

— Rarement, admit-il. Mais ils fournissent à l'occasion une référence de culture générale durant les shows de rodéo professionnel.

— Je t'ai insulté ? demanda-t-elle, désolée.

— Je ne vis pas dans une grotte, Katrina.

— Ce n'est pas ce que j'ai dit.

Reed enjamba le quad. Il ne se sentait pas insulté. Et il se fichait de ce qu'elle pensait de ses habitudes télévisuelles.

En vérité, elle avait bien touché un point sensible. Peut-être parce qu'elle avait souligné leurs immenses différences. Non que cela ait la moindre importance, se morigéna-t-il. Mademoiselle Katrina Jacobs avait beau être sexy en diable, il garderait ses mains dans ses poches et ses pensées pour lui. Sa vie était bien assez compliquée comme ça.

— Grimpe, ordonna-t-il d'un ton rogue en s'avançant sur le siège pour lui laisser de la place.

Elle s'approcha avec méfiance, mesurant la hauteur de l'engin.

— Tu veux de l'aide ?

— Non merci.

— Pose une main sur mon épaule.

Après un moment d'hésitation, elle obtempéra.

— Pied gauche sur le cale-pied, poursuivit-il.

— D'accord.

Il empoigna son bras pour la maintenir en équilibre.

— Maintenant, monte et bascule ta jambe par-dessus le siège. Attrape mon autre épaule s'il le faut.

Le quad frémit à peine sous son poids lorsqu'elle s'assit, les seins frôlant son dos et ses cuisses se plaquant contre les siennes. Il l'entendit étouffer un hoquet.

— Tu vas devoir t'accrocher à moi.

— Je sais, souffla-t-elle.

Il mit le contact, et le moteur ronfla. Mais il attendit qu'elle suive ses instructions pour démarrer.

— Katrina ?

— Mes mains sont sales, objecta-t-elle.

— Je m'en fiche.

A tâtons, il lui saisit les poignets, passa ses bras minces autour de sa taille et cala ses mains sur son abdomen nu.

Il sentit ses seins s'écraser contre son dos, sa joue entre ses omoplates, l'intérieur de ses cuisses enserrer ses hanches. Un désir violent et douloureux le saisit, et il se demanda combien de temps il pouvait raisonnablement prendre pour faire le trajet du retour. Il avait envie qu'elle reste enroulée autour de lui pendant des heures et des heures.

Sous la douche dans la salle de bains des Terrell, Katrina sentait sa peau frissonner encore là où elle avait pressé le corps de Reed, c'est-à-dire à peu près partout, des genoux à la racine de ses cheveux. Le quad grondait entre ses jambes pendant que la chaleur irradiant du dos de Reed traversait successivement chemise, T-shirt et soutien-gorge.

Mandy lui avait apporté des vêtements de rechange. En fait, elle avait emporté sa valise complète. La prenant à part, elle avait confessé comploter pour qu'elles passent la nuit au ranch Terrell, afin de pouvoir dormir avec Caleb. Katrina avait accepté sans rechigner. S'éloigner de la maison familiale était bénéfique à son état d'esprit. Et être ici avec Mandy était moins éprouvant sur le plan émotionnel que d'affronter toute la fratrie réunie. Caleb avait accueilli le plan avec enthousiasme, tandis que Reed s'était abstenu de tout commentaire.

Katrina repoussa le rideau de douche et sortit avec précaution de la haute baignoire. La salle de bains était bien agencée, mais disposait de peu d'espace pour poser des affaires, et n'offrait que deux crochets pour suspendre vêtements et serviettes derrière la porte. Tandis qu'elle se séchait et enveloppait ses cheveux mouillés d'une serviette, elle comprit son erreur.

Ses habits imbibés de sueur formaient un tas sur le panier à linge, alors que ses vêtements propres étaient toujours pliés dans sa valise dans la chambre d'amis. Elle allait devoir franchir tout le couloir nue sous un drap de bain. Il n'y avait même pas de peignoir qu'elle puisse emprunter.

Résignée, elle drapa du mieux qu'elle put la plus grande serviette autour de son corps, puis vérifia dans la glace embuée qu'elle recouvrait bien l'essentiel, au cas où elle croiserait quelqu'un. Ensuite, elle roula sa tenue de sport et sa lingerie en boule sous son bras avant d'entrebâiller la porte et s'assurer que la voie était libre.

Pas un bruit. La chambre d'amis se trouvait au bout

du couloir, à l'opposé de l'escalier. Il ne lui faudrait que quelques secondes pour l'atteindre.

Elle inspira à fond, ouvrit grand la porte, écouta encore, puis trottina à toute allure sur le parquet et se précipita dans la chambre, dont elle referma rapidement la porte, soulagée d'être en sécurité. Elle s'y adossa, les yeux clos, avec un soupir de gratitude.

— Katrina ?

La voix de Reed la fit sursauter. Elle poussa un petit cri. Le drap de bain glissa, révélant un instant ses seins, jusqu'à ce qu'elle agrippe les coins, en quête d'un mot cohérent.

— Que…

— Excuse-moi, dit-il, détournant très vite son regard. Mandy m'a demandé de t'apporter des draps propres.

— Je…

Elle sentait ses joues devenir écarlates. Le reste de son corps s'empourprer aussi. Le désir monta en flèche et alluma un lent brasier au bas de son ventre.

Il fallait qu'elle dise quelque chose. Mais, l'esprit vide, elle n'arrivait pas à formuler la moindre pensée cohérente.

Reed s'avança dans sa direction, veillant à garder les yeux rivés au sol.

— Je vais te laisser.

Katrina s'intima de bouger, de débloquer le passage pour qu'il puisse sortir. Pourtant ses pieds restaient comme englués dans le tapis, tandis que son cœur battait à tout rompre.

Il s'approchait, de plus en plus près, et elle restait, immobile, comme paralysée.

Un coup frappé à la porte derrière elle la fit bondir.

— Katrina ? cria Mandy. Tu es là ?

Soudain, elle se rendit compte de l'absurdité de la situation. Et récupéra son sens de l'humour. Espérait-elle vraiment que Reed la séduise dans sa chambre ? Avec Mandy et Caleb en bas ? Ridicule. Mais ce fut plus fort qu'elle. Autant tout tourner en dérision.

— Je suis toute nue, lança-t-elle à sa sœur. Et Reed refait le lit.

Il y eut un grand silence de l'autre côté du battant.

— Je pensais que ta douche durerait plus longtemps, protesta Reed.

— Pourquoi ? Parce que je suis de New York ?

— Parce que tu es une fille.

— Je suis une femme, pas une fille.

— Maintenant, tu as des draps frais, riposta Reed, les narines frémissantes de colère. Laisse-moi passer.

Il la saisit par l'épaule pour la repousser. Sa large main chaude et calleuse imprima une empreinte brûlante sur sa peau. Il ouvrit la porte à la volée.

— Simple cafouillage, expliqua-t-il à Mandy. Ta sœur se croit drôle.

Le regard de Mandy passait de l'un à l'autre.

Katrina avait un mal fou à contrôler la violente pulsion sexuelle qu'elle éprouvait envers lui. Que ses sens se déchaînent ainsi était étrange et plus que perturbant.

Peut-être était-ce dû au stress de l'après-midi. Après tout, il était venu à son secours. Il lui avait prêté sa chemise et l'avait ramenée ici, au chaud et en lieu sûr. Son comportement chevaleresque avait-il déclenché une sorte de revirement hormonal, de réflexe reptilien qui remontait à la nuit des temps ? Pourvu que ce soit temporaire…

— Caleb est en train de nous servir un verre de vin, annonça Mandy en l'observant avec attention.

— Alors je vais vite m'habiller, répliqua-t-elle, un sourire insouciant placardé sur ses lèvres.

Dans le domaine du sexe, l'esprit dépassait manifestement la matière, or elle était une personne très disciplinée. Reed n'était qu'un homme. Un cow-boy têtu, par-dessus le marché. Elle les préférait plus urbains et raffinés, du genre capables de parler littérature, cuisine gastronomique et événements mondiaux même après avoir retiré leur smoking.

Mandy recula dans le couloir, attendant visiblement que Reed la rejoigne. Ce qu'il fit, l'air mécontent.

— C'était un accident, insista-t-il.

Mandy acquiesça.

— Je sais. Ça aurait pu arriver à n'importe qui.

Les mâchoires serrées, Reed se retourna vers Katrina.

— Tu n'es pas drôle du tout.

Mais l'instant suivant, son regard ardent la balaya de sa tête enturbannée à ses pieds nus, puis remonta.

Malgré elle, ses orteils se recroquevillèrent sur le tapis, et son ventre se noua. Oh ! Seigneur…

Le lendemain, Katrina se réveilla aux premières heures de l'aube, puis fut incapable de se rendormir. Perturbée par le décalage horaire, sa cheville douloureuse et la présence de Reed dans son lit de l'autre côté du mur, son esprit n'arrivait pas à se relaxer.

Puisque sa sœur avait apporté toutes ses affaires, elle avait le choix. Elle enfila un simple justaucorps noir, puis chercha à travers la maison un lieu propice à la gymnastique. Au sous-sol, elle découvrit une salle de jeu qui était parfaite : un grand espace au milieu, un tapis berbère au sol et une corniche le long des murs, à une hauteur lui permettant de s'appuyer pour l'équilibre.

Après avoir allumé son baladeur et mis les écouteurs, elle enchaîna des exercices d'aérobic modéré, réchauffant peu à peu ses muscles. Puis elle fit une série d'étirements et de grands écarts, latéral d'abord, facial ensuite, enfin de l'autre côté, le tronc ployé en avant, les bras tendus.

Au bout d'un certain temps, elle s'interrompit, se sentant observée. Elle se tourna et vit Reed, nonchalamment appuyé contre l'encadrement de la porte.

— J'ai vu la lumière, dit-il.

Il entra dans la pièce, vêtu d'un jean et d'un T-shirt blanc, les muscles saillants, les cheveux ébouriffés.

Katrina ramena ses jambes sous elle et se remit debout.

— Je ne pouvais pas dormir. Le décalage horaire.

— Moi non plus. Mais pas à cause du décalage horaire. Je fais des saucisses et des œufs, ajouta-t-il en pointant le plafond. Tu as faim ?

— Je mange peu au petit déjeuner.

Réticente à s'arrêter pendant que ses muscles étaient échauffés, elle gagna le mur, agrippa la corniche d'une main, et attrapa de l'autre le pied de sa jambe repliée derrière elle.

— Tu ne parais pas manger beaucoup en général, observa Reed.

— Le poids compte dans mon métier.

Non seulement être mince était essentiel à son allure sur scène, mais elle devait penser à ses partenaires masculins.

— Tu pèses combien ?

Elle lui décocha un coup d'œil incrédule.

— Tu crois vraiment que je vais te répondre ?

— Pourquoi pas. Je dois peser le double, voire le triple.

— Reed, on ne demande pas son poids à une femme.

— Répète ça.

— On ne demande pas son poids à une femme ?

— Non, la partie « Reed ».

Katrina fronça les sourcils. Reed était-il en train de flirter avec elle ? Qu'est-ce qu'il lui prenait ?

Durant un long moment, il soutint son regard.

— Je t'ai préparé quelque chose, reprit-il.

Si Reed se mettait en tête de flirter avec elle, elle devrait décider d'une conduite à tenir. La manière dont elle était censée réagir différait complètement de celle dont elle avait envie.

— C'est quoi ? demanda-t-elle, penchée en avant, les mains à plat près de ses pieds rassemblés.

— Une surprise.

— Je dois deviner ?

Elle se redressa, leva la jambe contre le mur, allongea son corps sur toute sa longueur, jusqu'aux orteils.

— Non, je… Mais comment tu fais ça ? s'exclama-t-il.

— Ça quoi ?

— T'étirer et te tordre dans tous les sens.

— Question d'entraînement.

Elle avait commencé à l'âge de dix ans, quand son corps était d'une souplesse incroyable.

— Bon, reprit-elle, tu as éveillé ma curiosité.

— Tu veux venir voir ?

— Tout dépend où.

— Dans l'écurie. Tu as intérêt à enfiler un truc plus chaud, ajouta-t-il en détaillant son corps à peine vêtu. Et souviens-toi que les ouvriers travaillent dehors.

— Je monte sur scène avec moins que ça sur le dos, tu sais, répliqua-t-elle.

— Oui, mais ici, tu es dans le Colorado.

Elle se dirigea vers la porte, Reed sur ses pas.

— Très bien. Il te reste une de ces grandes chemises ? Elle couvrira tout ce qu'il faut.

— Ce qui est à moi est à toi. En fait, j'ai même un joli pyjama qui te plairait. Ecossais vert et rouge. Tu prends le haut.

Et lui, le bas. Oui, il flirtait, c'était incontestable. Elle s'arrêta brutalement sur le seuil de la pièce.

— Tu ne devrais pas faire ça, dit-elle.

— Faire quoi ?

— Parler de partager un pyjama.

Les lèvres de Reed dessinèrent une moue moqueuse.

— Tu croyais que c'est ce que j'avais en tête ?

— Je sais que c'est le cas.

Un silence s'installa.

— D'accord, finit-il par admettre.

Il la fixait, et elle sentit une spirale de feu au centre de son corps.

— Tu devrais aller t'habiller, murmura-t-il d'une voix rauque. Maintenant.

Il avait raison. Ils avaient poussé le jeu aussi loin que permis. Sans un mot, elle pivota sur ses talons et grimpa l'escalier. Elle sentit son regard sur elle jusqu'au palier. Ensuite, à son grand soulagement, il retourna dans la cuisine.

De retour dans la chambre d'amis, elle chassa leur petit échange émoustillant de son esprit et s'intima de se ressaisir. Une fois changée, elle redescendit.

Ils gagnèrent ensemble l'écurie principale, la traversèrent jusqu'à un angle isolé par un demi-mur. Stupéfaite, elle considéra la machine qu'il avait fabriquée avec son vélo.

— Comment as-tu fait ça ? *Quand* as-tu fait ça ?

La bicyclette était fixée sur un support, la roue avant retirée, des rouleaux compressant la roue arrière. Ces rouleaux étaient reliés à une tige filetée pourvue d'un écrou papillon permettant de modifier la tension.

— Ce matin, répondit Reed. Je te l'ai dit, je ne pouvais pas dormir.

— Je ne croyais pas que tu étais sérieux.

— Sur le fait de ne pas dormir ?

— Sur le fait d'immobiliser mon vélo.

— C'est ce que tu voulais.

— Non, c'est ce que tu as proposé, rectifia-t-elle.

Katrina ignorait pourquoi elle était contrariée. Peut-être parce qu'il ne lui avait pas laissé le choix. Peut-être devenait-elle susceptible quand un homme lui disait ce qu'elle devait faire. Ou peut-être la colère était-elle simplement l'émotion la plus facile à gérer en ce moment, s'agissant de Reed.

— Te balader à vélo autour du ranch est trop dangereux pour toi, souligna-t-il.

— C'est ton point de vue.

— C'est le point de vue de tout le monde.

— Donc tu as décidé de m'arrêter ?

Il acquiesça sèchement.

— Voilà.

— Un peu autoritaire, tu ne trouves pas ?

— Quoi ? De prendre soin de ta sécurité ?

— Je suis adulte, Reed.

— Et ?

— Et ce n'est pas à toi de décider comment assurer ma sécurité.

Reed émit un grognement incrédule.

— C'est moi qui suis venu à ton secours hier.

— Personne ne te l'avait demandé.

— Si, Mandy.

— Eh bien, pas moi.

— Alors j'aurais dû te laisser là-bas ?

— Tu aurais dû me demander avant de bloquer mon vélo.

Elle ne voyait pas pourquoi elle en rajoutait autant. En vérité, ça allait être beaucoup plus facile de pédaler là, sans avoir à forcer sur sa cheville et ni surveiller les obstacles ou risquer de tomber en panne.

— Tu veux que je le démonte ? riposta-t-il.

Percevant une pointe de peine dans son expression tendue, elle regretta sur-le-champ sa réaction.

— Non. Non, je ne veux pas.

— Tant mieux.

Son ton était dur. Il tourna les talons, la laissant seule.

- 3 -

Les bonnes actions ne sont pas toujours récompensées. Tout en posant brutalement une poêle sur la cuisinière, Reed se demanda si la stupidité lui avait fait oublier cet adage empli de bon sens.

Il en avait par-dessus la tête d'être critiqué et que ses efforts ne soient pas appréciés. C'était un des jeux préférés de son père, prétendre vouloir une chose, puis changer les règles au dernier moment et agir comme si Reed avait mal compris ses instructions.

Il retourna les saucisses sur le gril et cassa deux œufs supplémentaires dans un saladier.

— Mmm, ça sent bon, lança Caleb en entrant dans la pièce. Je n'arrive pas à croire que tu cuisines aussi bien.

— Moi je n'arrive pas à croire que tu cuisines aussi mal, répliqua Reed.

Son frère avait vécu les dix dernières années à Chicago, à bâtir son entreprise, Active Equipment. Sans les restaurants et les plats à emporter, il serait mort de faim depuis longtemps.

Caleb se servit une tasse de café.

— Je pensais que tu serais déjà au travail, à cette heure-ci, observa-t-il.

— Simple accès de fainéantise, je suppose.

— Holà, fit Caleb, alerté par son ton. Qu'est-ce qu'il se passe ?

— Rien.

Avec une fourchette, Reed battit les œufs, ajouta oignons, sel, poivre, et une bonne giclée de lait.

Sa tasse à la main, Caleb s'appuya au plan de travail.

— On n'est que toi et moi ici, frérot. Il n'est plus là.

— Je sais qu'il n'est plus là, rétorqua Reed, s'efforçant d'adopter un visage impassible. D'après Corby, les pièces pour le système d'irrigation du champ d'avoine sont arrivées. Je vais commencer par là.

— Envoie un ouvrier s'en occuper.

— Pas la peine.

Il n'avait pas l'intention de devenir un fermier en fauteuil. Le système d'irrigation devait être réparé, et il savait le faire.

— Est-ce que tu as eu le temps de jeter un œil aux CV de régisseurs ? demanda Caleb.

— Pas encore.

— Est-ce que tu comptes jeter un jour un coup d'œil aux CV de régisseurs ?

— J'ai dit que je le ferais, répondit Reed en versant les œufs battus dans la grande poêle crépitante.

C'était Caleb qui souhaitait embaucher un régisseur à plein temps. Pour Reed, diriger le ranch lui-même ne posait aucun problème.

— Quelle vilaine mouche t'a piqué ce matin ?

— Bonjour, Caleb.

Katrina entra d'un léger dans la cuisine. Sans se retourner, Reed saisit une spatule et battit les œufs. Il sentit le regard de son frère s'attarder sur lui avant de la saluer joyeusement.

— Bonjour Katrina. Bien dormi ?

— Oui, merci.

Aucune trace de contrariété dans sa voix mélodieuse.

Manifestement, elle était passée à autre chose. Eh bien, lui aussi, alors. Il pivota pour lui faire face.

— Des œufs ? proposa-t-il.

Une lueur de perplexité brilla dans ses beaux yeux bleus.

— Non, merci.

Il savait qu'il lui avait déjà posé la question ce matin. Mais à quoi s'attendait-elle ? Qu'il avouerait avoir passé l'heure précédente avec elle ? Qu'il expose à Caleb les détails de leur dispute ?

Lui proposer des œufs était parfaitement normal dans ces circonstances.

— Un fruit, alors ? poursuivit-il, sans parvenir à masquer la tension de sa voix.

— Avec plaisir, répondit-elle, lèvres crispées.

— Il y a des oranges sur la table, du raisin et des prunes dans le frigo. Sers-toi.

Caleb fit un pas en avant.

— Laisse-moi…

— Je suis sûr qu'elle est capable d'ouvrir une porte de réfrigérateur, l'interrompit-il aussitôt.

— C'est quoi, ton problème, Reed ?

— Tout va bien, intervint Katrina en se dirigeant vers le réfrigérateur. Il a peur que je sois uniquement décorative.

— Elle est notre invitée ! protesta Caleb.

— Qui est une invitée ? demanda Mandy en faisant à son tour irruption dans la cuisine. Moi ?

Elle fonça sur Caleb pour lui planter un baiser sur la joue. Les cheveux humides, sans maquillage, vêtue d'une chemise aux manches retroussées, d'un jean délavé et de boots pratiques, elle illustrait aux yeux de Reed le genre de femmes qui devrait l'attirer.

— Non, moi, rectifia Katrina depuis le réfrigérateur.

En contraste, cette dernière portait à présent un pantalon vert sapin orné de strass aux poches, un débardeur jaune paille très court, qui dévoilait une bande de peau lisse où son nombril semblait faire un clin d'œil à chacun de ses mouvements. Des petites pierres vertes étincelaient à ses oreilles et un médaillon d'argent se balançait au creux de son décolleté.

Elle se trouvait sur un ranch, bon sang, pas dans une boîte de nuit, songea-t-il.

— D'accord, fit Mandy, attendant visiblement qu'on la mette au courant de la discussion.

— Je me proposais de faire la vaisselle, énonça Katrina, une belle prune rebondie à la main.

Elle adressa un regard provocateur à Reed avant de mordre avec gourmandise dans le fruit. Il faillit en lâcher sa spatule.

— Les filles, commença-t-il lorsqu'il eut retrouvé sa respiration, si vous devez rentrer rapidement…

— Ah, celle-ci, je ne la laisse pas repartir, coupa Caleb, ceinturant la taille de Mandy.

— J'ai du travail à la maison, indiqua-t-elle.

— Embauche un ouvrier de plus. Je payerai. Tu es ma fiancée, et j'ai des droits sur toi.

Katrina fixa Reed, et il eut honte de son attitude irritée. Il lui avait rendu service ce matin, et elle l'avait traité comme un moins que rien. Elle pouvait peut-être se le permettre à New York, mais dans le coin, ça ne passait pas.

— Tu espères que je reste combien de temps, exactement ? demanda Mandy, taquine.

— Pour toujours, répondit-il d'une voix intense.

— Trop mignon, dit Mandy en lui tapotant la joue, apparemment insensible à son ardente déclaration.

Les œufs étaient presque brûlés. Reed se ressaisit et coupa le gaz sous la poêle.

— Oui, mais moi, je dois rentrer, objecta Katrina.

— Oh non, reste ! s'écria Mandy.

— Pourquoi resterais-je ?

Pour utiliser le vélo, fulmina Reed intérieurement. Elle pouvait au moins essayer une fois, non ?

— Tu es aussi bien ici que là-bas, plaida Mandy. On n'a pas encore eu l'occasion de bavarder. Et je doute que celui-ci me laisse partir, ajouta-t-elle avec un sourire radieux à Caleb.

Du coin de l'œil, Reed vit Katrina regarder de son côté.

— Reed s'en moque, reprit Mandy.

— Je ne veux pas déranger.

N'y tenant plus, il se tourna vers elle.

— Ce n'est pas un country club, ici.

Les yeux ronds, elle recula imperceptiblement, comme s'il l'avait frappée, et il se sentit ignoble.

— Reed ! s'exclama Caleb. Qu'est-ce qui te prend ?

— C'est bon, assura Katrina en posant sa prune à demi mangée. Visiblement, il vaut mieux que…

— Balivernes, fit Mandy. Il est de mauvaise humeur, voilà tout. Les Terrell sont comme ça.

— Je te demande pardon ? protesta Caleb, offusqué d'être mis dans le même sac que son frère.

Katrina semblait perdue. Reed eut soudain l'impression d'un oiseau fragile, apeuré. Il dut combattre l'envie intense de la prendre dans ses bras et de la rassurer. De s'excuser de ce qu'il avait fait, envisagé de faire ou pourrait faire à l'avenir, pour la blesser.

Mais sa raison lui intimait de se ressaisir. Katrina avait foulé au pied toutes ses bonnes intentions le matin même, et voilà qu'à présent, elle jouait de ses grands yeux bleus magnifiques pour mettre tout le monde de son côté.

Très peu pour lui : il ne tomberait pas dans le panneau.

— Tu es la bienvenue, Katrina, déclara Caleb avec conviction.

Elle regarda Reed, qui sentit ses défenses fondre comme neige au soleil. Il eut beau lutter avec tout l'entêtement dont il était capable, Katrina gagna la bataille sans lever un seul doigt.

— Tu es la bienvenue, répéta-t-il en écho.

Puis il reporta avec détermination son attention sur le petit déjeuner. Les saucisses étaient trop cuites, comme les œufs. Il avait oublié de faire les toasts, et ne se rappelait plus du tout ce qu'il avait fait de la confiture de fraises.

Derrière Mandy dans l'écurie des Terrell, Katrina avait l'impression d'avoir de nouveau dix ans. Elle se sentait déplacée, fronçait le nez à cause de l'odeur, s'assurait de rester à l'écart de toute bête dotée de sabots et de dents.

— Il y a une prairie sublime près de Flash Lake, disait Mandy, arrêtée devant un box pour gratter le nez d'une jument baie. Ce n'est pas loin du tout à cheval. Les épilobes, les ancolies et le muguet sont en fleurs. Tu devrais en profiter pendant que tu es ici.

— Tu as oublié, n'est-ce pas ? demanda Katrina.

— Oublié quoi ?

— Que je ne sais pas monter à cheval.

— C'est ridicule, rétorqua Mandy.

— Non.

— Bien sûr que tu sais monter.

Agacée, Katrina secoua la tête.

— Quand j'essayais de monter, je tenais à peine en selle. Et je ne maîtrisais pas du tout la monture.

Si les chevaux qu'elle montait n'avaient pas docilement suivi ceux de ses frères et sœurs pour rentrer à l'écurie, elle errerait encore aujourd'hui dans la nature sauvage du Colorado.

— Je peux t'apprendre, suggéra Mandy.

Katrina décida qu'il était temps de lâcher le morceau.

— J'ai peur des chevaux, Mandy.

Sa sœur fronça les sourcils.

— Qu'est-ce que tu racontes ?

— Ils me terrorisent.

— Pourquoi ?

— Parce qu'ils sont immenses. Costauds. Imprévisibles. Et l'un d'eux m'a mordu un jour.

— Tu dois leur montrer qui commande, répliqua Mandy.

— Ça me ressemble, tu trouves ?

Bras croisés, Mandy s'appuya à la barrière du box, tandis que la jument lui titillait l'oreille. D'une main ferme, elle repoussa la tête de l'animal.

— Non, pas vraiment, admit-elle.

— Je suis même incapable de donner des ordres à des danseurs masculins d'un mètre soixante, ajouta Katrina avec une moue d'autodénigrement.

Mandy éclata de rire.

— Je pourrais t'apprendre, je t'assure.

— A mener mes partenaires de danse à la baguette ?

— A monter à cheval.

— Je ne crois pas, objecta Katrina en reculant malgré elle.

— C'est facile.

— Peut-être, mais je n'ai pas envie.

— Pourtant…

— Ecoute, je ne suis là que pour une semaine, et les chevaux sont rares à New York.

— Mais tu reviendras ! Surtout quand papa sera rentré.

Katrina sentit un nœud familier se reformer dans son

ventre. Peut-être était-ce parce qu'elle avait quitté la maison si jeune et qu'elle connaissait mal son père. Ou parce qu'elle avait toujours eu l'impression de le décevoir. Mais la pensée de se trouver dans la même pièce que lui, d'être examinée de près comme un animal bizarre, avec le sentiment de marcher sur des œufs dès qu'il la regardait, lui donnait envie de fuir à toutes jambes.

— Katrina ?

— Mon planning est plutôt chargé.

— Tu as quand même droit à des congés.

— Oui. Mais il y a des répétitions. Et je donne des cours.

Katrina fit demi-tour. Elle préférait tourner le dos à sa sœur pendant qu'elle enjolivait la vérité.

Mandy lui emboîta le pas.

— Tu détestes vraiment le Colorado, pas vrai ?

— C'est… intimidant, répondit Katrina.

— Je ne vois pas en quoi.

— Evidemment. Tu es dans ton élément, toi.

Mandy pouffa et ouvrit une porte, et elles passèrent en pleine lumière.

— Tu fais une montagne de tout. Tu l'as toujours fait.

— Non, c'est faux.

Katrina s'immobilisa. Elles se trouvaient dans un grand pré, cerné de clôtures lointaines, où broutaient des chevaux.

— Je ne les laisserai pas t'approcher, assura Mandy.

— Je ne suis pas d'humeur à une expérience.

Sur l'insistance de sa mère, elle était venue rendre visite à sa famille. Pas combattre ses peurs et devenir meilleure.

— On ne fait que marcher. C'est plus beau ici que dans l'écurie.

— Dans l'écurie, ils sont derrière des barrières.

— S'ils t'attaquent, je me jetterai devant toi, dit Mandy.

— Très drôle.

Néanmoins, sa sœur bifurqua de manière à ce qu'elles longent la clôture, et elle se sentit un peu mieux. Au moins pourraient-elles s'échapper facilement en cas de besoin.

— Alors, qu'est-ce qui se passe entre Reed et toi ?

— Hein ? fit Katrina en butant contre une motte d'herbe.

— Tout allait bien hier soir.

— Tout allait bien ce matin aussi.

Mandy fourra les mains au fond de ses poches.

— Je connais très bien Reed. On était comme frère et sœur pendant les dix ans d'absence de Caleb. Il est furieux contre toi, et j'aimerais savoir pourquoi.

— Tu n'as qu'à le lui demander, marmonna Katrina.

— Il refusera de répondre.

— Alors, on ne saura jamais.

— Parfois, j'ai l'impression de ne pas te connaître.

Katrina compta jusqu'à dix dans sa tête. Ecarter la remarque d'une réplique neutre et évasive, et passer à autre chose serait sans doute plus sage. Mais un coin indocile de son esprit la poussa à s'exprimer sans détour.

— Peut-être parce que c'est le cas.

Mandy s'arrêta net.

— Quoi ?

Bien que consciente qu'il serait sans doute préférable de changer de sujet, elle ne put s'empêcher de continuer.

— Travis dit que vous m'aimez tous.

— C'est vrai.

— Vous ne me connaissez même pas. Vous ne savez pas que j'ai peur des chevaux. Vous ne savez pas que j'ai peur des poules. Vous ne savez pas que j'ai peur de papa.

— De papa ? répéta Mandy, estomaquée.

La bouche de Katrina semblait passée en pilotage automatique.

— Et vous savez encore moins que j'ai peur que ma cheville guérisse mal et que ma carrière se termine.

Aussitôt, Mandy lui saisit les mains et l'attira contre elle.

— Ma chérie, qu'est-ce qui se passe avec ta cheville ?

— Ce n'est rien, esquiva Katrina.

— Mais si, dis-moi.

— Un de mes chaussons a lâché, et je me suis foulé la cheville. Mais je préfère que tu n'en parles à personne.

— Tout le monde voudra savoir que tu es blessée, insista Mandy. Ils voudront t'aider.

— Ils ne peuvent rien faire. J'ai juste besoin de me reposer, et la laisser se remettre.

— Ton chausson ? Ce genre de chose arrive souvent ?

— Presque jamais. Dieu merci.

Elle traversait une période de malchance, et elle la surmonterait. Sa cheville allait guérir. Jamais elle n'aurait dû avouer son inquiétude. Inspirant à fond, elle se reprit.

— Excuse-moi, Mandy. Je n'avais pas l'intention d'en parler. Je ne sais pas ce qui m'a pris.

Sa sœur lui serra les mains avec tendresse.

— Arrête. Je veux te connaître, Katrina. Peu importe ce qui se passe dans ta tête de cinglée, on t'aime tous.

— Je ne suis pas cinglée.

Qu'elle n'aime pas le ranch ne faisait pas d'elle une folle. Soudain, elle se sentit épuisée. Elle ne voulait pas entrer dans ce débat. Avec Quentin qui s'acharnait à la mettre dans son lit, et sa carrière en suspens, inutile d'ajouter les casseroles de son enfance au lot.

— Tu crois que quelqu'un pourrait me ramener à la maison ? demanda-t-elle.

Elle inventerait une excuse pour prendre un vol dans la matinée.

Mandy secoua vigoureusement la tête, puis, la prenant par lc bras, se remit en marche.

— Pas question, maintenant qu'on a brisé la glace. Alors, que s'est-il passé avec Reed ?

— Rien.

— Je crois qu'il t'aime bien.

— Je crois qu'il me déteste.

— Ah oui ? Ma foi, comme tu as peur des poules, je ne me fie guère à ton jugement.

Katrina poussa un soupir.

— Je veux vraiment rentrer à la maison.

— Si par maison, tu entends celle de Caleb et de Reed pour boire des Margarita, c'est justement là qu'on va.

— Je ne peux pas boire de Margarita. Ça me fera grossir.

— Oh si, tu peux. On trouvera le moyen de brûler les calories. Mais toi, ma chérie, tu as urgemment besoin d'un bon remontant et d'une grande sœur.

— Ta sœur prétend que je t'ai contrariée.

La voix de Reed interrompit Katrina qui pédalait sur le vélo fixe qu'il lui avait bricolé, afin d'éliminer les quatre Margarita géantes ingurgitées dans l'après-midi. Si Mandy et elle n'avaient pas eu de réelle discussion à cœur ouvert, la glace était indéniablement brisée.

Le soleil se couchait à présent, mais elle se sentait encore un peu pompette. Le calme avait envahi l'écurie, parfois troublé par un hennissement ponctuant le bruissement régulier de sa roue.

— Je ne suis pas contrariée, répliqua-t-elle, buvant une gorgée d'eau tiède à sa bouteille.

— Bonne nouvelle.

Reed croisa les bras et s'adossa contre un poteau.

Un moment de silence s'écoula, durant lequel Katrina remit les mains sur le guidon et accéléra sa vitesse. A l'autre bout de l'écurie, des lumières s'éteignirent et des portes claquèrent sur les ouvriers, leur journée terminée.

— Tu as fait beaucoup ? finit par demander Reed.

— Une vingtaine de kilomètres, je pense.

Elle s'épongea le front. Malgré sa tenue légère, collant sans pieds et ample débardeur, elle mourait de chaud.

Reed continua de la regarder pédaler, la mine détachée, sans dire un mot.

Cinq minutes plus tard, elle craqua.

— Qu'est-ce que tu fais ? lui lança-t-elle.

— J'attends.

— Tu attends quoi ?

— Mandy dit que tu t'inquiètes pour ta cheville.

— Mandy doit cesser de parler de mes affaires privées à tout le monde.

— J'étais déjà au courant pour ta cheville.

— Elle ne le savait pas.

— Maintenant, elle le sait.

Lâchant un soupir agacé, Katrina arrêta de pédaler.

— Bon, où veux-tu en venir, Reed ?

— Je te l'ai dit. A ta cheville.

— Eh bien ?

Il se rapprocha, et soudain l'air lui parut encore plus étouffant.

— Tu me laisseras l'examiner ?

— Tu es médecin ?

— Non.

— Fétichiste de la cheville, alors ?

— Non plus, répondit-il avec un sourire moqueur. Mais j'ai soigné beaucoup de tendons déchirés sur des chevaux.

Elle ricana.

— Grand bien te fasse.

— Je sais préparer un bandage aux herbes qui favorise la circulation, poursuivit-il.

Interloquée, elle le dévisagea.

— C'est une blague ?

— Je suis tout à fait sérieux.

— Mais je ne suis pas un cheval.

Il lui indiqua d'un signe de soulever son pied.

— Non, en effet. Mais le principe est le même.

— Je te croyais furieux contre moi.

— Je le suis.

— Pourquoi vouloir m'aider, en ce cas ?

— Parce que tu en as besoin.

— Et parce que Mandy te l'a demandé ?

— Mmm, fit-il, saisissant sa cheville pour la poser sur son genou.

Katrina le laissa faire, tout en l'observant avec attention.

— Qu'est-ce qu'il y a entre Mandy et toi ? Tu as été amoureux d'elle ?

— Non. Elle va épouser mon frère, voilà ce qu'il y a entre nous, répondit-il en ôtant sa chaussure avec précaution.

— Je ne sais pas comment interpréter ça.

— Il n'y a rien à interpréter. Pourquoi tu t'interroges ?

— Parce que tu m'aides pour lui rendre service. Je ne vois pas quelle autre raison tu aurais de…

Elle sursauta à la sensation électrique de ses larges mains chaudes qui enveloppaient sa cheville.

— Ce n'est pas pour Mandy. Est-ce que ça fait mal ?

Avec des gestes délicats, il commença à faire pivoter sa cheville. Retenant un hoquet de douleur, elle chercha à libérer son pied.

— Ne bouge pas.

— Oui, ça fait mal.

— Et là ? continua-t-il, appuyant sous la malléole.

— Oui, aussi, souffla-t-elle.

— Pointe les orteils, maintenant. Puis dans l'autre sens.

Elle obéit.

— Ouille !

— Je vois, grommela-t-il. Détends-toi.

Ensuite, il entreprit de masser le point douloureux avec le pouce, sans susciter de souffrance trop aiguë.

Katrina s'efforça de rester immobile. La douleur restait tolérable. A vrai dire, la sensation était même plutôt agréable, songea-t-elle tandis qu'il poursuivait sur le mollet. Très agréable. Elle ferma les yeux.

La voix grave et apaisante de Reed résonna dans l'écurie.

— Je vais te déplacer.

— Hmm ?

— A force de te pencher, tu vas tomber de ta selle.

Soudain, il la souleva dans ses bras.

— Hé ! protesta-t-elle. Où m'emmènes-tu ?

— Pas loin.

Il la déposa sur un tas de balles de paille, dont les tiges traversèrent son collant.

— Aïe ! s'écria-t-elle en gigotant. Ça pique !

Reed hocha la tête avec dédain, s'éloigna à grands pas, ses bottes heurtant lourdement le sol poussiéreux. Puis il revint, une couverture de cheval pliée sur un bras.

Il l'étala sur les balles, et, sans la moindre cérémonie, la souleva de nouveau pour l'installer sur la couverture.

— C'est mieux ?

— Tu penses que je suis une princesse.

Il s'agenouilla, et remit son pied sur sa cuisse.

— Tu es une princesse, Katrina.

— J'ai juste la peau délicate et des vêtements peu épais.

Le pouce de Reed recommença à masser, remontant en cercles le long des muscles tendus de son mollet.

— Je te fais toujours mal ?

— Non.

— Parfait. Allonge-toi. Essaie de te décontracter. On discutera de tes vêtements plus tard.

— Ils sont très bien, riposta-t-elle en s'étendant.

— Pour Manhattan.

— Pour n'importe où.

— Tais-toi, ordonna-t-il gentiment.

Elle obtempéra. Non pour lui obéir, mais parce que ses mains procuraient des sensations incroyables à son mollet. Qu'un homme aussi fort, sérieux, pragmatique puisse avoir un toucher aussi sensible l'émerveillait.

Il prit son temps, relâchant la tension de ses muscles, atteignant peu à peu le tendon endommagé. Quand il y parvint, les muscles environnants étaient si décontractés que la douleur était devenue beaucoup moins intense qu'au cours des deux semaines passées.

Chacun de ses mouvements laissait un sillage de pur bien-être. Ensuite, à son grand étonnement, il entreprit de masser sa voûte plantaire. Elle voulut protester, mais c'était trop bon, et lorsqu'il passa à l'autre pied, elle nageait en pleine béatitude, l'esprit flottant.

— Katrina ?

La voix grave de Reed retentit soudain près de son oreille. Elle cilla, luttant contre la brume dans sa tête, les paupières lourdes, la bouche engourdie, incapable d'articuler le moindre mot, et elle se rendit compte qu'il était allongé sur la paille à côté d'elle.

— Dois-je embrasser la princesse pour la réveiller ? demanda-t-il, narquois.

— Je dors ?

— Tu ronfles, en tout cas.

— Ça m'étonnerait. Tes mains sont magiques ?

Elle n'en revenait pas de s'être assoupie.

— Oui, répondit-il avec un sourire satisfait.

L'écurie était calme. Ils étaient seuls, et les yeux de Reed luisaient dans la lumière tamisée, sombres comme l'étain, attentifs. Son visage aux traits sculptés, tout en angles et reliefs, ombré de barbe, avec cette petite bosse sur le nez qui semblait dire « danger », dégageait un charme brut.

Elle mourait d'envie de lisser cette imperfection du bout du doigt, de suivre son menton rugueux, de sentir la chaleur de sa peau. Pensait-il réellement l'embrasser, comme il venait de le dire ?

Elle fixa ses lèvres pleines, les imagina sur les siennes.

— Katrina.

La voix de Reed était rauque.

Elle désirait qu'il l'embrasse, elle désirait que ces lèvres brûlantes se posent sur sa bouche, que son corps pèse sur elle, que ses mains magiques explorent sa taille, son dos, ses fesses, ses cuisses. Il la mènerait au paradis, elle le savait.

— Le bandage aux herbes, reprit-il.

— Hein ?

— Il vaut mieux que je le pose sur ta cheville pendant que tes muscles sont chauds.

— Mais…

Non, ce n'était pas ainsi que c'était censé se terminer.

— Ça aidera, je t'assure.

— Reed ?

Il se redressa, sans plus la regarder à présent, sa voix plus distante.

— Je sais que tu n'es pas un cheval. Mais fais-moi confiance. Le principe est le même.

Là n'était pas son problème. Son problème, c'était qu'elle était violemment, ridiculement attirée par Reed Terrell, et elle avait l'impression que cela ne lui passerait pas de sitôt.

- 4 -

Reed bascula le lourd marteau par-dessus sa tête, puis le fit retomber sur le piquet de bois. Il l'enfonça à mi-hauteur dans l'herbe, s'assura d'un second coup qu'il était bien ancré dans le sol. Reculant d'un pas, il consulta les plans de sa maison, et calcula où positionner le piquet suivant.

Une heure plus tard, comme le soleil montait dans le ciel matinal, il se mit en T-shirt, puis, la main en visière au-dessus des yeux, balaya du regard la vaste prairie qui donnait sur Flash Lake et les contreforts des Rocheuses au loin.

Depuis des années, il savait que cet endroit serait parfait. La rivière gazouillait à cent cinquante mètres de la future terrasse. Il avait déjà prévu d'ajouter un ponton, d'apprendre la pêche à la truite à ses fils, et de construire une table de pique-nique pour que sa famille passe des dimanches après-midi à manger des hamburgers, jouer au fer à cheval et au badminton.

Il imaginait la salle de séjour. Il imaginait la vue. Il imaginait six gamins courant dans le jardin. Il imaginait même sa future femme poursuivant un tout-petit. Elle serait belle en jean, boots, chemise de coton et Stetson.

Dans sa vision mentale, elle se retourna et lui sourit. Alors il s'aperçut que c'était Katrina.

Il eut l'impression de recevoir un coup dans le plexus.

Non, il s'égarait. Il s'égarait sur toute la ligne. S'il était monté jusqu'ici aujourd'hui, c'était justement pour échapper à Katrina. A l'attirance croissante qu'il éprouvait à son égard. Et qui lui rappelait que sa vie n'incluait pas de ballerine menue, blonde, aux yeux bleus.

— Reed ?

Il fit volte-face en entendant sa voix.

Elle traversait la prairie dans sa direction. Ses cheveux étaient rassemblés en queue-de-cheval. De minuscules boucles d'oreilles en diamant étincelaient au soleil. Un jean de créateur soulignait ses hanches minces, sous un T-shirt violet qui moulait ses seins et s'arrêtait juste sous la taille. Même sans maquillage, ses cils étaient épais, sombres, ses lèvres d'un rouge profond et ses joues délicatement rosées.

— Qu'est-ce que tu fais ? demanda-t-elle en s'approchant d'une foulée assurée.

— Et toi, qu'est-ce que tu fais ?

— Je marche. C'est un bon exercice.

— Je croyais que tu préférais le vélo.

— Il faut bien varier, répliqua-t-elle.

Il lutta contre une brusque envie de prendre son visage entre ses mains et de l'embrasser longuement. Mais d'une certaine manière, cela lui parut sacrilège, comme s'il trompait sa future femme.

Katrina étudia les lieux d'un air interrogateur.

— C'est un chantier ?

— Je délimite les fondations de ma future maison.

— Sérieux ? fit-elle en s'avançant vers les piquets. Tu vas construire une maison ici ? C'est grand.

— Quatre chambres.

— Où est la porte d'entrée ?

— Tu te trouves pile sur le porche.

— Ici, alors ?

— Entre, je t'en prie.

Elle lui décocha un sourire amusé tandis qu'il lui emboîtait le pas.

— La salle à manger à droite, poursuivit-il. Droit devant toi, le séjour et la cuisine.

Exposer ses plans lui faisait étrangement plaisir. Il les avait dessinés lui-même, en secret de tous, à commencer par son père.

— A gauche, la salle de télé, puis la buanderie. Tu peux couper pour atteindre directement le garage par là.

Katrina gagna l'arrière de la maison fictive.

— Ce sera le coin petit déjeuner, continua-t-il. Il y aura des portes-fenêtres qui donneront sur la terrasse.

— Superbe vue, remarqua-t-elle.

— N'est-ce pas ? La chambre des parents aura la même.

— Mais je ne comprends pas, observa-t-elle. Qu'est-ce qui ne va pas avec l'ancienne maison ?

En fait, Reed avait décidé de se bâtir une maison avant que son père meure. Mais il ne voyait aucune raison de modifier ses projets maintenant.

— Caleb et Mandy pourront l'habiter, répondit-il.

— Mais ils ne seront pas ici en permanence, n'est-ce pas ?

— Ils n'en voudront pas moins avoir leur propre espace. Et moi, le mien. Ma femme aussi.

— Tu vas te marier ? demanda-t-elle, les yeux ronds.

— Oui.

— Tu as une fiancée cachée ?

— Pas encore.

— Qui est-ce ?

— Je ne sais pas encore, te dis-je.

Un poing sur la hanche, elle le dévisagea avec perplexité.

— Tu construis une maison pour une fiancée que tu n'as pas encore rencontrée ?

— Ça te pose un problème ?

— Honnêtement, je trouve ça adorable.

— Je voyais plutôt le côté pratique.

— Eh bien, non, c'est adorable.

Il lâcha un rire moqueur.

— Je ne suis pas adorable.

Katrina leva sa cheville gauche.

— Ton bandage a été efficace, déclara-t-elle.

— Ah oui ? fit-il, tandis que son esprit retournait au baiser qu'ils avaient failli échanger la veille dans l'écurie.

— Je suis formelle.

Un grondement alors retentit au loin, et elle se raidit.

— Qu'est-ce que c'est ?

— Des chevaux. Au bruit, un petit troupeau au galop.

— Où ça ?

Le regard en alerte, elle se rapprocha de lui.

— Derrière la butte. Ils viennent par ici.

— Mais il y a une barrière, n'est-ce pas ? insista Katrina.

— Comment ça ?

— Entre eux et nous ?

— Non.

Elle pâlit et s'avança jusqu'à le toucher, pendant que le bruit des sabots augmentait.

— Ils se dirigent vers le lac, expliqua-t-il.

— Est-ce qu'on va se faire piétiner ?

Comme elle enfouissait le visage contre son torse, il réprima un rire et entoura ses épaules d'un bras rassurant.

— Bien sûr que non. Ils vont descendre directement. Au pire, ils nous verront et nous contourneront.

— Tu n'en sais rien, objecta-t-elle. On va mourir.

Il l'écarta doucement, plongea les yeux dans les siens, agrandis de terreur.

— Calme-toi, Katrina. Calme-toi. Ils ont soif, c'est tout.

Le troupeau apparut sur la butte, le sol vibrant sous leur galop. Avec un petit cri, Katrina se jeta contre lui.

— Tu vois ? Ils tournent.

Comme il l'avait prédit, la douzaine de chevaux se dirigea droit vers le lac. Le son diminua peu à peu. Reed s'aperçut que Katrina tremblait.

— Hé, fit-il en lui caressant les cheveux. Princesse des villes, il n'y a rien à craindre.

— Je suis désolée, marmonna-t-elle.

— Il n'y a pas à être désolée.

— Alors, je suis gênée.

— D'accord, c'est un sentiment valable.

— Je n'ai pas l'habitude des chevaux.

— Sans blague.

Maintenant qu'elle s'était apaisée, Reed se concentra sur la sensation de son corps exquis entre ses bras. Elle avait des courbes douces, parfaites. Le sommet de son crâne ne lui arrivait qu'au menton, mais elle levait les yeux vers lui, et s'il penchait la tête, ses lèvres seraient sur les siennes.

Sa main se crispa au creux de ses reins. Il sentait ses hanches pressées contre ses cuisses. Une vague de désir déferla dans ses veines.

Il croisa son regard obscurci, presque bleu nuit. Le monde s'immobilisa, suspendit son souffle autour d'eux, les oiseaux devinrent silencieux, le vent s'arrêta. Même le son de la rivière s'assourdit dans l'air soudain plus lourd. Il posa son autre main sur sa joue, puis la glissa entre ses cheveux tandis qu'il s'inclinait vers elle. Son haleine suave le caressa.

— Dis-moi non, murmura-t-il d'une voix rauque.

Mais elle garda le silence, resta plaquée contre lui, les lèvres entrouvertes.

Alors il franchit les derniers centimètres qui séparaient

leurs bouches. La passion explosa aussitôt, incendiant chaque fibre de son corps, suscitant un désir violent. Les lèvres de Katrina étaient pleines, tendres et brûlantes, et avaient le goût de l'été.

Il les écarta de sa langue, les doigts perdus dans ses cheveux, l'enlaçant complètement, la pressant contre son bas-ventre durci.

Tout au fond de son cerveau, son bon sens lui disait qu'il l'embrassait trop fort, qu'il la serrait trop fort, et lui ordonnait de ralentir, de la lâcher, de reculer.

Mais elle gémit sous sa bouche, déclenchant un nouvel élan de passion. Agrippée à son T-shirt trempé de sueur, elle écrasait ses seins contre son torse, y laissait une empreinte brûlante. Il s'abandonna à l'ivresse de ses formes douces.

Un cheval hennit au loin, et le son de la rivière se déversa dans ses oreilles. Les oiseaux revinrent à la vie, tandis que la brise reprenait, apaisant sa peau surchauffée.

Avec une détermination féroce, il se força à rompre leur baiser.

— Je suis désolé, murmura-t-il.

— Pas moi.

— Ne dis pas ça, Katrina.

— Comme tu voudras.

Reed inspira plusieurs fois à fond, la lâchant à contrecœur.

— J'ai perdu les pédales.

— Pourquoi tu t'en veux ? On était deux dans l'affaire.

— J'essaie de me comporter en gentleman.

Aussi essoufflée que lui, elle s'écarta lentement. Des mèches blondes s'étaient échappées de sa queue-de-cheval. Ses lèvres étaient gonflées, ses joues empourprées, ses paupières alourdies, sensuelles.

— Parfois, se comporter en gentleman s'avère exagéré.

— Tu me tues, Katrina, grommela-t-il, frustré.

— Ce n'était pas mon but.

— Tu veux que je t'embrasse encore ? demanda-t-il, conscient de ne pouvoir résister à son petit jeu de séduction.

— Tu veux m'embrasser encore, cow-boy ?

— Plus que tout ce que j'ai désiré de toute ma vie.

Ils se dévisagèrent un moment dans un silence pesant.

— Mais je ne le ferai pas, ajouta-t-il.

Il ne le ferait pas, parce que s'il l'embrassait de nouveau, il ne pourrait jamais s'arrêter. Peu importe que la chambre de sa future maison se réduise à quelques piquets plantés dans le sol, il lui ferait l'amour passionnément, ici même, sur l'herbe moelleuse de la prairie. Et ensuite, il devrait construire une autre maison, ailleurs, car cet emplacement serait pour toujours habité par son souvenir.

Katrina ne manquait pas tout à fait d'expérience en matière d'hommes, mais n'était pas à proprement parler experte.

Jusqu'à l'âge de dix-huit ans, elle avait fréquenté une école de filles, puis avait intégré directement Liberty Ballet pour sa formation. Jusqu'à l'obtention de son diplôme, elle n'avait été entourée que de filles et des quelques danseurs qui participaient aux spectacles. Ces derniers étaient charmants, voire drôles, mais aucun ne l'intéressait sur le plan sentimental.

L'année précédente, elle était parfois sortie avec des hommes rencontrés à des collectes de fonds ou à d'autres soirées en lien avec la compagnie de danse, sans que rien n'ait jamais débouché sur une relation.

Puis il y avait eu Quentin Foster. Qui ne comptait pas. Le baiser de Reed, en revanche, comptait. Quentin faisait partie du conseil d'administration de Liberty Ballet. Plus âgé qu'elle d'une vingtaine d'années, il la poursuivait de ses assiduités depuis qu'elle était devenue danseuse étoile. Frustré par son manque de réponse à sa cour effrénée, il avait fini par la coincer dans son bureau deux semaines plus tôt, lui avait imposé un baiser goulu avant de lui proposer sans détour d'être sa maîtresse. Lorsqu'elle avait refusé avec fermeté, fou de rage, il avait menacé de briser sa carrière.

Elle ignorait s'il en avait les moyens. En tout cas, il connaissait assurément toutes les personnes influentes du monde de la danse.

Etranges, les différences entre Quentin et Reed, songea-t-elle, en peignoir devant le miroir de la coiffeuse dans la chambre d'amis des Terrell. Quentin était mondain, cultivé, pointilleux et nonchalant. Reed était authentique, affirmé, passionné et indiscipliné. Mais elle savait incontestablement à qui elle accorderait sa confiance.

Ses doigts montèrent d'instinct à ses lèvres, encore frémissantes du baiser de Reed. C'est lui qui y avait mis fin. Les avait ramenés tous deux à la raison. S'il ne l'avait pas fait, elle aurait à coup sûr offert sa virginité à un rude fermier, là, dans une prairie de Lyndon Valley.

Sans cesser de sourire, elle secoua la tête. Comme toute femme, elle avait fantasmé sur sa première fois. La vision impliquait toujours une chambre d'hôtel huppée et un homme qui aurait posé nœud papillon et smoking sur une bergère avant de la rejoindre dans un grand lit à baldaquin. Lyndon Valley, un jean élimé, un nez bosselé et un menton râpeux ne cadraient pas avec ce qu'elle avait imaginé de sa première fois.

— Katrina ? fit la voix de Mandy derrière la porte.

Bannissant fermement Reed de son esprit, elle l'invita à entrer.

Sa sœur aussi sortait de la douche. Pieds nus, ses cheveux châtains retenus par un ruban, elle portait un

T-shirt vert foncé sur un pantalon de toile beige. Elle se roula en boule sur le coin du lit.

— Alors, comment ça va ? Ta cheville tient le coup ?

— Tout va bien, assura Katrina.

Et elle se rendait compte que c'était vrai. Quentin était loin, et subitement facile à écarter de ses pensées. Occulté par Reed. Elle se sentait vivifiée et gaie grâce à tout cet air pur. Sa cheville avait résisté à la longue marche avec une force surprenante, et s'avérait bien plus solide que la veille.

— Seth a téléphoné, annonça Mandy.

— Il nous ordonne de rentrer ?

Katrina se dirigea vers sa valise, posée sur une table basse. Elle s'était demandé combien de temps le reste de la fratrie les laisserait toutes deux disparaître chez les Terrell.

— En quelque sorte. Il veut qu'on l'accompagne à Lyndon demain. L'hôpital organise un bal caritatif, et Seth pense que ce serait bon pour sa campagne d'avoir un gros contingent de Jacobs à ses côtés.

— Il veut qu'on milite pour lui ?

— Non, juste qu'on se montre, qu'on danse et qu'on sourie devant les caméras. Du gâteau pour toi.

Après un instant d'hésitation, elle choisit une simple jupe en maille noire et une légère blouse couleur cuivre.

— On parle de robe du soir et tout le tralala ?

Mandy acquiesça.

— Oui, ce sera habillé.

— Alors je vais devoir faire du shopping.

Ce qui était du gâchis, vu que son placard à New York regorgeait de tenues de soirée.

— Et peut-être aller chez le coiffeur, ajouta-t-elle. Je ne dois pas avoir de chaussures appropriées non plus.

Si Katrina pouvait être certaine que les photos prises

lors de cet événement ne serviraient que localement, pour la campagne de Seth, elle ne s'inquiéterait pas de sa tenue. Mais les danseurs de Liberty Ballet étaient soumis à des consignes strictes en matière d'image publique.

Du sommet de son crâne à la pointe des orteils, elle devait donner une représentation parfaite de la compagnie.

— Il y a des magasins à Lyndon, indiqua Mandy.

— Eh bien, je vais en avoir besoin.

— Ce séjour t'amusera sûrement beaucoup plus qu'être ici. Tu vas t'habiller et danser au lieu de raser les murs des écuries en t'inquiétant des chevaux.

— Tu n'as rien dit à Seth à ce sujet, rassure-moi ? demanda-t-elle, méfiante, tout en enfilant sa jupe.

— Non, je le jure. Mais le Colorado a ses charmes, tu sais.

— New York aussi.

— Comme la circulation ou les agressions dans le métro ?

— Je pensais plutôt à Central Park ou au Metropolitan Museum of Arts.

— Lyndon possède un centre artistique, un orchestre et un musée, je te signale.

Katrina rejoignit sa sœur sur le lit.

— Tu adores cet endroit, pas vrai ?

— Oui, vraiment.

— Mais Caleb et toi vivrez surtout à Chicago, non ?

— On pense se partager entre les deux. Je supporterai Chicago pour lui, et il supportera Lyndon pour moi.

— Donc l'un de vous sera toujours malheureux ?

Sans vouloir discuter du bien-fondé de cet arrangement, elle ne le trouvait pas particulièrement astucieux.

La voix de Mandy s'adoucit.

— Caleb haïssait son père. Il ne haïssait pas Lyndon

Valley. Maintenant que Wilton n'est plus là, il se rappellera tout ce qu'il aimait dans le ranch.

— Tu crois ?

— J'en suis certaine.

— Eh bien moi, je ne quitterai jamais New York.

— Même pas pour l'homme de ta vie ?

— L'homme de ma vie est là-bas.

Le visage de Mandy s'éclaira.

— Tu avais dit que tu n'avais pas de petit ami ?

— Je n'en ai pas, répliqua Katrina, reprenant à son compte la logique de Reed. Je ne l'ai pas encore rencontré. Mais je sais qu'il est là, quelque part, en train de choisir un tableau impressionniste pour son loft, de boucler son portefeuille d'actions et de porter son smoking au pressing.

Mandy éclata de rire.

— Tu savais que Reed construisait une maison ? lui demanda Katrina tout à trac.

— Comment ça ?

— Il m'a montré le futur chantier aujourd'hui. Sur une des prairies à côté de Flash Lake. Il a déjà délimité tout le tracé. Je n'ai pas vu les plans, mais il en parle comme si tout était prévu. Il affirme qu'il va se trouver une femme et fonder une famille. Caleb et toi pourrez garder cette maison.

— Ah bon ? fit Mandy, manifestement étonnée.

— C'est nouveau, alors ?

— Il a bien annoncé à Caleb son intention de fonder une famille ici, au ranch. Mais pour autant que je sache, il n'a pas parlé de nouvelle maison. J'en déduis que vous n'êtes plus en guerre, tous les deux ? ajouta-t-elle.

Katrina sentit ses joues s'empourprer.

— On n'était pas en guerre. C'est juste que... Il m'aide à soigner ma cheville.

Seigneur, pourquoi cette simple explication la troublait-elle autant ? Elle ne mentait pas. Tout cela était vrai.

— Katrina ?

— Hmm ?

— Qu'est-ce qu'il se passe ? Tu es attirée par Reed ?

Elle éluda la question.

— Reed, c'est le Colorado.

Il en était même une métaphore parfaite.

— Et tu détestes le Colorado.

— Ça m'intimide.

— Donc Reed t'intimide, conclut Mandy, la scrutant d'un regard inquisiteur.

— Pourquoi cette conversation me donne-t-elle l'impression d'une partie d'échecs ?

— Parce que tu restes évasive.

— Moi, j'aime les hommes en smoking.

Mandy sourit.

— Alors le bal de demain risque de t'intéresser.

— Pour quelle raison ?

— Reed sera en smoking.

— Aucune importance.

L'habit ne faisait pas le moine. Et la poussière du Colorado avait tendance à adhérer.

La porte de l'ascenseur s'ouvrit sur le hall du Lyndon Sunburst Hotel, et Katrina, flanquée de Mandy et d'Abigail, faillit trébucher sur ses sandales argentées à hauts talons. Reed n'avait rien de poussiéreux. Au contraire, il était sublime en smoking.

Près d'un pilier de marbre, il bavardait avec Caleb, Travis et Seth. Plus grand et plus large d'épaules que les trois autres hommes, rasé de près, les cheveux fraîchement coupés, il la fixait d'un regard intense.

— Ouah ! souffla-t-elle.

— Tu parles de Calcb ? railla Mandy.

— Evidemment, répliqua-t-elle du tac au tac, mais son regard restait rivé à Reed.

— Le nœud papillon de Seth est de travers, pesta Abigail.

Accélérant le pas, elle alla vers leur frère dans l'espoir de corriger le problème avant que quiconque s'en aperçoive.

— Menteuse, chuchota Mandy. Reconnais que Reed t'attire.

— Pas du tout.

— Tu ne le lâches pas des yeux.

— Je me disais qu'il était trop grand.

Entre autres. Il était aussi trop costaud, trop déterminé, trop attirant et, surtout, il embrassait beaucoup trop bien.

— En tout cas, il est beau en smoking, souligna Mandy.

— Tous les hommes sont beaux en smoking.

Mais peu étaient *aussi* beaux en smoking.

Alors qu'elles rejoignaient le petit groupe, Caleb émit un sifflement d'admiration, couvant d'un regard amoureux sa fiancée en long fourreau gris chatoyant. Il l'enlaça.

— J'aime quand tu es habillée en fille, déclara-t-il en posant un baiser sur son épaule nue.

Abigail finit d'ajuster le nœud papillon de Seth. Puis elle récapitula avec lui et Travis les personnalités à saluer à tout prix, afin qu'elles apportent une importante contribution financière à sa campagne. Ensuite, tout le monde se dirigea vers la sortie de l'hôtel, Mandy au bras de Caleb, laissant Reed et Katrina fermer la marche.

— Tu es sensationnelle, lui dit-il, les yeux sur sa robe moulante en satin jaune pâle.

Sur le corsage au profond décolleté s'entrecroisaient de minuscules rangées de cristaux, qui recouvraient également les fines bretelles dénudant ses épaules. La jupe épousait ses hanches avant de s'évaser en pans fluides jusqu'au sol.

Elle avait acheté des pendants d'oreilles en cristal, peu onéreux mais amusants, qui mettaient en valeur son chignon tout simple et se mariaient à merveille avec un collier sophistiqué de strass et topaze. Son maquillage répondait aux critères du Liberty Ballet, un peu trop appuyé à son goût, mais personne ne lui ferait de reproche si sa photo apparaissait dans un magazine national.

— Merci, répliqua-t-elle, sans se lasser de le contempler.

Au lieu du traditionnel nœud papillon, il avait noué une cravate de satin gris taupe sur sa chemise d'une blancheur éclatante et orné la veste noire d'une pochette assortie. Le smoking lui allait à merveille, et elle se demanda s'il lui appartenait ou s'il l'avait loué pour l'occasion.

Ses grandes mains tannées et son nez un tantinet imparfait étaient les seuls détails qui l'empêchaient d'être aussi raffiné que les hommes qu'elle fréquentait à New York… constat qui était pour elle tout à la fois grisant et déconcertant.

Comme il lui offrait son bras, elle glissa automatiquement la main au creux de son coude, consciente de ses muscles vigoureux sous le tissu souple.

— Tu es sensationnel toi aussi.

— Je me fais l'effet d'être un pingouin, grommela-t-il. Tu n'as pas idée à quel point il est difficile de bouger là-dedans.

Katrina désigna sa robe ajustée.

— Plus que de bouger dans ça, par exemple ?

— Personne ne compte sur toi pour changer un pneu.

Elle ne put retenir un rire.

— Parce que tu as l'intention de changer un pneu ce soir ?

Il lui saisit la main, la pressa contre la poche de son veston. Elle sentit une bosse rectangulaire et dure.

— Un multifonction, expliqua-t-il. Couteau, tournevis, lime, tenailles. Paré à toutes les éventualités.

— Tu vas au bal avec un couteau multifonction ?

— Oui madame !

— Je suppose qu'une équipe de maintenance a été prévue au cas où. Le pire qui risque d'arriver ce soir serait un talon cassé.

Dehors, une file de voitures rutilantes attendait de conduire les invités. Ses frères et sœurs étaient invisibles.

— Je sais réparer un talon de chaussure, rétorqua Reed. Ainsi qu'un harnais, un moteur de hors-bord, tailler du petit bois ou retirer une écharde.

— Moi, rien de tout ça. Si, retirer une écharde, peut-être. Mais je n'aurais pas ce qu'il faut dans mon sac.

Il ouvrit la portière arrière d'une des voitures.

— C'est la beauté du système, répliqua-t-il en l'aidant à prendre place à l'intérieur.

Comme elle l'interrogeait du regard, il fit une grimace ironique.

— Tu m'as emporté, moi. Tu n'as besoin de rien d'autre.

— Tu es un multifonction vivant, c'est ça ?

Les yeux de Reed s'assombrirent un peu, et sa voix devint plus rauque.

— Exactement.

Il se servait de ses talents de cordonnier pour flirter ? Avant qu'elle puisse le décider, il claqua la portière et la rejoignit sur la banquette. Le bras allongé sur le dossier, il se tourna vers elle, sans rien dire, se contentant de l'observer, tandis que la voiture roulait vers l'hôpital.

Elle soutint son regard. Bizarrement, elle n'éprouvait pas le besoin de briser le silence. Le moment s'étira, et elle se surprit à repenser à leur baiser, à la sensation de ses lèvres sur les siennes, au goût de sa bouche, au son de sa voix sourde à son oreille, à la senteur boisée de sa peau…

— Tu vas être capable de danser ? demanda-t-il d'un ton bourru avec un signe du menton en direction de sa cheville.

— Je devrais arriver à exécuter une valse ou deux.

Les progrès étaient lents, mais indéniables. Avant sa venue au Colorado, la guérison semblait stagner, et elle avait été terrifiée à l'idée de ne jamais récupérer totalement, ou alors si lentement qu'elle perdrait sa place au sein de la compagnie.

— Tu me réserves une danse ? reprit Reed, les yeux brillants.

— D'accord.

Une fois de plus, Katrina se rendit compte combien elle se sentait en sécurité avec lui. Elle n'avait rien à craindre. Rien de mal ne lui arriverait ce soir. Même pas un pneu à plat.

Le dîner était terminé, mais le bal n'avait pas encore commencé. Comme Reed s'y attendait, Kristina était la reine de la soirée. Elle avait mis près de vingt minutes pour atteindre les toilettes, sans cesse arrêtée par des hommes qui s'agglutinaient autour d'elle, la pressaient de questions, lui prodiguaient des compliments, s'attardaient pour lui serrer la main, cherchant le moindre prétexte pour la toucher.

Reed but une gorgée de champagne, regrettant l'absence d'un breuvage plus fort pour étancher sa mauvaise humeur.

Travis Jacobs prit la chaise voisine et lui offrit un

whisky pur malt dans un lourd verre de cristal, qu'il accepta avec reconnaissance.

— Je vois bien la façon dont tu regardes ma sœur, lança Travis de sa voix traînante.

— De la même façon que tous les types dans cette salle. Ça te déplaît ? Ne la laisse pas s'habiller comme ça.

— Vous autres Terrell devriez rester à l'écart des femmes Jacobs.

Reed eut un petit rire.

— Caleb en épouse une, et moi je n'en ai touché aucune.

Avoir embrassé Katrina ne comptait pas. Dans ce contexte bien précis, il était clair que « toucher » signifiait beaucoup plus qu'embrasser.

Alors que l'orchestre s'installait et que les lumières baissaient, Travis et Reed virent un homme s'approcher de Katrina. Il la considéra ostensiblement de la tête aux pieds, puis, le visage animé, posa une main sur son bras, dans un geste un peu trop familier. Katrina recula, mais l'homme ne la lâcha pas.

Reed posa son verre sur la table et se leva.

— Je suppose que danser reste acceptable, dit-il à Travis.

— Si c'est pour la débarrasser de ce crétin, tu as ma bénédiction, répondit Travis tandis qu'il s'éloignait déjà.

Une fois devant Katrina, il enlaça sa taille mince d'un geste de propriétaire et susurra, fusillant l'homme du regard :

— Chérie, tu m'accordes cette danse ?

L'intrus bondit en arrière, et il le congédia d'un mouvement d'épaule, focalisant son attention sur elle.

Il y eut un petit blanc.

— Tu es venu à mon secours ? finit par lancer Katrina, amusée.

— C'est l'histoire de ma vie.

— Je n'avais pas de problème.

— Tu paraissais en avoir.

Il savait qu'il devrait ôter sa main de sa taille souple, mais n'en avait pas la moindre envie.

— Il se montrait un peu trop amical, admit Katrina. Mais je m'en serais débrouillée.

— Tu n'avais pas à t'en débrouiller. C'est pour ça que tu m'as emmené, souviens-toi.

— Je croyais que tu n'étais là que pour réparer des talons ou retirer des échardes ?

— Je danse aussi, rétorqua-t-il en riant.

— La valse ?

— Même la valse. Allons-y.

Il l'entraîna sur la piste, où l'orchestre jouait un classique, et l'attira entre ses bras. Son corps tout entier parut soupirer de bonheur lorsqu'elle se positionna contre lui.

Elle se mouvait avec fluidité et grâce, légère sur ses pieds, sensible à ses déplacements les plus subtils. Il la rapprocha encore de lui, sa main venant sur la douce peau nue révélée par le profond décolleté à l'arrière de sa robe. Le contact était si affolant qu'il chercha quelque chose à dire.

— Tu danses très bien.

— Merci, répliqua-t-elle, un sourire dans la voix. J'ai suivi quelques leçons.

Un peu honteux de sa nullité, il fit une petite grimace.

— Mais c'est gentil de le remarquer, poursuivit-elle avec un accent de sincérité. Tu n'es pas mauvais non plus.

— J'ai appris au lycée, en cours de gym.

Et si depuis, il pratiquait rarement, c'était toujours avec plaisir.

L'orchestre attaqua ensuite une série de standards des années 1950. Reed ne voyait aucune raison de ne pas garder Katrina dans ses bras, aussi laissa-t-il passer un morceau après l'autre en la tenant blottie contre lui.

Peu à peu, ils tournoyèrent vers des portes ouvertes sur une large véranda. Il faisait plus sombre dans cette partie de la salle, la musique était moins forte, et une brise fraîche montait de la rivière. Katrina se pressa contre sa poitrine.

— Tu as froid ? chuchota-t-il en resserrant son étreinte.

— Non, je suis bien.

Lui aussi était bien. Beaucoup mieux que ça, même. Il aurait voulu que le temps s'arrête, que le monde disparaisse et les laisse ici, seuls tous les deux.

Mais alors, il surprit Travis qui les observait avec attention depuis l'autre bout de la salle. Et il comprit que le monde ne disparaîtrait pas de sitôt. Il ne pouvait blâmer le frère de Katrina de s'inquiéter. La jeune femme affolait ses sens, et il n'était pas sûr d'arriver à réprimer encore longtemps le désir qui l'assaillait.

— Tu vas souvent à ce genre de soirées à New York ? demanda-t-il.

Il était curieux de savoir si elle s'habillait de manière aussi provocante là-bas. De toute évidence, elle ne portait pas de soutien-gorge. Y avait-il autre chose sous le satin soyeux ?

— Tu veux dire à des bals ou à des réceptions caritatives ? Oui. Par contrat, nous sommes obligés de faire des apparitions publiques. Que des danseurs reconnus assistent à des dîners organisés par Liberty Ballet pour collecter des fonds est bon pour les dons.

— Et si tu n'en as pas envie ?

— Ça fait partie de mon travail.

Il se rembrunit.

— Danser avec des inconnus fait aussi partie de ton travail ?

— Des inconnus prêts à s'acquitter de dons conséquents.

— Et tes frères ? Ils en pensent quoi ? Ils sont au courant ?

— Tu veux dire, ils sont au courant de mon vilain petit secret ? Que je danse avec des inconnus pour de l'argent ?

A la pensée de ses autres partenaires de bal, Reed sentit un élan de jalousie le saisir. Cédant à une brusque impulsion, il sortit sur la terrasse, l'attirant loin de la foule.

— Hé ! protesta-t-elle.

Mais il continua, l'entraînant jusqu'à un large pilier derrière lequel il s'arrêta, à l'abri des regards. L'obscurité se referma sur eux.

Le souffle court, les lèvres entrouvertes, Katrina le fixa de ses yeux agrandis.

Il lui donna une demi-seconde pour dire non, puis se pencha pour l'embrasser. Plus fougueusement que prévu, à pleine bouche, la langue avide, gourmande.

Après un bref instant de surprise, elle inclina la tête en arrière et accueillit son baiser, le dos cambré, les hanches pressées contre ses cuisses. Elle noua les bras derrière sa nuque, tandis qu'il posait sa main libre au creux de ses reins, le fin tissu de sa robe s'effaçant dans son imagination.

— Tu es nue là-dessous ? demanda-t-il d'une voix rauque, tout en embrassant son cou, ses épaules, repoussant une bretelle pour mieux goûter sa peau tendre.

— Et toi ? lui retourna-t-elle, glissant des mains exploratrices sous sa veste.

— Oui, chuchota-t-il.

Leur baiser se prolongea, éveillant le désir dans chaque cellule de son corps. Son univers se réduisit à Katrina, sa saveur, sa senteur, la sensation enivrante de son anatomie parfaite et souple, qui s'imprimait sur sa peau.

Un rire féminin pénétra sa conscience alors qu'un groupe de gens s'avançait sur la terrasse.

Il se força à la relâcher, à reprendre ses esprits.

Lorsqu'il retrouva sa voix, elle était rocailleuse.

— Mais qu'est-ce qu'on fabrique ?

Qu'est-ce qu'*il* fabriquait ? Qu'est-ce qui lui prenait ?

Un sourire mystérieux sur les lèvres, Katrina rétorqua :

— Je crois que ça s'appelle s'embrasser.

Comme il était tentant de recommencer, de revivre ce moment magique… Mais il n'en était pas question. L'alchimie entre eux était puissante et les dépassait dès qu'il baissait la garde.

Pourquoi ne la laissait-il pas tranquille ? Katrina était une amie de la famille, une voisine, bientôt une belle-sœur. Pas une conquête passagère rencontrée dans un bar.

— Je fais n'importe quoi, grommela-t-il.

Elle s'écarta, rajusta la bretelle de sa robe.

— Es-tu en train de dire « pas ici » ?

Dommage que ce ne soit pas aussi simple…

— Je suis en train de dire « plus jamais ».

Le sourire de Katrina s'effaça, et il se fit l'effet d'être un mufle. Voilà maintenant qu'il l'insultait. Or, ce n'était pas le sens de ses propos. Il fourragea dans ses cheveux.

— Excuse-moi.

Les lèvres pincées, elle pivota sur ses talons.

— Pas de problème.

— Katrina !

Mais elle repoussa la main qu'il lui tendait.

— Inutile de te justifier.

— Ce n'est pas que je ne veuille pas, commença-t-il en l'attrapant par le poignet.

— Tu m'embarrasses, Reed. Lâche-moi.

Son ton était glacial, comme ses yeux bleus, fixés droit devant elle.

— Ecoute-moi, chuchota-t-il, essayant de calmer le jeu.

— Non.

— J'ai envie de toi, Katrina. Terriblement envie de toi.

— Ça se voit.

— Arrête un peu ! Ta sœur va épouser mon frère.

Elle le fusilla du regard.

— En somme, il s'agit d'une sorte de code d'honneur ?

— Oui.

A défaut de meilleur terme…

Elle se pencha vers lui, ses seins frôlant son bras.

— Eh bien, je te conseille de passer par-dessus ça. Parce que, moi aussi, j'ai envie de toi, Reed. Terriblement.

Malgré lui, il desserra sa main en entendant cet aveu franc et massif.

Elle en profita alors pour s'échapper.

- 5 -

Katrina n'en revenait pas d'avoir provoqué Reed ainsi. Elle n'avait jamais rien dit d'aussi audacieux à un homme.

Elle fonça droit à la table des Jacobs, confuse, tiraillée entre énervement et embarras.

Comment osait-il la protéger d'elle-même ? Comme si elle n'était pas capable de prendre seule ses décisions ! Elle savait bien que sa sœur épousait son frère. Et alors ? Reed et elle étaient adultes, non ?

Une fois assise, elle le vit traverser la salle dans sa direction. Pour se remonter le moral, elle but une gorgée de champagne.

L'agacement l'emportait, tout compte fait.

Son frère Travis se laissa tomber sur la chaise voisine.

— Il paraît que tu as peur des chevaux ? lança-t-il.

— Il paraît que tu refais des rodéos de taureaux ? répliqua-t-elle du tac au tac.

— Qui t'a dit ça ?

— Mandy.

— Au moins je n'ai pas peur d'eux.

— Tu devrais. Tu n'as plus dix-huit ans.

— Belle digression, la complimenta Mandy en les rejoignant, flanquée de Caleb.

Katrina en profita pour porter son attention sur sa sœur.

— La musique est sympa.

— Je pourrais t'apprendre en moins d'une semaine, indiqua Travis sans se laisser démonter par sa résistance.

— Un bon mélange éclectique de chansons, poursuivit Katrina. C'est ce que je préfère pour ce type de soirée.

Une voix masculine inconnue retentit derrière elle.

— Vous permettez ?

Elle se retourna et aperçut un homme plutôt séduisant, la trentaine, qui l'invitait de sa main tendue. Puis l'homme leva les yeux et fronça les sourcils.

— Excusez-moi. Ce n'est pas grave, marmonna-t-il avant de pivoter sur ses talons et de s'éloigner.

Perplexe, Katrina l'observa s'éloigner d'un pas vif. Non qu'elle ait envie de danser. Sa cheville commençait à lui faire mal. Mais tout de même, quelle étrange attitude de sa part…

— En fait, reprit Travis d'un ton ferme, tu n'as aucune raison d'avoir peur d'eux.

— Ni des poules, d'ailleurs, ajouta Mandy, taquine.

Consciente de ne pouvoir éviter le sujet éternellement, Katrina se tourna vers eux pour leur faire face. Son regard croisa alors celui de Reed, dur et sombre. Reed s'était assis juste de l'autre côté de la table, et elle supposa que sa présence expliquait à elle seule le départ brutal de son aspirant-partenaire de danse.

— Tu es plutôt en forme, continuait Travis à son intention. Et tu dois avoir un sens de l'équilibre correct.

— Correct, oui, répliqua-t-elle, les yeux fixés sur Reed, l'homme qui se mêlait de ce qui ne le regardait pas.

Elle but une longue gorgée de champagne. C'était sa troisième coupe, et l'alcool commençait à faire son effet. L'expression de Reed devenait amusante, et la compagnie de ses frères et sœurs moins intimidante que d'habitude.

Abigail arriva à son tour et prit place près de Reed.

— De quoi parlez-vous ? demanda-t-elle.

— De la peur irrationnelle de Katrina pour le Colorado.

— Ce n'est pas de la peur, objecta-t-elle. Plutôt… — elle chercha le mot approprié — du dégoût.

— C'est idiot, rétorqua Abigail. Comment ne pas aimer tout ce qu'il y a ici ? Les montagnes, les arbres, le bon air, l'eau claire.

— La poussière, compléta Katrina, sifflant le reste de son champagne.

Elle chercha un serveur des yeux. Au diable les calories ! Elle voulait maintenir cette douce euphorie.

— On s'habitue à la poussière, déclara Mandy.

— Vous ne comprenez pas mon point de vue.

Son ton était monté, au point que tout le monde autour de la table la considéra avec étonnement. Une petite voix en elle lui intima de se taire, mais lorsqu'un serveur lui offrit une quatrième coupe, elle comprit que c'était le soir ou jamais d'aller jusqu'au bout.

— Alors quel est ton point de vue ?

— Je ne veux pas changer pour le Colorado, répondit-elle allègrement. Je veux que le Colorado change pour moi.

— Voilà ce que j'appelle faire sa diva, lâcha Travis.

Du coin de l'œil, Katrina vit Reed le foudroyer du regard.

— C'est ce que vous pensez tous de moi, n'est-ce pas ?

Elle savait que oui, mais c'était la première fois qu'elle l'abordait ouvertement.

Comme Travis ouvrait la bouche pour riposter, Mandy et Caleb lui intimèrent à voix basse de se taire.

Soudain, la coupe de champagne de Katrina lui fut retirée des mains. Reed s'était penché par-dessus la table pour la mettre hors de son atteinte.

— Hé ! s'exclama-t-elle, à la fois surprise et outrée.

— Je ne vois pas pourquoi je devrais prendre des gants pour lui parler, protesta Travis.

— C'est ta sœur, répondit Caleb.

— Justement. Ce qui signifie que je dois avoir une discussion franche avec elle.

— Pas ce soir, intervint Reed.

Il avait surgi à côté d'elle sans qu'elle ne le remarque. Elle toisa son frère.

— Je ne suis pas une diva. Il se trouve simplement que je n'aime pas les chevaux, les vaches ou les cow-boys.

— Il y a plein de cow-boys dans ta famille, fit remarquer Travis.

— Oui, mais des cow-boys qui se lavent tous les jours, dit Mandy dans un effort évident pour alléger l'atmosphère.

Tout le monde en profita pour enchaîner avec des plaisanteries sur les aléas de la poussière et les joies de l'élevage du bétail.

Après quelques instants de mauvaise humeur, Travis et Katrina se mirent au diapason.

Puis Reed se pencha à son oreille.

— Tu es prête ? chuchota-t-il.

— Prête pour quoi ?

Elle n'avait pu retenir une certaine agressivité. Après tout, elle lui en voulait d'avoir interrompu leur baiser. Ce n'était guère chevaleresque de sa part. Néanmoins, il venait de s'interposer entre Travis et elle.

— Abigail, reprit Reed. Je pense qu'il est temps pour Katrina de rentrer se coucher.

Les deux sœurs partageaient la même chambre d'hôtel. Sur le point de répliquer vertement, elle surprit son regard furieux et préféra s'en tirer par une pirouette.

— Est-ce que tu vas me bander la cheville ?

— Non.

— Mais elle me fait mal.

— Tu as bu trop de champagne, Katrina.

Elle voulait qu'il l'accompagne dans sa chambre, seul, où elle pourrait… bon, elle ne savait pas exactement ce qu'elle ferait, mais ils pourraient au moins discuter. L'idée de renoncer à leur attirance mutuelle à cause de Mandy et de Caleb était ridicule.

— Bander sa cheville ? répéta Abigail.

— Elle s'est déchiré un tendon en dansant, expliqua Reed. Je la soigne avec mon bandage aux herbes.

— Excellent remède, souligna Caleb.

— Tu t'es abîmé la cheville ? demanda Abigail.

— Oui, mais ça va déjà mieux, répondit Katrina, étonnée que Mandy ait gardé l'information pour elle.

— Tu devrais rentrer à l'hôtel, suggéra cette dernière. Tu as sans doute assez dansé pour ce soir. Il faut te ménager.

— Allons-y, renchérit Abigail. Je suis épuisée.

Pas de conversation privée avec Reed ce soir, alors. Mais Katrina n'était pas prête à s'avouer vaincue. De retour au ranch, elle aurait bien l'occasion de se retrouver seule avec lui.

Katrina découvrit bientôt que, si Reed ne voulait pas que quelque chose se produise, cela ne se produisait pas. Après le bal caritatif à Lyndon, Mandy et elle avaient passé quelques jours dans le ranch familial. Mais sa sœur trouva assez vite un prétexte pour retourner chez les Terrell, et Katrina, une raison de l'accompagner.

Là, Reed se montra poli mais néanmoins déterminé. Il travaillait toute la journée à l'autre bout de l'exploitation et passait ses soirées en compagnie de Caleb et de Mandy. Si Katrina lui posait une question, il répondait. Et, chaque jour, il continuait de bander sa cheville, en veillant bien cependant à ne jamais rester seul avec elle.

Aussi fut-elle étonnée, un midi, d'entendre sa voix résonner dans la véranda. Elle venait de terminer ses exercices au sous-sol et était partie à la recherche de Mandy.

— Cela ne me prendra que quelques heures, déclara Reed.

— Ce n'est pas le problème, répliqua Caleb. On a des ouvriers pour ce genre de boulot.

— Je n'ai pas l'intention de passer l'après-midi entière dans le bureau.

— Une fois qu'on aura mis les choses en place avec un régisseur, tu seras libre de bricoler comme bon te semblera.

— Parfait, riposta Reed avec fermeté. Mais aujourd'hui, je veux réparer la pompe de Brome Ridge.

— Tu es impossible !

— Il faudra t'y faire. Je risque de rentrer tard ce soir.

Comme il commençait à s'éloigner, Katrina sauta sur l'occasion et se précipita derrière lui.

— Tu as dit Brome Ridge ? lui demanda-t-elle.

Il se figea, les bottes ancrées dans le sol.

— J'avais justement envie d'y aller avant mon départ, poursuivit-elle avec un large sourire. Il ne me reste que quelques jours. Je peux venir ?

— Oublie, répondit-il sèchement.

— Emmène-la, l'exhorta Caleb.

Reed foudroya son frère du regard.

— C'est un déplacement de travail, pas un pique-nique.

— Je ne te gênerai pas, insista Katrina.

Coincé dans un pick-up, il serait bien obligé de lui parler.

— Tu me gêneras forcément, grogna-t-il, la toisant de ses yeux gris aussi sombres que l'ardoise.

— Cesse de faire l'idiot, objecta Caleb. Vas-y, Katrina. Les pièces et les outils sont dans le camion vert.

— Occupe-toi de tes affaires, Caleb. Elle ne vient pas.

Mais Katrina dévalait déjà les marches et traversait la large allée en direction du pick-up. Elle se hissa sur le siège passager, claqua la portière, puis observa à distance pendant quelques minutes la dispute qui se poursuivait entre Reed et son frère. En définitive, Reed tourna les talons, gagna le camion à grandes enjambées furieuses, et ouvrit la portière d'un geste brusque.

— Descends, ordonna-t-il.

— Hors de question !

— Je t'ordonne de descendre !

Du menton, elle indiqua Caleb qui les observait depuis la véranda.

— Ton frère pense que tu as perdu la raison.

— Tu ne me feras pas ça, Katrina.

Elle afficha une innocence tranquille.

— Ça quoi ? Qu'est-ce que je fais, à ton avis ?

Une incertitude flotta sur le visage de Reed.

— Tout ce que je veux, c'est discuter, continua-t-elle. Je pars dans deux ou trois jours. Il peut se passer des années avant que je revienne. Tu as été chic avec moi. Tu as soigné ma cheville. Tu m'as installé un vélo fixe. On ne peut pas se dire au revoir gentiment ?

Il la fixa sans un mot, et elle perçut son hésitation. Il se demandait s'il avait imaginé son attirance pour lui et l'alchimie explosive entre eux.

Non, il n'avait rien imaginé du tout. Mais à quoi bon le lui rappeler ?

— Tu crois que je vais te sauter dessus ? reprit-elle d'un ton léger et moqueur, malgré son ventre noué par une nervosité croissante. Ton ego est si gros que ça ?

Les mâchoires serrées, Reed recula et referma la portière.

Katrina poussa un soupir de soulagement.

Il contourna le pick-up et s'assit derrière le volant, puis démarra en trombe, dans un nuage de poussière et de gravillons.

Aucun des deux n'ouvrit la bouche durant une bonne demi-heure tandis qu'ils suivaient le chemin défoncé qui serpentait à travers les arbres en direction des plus hauts pâturages du ranch. Reed activa ensuite les quatre roues motrices pour franchir un ruisseau peu profond. Katrina s'accrochait tant qu'elle pouvait dans les cahots.

— Ça va être un long trajet silencieux ? finit-elle par demander, à bout de nerfs.

— Ça devait être un long trajet silencieux. Je m'attendais à être seul.

— Eh bien, je peux te distraire en bavardant.

Il attaqua l'ascension d'une pente raide et boueuse.

— Faire la tournée des cocktails se révèle parfois commode, je suppose, rétorqua-t-il.

— Où veux-tu en venir ? Aux insultes ?

— Je ne veux en venir nulle part. C'était une observation, pas une insulte.

— Menteur.

— D'accord, admit-il. C'était une plaisanterie.

— Elle n'était pas drôle.

— Je le croyais, railla-t-il avec une moue goguenarde.

— Tu n'es pas très gentil, Reed Terrell.

Il la dévisagea un instant, puis lâcha d'une voix douce :

— Non, je ne suis pas gentil. Et tu ferais mieux de t'en souvenir.

— Je n'ai pas peur de toi, Reed, répliqua-t-elle, agrippée à sa ceinture comme il prenait un brusque virage.

— Aucune importance. J'ai assez peur pour nous deux.

Katrina ne trouva rien à répondre. L'idée de Reed effrayé par quoi que ce soit lui semblait tout à fait absurde.

Un long moment plus tard, le pick-up s'arrêta dans une ultime secousse sur le chemin poussiéreux. Un bosquet de trembles s'étalait en contrebas, et la côte grimpait en pente abrupte vers le sommet de la butte.

— Il va falloir marcher à partir d'ici, annonça Reed.

— Marcher ?

— A moins que tu veuilles attendre dans la voiture. Je n'en ai que pour quelques heures.

— Non, ça ira.

Dieu merci, elle portait des tennis confortables. Le reste de sa tenue, débardeur et collant à mi-mollet, ne convenait pas vraiment à une randonnée dans la brousse, mais tant pis. Elle descendit du pick-up avec entrain.

Reed sortit du coffre une ceinture porte-outils en cuir éraflé, qu'il boucla autour de sa taille, avant de la garnir d'un marteau, d'un mètre pliant, de tournevis, clés anglaises et tenailles. Puis il fourra sous son bras quelques longueurs de tiges et de tuyaux, prit dans son autre main une boîte à outils métallique toute cabossée et se tourna vers le sentier qui montait en zigzag.

Katrina lui emboîta aussitôt le pas.

— Tu veux que je porte quelque chose ? proposa-t-elle.

Pour toute réponse, il se contenta d'un petit rire.

— Oh ! ça va ! Je cherchais juste à rendre service, riposta-t-elle, s'efforçant de tenir le rythme rapide qu'il imposait de ses longues et puissantes foulées.

— Je ne crois pas que tu sois d'une quelconque utilité comme bête de somme, lui lança-t-il par-dessus son épaule.

— Tu juges sans savoir.

— Tu aurais dû rester au ranch.

Le sentier devint plus ardu, et comme ils approchaient de la crête, elle dut s'accrocher aux branches des arbres pour continuer à progresser. Arrivé en haut, Reed se dressa de toute sa hauteur. Devant eux, une vaste prairie se déployait en pente douce jusqu'à une profonde vallée, avant de remonter sur la colline suivante.

— Et rater ça ? répliqua Katrina, le souffle court. Quel dommage. Il y a une pompe ici ?

Reed pointa en direction du nord, plus loin sur le plateau.

— Elle puise l'eau d'un étang là-bas. Le bétail aime venir ici à la fin de l'été. Cette pâture est balayée par le vent dominant, ce qui les préserve des insectes. Mais sans point d'eau, les bêtes devraient refaire tout le trajet vers la rivière.

— Tu vois bien que tu es un homme gentil. Tu penses au confort de tes vaches.

— Non, j'ai simplement le sens pratique. Ça va, ta cheville ? ajouta-t-il en la considérant avec attention.

— Très bien.

— Tant mieux.

Sans un mot de plus, il recommença à avancer sur la crête accidentée, distançant rapidement Katrina. Si elle avait espéré entamer une conversation avec lui, elle allait rester sur sa faim. Reed tenait visiblement à maintenir entre eux une distance conséquente.

Après une heure de marche environ, ils atteignirent un étang boueux au pied d'un vieux moulin à vent. Le vent s'était levé, et le grincement sourd des ailes rendait toute discussion difficile.

Reed posa la boîte à outils au sol et commença à inspecter l'assemblage complexe de tuyaux et de câbles qui reliaient la pompe au moulin. Quelques instants plus tard, il sélectionna une clé et s'acharna sur un boulon apparemment récalcitrant. Celui-ci finit par lâcher, et Reed déconnecta le mécanisme.

Maintenant qu'elle restait immobile, Katrina commençait à avoir froid. Sans compter que le soleil venait de disparaître derrière d'épais nuages, et le ciel ne cessait de s'assombrir. Ils se trouvaient exposés en plein vent, et un moustique la taquinait parfois. Mais elle se garda bien d'émettre la moindre plainte. Au contraire, elle serra les dents pendant que Reed résolvait son problème de pompe.

Lorsqu'il se mit à pleuvoir, Reed poussa un juron. Il se tourna vers Katrina.

— Tu as froid ? demanda-t-il.

— Non, répondit-elle, bien que claquant des dents.

Il jura de nouveau, laissa tomber l'outil qu'il tenait et s'approcha. Comme quand il l'avait retrouvée sur le chemin avec sa bicyclette cassée, il ôta sa chemise.

— Je n'ai pas besoin…

— Tais-toi.

— Désolée, murmura-t-elle tandis que la chaleur du tissu l'enveloppait.

— Assieds-toi par terre. Tu sentiras moins le vent. Tu n'aurais pas dû venir, ajouta-t-il en regardant le ciel.

— Ça va très bien, je t'assure.

Bras serrés autour de sa poitrine, elle prit place sur un monticule. Il avait raison, le vent était moins fort ainsi. Si seulement la pluie pouvait s'arrêter…

Malheureusement, la pluie redoubla d'intensité, et Reed se mit à pester. Il laissa échapper un juron quand les outils lui glissèrent des mains. La pluie et le vent contrariaient son travail, et il y voyait mal. Il laissa tomber quelque chose, qu'il chercha ensuite dans la boue, fouillant entre les touffes d'herbe détrempée par la pluie. Au bout d'un moment, il s'écria :

— Zut ! Katrina, je ne peux pas lâcher ce truc. Il va falloir que tu m'aides.

Elle se leva aussitôt, la chemise plaquée contre son corps.

— Qu'est-ce que je dois faire ?

— Regarde dans la boîte à outils. Soulève le plateau et essaye de trouver un ensemble écrou-boulon. Si possible avec rondelles.

— D'accord.

S'efforçant de ne pas trembler sous l'effet du froid et de l'humidité, elle ouvrit la boîte métallique. Le soleil sombrant à présent derrière les montagnes n'arrangeait rien au mauvais temps.

— Tu vois quelque chose ?

— Pas vraiment, admit-elle, plongeant la main à l'intérieur pour farfouiller.

— Stop ! hurla Reed.

Elle obéit, et il poursuivit d'un ton plus modéré :

— Certains objets sont coupants. Tu risques de te blesser.

— Mais je ne distingue rien.

— Tant pis. Tu crois pouvoir porter la boîte jusqu'ici ?

Katrina referma le couvercle, puis saisit la poignée à deux mains. Elle rassembla toutes ses forces. Rien ne se passa. Serrant les dents avec détermination, elle refit une tentative.

Elle réussit à soulever la caisse à outils de quelques centimètres, puis la déplaça d'autant avant de la laisser retomber.

— Attention à ne pas te faire mal, prévint Reed.

— Ça va, haleta-t-elle.

Elle souleva de nouveau son fardeau, le rapprocha un peu. Recommença. Encore et encore.

— Tu t'en sors bien, l'encouragea Reed.

— C'est pitoyable, tu veux dire.

— Pour un cow-boy, oui. Pour une ballerine, on sait se montrer indulgent.

— Dieu merci, je rentre bientôt à New York.

Il y eut un bref silence avant qu'il reprenne la parole.

— Dieu merci, en effet.

— J'y suis presque, marmonna Katrina.

Soudain, ses pieds glissèrent, et elle atterrit sur les fesses dans la boue, éclaboussée d'eau marron. Elle commençait à regretter sa décision d'accompagner Reed. Pourquoi pensait-elle avoir besoin d'être seule avec lui, en fin de compte ?

— Tout va bien ? demanda-t-il.

— Précise le sens de « bien ».

— Tu es blessée ?

— Non, juste pleine de bleus.

Reed tendit le bras, mais il manquait encore un ou deux centimètres pour que ses doigts atteignent la poignée. Rassemblant ses forces, elle poussa la caisse à outils en avant, et il la souleva pour la poser près de lui.

— Je n'arrive pas à croire que tu aies porté ce machin tout le long du chemin, observa-t-elle.

— Je suis grand, musclé et bourré de testostérone.

— C'est fou ce que tu es fort !

— Et toi, c'est fou ce que tu es jolie. Enfin, pas en ce moment, avec tes cheveux trempés.

— Je déteste être jolie, grommela-t-elle.

— Quelle idée ! Il te suffit de battre des cils sur tes magnifiques yeux bleus, et le monde tombe à tes pieds.

— C'est ainsi que tu vois les choses ?

— Ce n'est pas ainsi que je les vois. C'est ainsi qu'elles sont.

— Tu penses que tout me sourit, c'est ça ?

Son opinion ne l'étonnait guère. Elle savait depuis le début qu'il la prenait pour une poupée décorative. En fait, il ne valait pas mieux que Quentin. Encore que Reed, au moins, essayait de garder ses distances. Il n'essayait pas à tout prix de l'attirer dans son lit.

— Je pense que ton monde est complètement différent du mien, répliqua-t-il.

— Le tien vaut mieux que le mien, c'est ce que tu crois ?

— Je crois surtout qu'il est plus dur, reconnut-il, sans cesser de fouiller dans sa boîte à outils. Pas facile pour tout le monde et…

Aussitôt, elle se sentit sur la défensive.

— Tu crois qu'il est *facile* de devenir danseuse étoile ?

— Ce n'est pas ce que j'ai dit.

— Mais c'est ce que tu penses. Je travaille dur, figure-toi.

Reed parut avoir trouvé ce qu'il cherchait.

— Tu devrais peut-être travailler aussi sur ta rancœur, rétorqua-t-il avant de retourner à sa réparation.

— Je ne…

— Admets-le, Katrina. Tu te crois supérieure à nous tous.

— Mais…

— Tu es sous les feux de la rampe. Tu t'habilles chez les couturiers. Tu fréquentes les VIP. Tu manges dans les meilleurs restaurants. Et, de temps en temps, tu reviens t'encanailler dans le Colorado.

— Tu es injuste.

— Et pour une raison obscure, continua-t-il en ponctuant ses propos de vigoureux tours de clé, tu as décidé cette fois que je devais faire partie de ton aventure chez les ploucs.

Katrina en resta bouche bée. Elle *s'encanaillait* en l'embrassant ? Mais pour qui la prenait-il ?

— Eh bien, non merci, Katrina, poursuivit-il sans

lui laisser le temps de répondre quoi que ce soit. Je me respecte. Alors tu peux retourner écluser du champagne avec tes dandys prétentieux lors de vos cocktails mondains.

— Tu n'imagines pas à quel point tu fais fausse route, réussit-elle à articuler, piquée.

Reed s'était levé et rassemblait ses outils. Elle contempla son corps à demi nu, luisant, puissant, magnifique. Puis il se pencha pour fourrager dans le moteur de la pompe, dont le piston se remit en marche dans un bruit de jet rythmé et régulier.

Visiblement satisfait, il recouvrit la pompe d'une plaque en tôle. Puis il ramassa le reste des outils, qu'il répartit entre sa ceinture et la caisse métallique. Enfin, il balaya des yeux les alentours, assombris dans le jour déclinant.

— On doit rentrer, déclara-t-il.

Katrina se leva à son tour et le suivit en direction du sentier qui les mènerait au pick-up. Heureusement, il marcha moins vite qu'à l'aller, et elle eut moins de mal à suivre le rythme.

Pourtant, parvenu au début du sentier, Reed s'arrêta brusquement. Le talus s'était écroulé, et le chemin n'était plus qu'un ruisseau de boue liquide qui dévalait la pente vers la route. Il bloqua Katrina d'un bras protecteur.

— Qu'est-ce qu'on fait maintenant ? demanda-t-elle, fouillant des yeux l'obscurité des arbres, l'oreille tendue, écoutant l'écoulement furieux de l'eau en contrebas.

Reed déposa la boîte à outils à l'écart, défit sa ceinture qu'il posa par-dessus.

— Je ne t'entraîne pas à travers le bosquet dans le noir, ça c'est certain, répondit-il.

— Oh ! mais ça ira, mentit-elle.

— Il y a un chalet à deux kilomètres environ, reprit Reed en indiquant une direction opposée. On attendra là-bas.

Cette option ne lui sembla guère plus attirante. Elle avait du mal à avancer sur le sol, inégal. Elle avait froid, elle était trempée et totalement déprimée.

— Le temps d'y arriver, il fera nuit noire.

— En effet, répliqua-t-il. Alors, dépêchons-nous.

Sans un mot de plus, il la souleva dans ses bras.

— Hé !

— Tu préfères marcher ?

— Oui.

— Non. Je porte un pantalon et des bottes de cuir. Et j'ai arpenté ces collines toute ma vie. Je les connais par cœur.

— Tu ne peux pas me porter sur deux kilomètres.

— Je pourrais te porter sur vingt kilomètres sans m'essouffler. Et même si je ne le pouvais pas, je refuse que tu prennes le moindre risque avec ta cheville.

— C'est ridicule, protesta-t-elle.

— Bienvenue dans mon monde, Katrina. Il peut être froid, humide, sale et impitoyable.

Elle céda, nouant ses bras autour de son cou.

— Voilà exactement pourquoi je suis partie au pensionnat.

— Tu as eu raison. Et tu as raison de rester à New York. Le Colorado n'est pas un endroit pour toi.

Katrina était du même avis. Mais pour la première fois de sa vie, elle ne se le reprocha pas.

- 6 -

Une fois à l'intérieur du chalet, Reed reposa Katrina par terre, lui ordonnant de ne pas bouger pendant qu'il trouvait des allumettes pour allumer les deux lampes à pétrole sur la table de la petite cuisine. Il connaissait la place de chaque objet dans l'unique pièce astucieusement aménagée et ne voulait pas qu'elle se cogne aux meubles.

— Est-ce que quelqu'un va venir nous chercher ? demanda-t-elle d'une petite voix tremblante.

— Comment ça ?

— S'ils ne nous voient pas rentrer, ils vont partir à notre recherche ?

Tout en grattant une allumette, Reed ne put s'empêcher de sourire. L'idée que Caleb monte une opération de sauvetage parce que son frère avait quelques heures de retard était risible.

— Je suis assez grand pour rester dehors après le coucher du soleil, tu sais.

Il alluma les deux lampes, et une chaude lumière emplit la petite pièce, éclairant une cuisine compacte, deux fauteuils usés, un lit dans un angle, ainsi qu'une vieille table de bois éraflé et quatre chaises branlantes.

— Ils ne vont pas s'inquiéter ? insista Katrina.

— Pas avant une bonne journée.

— Mais on pourrait être blessés.

— On ne l'est pas.

— Ils n'en savent rien.

Un instant, il l'observa, débraillée et trempée, et tenta de chasser un sentiment de culpabilité, se rappelant que c'était elle qui avait insisté pour l'accompagner.

— Ils savent que nous sommes probablement juste coincés.

— Mais…

— Ce genre de chose arrive tout le temps, Katrina.

Il se dirigea vers le petit poêle à bois, à côté duquel se trouvait un carton plein de vieux journaux, de petit bois sec et de bûches. Il ouvrit la vitre frontale du poêle, puis entreprit de froisser du papier.

— Moi, ça ne m'arrive jamais, grogna-t-elle avec humeur.

— Tout ira bien. Cesse de te tourmenter.

— Je ne me tourmente pas. J'ai froid.

— La pièce va bientôt se réchauffer.

— Et j'ai faim.

— Toi ? Faim ? Qui l'eût cru ?

— Je mange, protesta Katrina.

— Comme un oiseau, et encore, à peine.

Non qu'elle fût maigre, d'ailleurs, songea Reed. Elle était menue mais musclée, tout en courbes fines. Le feu préparé, il craqua une allumette.

— Cheval bon coureur n'est pas gros mangeur.

La référence équine le fit sourire. Il regarda le papier s'enflammer avant de refermer la porte du poêle.

— Bon, je vais voir ce que je peux nous trouver à manger, déclara-t-il en se redressant.

— Il y a de quoi manger ici ?

— Je l'espère.

La nuit risquait d'être longue s'il ne dégotait pas une boîte de conserve ou un pot de beurre de cacahuète.

— Qu'est-ce que je peux faire ?

Il fut sur le point de rétorquer d'un ton moqueur, mais il se ravisa. En voyant ses cheveux dégoulinant, ses traits tirés et ses vêtements en désordre plaqués contre son corps gracile, il n'eut pas le cœur à le faire. Même s'il supportait de rester mouillé s'il le fallait, lui aussi préférait se changer et se réchauffer.

— Vérifie dans la commode près du lit. Les cow-boys y laissent parfois des vêtements secs.

Elle gagna le fond du chalet tandis qu'armé d'une des lampes, il inspectait le placard de la cuisine. Il trouva un paquet de préparation pour crêpes et du sirop d'érable. Rien de gastronomique, mais au moins ils ne mourraient pas de faim.

— Il n'y a pas grand-chose, annonça Katrina.

Elle s'approcha, tenant un vêtement dans chaque main.

— Le haut ou le bas ?

En voyant un pantalon de survêtement et un très grand T-shirt blanc, Reed se remémora l'offre qu'il lui avait faite de partager un pyjama. Il désigna le pantalon.

— Il risque d'être trop grand pour toi.

— Sauf si je veux une couverture, répliqua-t-elle en le lançant dans sa direction. Je peux te faire confiance pour te retourner pendant que je me change ?

— Tout à fait. Ma maman m'a élevé en gentleman.

— Ma tante m'a élevée en bohémienne.

— Ce qui veut dire ?

Les yeux pétillants, elle sourit avec malice.

— Que je ne me retournerai sans doute pas quand *tu* te changeras.

Il résista à l'envie de la taquiner en retour. Mieux valait éviter de s'engager sur un terrain glissant. Il décida de se mettre en quête des ustensiles nécessaires pour préparer leur repas. Oui, la nuit allait être longue, très longue.

Tandis qu'il battait la pâte à crêpe et faisait chauffer

un poêlon sur la minuscule gazinière, Katrina enfila le T-shirt.

— A ton tour, dit-elle ensuite en le rejoignant.

Il lui tendit la spatule.

— Tu sais faire les crêpes ?

— Pas du tout.

Baissant les yeux vers elle, il sentit sa poitrine se contracter. Elle avait lissé ses cheveux en arrière. Son visage luisait, frais et net. L'immense T-shirt accentuait sa silhouette mince, révélant ses superbes jambes de danseuse. Il lui fallut un moment pour retrouver sa voix.

— Quand les bulles éclateront, tu retournes la crêpe.

— Facile, décréta-t-elle en se campant devant la gazinière.

Elle avait étalé son débardeur, son collant ainsi que la chemise de Reed sur une chaise devant le poêle pour qu'ils sèchent. Il ôta son jean et son caleçon puis passa le pantalon molletonné. Katrina garda le dos tourné. Il savait qu'elle bluffait.

Elle poussa un petit cri de triomphe quand elle réussit à faire sauter la crêpe.

— Et maintenant ? demanda-t-elle par-dessus son épaule.

Après avoir déposé ses vêtements sur une chaise, il sortit une assiette du placard pour y empiler les crêpes.

— Laisse-la cuire une minute, et on en fera une autre.

— Je me débrouille bien, non ? fanfaronna Katrina.

— Comme un chef. Regarde, tu prends une louche de pâte, tu la verses en inclinant la poêle pour l'étaler finement.

— Tu es un vrai petit homme d'intérieur.

— Simple instinct de survie.

— C'est ta mère qui t'a appris ça ?

Reed acquiesça avec un pincement au cœur familier.

Après toutes ces années, évoquer sa mère — ce qui n'était pas fréquent — provoquait toujours en lui la même réaction.

— Quel âge avais-tu quand ça s'est passé ? reprit Katrina d'une voix douce.

— Quand elle m'a appris à faire les crêpes ?

— Quand elle est morte.

— Dix-sept ans, répondit-il, d'un ton aussi détaché que possible.

Un petit silence suivit, puis Katrina déclara :

— Je me souviens qu'elle était belle.

— Oui, très belle.

Et aussi tendre, gentille, et beaucoup trop délicate pour travailler dur sur un ranch au fin fond du Colorado. Tout comme Katrina.

— Ça t'ennuie de parler d'elle ?

Il gagna du temps en retournant la crêpe avant de répondre par un mensonge.

— Non, ça ne me dérange pas.

— Ça a dû être dur.

— En effet.

— Ensuite, Caleb est parti.

Tout compte fait, il préférait aller droit au but et changer ensuite de sujet.

— Qu'est-ce que tu veux savoir ?

— Je ne sais pas. L'impact qu'a eu sur toi la perte d'une si grande partie de ta famille au même moment. Si tu te sentais seul…

— Toi, tu te sentais seule ? esquiva-t-il.

— Comment ça ?

— Tu as quitté ta famille.

Katrina acquiesça, mais ne développa pas. Durant quelques instants, elle se concentra sur la préparation des crêpes.

— Bravo, la félicita-t-il, soulagé que le sujet soit clos.

— Je me sentais seule, finit-elle par admettre.

Raté, songea Reed avec humeur. La séquence larmoyante n'était pas terminée.

— Je n'avais que dix ans, poursuivit Katrina, les yeux dans le vague. Pendant un certain temps, je voulais vraiment rentrer à la maison. Mais tante Coco m'en a dissuadée. C'était un sacré numéro. Les autres enfants me taquinaient, les études et la danse étaient difficiles, ma mère me manquait, mais ma tante me disait de garder la tête haute, l'esprit clair et de persévérer.

Reed se surprit à s'engager dans la discussion.

— Qu'est-ce qui a été le plus difficile ?

— Et pour toi, qu'est-ce qui a été le plus difficile ? répliqua-t-elle en se retournant vers lui.

Ils se touchaient presque, tant l'espace était réduit. Il plongea son regard dans le sien, hésitant. Depuis des années maintenant, quand on l'interrogeait sur son père, il taisait la cruauté de Wilton. Un réflexe bien ancré. Mais il découvrit qu'il n'avait pas envie de mentir à Katrina.

— Que mon père soit mauvais comme une teigne.

Elle haussa les sourcils.

— Il était tyrannique, exigeant et sans pitié, poursuivit-il. Il me hurlait dessus à longueur de journée, me frappait et m'a obligé à travailler comme une brute pendant dix interminables années.

— Tu es sérieux ? murmura Katrina, horrifiée.

— Tout ce qu'il y a de plus sérieux.

— Pourquoi n'es-tu pas parti ? Caleb l'a fait. Tu ne…

— Et laisser Wilton gagner ?

— En somme, tu faisais de la résistance ?

— Voilà.

Elle parut méditer ses paroles.

— Tu penses que c'était stupide de ma part ? demanda-t-il.

Un point de vue entendu dans la bouche de Caleb plus souvent qu'à son tour.

Mais Katrina secoua lentement la tête.

— Non. Je t'envie.

Dans un geste lent, elle effleura son biceps. Le muscle se contracta au contact de ses doigts, dans son effort désespéré pour ne pas répondre à ce geste.

— Je t'admire, continua-t-elle en croisant son regard. Certains jours, j'aimerais avoir le courage et la force physique d'envoyer le monde au diable.

Il fut submergé par le désir intense de la prendre dans ses bras. Pour résister à la tentation, il se concentra sur la dernière crêpe qu'il déposa dans l'assiette.

— Tu as faim ?

— Je meurs de faim, répondit-elle après un petit blanc.

— Alors mets le couvert.

Il déposa les crêpes et le sirop d'érable sur la table. La lampe à pétrole faisait ressortir les marques creusées dans le bois par de longues années d'utilisation.

Ils s'assirent sur les deux chaises libres.

— Ce n'est pas le Ritz, fit-il remarquer.

Katrina fit une moue exagérée.

— Tu veux dire, ni caviar ni champagne ?

— Et l'accord des vins laisse un peu à désirer, renchérit-il en la servant.

Elle le fixa par-dessus l'éclairage doré.

— Tu me surprends toujours quand tu fais ça.

— Quoi ?

— Quand tu parles d'accord des vins ou de Dior.

— Tu es tellement snob, rétorqua-t-il.

— C'est faux. Mais là n'est pas la question. Tu as vécu toute ta vie dans un ranch du Colorado.

Elle ne semblait pas décidée à attaquer son repas, mais lui n'hésita pas une seconde. Il arrosa sa crêpe de sirop. Inutile que ça refroidisse.

— Et alors ?

— Alors comment connais-tu l'accord des vins ?

— Et toi, comment le connais-tu ? riposta-t-il.

— Grâce à de bons restaurants, des réceptions, des lectures.

— Eh bien, moi aussi. Je suis allé à Denver, à Seattle, et même à Los Angeles. J'ai visité un vignoble dans la Napa Valley. Bon, remets-toi et mange, maintenant.

Elle ignora son ordre.

— Vraiment ? Tu as visité un vignoble ?

— Surprise qu'on m'ait laissé entrer ?

Décidant de ne pas attendre qu'elle commence, il prit une bouchée de crêpe fondante et la savoura avec appétit.

— Tu déformes mes propos, protesta Katrina.

— Je n'ai pas besoin de les déformer pour que tu paraisses snob, princesse. Tu le fais très bien toute seule.

— J'étais étonnée, c'est tout. Mmm, ça sent bon.

— Goûte, c'est délicieux.

— Ça fait des années que je n'ai pas mangé de sirop d'érable, avoua-t-elle en prenant enfin sa fourchette.

— Bienvenue hors du droit chemin.

— Une seule me suffira sûrement, poursuivit-elle.

Il n'en revenait pas qu'elle en fasse toute une affaire. Mais elle finit par avaler un minuscule morceau de pâte.

— Mon Dieu, s'extasia-t-elle, les yeux brillants, ses lèvres pourpres relevées en un sourire sublime. C'est exquis.

Il perdit aussitôt tout appétit pour autre chose qu'elle.

— Alors, ça te plaît, de sortir du droit chemin ? articula-t-il d'une voix un peu étranglée, conscient du double sens de sa question.

Katrina leva la tête vers lui. Son regard s'assombrit.

— Oui.

Reed laissa tomber sa fourchette. Malgré les mises en garde de son cerveau, le désir prit le dessus.

— Viens, ordonna-t-il.

Soudain sérieuse, Katrina se leva, s'avança vers lui pieds nus, drapée dans l'immense T-shirt informe, les cheveux toujours humides, des traînées de maquillage autour des yeux. Pourtant, elle était la femme la plus belle et la plus attirante qu'il ait jamais vue.

Il lui saisit la main et recula sa chaise, puis la prit sur ses genoux et captura ses lèvres. Un bras autour de son corps magnifique, sa main libre maintenait son visage tandis qu'il dévorait sa bouche. Sa saveur lui avait trop manqué. Comment avait-il réussi à rester loin d'elle ?

Blottie contre son torse nu, ses petites mains dans son dos, brûlantes sur sa peau, elle lui rendit ses baisers avec passion.

Du bout des doigts, il parcourut lentement sa cuisse sous le T-shirt. Comprenant très vite qu'elle était nue dessous, il jura entre ses dents.

— Quoi ? souffla-t-elle, son adorable fessier légèrement pressé sur son érection croissante.

— Cette fois, je ne m'arrêterai pas, Katrina.

— Je l'espère bien.

— Mais ça reste une mauvaise idée.

Puis il l'embrassa de nouveau à pleine bouche.

Lorsqu'ils s'écartèrent pour reprendre leur souffle, elle le surprit en se plaçant à califourchon sur lui, les bras noués derrière son cou, la pointe de ses seins contre sa poitrine.

— Le monde continuera de tourner demain matin, murmura-t-elle d'une voix suave, je te le promets.

Reed n'en doutait pas. Il craignait simplement que son monde bascule et ne retrouve jamais son axe.

Quand elle l'embrassa à son tour, toute résistance s'évanouit en lui.

Ses mains fonctionnaient toutes seules, caressant ses hanches et la débarrassant de son T-shirt. Il contempla alors longuement la perfection de son corps nu et gracile avant de l'enlacer.

— Tu es si belle, murmura-t-il, semant des baisers sur son épaule, dans le creux tendre de son cou.

— C'est important ?

— Que tu sois belle ?

Sans répondre, il joua avec un de ses mamelons. Elle réprima un halètement. Il recommença. Encore. Et encore.

Comme elle gémissait doucement, les reins cambrés, il se pencha pour prendre le mamelon dans sa bouche, l'enroulant de sa langue, satisfait de sentir tout son corps réagir.

Pourtant, il se força à marquer une pause. S'il n'y prenait pas garde, ils allaient faire l'amour sur une chaise de cuisine. Or le chalet avait un lit. Un lit médiocre, mais qui était tout de même préférable à une vieille chaise. Jamais il n'avait été aussi heureux d'avoir un préservatif glissé dans son portefeuille.

Leurs lèvres toujours jointes, il se leva, Katrina serrée contre lui, les jambes autour de sa taille. Il la porta jusqu'au lit dont il tira les couvertures, s'allongea pour ôter son jogging puis rapprocha leurs corps nus.

Sans cesser de l'embrasser, il explora de ses mains chaque centimètre de sa peau satinée. Elle avait des jambes toniques et admirables, un ventre plat, un nombril sexy, des seins exactement de la bonne taille, fermes et ronds, dont les pointes roses étaient tendues sous ses paumes.

Ses épaules étaient lisses, son cou long et sensuel, ses

cheveux blonds éparpillés sur l'oreiller, dans lesquels il enfouit son visage pour en humer l'odeur affolante.

— Je pourrais te respirer toute la journée, chuchota-t-il.

— Et moi, je pourrais te toucher toute ma vie, déclara-t-elle tandis que ses mains parcouraient son torse vigoureux. Ou t'embrasser. Je pourrais t'embrasser jusqu'à la fin des temps.

La poitrine gonflée d'émotion, il l'embrassa une fois de plus avec passion, tenant son visage entre ses mains.

Instinctivement, elle plaqua son bassin contre le sien. Il caressa ses seins, descendit vers son ventre puis glissa doucement une main entre ses cuisses. Elle se figea soudain.

— Quelque chose ne va pas ? s'enquit-il, alarmé.

Elle fit signe que non.

— Katrina ? insista-t-il.

Sans un mot, elle recommença à l'embrasser, mais quelque chose était différent. Une tension habitait son corps.

— Tu as changé d'avis ?

Cela le tuerait, mais elle en avait le droit.

— Non, assura-t-elle, reprenant ses baisers.

— Attends. Katrina, dis-moi. Tu peux refuser, tu sais.

Une lueur confuse traversa les beaux yeux bleus.

— Je suis vierge, lâcha-t-elle.

— Hein ?

— Je n'ai pas changé d'avis. Je suis juste un peu nerveuse.

Reed ne savait plus quoi faire. Un homme convenable quitterait le lit sur-le-champ. A vrai dire, un homme convenable ne se serait jamais aventuré aussi loin. Jusqu'à présent, il s'était toujours considéré comme un homme convenable.

— Je veux que tu sois le premier, Reed, murmura-t-elle.

Il essaya de secouer la tête, mais semblait incapable du moindre geste, tandis qu'elle le fixait de ses yeux sublimes, plus désirable, plus défendue et plus attirante que jamais.

— Je veux tellement que ce soit toi, insista-t-elle.

Alors il capitula. Tout en se jurant d'agir en douceur et avec respect, mais impuissant à se contenir, il la reprit dans ses bras, reprit ses caresses, reprit ses baisers.

Après avoir parcouru sa peau crémeuse, posé les mains et les lèvres sur tout son corps, il introduisit de nouveau les doigts dans le fourreau brûlant de sa féminité, chaque fibre de son propre corps vibrant de pure convoitise.

— Je ne veux pas te faire mal, Katrina.

— Ne t'inquiète pas.

Avec une tendresse infinie, il la caressa longuement, jusqu'à ce qu'elle se détende et se tortille sous sa main, haletante.

Il s'allongea alors sur elle et, sans lui laisser le temps de se crisper, la pénétra d'une seule poussée. Elle poussa un petit cri, mais il s'empêcha de bouger, dents serrées, savourant ses lèvres pleines, attendant qu'elle s'habitue à sa présence. Puis très doucement, très lentement, il la pénétra plus profondément, et, encouragé par sa réaction, accéléra le rythme. Elle était ardente, somptueuse et passionnée entre ses bras. Il ne se lassait pas de la goûter, de la toucher, tandis que le plaisir rugissait dans ses oreilles.

Il l'entendit à peine crier son nom, mais il sentit son corps trembler, convulser autour de son membre en feu, et à son tour, succomba au paradis.

Le monde redevint peu à peu réel, et il se rendit compte qu'il devait écraser Katrina de tout son poids.

— Pardon, dit-il en s'écartant.

— Non ! protesta-t-elle. Ne bouge pas.

— Ça va ? Je t'ai fait mal ?

— Un peu.

— Un peu seulement ? Pas trop ?

Elle eut un petit sourire, et il ne put résister à l'envie de l'embrasser encore. Puis il la plaqua contre lui et roula sur le dos, pour éviter de peser sur elle. Sa silhouette menue et légère sur lui était un délice.

— Tu peux rester là aussi longtemps que tu veux.

— C'est vrai ? répondit-elle, le regard tendre, la voix douce. Parce que ça risque d'être très, très longtemps.

— Aucun problème. Personne ne se mettra à notre recherche avant deux, voire trois jours.

Il la garderait volontiers dans le lit tout ce temps, et même davantage. Il ignorait ce qui s'était passé, ou plutôt, ce qui ne s'était pas passé dans son existence, pourquoi elle avait tant attendu, ou pourquoi elle l'avait choisi, lui, pour la déflorer. Mais en cet instant, plus rien n'avait d'importance, hormis le fait qu'elle l'ait choisi, lui.

— J'ai fréquenté une école de filles, expliqua Katrina, toujours enroulée autour de Reed. De l'âge de dix ans jusqu'à mon entrée à l'académie de danse. Bien sûr, on voyait à l'occasion les garçons de l'école associée, mais on n'avait pas le temps de les connaître réellement.

L'idée qu'il pense que quelque chose clochait en elle la rendait folle d'inquiétude.

— Tu veux dire que tu ne sortais pas avec des garçons au lycée ? demanda Reed.

— Je ne sortais avec personne. Ensuite j'ai intégré l'école affiliée à Liberty Ballet. Ma carrière de danseuse m'a vraiment beaucoup occupée. Donc, tu vois, même si je vis à New York, avec de nombreuses obligations sociales, d'événements et de fêtes…

— Katrina ? l'interrompit-il, tirant la couverture sur leurs corps nus.

— Oui ?

— Es-tu en train de t'excuser d'être vierge ?

— Oui. Enfin non, je ne m'excuse pas. Je t'explique que ce n'était pas ma faute.

Eclatant de rire, il déposa un baiser sur le sommet de son crâne.

— Tu ne comprends rien aux hommes, Katrina.

— C'est précisément ce que j'essaie de te dire.

— Ah oui ? Eh bien, écoute-moi, répliqua-t-il, de nouveau sérieux. Parce que moi, je les comprends très bien.

— Tant mieux pour toi.

— Et tu te trompes complètement.

— A quel propos ?

— A propos de ce que je ressens. De ce que je pense.

— Ah bon ? Alors peux-tu m'expliquer ce que tu ressens et ce que tu penses ?

Avant de répondre, il parut choisir ses mots avec soin.

— Je me sens privilégié et fier. Je pense qu'un jour, dans longtemps, quand je serai très vieux et très fatigué, et qu'il ne restera plus rien de ma vie, je me souviendrai de cette nuit, de toi, et d'avoir été le premier à te faire l'amour.

Elle sentit comme des papillons dans son ventre et s'écarta pour étudier son expression.

— En voilà une jolie tirade, Reed.

— Merci.

— Tu l'as déjà servie avant ?

— Bien sûr que non. Comment peux-tu poser la question ?

Donc il était sincère ? Il penserait à elle sur son lit de

mort ? Elle ne savait que répondre, aussi reposa-t-elle la tête sur son épaule et resta silencieuse.

Il rompit le silence le premier.

— Y a-t-il quelque chose qui cloche chez les hommes à New York ?

— Pas à ma connaissance.

— Parce que moi, au bout de cinq minutes, les mains me démangeaient déjà de te toucher, et je savais que je ne pourrais jamais m'en empêcher.

— Cinq minutes ? répéta-t-elle, aux anges.

— Ils t'ont proposé de sortir avec toi et tu les as rembarrés ?

— Quelques-uns, oui. Et j'ai refusé pour la plupart. Avec les autres, ça n'a pas marché. Quant à Quentin Foster, il est passé directement aux avances sexuelles.

— Quentin Foster ?

— Un type, éluda-t-elle, regrettant d'avoir prononcé son nom.

— Tu l'as rencontré à une de tes soirées chic ?

— Non. Il fait partie du conseil d'administration de Liberty. Ça fait un moment que je le connais. C'est un donateur important, et tout le monde se prosterne devant lui. Je ne crois pas qu'il ait grand-chose dans la vie en dehors de la compagnie de danse, parce qu'il traîne toujours dans les parages. Il assiste aux répétitions. Et il s'enferme en permanence avec la direction pour discuter… je ne sais pas de quoi, de financement, je suppose.

Reed se redressa sur un coude, sourcils froncés.

— Et il t'a fait des avances ?

— Oui, répondit-elle avec une grimace.

— Un homme en position de pouvoir t'a demandé de coucher avec lui, c'est bien ça ?

— Ce que j'ai dit n'était pas clair ?

— Tu as refusé ? insista Reed.

— Tout à fait. Pendant des mois, Quentin s'est contenté d'allusions, que je me suis efforcée d'ignorer au mieux. Mais un jour, il m'a coincée dans une pièce, est allé droit au but, et j'ai refusé catégoriquement.

— Tu as eu raison. Et ensuite ?

Elle laissa retomber sa tête sur l'oreiller.

— Il s'est vexé. Il m'a dit qu'il pouvait être un ami précieux, et que je n'avais pas intérêt à l'avoir pour ennemi.

— Ça s'est passé quand ?

La voix de Reed était devenue glaciale.

— Il y a trois semaines. Ensuite ces choses bizarres…

Elle s'interrompit. Simples suppositions paranoïaques de sa part. Qui ne méritaient pas d'être exprimées.

— Quelles choses bizarres ? reprit Reed. Tu parles des câbles électriques et de tes chaussons de danse ?

— Non, mentit-elle.

— Quoi, alors ?

— Rien. C'est stupide. Je suis stupide. Tout va bien.

Il rapprocha son front du sien. Son ton se radoucit.

— Tu dois me le dire, Katrina.

— Pourquoi ?

— Ce sont des confidences sur l'oreiller. Des secrets qu'on révèle après l'amour.

— Ce n'est pas un secret.

— Raison de plus pour m'en parler.

— C'est idiot.

Il écarta des mèches de cheveux de sa joue.

— Alors quelle importance que tu m'en parles ou pas ?

— D'accord, soupira-t-elle. Mais promets-moi de ne pas rire. Et de ne pas me traiter de princesse.

— Je te traiterai de princesse, que tu me parles ou non. J'aime bien t'appeler princesse. Tu devrais le prendre pour un compliment.

— Ce n'est pas un compliment. Ça fait enfant gâtée.

— Mais gâtée de manière délicieuse, exotique, sexy.

— Ha ! Tu vois bien.

— Raconte-moi tout, Katrina.

— D'accord. Il m'a fait des avances à plusieurs reprises et s'est montré très insistant. Ensuite, il m'a téléphoné ici pour me demander si j'avais réfléchi à sa proposition. Je lui ai répondu que je n'avais pas changé d'avis.

— Et quand est-ce que ton chausson a lâché ?

— C'est un interrogatoire ou quoi ? On ne peut pas recommencer à s'embrasser, plutôt ?

— Quand t'es-tu tordu la cheville ? Donne-moi la chronologie, Katrina.

— Non.

Ignorant sa réponse, Reed poursuivit d'un ton ferme.

— D'abord, il te fait des avances. Tu dis non. Tu évites de justesse des câbles. Il te propose de nouveau de coucher avec lui. Tu refuses. Ton chausson lâche et tu te blesses la cheville. Il insiste. Tu dis non une fois de plus.

— C'est complètement tiré par les cheveux.

— Non. C'est ce que tu penses toi-même.

— Il n'y a aucun moyen de…

— Quelqu'un a examiné tes chaussons après ?

— Je les ai jetés. J'en ai une douzaine de paires, ajouta-t-elle devant son regard suspicieux. Personne ne pouvait deviner laquelle j'utiliserais ce jour-là.

Mais elle cherchait autant à se convaincre elle-même qu'à convaincre Reed, qui paraissait songeur.

— Il s'agit d'accidents, de simples coïncidences, continua-t-elle, refusant de sombrer dans la paranoïa.

— Bon, d'accord, fit Reed avec un lent sourire.

Elle se détendit, jouant sur son torse de ses doigts.

— J'aurais dû ne rien dire. On était bien, et j'ai tout gâché.

Reed l'enlaça, murmurant à son oreille :

— Tu as bien fait. Tu devrais toujours me dire quand quelque chose ne va pas. Je sais tout réparer, tu te souviens ?

— Il n'y a rien à réparer.

— Peut-être.

— Les chaussons, éventuellement, si je les avais encore.

Il rit, et Katrina chassa la théorie du complot de son esprit. Il n'y avait aucun lien entre Quentin et les accidents. Il ne l'avait pas rappelée. A l'évidence, il avait laissé tomber. Elle devait cesser de s'inquiéter. Tout irait bien quand elle rentrerait à New York.

- 7 -

Le lendemain, il leur fallut deux heures pour redescendre le chemin dévasté par la pluie. Puis quatre heures de plus pour que Reed parvienne à désembourber le pick-up. Ensuite, ils durent s'arrêter presque tous les kilomètres pour ôter des débris de la route ou franchir un passage difficile avec le treuil.

Sur le plan romantique, tout cela laissait beaucoup à désirer. Reed lui avait ordonné de rester dans la cabine du camion, mais Katrina avait refusé. Elle avait enfilé une paire de gants en cuir, aidant du mieux qu'elle pouvait. Elle finit couverte de bleus et d'égratignures.

Il était près de 6 heures du soir lorsqu'ils arrêtèrent le pick-up maculé de boue devant le ranch des Terrell. A la surprise de Katrina, son frère Travis se trouvait dans la cour avec Caleb, en train de charger des chevaux dans une remorque. Tous deux les saluèrent d'un signe bref avant de reprendre leur tâche.

Alors qu'elle sautait à bas du camion, Mandy arriva à cheval et leur sourit en mettant pied à terre.

— Vous arrivez juste à temps pour le dîner, leur cria-t-elle tout en s'approchant avec sa jument.

Katrina resta à une distance prudente de l'animal.

— Tu étais inquiète ?

— A propos de quoi ?

— On était censés être partis quelques heures.

— La pluie vous a retardés ?

— Oui, répondit Reed.

— La pompe est réparée ? lui demanda Mandy.

— Réparée et remise en route.

Katrina n'en revenait pas. C'était tout ? Ils étaient restés bloqués aux confins de l'exploitation pendant vingt-quatre heures, et personne ne s'était soucié d'eux un quart de seconde ? Et s'ils avaient été blessés ? ou piétinés par des chevaux sauvages ? du bétail ?

— Tu as reçu un coup de fil de New York, annonça Mandy. Une certaine Elizabeth Jeril.

— C'est la directrice de Liberty, indiqua Katrina.

— Elle avait l'air pressée que tu la rappelles.

Katrina reporta sa réflexion sur sa cheville. Elle se rendit compte qu'elle y avait à peine pensé au cours des deux derniers jours. Malgré leur randonnée forcée, elle n'avait ressenti aucune douleur. Et les exercices de danse effectués la veille, avant leur départ, s'étaient parfaitement déroulés.

Elle était prête à redanser.

— Je l'appellerai demain matin, dit-elle.

Tout en parlant, elle décocha un regard à Reed. Il était si beau, à la fois rude et sexy avec les Rocheuses en toile de fond, qu'elle en eut le souffle coupé.

— Je vais sans doute rentrer, ajouta-t-elle, consciente que pour la première fois de sa vie, elle quitterait le Colorado à regret.

— Mais je n'ai pas envie que tu partes, répliqua Mandy en la serrant dans ses bras.

Katrina lui rendit son étreinte, gardant un œil méfiant sur la jument. L'animal remua, et elle fit un bond en arrière.

— Poule mouillée, marmonna Reed, amusé.

— Elle a aussi peur des poules, souligna Mandy.

— Je prends déjà assez de risques avec la circulation et les mendiants, riposta Katrina.

Comme Caleb et Travis s'approchaient, ôtant leur chapeau pour s'éponger le front, elle s'écarta de Reed.

— Joli, fit son frère en indiquant le camion plein de boue.

— La moitié du coteau s'est effondrée à cause de la pluie hier soir, expliqua Reed.

— Vous avez dormi au chalet ?

Katrina était incapable de regarder quiconque. Allaient-ils deviner ? Poseraient-ils la question ? Que leur dirait Reed ?

— Oui, répondit ce dernier d'un ton léger. La princesse a été obligée de manger des crêpes au sirop d'érable. Elle a failli me crever les yeux en constatant qu'il n'y avait pas de cave à vin.

Elle le foudroya du regard. Non seulement elle n'avait pas chipoté à propos de leur dîner, mais au contraire, dans l'ensemble, elle estimait avoir fait preuve de vaillance.

Caleb éclata de rire et Travis fit une remarque taquine sur la délicatesse de sa petite sœur. Mandy fronça les sourcils.

— Ce n'est pas pour ça que tu pars, quand même ?

Katrina surprit l'expression de Reed et comprit soudain le but de son propos : détourner tout soupçon possible qu'ils aient fait autre chose que se disputer durant leur expédition. Elle devait lui en être reconnaissante, en fait.

— Non, ce n'est pas pour ça, déclara-t-elle à Mandy. Je dois retourner travailler.

— Je comprends, lâcha Mandy, la voix empreinte de tristesse.

Caleb sortit son téléphone portable.

— Je vais faire venir Seth et Abigail. Le minimum, c'est qu'on organise un barbecue d'adieux.

*
* *

Sur la véranda à l'arrière du ranch, Reed observait Katrina rire avec ses deux sœurs. Elle paraissait plus détendue qu'elle ne l'avait jamais été auparavant, mais, de façon ironique, encore plus intouchable. Après s'être douchée, elle avait mis une robe en maille blanche, assez moulante, toute simple. Ses jambes étaient nues au-dessus de ses boots en daim bleu, et elle portait un collier et des boucles d'oreilles assortis.

Ses cheveux blonds étaient rassemblés en chignon flou, et son visage éclatant, soigneusement maquillé. Ses yeux bleus brillaient d'une intense lueur dans la lumière déclinante. Selon lui, elle méritait de figurer en couverture de *Elle* ou de *Vogue*.

Pourtant, il ne pouvait s'empêcher de la regretter vêtue de cet affreux vieux T-shirt informe, au chalet, dans son lit.

Caleb le rejoignit, et Reed détourna le regard vers la rivière. Son frère lui tendit une bière fraîche.

— J'ai entendu dire que tu construisais une maison.

— En effet, reconnut-il.

— Tu prévoyais ça depuis longtemps ?

— Je travaille sur les plans depuis un an ou deux.

Caleb opina, puis se tut.

— Waylon Nelson, lança Reed, rompant le silence.

— Pardon ?

— Tu devrais embaucher Waylon Nelson.

— Qui est-ce et pourquoi devrais-je l'embaucher ?

— Comme régisseur de ranch.

— Tu as lu les curriculum vitæ ? s'exclama Caleb, manifestement étonné.

— Je t'avais dit que je le ferais.

— Je croyais que tu mentais pour que je te fiche la paix.

— C'était le cas. Mais j'ai changé d'avis.

— Bien. Super. Waylon Nelson. Je vais relire son CV. Mais s'il remporte ton suffrage…

— Il l'a. Engage-le maintenant. Tout de suite.

Comme Caleb le dévisageait, perplexe, Reed but une gorgée de bière avant de reporter les yeux sur Katrina.

— Tu vas avoir besoin d'aide, reprit-il. Je pars pour New York.

Abasourdi, Caleb observa Katrina, puis son frère. Ensuite, il se rapprocha de lui, baissant la voix.

— Tu ne l'as pas fait, rassure-moi.

Reed haussa un sourcil interrogateur.

— Tu as couché avec Katrina ? chuchota Caleb. Tu as couché avec la sœur de Mandy ? Qu'est-ce qui t'a pris ?

Reed le fixa droit dans les yeux.

— Petit a, je ne te le dirais pas si je l'avais fait, et, petit b, ce n'est pas pour ça que je vais à New York.

— Pourquoi, alors ? insista Caleb, peu convaincu par les réponses de son frère.

— Je suis un jeune célibataire avec une fortune s'élevant à quinze millions de dollars. La liste des bonnes raisons pour que j'aille à New York est longue.

Liste au sommet de laquelle figurait Quentin Foster.

— Tu cherches à investir dans des affaires ?

— Peut-être, admit Reed, bien que la probabilité fût extrêmement mince.

— Tu as besoin que Danielle te retrouve là-bas ? Je peux l'appeler.

— Et si c'était moi qui appelais Danielle au cas où j'aurais besoin d'elle ?

— Mais tu l'appelleras ?

— Si j'ai besoin d'elle.

— Ne signe rien sans son avis, s'obstina Caleb.

— Tout ira bien.

Reed pouvait flanquer son poing dans le nez malveillant et intrigant de Quentin Foster sans l'assistance de l'avocate de Caleb. Un autre se serait sans doute senti coupable de tromper son frère. Mais techniquement parlant, il n'avait pas menti. Qu'il ait couché avec Katrina ne regardait pas Caleb. Et il ne partait pas à New York dans l'espoir d'avoir une aventure avec elle.

Il y allait pour la protéger. Ni plus, ni moins. De toute façon, une fois retrouvées les lumières de la ville, elle n'accorderait plus un regard à un cow-boy comme lui, même s'il connaissait Dior et un vignoble à Napa Valley.

Dans le taxi qui les conduisait à Manhattan, Katrina pressentait la collision de deux univers. Affalé sur la banquette près d'elle, Reed semblait, lui, totalement détendu.

— Tu es déjà venu à New York ? demanda-t-elle.

Elle supposait que non, bien qu'il ne parût ni mal à l'aise ni impressionné, à scruter les gratte-ciel d'un air ahuri comme n'importe quel touriste.

— Non. Quelque chose de particulier à ne pas rater pendant que je suis là ?

— Le Liberty Ballet à l'Emperor Theater.

Il sourit à sa plaisanterie.

— Compte sur moi.

— Qu'est-ce qui t'intéresserait ?

D'ailleurs, que venait-il faire ici ? Combien de temps restait-il ? Qu'attendait-il de son séjour ?

Quand il avait annoncé qu'il partait aussi, il avait vaguement parlé de voir la Grosse Pomme, peut-être même de faire des affaires. Pas la moindre allusion à une quelconque intention de poursuivre leur relation.

Mais elle ne pouvait s'empêcher de s'interroger. Non, d'espérer. Ce qui était stupide.

— Je rencontrerais volontiers certains de tes collègues danseurs, répondit-il d'un ton léger.

— Ah bon ?

La voiture s'arrêta devant l'immeuble de Katrina.

— Si tu n'as pas peur que je t'embarrasse, ajouta-t-il.

Elle considéra son jean délavé, sa chemise à carreaux et l'outil pliant multifonction accroché à sa ceinture dans son étui de cuir éraflé.

— Les bottes seraient à revoir, riposta-t-elle avec humour.

— Je les nettoierai, promis. Je t'accompagne jusqu'à ta porte. Vous pouvez attendre quelques minutes ? continua-t-il à l'attention du chauffeur.

Donc il ne restait pas. Au demeurant, il n'avait pas sollicité son hospitalité. De toute manière, elle n'avait qu'une chambre. Qu'elle aurait néanmoins partagée avec plaisir.

— Je loge au Royal Globe Towers, reprit-il avec un sourire un peu ironique, comme s'il lisait dans ses pensées.

Le portier de l'immeuble la salua lorsqu'ils entrèrent dans le hall, puis montèrent dans l'ascenseur qui les mena au dixième étage.

— Sympa, fit Reed en pénétrant dans le petit appartement confortablement meublé, où proliféraient les plantes vertes.

— La vue n'est pas terrible, dit Katrina avec une petite moue d'excuse.

De fait, en tordant le cou, on parvenait tout juste à voir au-delà de l'immeuble en face.

— Mais tu as bien aménagé l'intérieur. Je pose ta valise dans la chambre ?

— Oui, merci.

Elle se hâta d'ouvrir la porte, alluma la lampe de chevet tandis que Reed déposait sa valise sur le lit.

— Tu répètes toute la journée demain ? demanda-t-il.

Il se tenait devant elle, tout proche. Allait-il la toucher ? La prendre dans ses bras ? L'embrasser ?

Le cœur battant, elle acquiesça d'un signe de tête.

— On dîne ensemble, après ?

— Oui. Bien sûr, répondit-elle très vite.

— Je t'appelle. Vers 7 heures ?

Une fois de plus, elle opina, passant involontairement la langue sur ses lèvres. Le geste n'échappa pas à Reed, dont le regard s'attarda sur sa bouche.

Elle sentit ses lèvres s'amollir, s'entrouvrir un peu.

Reed s'éclaircit la gorge.

— Le taxi m'attend. Je ferais mieux de partir.

Une vague de déception la submergea.

— Bonne répétition, ajouta-t-il en reculant.

— Merci.

— J'espère que ta cheville tiendra le coup.

— Moi aussi.

Il était à mi-chemin de la porte quand il se retourna :

— Demain, je m'habillerai autrement.

Elle ne put réprimer un sourire.

— D'accord.

— Tu as un restaurant préféré ?

— N'importe lequel fera l'affaire.

— Bien. Salut.

Il disparut.

La porte de l'appartement claqua, et Katrina poussa un gros soupir en se laissant tomber sur le lit.

Il n'était pas resté. Ne l'avait pas embrassée. Il ne lui avait même pas dit au revoir en la serrant dans ses bras.

Comment devait-elle l'interpréter ?

*
* *

L'assistant de Caleb à Active Equipment avait réservé pour Reed une suite à l'hôtel Royal Globe Towers. En pénétrant dans la somptueuse enfilade de pièces, Reed avait décidé qu'être si riche pourrissait son frère. Qui avait besoin d'un lit aussi vaste, d'une chaise longue et de deux fauteuils dans sa chambre ? Sans compter le salon, pourvu de deux canapés, d'une cheminée et d'une table pour huit couverts, plus une vingtaine de chandeliers, trois bouquets de fleurs et une baignoire en marbre dans la salle de bains qui pouvait contenir une famille de six personnes.

Ridicule.

Il aurait bien déménagé dans un endroit plus pratique, mais il ne comptait pas rester très longtemps à New York. En outre, Katrina habitait Manhattan, aussi préférait-il demeurer dans cette partie de la ville.

Néanmoins, il n'avait pas envie de dépenser ses quinze millions de dollars dans les boutiques chic de la Cinquième Avenue. Alors ce matin, sur les conseils de la cordiale concierge de l'hôtel, il avait pris le métro pour Brooklyn. Là, il découvrit un quartier commerçant sympathique qui semblait s'adresser aux gens ordinaires.

Après s'être baladé une heure ou deux dans les rues, il fut attiré par des arômes de vanille et de cannelle s'échappant d'une petite boulangerie. La boutique ne comportait que quelques minuscules tables, mais des clients entraient et sortaient régulièrement. Il acheta une pâtisserie à la crème et un café à la femme entre deux âges, replète et la mine sévère, derrière le comptoir avant de prendre place à une table.

L'air matinal pénétrait par les portes et les fenêtres ouvertes. Le personnel s'activait à l'arrière, d'où parvenaient des bribes d'anglais et d'italien, et de temps à autre, les mitrons apportaient des denrées odorantes à la femme et la jeune fille qui l'aidait à servir.

Reed entendait la manivelle d'un camion poussif dans l'allée derrière le magasin. Soudain retentit un claquement de métal, suivi d'une voix masculine pestant en italien. La boulangerie devint un instant silencieuse, puis les clients éclatèrent de rire. Reed avait beau ne pas comprendre la langue, il devinait l'essentiel.

La femme replète quitta le comptoir, passa la tête par la porte et cria quelque chose à l'homme.

Là encore, Reed se doutait de la teneur de ses propos.

L'homme répondit sur le même ton, et elle fit un geste de colère tout en regagnant son comptoir, le front plissé. Les derniers clients prirent leurs sachets de papier et sortirent sur le trottoir, désertant la boulangerie.

— Problème de moteur ? demanda Reed à la femme.

D'abord, il crut qu'il allait se faire réprimander aussi.

— Le camion de livraison est vieux, lâcha-t-elle enfin, non sans réticence.

Avec un grand sourire chaleureux, Reed indiqua son assiette vide.

— C'était fabuleux, dit-il.

Et de fait, c'était de loin la meilleure pâtisserie qu'il ait jamais goûtée. Tout comme le café, fort mais savoureux.

Elle accueillit son compliment d'un signe de tête, sans desserrer les lèvres. Sa jeune assistante, en revanche, lui adressa un large sourire, légèrement séducteur.

Puis un nouveau claquement résonna dans l'allée, et les deux femmes sursautèrent. Le claquement fut suivi d'un fracas métallique assourdissant et d'une bordée de jurons.

D'instinct, Reed se leva, contourna le comptoir, longea le petit couloir menant dans la cuisine, dépassa tout un entassement de cartons, panières et corbeilles, et franchit la porte arrière.

Un homme au crâne dégarni se tenait sur le siège conducteur d'un antique camion, portière grande ouverte.

— Eteignez-le, lui cria Reed.

L'homme lui jeta un regard noir.

— Eteignez-le, répéta Reed en s'approchant à grands pas. Vous avez coulé une bielle.

— Il lui faut toujours quelques minutes pour chauffer, répliqua l'homme avec assurance.

Reed tendit le bras et coupa le contact.

— Mais qu'est-ce qui…

— Vous avez coulé une bielle. Si vous laissez tourner le moteur, vous allez griller une soupape.

— Vous êtes mécanicien ?

— Fermier. Mais j'ai bricolé un tas de diesels à mes heures perdues. Certains plus vieux que celui-ci. Je vous conseille d'appeler une dépanneuse.

— Pas le temps, grommela le bonhomme. On a des livraisons à faire.

— Vous n'avez pas un véhicule de rechange ?

Celui-là n'irait nulle part, de toute manière. Et vu son âge, il était largement temps de le remplacer.

L'homme secoua la tête.

— Je cherche un autre camion depuis des mois. Ceux d'occasion sont aussi pourris que celui-ci, et les neufs coûtent une fortune. Le comble, c'est qu'il m'en faudrait deux.

— Les affaires marchent si bien que ça ?

— La clientèle de passage ralentit.

— Ce n'est pas l'impression que j'ai eue tout à l'heure, observa Reed, son attention aiguisée.

— Si, ça ralentit, s'entêta l'homme. Il faut qu'on renforce la distribution sur d'autres points de vente. Et on doit aussi se diversifier.

Puis il tendit la main et se présenta.

— Nico Gianni.

— Reed Terrell.

— Vous êtes de Brooklyn ?

— Du Colorado.

— En vacances ?

— Plutôt en voyage d'affaires.

Les propos de Nico avaient piqué l'intérêt de Reed, sans parler des quelques échantillons de sa production qu'il avait goûtés.

— Vous dites que vous avez suffisamment de commandes pour utiliser deux camions de livraison ?

— Si j'en avais deux, je ferais venir mon neveu la nuit, et la cuisine tournerait vingt-quatre heures sur vingt-quatre. Si la clientèle de passage se réduit, il existe un gros potentiel en restauration. Réceptions, mariages, bals. Les riches ne cessent de s'enrichir.

— C'est vrai, reconnut-il.

Nico semblait bien connaître son secteur d'activité et disposer d'un projet commercial. Reed considéra le bâtiment.

— Le magasin vous appartient ? demanda-t-il.

— A ma femme et à moi.

Une idée germait dans l'esprit de Reed, qui songea néanmoins que Danielle ne pensait sans doute pas à cela en parlant de prendre un pourcentage dans une entreprise. Celle-ci n'était pas exactement une start-up. Mais s'agissant de son argent, il la trouvait moins risquée qu'une start-up.

— Donc, si je comprends bien, avec un petit capital

pour un ou deux camions neufs, vous seriez en mesure de dévclopper votre affaire.

— Oui, confirma Nico.

— Vous n'avez jamais envisagé de prendre un associé ?

Nico le fixa d'un air interrogateur.

— Je veux dire un actionnaire secondaire, reprit Reed. Un commanditaire, si vous voulez.

— Je ne vous suis pas.

— Une des raisons de ma présence à New York est d'investir dans des opportunités commerciales.

— Et une boulangerie vous intéresse ?

— Pourquoi pas. Vous connaissez la valeur immobilière ? Vous avez le bénéfice annuel net et brut sous la main ?

— C'est une sorte d'arnaque ou quoi ?

— Non.

— Alors vous êtes un richard excentrique ?

— Non plus. J'ai un ranch. Mais on peut passer un marché. Je vous avance assez d'argent pour deux camions neufs. Vous me reversez un pourcentage approprié, et avec de la chance, on est tous les deux gagnants.

Nico hocha pensivement la tête.

— Vous cherchez à vous diversifier, en somme ?

— Voilà. Et j'ai une avocate à la fois pointue et pointilleuse qui voudrait que je passe la journée dans son bureau à éplucher des bilans financiers.

Nico se détendit enfin et sourit.

— Mais je n'ai pas envie d'investir dans des sociétés, poursuivit Reed. Je préférerais investir dans des gens. Et surtout dans vos pâtisseries, Nico. Elles sont à tomber.

— Recettes familiales secrètes.

— Ça ne m'étonne pas.

— Vous entrez jeter un coup d'œil ? proposa Nico, cette fois totalement détendu.

— Avec joie. Tant que vous y êtes, vous pouvez m'indiquer un bon tailleur qui travaille vite ?

— Salvatore, au coin de la rue, répondit Nico en sautant à bas de son camion. Il va vous arranger ça.

Salvatore s'avéra un tailleur hors pair. Et il avait une idée pour développer son activité aussi prometteuse que celle de Nico. Aussi Reed quitta-t-il sa boutique avec deux costumes, une demi-douzaine de chemises et un nouvel investissement commercial potentiel.

De retour au Royal Globe Towers, il appela Danielle.

— Bonjour Reed, dit sa voix sèche à l'autre bout du fil. En quoi puis-je vous aider ?

— Je viens de dépenser un demi-million de dollars.

— Pour une voiture de sport ?

— Non. Une boulangerie-pâtisserie et un atelier de tailleur.

Un long silence s'ensuivit, puis :

— Reed ?

— Oui ?

— J'ai beau être diplômée de Harvard, vous me déconcertez, là.

Le téléphone à l'oreille, Reed ouvrit une des housses et en sortit un costume gris anthracite. Salvatore lui avait conseillé de l'assortir à une chemise blanche pour faire chic, ou bleue pour faire plus décontracté, avec une cravate à losanges.

— J'ai besoin d'argent pour acheter un pourcentage dans une boulangerie et un tailleur de Brooklyn.

— Ah. Bien, donnez-moi le nom de ces entreprises et je vais lancer une enquête.

— Je n'ai pas besoin d'une enquête bureaucratique. Juste d'un chèque, Danielle.

— Je ne vous suis pas.

— J'ai rencontré ces gars ce matin. J'ai vu leur mode

de fonctionnement. J'ai regardé dans leurs yeux et serré leurs mains. Le marché est conclu. Il s'agit de Gianni Bakery et Imperial Tailors.

— Comment les avez-vous connus ?

— J'avais faim.

— Je suis de nouveau perdue, Reed.

— Nico vend d'excellentes pâtisseries, mais il lui faut un nouveau camion de livraison. Enfin, deux nouveaux camions.

— Vous avez mangé un gâteau aujourd'hui et maintenant, vous voulez investir dans son affaire ?

— C'est à peu près ça, confirma Reed.

Décidément, ce costume lui plaisait beaucoup.

— Reed, se balader dans Brooklyn ne constitue pas une stratégie d'investissement raisonnable. Vous ne pouvez pas faire les choses de cette façon.

— Il se trouve que je le peux.

— Reed !

— Danielle, c'est mon argent.

Elle soupira longuement.

— Bon, d'accord. Mais je vais vérifier leurs comptes avant de débloquer la somme. Ce point n'est pas négociable. Et si vous avez l'intention de dépenser encore, vous devez m'en parler d'abord, compris ?

— Compris, répliqua Reed, tenant la cravate à losanges devant la chemise blanche, puis la bleue.

— Vous dites oui, mais ensuite vous n'en faites qu'à votre tête.

— Marrant comme ça marche, observa-t-il, en se décidant pour la chemise bleue.

— Vous êtes impossible, gémit Danielle.

— Vous connaissez des bons restaurants à Manhattan ?

— Des dizaines. Par pitié, ne me dites pas que vous allez en acheter un.

— Je vais y dîner.

— Tant mieux. Viande ? Fruits de mer ? Grec ? Thaï ?

— Pourquoi pas français ?

Français était synonyme de classe. Oui, mais il porterait la chemise bleue.

— Non, grec, rectifia-t-il.

— Essayez… Chez Flavian. C'est près de Central Park, sur la 64e rue.

— D'accord. Merci, Danielle.

— Vous me donnez des insomnies, Reed.

Il raccrocha en pouffant, puis se dirigea vers l'immense douche pourvue de deux énormes jets au plafond et six supplémentaires dans les murs. Ridicule. Personne n'en avait besoin d'autant pour se laver.

Il lui restait deux heures avant de retrouver Katrina, mais l'impatience nouait son ventre. Pourvu qu'elle aime son costume, songea-t-il tout en réglant la température de l'eau.

D'un autre côté, il espérait que, pour sa part, elle se réfrénerait dans sa tenue. Si elle était trop belle, il allait avoir du mal à se retenir de la toucher de toute la soirée. Encore que, supposait-il, il aurait du mal quoi qu'elle porte. Katrina aurait l'air sexy même vêtue d'un sac à patates.

Katrina fut enchantée de la manière dont le regard de Reed s'assombrit quand il vit la robe rouge qu'elle avait choisie avec soin. Courte et moulante, elle était de soie brillante, avec des centaines de perles noires cousues sur l'échancrure et formant un motif sur le côté. Elle portait des escarpins à talons aiguilles et une pochette noirs. Ses cheveux tombaient en cascade autour de boucles d'oreilles en onyx, assorties à un gros bracelet et un collier ras de cou.

— Peut-être devrions-nous changer pour un restaurant de catégorie supérieure, déclara-t-il en la couvant d'un regard admiratif.

— Tu t'es bien débarbouillé aussi, plaisanta-t-elle, impressionnée comme toujours par sa silhouette athlétique sous le costume bien coupé.

Il était rasé de près. Ses cheveux étaient disciplinés, sa chemise parfaitement repassée et sa cravate, élégamment nouée. Il avait même troqué ses bottes de cow-boy contre des mocassins rutilants.

— Danielle a suggéré Chez Flavian, dit-il. Ça te va ?

Elle combattit une pointe de jalousie à la mention d'une autre femme.

— Qui est Danielle ?

— L'avocate de Caleb.

— Elle vit à New York ?

— Non, Chicago.

— Et tu l'as appelée pour qu'elle te recommande un restaurant ? demanda-t-elle, abasourdie.

— C'est une longue histoire.

Elle attendit qu'il développe, mais il n'en fit rien.

— Flavian est parfait, répliqua-t-elle. La compagnie de danse y va beaucoup. Ils ont une belle terrasse.

Elle réfréna sa curiosité et s'ordonna de cesser d'être jalouse. Danielle n'était vraisemblablement qu'une amie, une relation professionnelle. En fait, davantage une relation professionnelle de Caleb que de Reed. Ce qui n'expliquait pas pourquoi ce dernier téléphonait à Chicago pour une adresse de restaurant.

— Tu auras assez chaud si on dîne dehors ?

— Ils ont des chauffages extérieurs, répondit-elle, s'emparant d'un châle noir avant de quitter l'appartement.

— Il y a un problème fondamental avec le code vestimentaire dans cette ville. Tu vas geler et moi étouffer.

— Ça te permettra de terminer ton rendez-vous galant en gentleman et de me laisser porter ta veste.

Reed la fixa de ses yeux gris.

— Rendez-vous galant ? Je ne suis pas venu à New York pour coucher avec toi, Katrina.

Elle soutint son regard tout en rassemblant son courage.

— Eh bien, quel dommage.

Il inspira à fond.

— Ne me regarde pas comme ça.

— Je pense à toi comme ça, Reed, osa-t-elle rétorquer.

— Katrina, grogna-t-il.

— Quoi ? Ce n'est pas comme si tu pouvais me prendre ma virginité une deuxième fois.

— Mon frère épouse ta sœur, martela-t-il. Nous allons désormais faire partie de la vie de l'autre. Avoir une aventure ensemble ne me paraît pas une bonne idée.

— Par opposition à une relation d'une nuit, tu veux dire ?

Reed ne trouva rien à répondre, et ils descendirent en silence jusqu'au hall de l'immeuble. Une longue limousine blanche était garée devant.

— Je t'emmène, princesse ? demanda-t-il, une pointe d'ironie dans la voix.

Interdite, elle considéra le luxueux véhicule.

— Ça fait beaucoup d'argent juste pour se moquer de moi.

— Tu crois que je me moque de toi ?

— Bien sûr.

Sinon, pourquoi commander une voiture si coûteuse ? Le restaurant ne se trouvait qu'à quelques rues, et il ne cherchait de toute évidence pas à la séduire.

— Je ne me moque pas. Le propriétaire est un ami de Salvatore. Je pense qu'il essaie de me faire plaisir.

— Salvatore ?

Il connaissait quelqu'un à New York ?

Reed tira sur les manches de sa veste, carra les épaules et tourna sur lui-même pour qu'elle l'admire.

— Un tailleur que j'ai rencontré ce matin à Brooklyn.

— Tu es allé jusqu'à Brooklyn pour acheter un costume ?

Elle tâta le tissu et ajusta son nœud de cravate impeccable, ce qui lui donnait un prétexte pour le toucher.

— Oui. Monte, s'il te plaît, dit-il tandis que le chauffeur en uniforme tenait la portière ouverte.

— Tu sais que ton hôtel est tout près de la Cinquième Avenue ? Connue dans le monde entier pour ses boutiques ?

— Mon costume ne te plaît pas ?

— Il est parfait.

— Alors ne sois pas aussi snob envers Brooklyn.

— Je n'ai rien contre Brooklyn.

— Tant mieux, conclut-il en la rejoignant sur la banquette.

Le chauffeur referma la portière et une subtile lumière intérieure les auréola. Un petit bar éclairé de bleu devant leurs pieds supportait un seau à glace.

— Champagne ? proposa Reed.

— Un doigt, volontiers.

— C'est ainsi que tu te déplaces d'ordinaire ?

— C'est plus confortable qu'un pick-up cabossé recouvert de boue, répliqua-t-elle en croisant ses jambes nues.

— Tout est plus confortable qu'un pick-up cabossé recouvert de boue.

Elle lui donna un coup d'épaule taquin.

— Tu rejoins le côté obscur ?

— Peut-être, admit-il en remplissant deux flûtes de cristal.

— C'était rapide.

Il leva sa flûte pour porter un toast.

— Buvons à… ?

Katrina contempla ses traits séduisants avant de répondre.

— Aux meilleures choses de la vie.

Entrechoquant leurs flûtes, il l'enveloppa d'un regard pénétrant.

— Tant qu'elles restent dans leur contexte.

— Qu'est-ce qui est hors contexte ?

— Moi, répondit-il en buvant une gorgée de champagne.

Un flot de désir la traversa. De son point de vue, en ce moment même, il était parfaitement dans le contexte.

— Tu t'inquiètes trop.

— Non, je m'inquiète juste ce qu'il faut.

Elle adorait son mode de pensée, son sens pratique, sa logique, sa franche assurance. Il n'était pas n'importe qui.

— Qu'est-ce qui t'inquiète en ce moment ?

— L'addition du dîner.

— On ne va pas la partager ?

Reed éclata de rire à sa plaisanterie.

— Sûrement pas. Je serai un gentleman jusqu'au bout.

— Donc, c'est bien un rendez-vous galant, Reed.

Elle sourit devant son expression incertaine.

— Je t'ai eu, cette fois.

— Je peux être gentleman sans que ce soit un rendez-vous galant, objecta-t-il.

Mais tous deux savaient qu'elle venait de marquer un point. Katrina décida de changer de sujet.

— Alors, New York te plaît ?

— Jusqu'à présent, plutôt, oui.

— C'est très différent du Colorado.

— Plus propre. Et plus bruyant.

— C'est vrai. Plus flamboyant, aussi.

Le regard de Reed tomba sur sa robe rouge éclatante, les perles scintillantes et ses bijoux étincelants.

— Vous aimez bien vous faire remarquer, lâcha-t-il.

— C'est une insulte ?

— Ne me dis pas que tu ne cherches pas à te faire remarquer dans cette robe.

Certes, mais uniquement par lui. Mais elle préférait mentir plutôt que de le lui avouer.

— C'est ordinaire pour New York.

La limousine s'arrêta devant un restaurant vivement illuminé, et un portier s'avança aussitôt dans leur direction.

— Je doute que New York ait quoi que ce soit d'ordinaire, marmonna Reed d'un ton pensif.

— Une robe ordinaire dans une ville ordinaire pour une soirée ordinaire, répliqua-t-elle, mentant encore.

Reed quitta la voiture le premier, puis se tourna pour lui tendre la main. Elle rassembla ses pieds et ses genoux et se leva avec grâce, comme le lui avait enseigné l'équipe des relations publiques de Liberty.

Un flash explosa, suivi d'un autre, et elle vit une petite foule de badauds sur le trottoir. Il était peu probable qu'ils sachent qui elle était, bien qu'elle ait figuré sur quelques affiches le mois précédent. L'immense limousine donnait une fausse impression de célébrité.

— Une soirée ordinaire ? murmura Reed à son oreille en l'enlaçant d'un bras protecteur.

— Souris et continue de marcher, ordonna-t-elle sur le même mode. C'est la voiture, pas nous.

— Sûre ?

— Certaine.

Par chance, les portes vitrées du restaurant ne se trouvaient qu'à quelques pas. Un autre portier les fit entrer dans le vaste hall, où les accueillit un maître d'hôtel.

— J'ai réservé au nom de Terrell, annonça Reed.

— Bien, monsieur. Vous préférez dîner à l'intérieur ou sur la terrasse ?

Il interrogea Katrina du regard.

— Sur la terrasse, s'il te plaît.

Elle adorait l'ambiance d'une chaude soirée, observer l'activité grouillante de la rue en contrebas, sentir la brise tiède, entendre les bruits de la ville.

— Tu n'as pas peur des paparazzi ?

— Ah, c'est malin, soupira-t-elle avec un agacement feint.

— Katrina ?

La voix dans son dos était celle, familière, d'Elizabeth Jeril, directrice artistique de la compagnie Liberty Ballet.

Katrina se retourna pour la saluer et fut emportée dans une accolade parfumée.

Ancienne danseuse, Elizabeth était brune, un peu plus grande que Katrina. A près de cinquante-cinq ans, elle était toujours svelte et athlétique.

— On n'a pas eu le temps de discuter après la répétition aujourd'hui, observa-t-elle. Mais tu étais formidable. Est-ce que le docteur Smith a examiné ta cheville ?

— Oui. Et tout va bien.

Un peu douloureuse juste après avoir dansé, mais elle ne sentait presque plus rien à présent.

Elizabeth posa un regard empli de curiosité sur Reed.

— Elizabeth, je te présente Reed Terrell, s'empressa Katrina. Reed vient du Colorado.

— Un souvenir ? ironisa Elizabeth avec un sourire tout en tendant sa main aux doigts effilés.

— C'était moi ou le T-shirt ringard, riposta Reed, jouant le jeu.

— Il me plaît, dit Elizabeth à Katrina en le considérant de la tête aux pieds.

Reed avait à peu près tout pour plaire aux femmes, songea Katrina qui poursuivit les présentations.

— Elizabeth Jeril est la directrice artistique de Liberty.

— Vous faites les chorégraphies ? demanda Reed.

— Et aussi les plannings, la logistique, la gestion. Je m'inquiète des finances. Qui sont insuffisantes.

— J'ai cru comprendre que c'était un problème récurrent dans les structures artistiques, reconnut Reed.

Katrina ignorait ce qu'il savait des structures artistiques, mais l'arrivée de Brandon Summerfield la détourna vite de la question. Il s'arrêta près d'Elizabeth.

— Ah, te voilà, fit celle-ci, posant une main sur son bras.

Si tous deux ne formaient pas un couple à la ville, ils étaient bons amis et collègues de longue date. Les paris couraient dans la troupe pour deviner quand leur relation passerait au stade supérieur.

— Content que tu sois de retour, Katrina, dit-il après une accolade mondaine.

Reed lui tendit sa main.

— Reed Terrell. Je rends visite à Katrina.

— Brandon Summerfield. Ravi de vous rencontrer.

— Brandon est le P-DG de Seaboard Management, un de nos plus généreux donateurs, expliqua Elizabeth.

— Immobilier, développa Brandon. Essentiellement commercial et industriel.

— Elevage de bétail, répliqua Reed. Essentiellement granges et étables.

Brandon sourit à la plaisanterie, imité par les deux femmes. Puis il proposa :

— Si nous dînions tous ensemble ?

Katrina en resta sans voix. Si Liberty Ballet ne fonctionnait pas vraiment sur le système de classes, les danseurs se mêlaient rarement aux donateurs en dehors des obligations officielles.

— Oh ! oui, s'il vous plaît, renchérit Elizabeth.

Elle jaugea son expression, ne sachant si elle devait accepter ou décliner l'invitation.

D'un regard, Reed lui indiqua que la décision lui revenait.

— C'est d'accord.

Elizabeth semblait sincère. En outre, Brandon était un acteur important dans l'organisation de Liberty. Avec Quentin prêt à lui attirer des ennuis, Katrina avait besoin de tout le soutien qu'elle pourrait obtenir.

- 8 -

Tout compte fait, ce fut un dîner merveilleux. Katrina fut impressionnée par la manière dont Reed s'en sortait avec Elizabeth et Brandon. Il avait posé des questions sur la compagnie de danse et manifesté un réel intérêt pour les entreprises de Brandon. Elle ne le savait pas si documenté en commerce international ou en politique étrangère et énergétique.

Plus elle le fréquentait, plus elle découvrait les profondeurs de sa personnalité. Pour un homme ayant rarement quitté Lyndon Valley, il avait une connaissance du monde étonnante.

Après le dîner, ils avaient fait leurs adieux à Elizabeth et à Brandon et décidé de faire une promenade dans Central Park. La cime des arbres formait une voûte au-dessus de leurs têtes, tamisant la lumière des lampadaires et atténuant les bruits de la circulation.

— C'est le moment de te prêter ma veste, je suppose ? demanda Reed en l'ôtant déjà.

— Ce n'est pas de refus.

Il la drapa autour de ses épaules, et la chaleur de son corps, imprégnée dans la doublure de satin, enveloppa ses bras nus. Puis il relâcha le nœud de sa cravate.

— Ce restaurant était très agréable, observa-t-il.

— Oui. Danielle t'a bien conseillé.

Katrina ne pouvait s'empêcher d'être curieuse. Une question lui brûlait les lèvres.

— Pourquoi l'as-tu appelée pour qu'elle te recommande un restaurant ? Je veux dire, ce n'est pas une New-Yorkaise.

— Le coup de fil portait sur un autre point, sans rapport.

— Mais encore ?

— Sans rapport avec une adresse de restaurant.

On ne pouvait pas dire qu'il lui facilitait les choses…

— A caractère… professionnel ? Amical ? insista-t-elle tandis qu'ils suivaient une allée presque déserte.

— Professionnel.

Il pointa un banc qui donnait sur un parterre de tulipes.

— Ah, fit-elle, plus soulagée qu'elle ne l'aurait voulu. Concernant des affaires du ranch ?

— Des affaires de New York.

Elle ralentit le pas.

— Tu as des affaires à New York ?

— Je possède une part dans une boulangerie-pâtisserie et chez un tailleur.

— Vraiment ?

Pourquoi ne l'avait-il jamais évoqué auparavant ? Bizarre.

— Donc c'est la raison de ta présence ? Tu es venu jeter un coup d'œil à tes activités ici ?

Reed s'assit sur le banc à côté d'elle, apparemment peu pressé de répondre.

— Je suis ici pour un tas de raisons.

Le lampadaire projetait des ombres et des lumières sur son visage aux traits anguleux, vigoureux. Ses yeux l'observaient, sombres, intenses.

Katrina essaya de ne pas espérer qu'il fût là aussi pour

elle, mais c'était plus fort qu'elle. Elle était entichée de Reed Terrell, et ni raison ni logique n'y changeraient rien.

— Dis-moi les autres.

Il secoua la tête.

— Non, je ne crois pas.

Elle se rapprocha de son grand corps, et il allongea un bras sur le dossier du banc, créant un espace protecteur où elle se nicha, le menton levé pour le regarder.

— Est-ce que je suis l'une d'elles ? demanda-t-elle.

— Pas dans ce sens-là.

— Quel sens ?

— Celui où tu bats des cils sur tes yeux de porcelaine, où tu entrouvres tes lèvres couleur cerise et me fais oublier que je suis un gentleman.

Ses paroles suscitèrent en elle une vague de désir.

— Je fais ça, moi ?

— Ne joue pas les ingénues, gronda-t-il.

— Je suis une ingénue. Du moins je l'étais. Assez innocente, même. Jusqu'à il y a deux jours.

Reed détourna le regard.

— Evite de me le rappeler, tu veux ?

— Pourquoi ? J'y pense constamment, je revis chaque minute, surtout quand je suis dans mon lit, seule…

Il jura entre ses dents.

— Dis-moi que ça te manque aussi, Reed.

Après tout, qu'il partage sa frustration n'était que justice.

Comme il lâchait un autre juron, elle posa une main mutine sur son torse.

Alors Reed resserra son bras autour de ses épaules, l'attirant contre lui tandis que sa bouche baissait vers la sienne et s'en emparait, possessive, avide. Elle répondit à son baiser, traversée d'un désir violent, le corps tendu vers lui.

Après cette longue étreinte sensuelle, il s'écarta.

— C'est fou, murmura-t-il d'une voix rauque. Je suis fou. Tu es folle. On joue avec le feu, Katrina.

— Nous sommes adultes, je te signale.

— A peine.

— Reed. Reviens sur terre. Quelle différence entre une aventure et une relation d'une nuit ?

Comme il gardait le silence, elle en déduisit qu'il manquait d'arguments. Aussi se jeta-t-elle à l'eau.

— J'ai fantasmé là-dessus durant presque toute ma vie.

— Tais-toi, grogna-t-il.

— Je parle de la perte de ma virginité. J'imaginais que ça se passerait dans un grand lit, avec des draps fins, des fleurs et des bougies partout.

Un sentiment de culpabilité figea les traits de Reed.

— Au lieu de quoi, tu m'as eu moi dans un vieux chalet délabré.

— La partie « toi » était super. J'étais moins fan du chalet.

Puis, pressant une de ses mains dans les siennes, elle rassembla tout son courage pour ajouter :

— On l'a fait sur ton territoire, Reed. Tu ne crois pas que ce serait équitable de le refaire sur le mien ?

— Tu crois ton raisonnement capable de me convaincre de refaire l'amour ? demanda-t-il, les yeux fixés sur leurs mains.

Mais son expression s'était adoucie. Il souriait.

— Oui, répondit-elle.

— Tu es impossible.

— Tu es têtu.

— J'essaie d'être respectueux, plaida-t-il en se mettant debout.

Katrina se leva à son tour, et jouant son va-tout, elle baissa la voix, se fit aussi aguichante et enjôleuse que possible.

— Fais-moi plaisir, Reed. Respecte-moi toute la nuit.

Ses yeux gris s'assombrirent et son sourire disparut.

— Et quand je te quitterai, demain matin ?

— Je me jetterai probablement du balcon, folle de détresse.

Se hissant sur la pointe des pieds, elle l'embrassa. D'abord vite, puis plus longuement. Il répondit à ses baisers et de nouveau, ils se retrouvèrent enlacés.

Cette fois, lorsque Reed s'écarta, il saisit sa main et ils reprirent en silence la direction de l'hôtel tout proche.

Toujours sans un mot, ils franchirent le hall somptueux du Royal Globe Towers jusqu'à l'ascenseur. Durant toute la montée, Katrina n'osa pas ouvrir la bouche, ni même regarder Reed, de peur de rompre le charme.

Elle n'aurait pas dû se tourmenter. Dès que la porte de la suite se referma sur eux, il l'étreignit fougueusement. Tout en l'embrassant, il ôta la veste de ses épaules, la jeta sur un canapé, tandis que ses lèvres vagabondaient sur son cou nu.

Il la serrait fort contre lui, et la chaleur de son corps traversait la soie de sa robe. Il enveloppa un sein de sa main, suscitant une sensation électrique au creux de son ventre, qui lui arracha un gémissement.

Il en captura le son avec sa bouche, caressa ses lèvres.

— Tu es merveilleuse, chuchota-t-il, repoussant la robe sur ses épaules. Sublime. Délicieuse. Exquise.

Mue par une impression grisante de pouvoir, elle déboutonna fébrilement sa chemise, impatiente de sentir sa peau sur la sienne.

Bientôt, comme sa robe glissait jusqu'à sa taille, elle pressa ses seins contre son torse, les bras noués autour de lui.

Reed la souleva aussitôt dans ses bras, sans cesser de l'embrasser avec une passion presque désespérée, et gagna la chambre à grands pas. Le vaste lit s'offrait à eux, baigné de la douce lumière que diffusait une lampe dans un angle.

Il la remit sur ses pieds, lissa ses cheveux ébouriffés.

— Tu veux du champagne ?

D'un signe de tête, elle déclina tout en faisant tomber sa robe au sol, avant de l'enjamber et se retrouver sans rien d'autre qu'une minuscule culotte de dentelle noire, ses escarpins et les bijoux d'onyx.

— Un bain à remous ? poursuivit-il, jetant ses chaussures au loin et dégrafant son pantalon.

— Non.

D'un doigt lascif, elle effleura son abdomen dur, musclé.

— Qu'est-ce que tu fais ? demanda-t-il.

— Je te vampe.

Il se débarrassa de son pantalon et du reste en un seul geste et se dressa devant elle, tout simplement magnifique.

— Considère-moi comme vampé.

Elle s'assit au bord du lit, étendit une jambe, lui présenta son pied cambré. Il ôta l'escarpin, puis l'autre, se pencha pour reprendre sa bouche, tandis que ses mains exploraient ses hanches, son ventre, ses seins aux pointes durcies.

Ensuite, il roula sur le dos, la fit venir au-dessus de lui et caressa ses épaules, ses flancs, ses reins, descendit jusqu'aux fesses, s'y attarda un instant avant de faire glisser sa culotte le long de ses jambes.

Katrina parsemait son torse de baisers, savourant le goût salé de sa peau, son odeur masculine. Dans le chalet, elle avait été un peu nerveuse, ne sachant pas bien si elle pouvait, ni où et comment le toucher. A présent, elle laissait libre cours à sa curiosité, le parcourait des mains, suivait les contours de son corps puissant, ses larges épaules, ses bras musclés, ses mamelons plats, le creux de son nombril, son sexe dur.

Très vite, Reed, le souffle court, retint sa main.

— Hé, protesta-t-elle.

Il la retourna, lui coinça l'autre bras pendant qu'il entreprenait sa propre exploration de sa main libre.

— Ce n'est pas juste, gémit-elle.

— Tant pis pour toi.

De nouveau, il embrassa sa bouche gonflée de désir, la fouilla d'une langue fougueuse, alors que ses caresses laissaient une trace brûlante dans leur sillage.

Puis il trouva des endroits plus sensibles qu'il goûta les uns après les autres, seins, ventre, sexe, jusqu'à ce qu'elle arque son dos, la respiration précipitée.

— Reed, je t'en prie…

Après avoir enfilé un préservatif, il la reprit dans ses bras et, les yeux plongés dans les siens, leurs lèvres jointes, la pénétra lentement.

L'instinct prit le pas sur tout le reste. L'esprit nébuleux, Katrina s'abandonna aux sensations de leurs corps unis. Elle accéléra d'elle-même la cadence, agrippée à lui, sans cesser de l'embrasser avec frénésie, le nez dans son cou, inhalant sa senteur, léchant sa peau ferme, grisée par ses sens en alerte, tandis que Reed, les mains sur ses reins, la soulevait, modifiait l'angle de ses poussées, créait un feu d'artifice dans son être tout entier.

Vibrant de la tête aux pieds, elle répétait son nom en boucle, collée à lui, fondue en lui.

A son tour, il suivit le rythme, et elle escalada la vague du plaisir, plus haut, toujours plus haut, jusqu'à ce qu'un gémissement rauque jaillisse de sa gorge. Reed cria son nom, et elle atteignit l'orgasme, un bouquet de couleurs électriques derrière ses paupières closes.

*
* *

Une heure plus tard, Reed avait banni culpabilité et remords dans un coin reculé de son esprit, et décidé de vivre pleinement l'expérience. Katrina, toujours nue, barbotait à présent dans le Jacuzzi sur la terrasse de la suite. Les lumières de Central Park scintillaient derrière elle, et plus loin se dressaient les gratte-ciel de Manhattan. Une ville sublime enchâssant une femme sublime.

— Alors, que penses-tu de mon monde ? lança-t-elle d'une voix espiègle.

Un verre de vin dansait entre ses doigts fins. Ses cheveux ébouriffés dessinaient un halo doré autour de son visage rosi.

— Pas désagréable, admit-il en gobant une truffe au chocolat noir.

Ils étaient entourés de luxurieuses plantes vertes, placées dans de gigantesques pots de céramique sur le sol ou de plus petits disséminés sur des étagères de bois. Un treillis cernait le Jacuzzi et préservait leur intimité. Dans tous les coins et recoins de la terrasse brûlaient des bougies. De fait, cadre et ambiance étaient magiques.

Reed fit glisser son mollet le long de sa jambe de danseuse. Il n'aimait pas qu'elle soit assise si loin.

— La vue est belle, d'ici, reprit-il. Approche-toi.

— Promets que tu ne me donneras pas une autre truffe.

— On verra. Allez, dépêche-toi. Viens ici.

Joignant le geste à la parole, il se pencha en avant, enveloppa sa cage thoracique de ses mains et la souleva sans effort pour la reposer entre ses cuisses.

— Voilà qui est mieux, déclara-t-il tandis qu'elle protestait, écartant le verre de vin qui risquait de se renverser.

— Tu es insupportable.

— Ce n'est pas ma faute. J'ai fait mon possible pour t'en dissuader.

— Du Jacuzzi ?

— Et du reste. De venir dans ma chambre, de refaire l'amour.

— Ah, ça. Je suppose que c'était ma première erreur.

Elle se blottit contre lui, et il ne résista pas à embrasser le sommet de son crâne. Il adorait quand elle se nichait ainsi contre lui. Ses cheveux sentaient les fleurs des champs. Sa peau avait la douceur des pétales. Elle avait le visage d'un ange.

— Ou peut-être ma seconde, rectifia-t-elle pensivement avec un baiser sur son épaule. La première a été de t'obliger à m'emmener à Brome Ridge réparer cette pompe. Cela dit, j'aurais surtout dû éviter de croiser ton regard le jour où je suis arrivée à la maison. En fait, c'est là que tout a vraiment commencé.

— Tu as ressenti une attirance ? demanda-t-il, curieux.

Elle acquiesça, la langue sur sa peau nue et brûlante.

— C'était électrique entre nous, souviens-toi.

— Moi aussi, j'ai eu l'impression d'être fichu, soupira-t-il. Pourquoi es-tu devenue si belle ?

Encore que « belle » ne suffise pas à la décrire, songea-t-il. Elle était aussi intelligente, impertinente et drôle. Et mettait ses hormones en ébullition rien qu'en respirant.

— Simple mécanisme d'autodéfense anthropologique. Puisque je suis incapable de la moindre tâche difficile, autant que je sois décorative.

— Arrête ça, Katrina.

— Arrête quoi ?

— Cesse de te dénigrer. Tu travailles dur en dansant.

— Tu ne penses pas manquer un tantinet d'objectivité ?

— Non.

Un peu de lumière quitta ses jolis yeux bleus.

— Travailler dur n'est pas pareil qu'être productive.

Soucieux d'être clair sur ce point, Reed se redressa et

la déplaça de manière à ce qu'elle lui fasse face. Katrina passa une jambe de chaque côté de lui.

— Si, c'est pareil. Tu es une femme incroyablement accomplie, princesse. Ta famille, n'importe quelle famille, devrait être fière et comblée de te compter parmi ses membres.

Elle sourit et leva la main pour lui caresser la joue. Ses seins jaillirent de la surface de l'eau, pointes rougies par la vapeur.

— Pourtant, tu continues à m'appeler princesse.

— Ça te déplaît ?

— Non, pas venant de toi.

— Tant mieux.

Il aimait bien lui donner ce surnom. Au début, il l'avait employé de façon désobligeante, mais ce n'était plus le cas depuis longtemps.

— Tu n'es pas du tout tel que je m'y attendais, déclara-t-elle avec un sourire désarmant.

— Toi non plus.

Il l'avait crue gâtée, frivole, évoluant dans la vie grâce à son physique, indifférente à tout ce qui sortait de sa sphère de luxe. Or, elle était tout le contraire. Une travailleuse acharnée, une penseuse profonde, extrêmement sensible, facilement blessée et consciente des opinions négatives que formaient à son sujet ceux qui la connaissaient mal.

Leurs regards se croisèrent, et il ne réfréna pas son envie de l'embrasser. Le baiser s'approfondit, et le corps souple et brûlant de Katrina intimement pressé contre le sien réveilla aussitôt en lui un désir violent, presque irrépressible.

Le souffle court, il s'écarta aussitôt, effrayé d'avoir été à deux doigts d'oublier toute prudence.

— Je ne te ferai pas l'amour sans préservatif, Katrina.

A sa grande surprise, ses yeux pétillaient d'amusement. D'un geste plein de tendresse, elle lui caressa les lèvres.

— Reed chéri, tu dois arrêter de me dire tout ce que tu ne feras pas.

Cependant, elle sembla avoir pitié de lui, car elle changea de position pour se mettre de côté, toujours tentante mais un peu moins dangereuse.

— C'est comme tu veux, reprit-elle, un bras autour de son cou. Je sais qu'on ne peut pas faire l'amour tout de suite. Et j'aime bien être ici avec toi. N'empêche que j'ai envie de toi, vraiment envie, Reed.

— Tu me rends fou, Katrina.

— Il va falloir t'y habituer.

Tout le problème était là. Il s'y était déjà habitué. Lui aussi se trouvait parfaitement bien dans ce Jacuzzi. Le vin était délicieux, la vue remarquable et, s'il avait le choix, il garderait Katrina nue entre ses bras pour l'éternité.

— Tu prétendais qu'ils ne savaient pas qui tu étais, fit remarquer Reed en fixant le magazine.

Ils se trouvaient dans l'atrium vitré du bateau qui terminait un circuit dans le port, avec la statue de la Liberté en toile de fond. Sur un présentoir à journaux s'étalait une petite photo en bas de page, prise la veille devant le restaurant, quand ils sortaient de la limousine.

— Ils ne le savaient pas. En tout cas, pas hier soir. Ils ont dû se renseigner plus tard.

— « Katrina Jacobs fait la tournée des grands-ducs », lut Reed à voix haute. Tu veux l'acheter pour voir l'article ?

— Je n'ai pas besoin de l'article. J'étais là, souviens-toi.

— Tu crois qu'ils nous ont surpris en train de nous embrasser dans le parc ?

— Ça t'embêterait ?

— Pas du tout, répondit-il. Enfin, sauf si Travis s'en apercevait, peut-être. Lui ne serait pas content. Mais pour ces New-Yorkais anonymes, je suis qui ? Juste le type qui a embrassé la danseuse étoile. Je peux me pavaner.

Katrina fit une moue narquoise.

— En effet. Tandis que moi, j'ai embrassé un cow-boy.

— Tu as même fait bien plus que l'embrasser, rétorqua Reed d'une voix brusquement rauque.

Ces mots firent resurgirent des souvenirs brûlants. Mais elle ne pouvait y réagir comme elle le souhaitait en public.

Puis une famille pénétra dans l'atrium, à présent bondé, et Reed l'entraîna dehors, sur le ponton balayé par le vent, vers un emplacement libre devant le bastingage.

— Tu viens me voir danser ce soir ? lança-t-elle.

En fait, elle aurait aimé savoir combien de temps il restait à New York, mais n'osait pas lui poser la question.

— Je suis invité ? demanda-t-il en retour, les yeux fixés sur la ligne d'horizon de Manhattan qui se rapprochait.

— Absolument.

— Alors j'y serai.

— Je dois être au théâtre quelques heures à l'avance, mais je te laisserai un billet au guichet.

Elle s'efforça de ne pas manifester son excitation à l'idée de sa présence dans le public, mais son pouls s'accéléra, et une fébrilité soudaine lui noua le ventre. Ce soir, elle danserait pour lui. Uniquement pour lui.

— Tu peux me retrouver dans les coulisses, après.

Comme il gardait le silence, elle ajouta, mal à l'aise :

— Si tu veux, bien sûr.

— Entendu, répliqua-t-il d'un ton neutre.

Avait-elle commis une bourde ? Impossible à dire. En tout cas, le silence s'étira entre eux.

— New York est vraiment différent du Colorado, finit par observer Reed.

— Les immeubles sont plus hauts ? hasarda-t-elle.

Mais son esprit était ailleurs : souhaitait-il venir en coulisses après le spectacle ? L'inviterait-il de nouveau dans son hôtel ? Ou bien cherchait-il déjà comment la laisser tomber ?

— Les immeubles sont plus hauts, il y a plus de bruit, plus de gens, plus de… je ne sais pas, de vie, j'imagine, poursuivit-il.

Elle se tourna pour le dévisager.

— Et ce n'est pas bien ?

Il haussa ses larges épaules.

— Je n'arrive pas à imaginer l'impression que ça t'a donné à dix ans.

— Oh ! Je n'ai pas tout vu d'un coup. J'ai commencé par l'aéroport, puis l'appartement de tante Coco. Je savais qu'il y avait beaucoup de circulation dans les rues, mais je n'avais aucune idée de l'étendue de la ville.

— La foule te faisait peur ?

Elle secoua la tête.

— Au contraire, ironiquement, je me sentais seule. Mais j'aimais la danse, et j'aimais les lumières brillantes. J'aimais surtout les trottoirs. Ça me plaisait qu'on puisse balayer, laver la poussière, et qu'ils soient propres.

— J'aime bien la poussière.

— Tu plaisantes ?

— Non, c'est la vie. La poussière est à l'origine de tout. Tu sèmes des graines, elles deviennent des plantes qui seront mangées par les animaux. Et à la fin de la journée, quand tu es sale et poussiéreux, quand tu sens la sueur et le plein air, tu sais que tu as bien travaillé. Quelque chose qui n'existait pas le matin est désormais là. Ça peut être des balles de paille, une clôture, un moteur en état de marche, une sellerie rangée. Peu importe. Ce qui compte, c'est que tu l'aies fait.

— Moi, je déteste être sale.

La poussière sur les vêtements et le sable dans les cheveux la rendaient folle lorsqu'elle était enfant.

— Tu es une vraie fille, railla-t-il.

— Heureusement que je suis jolie.

— Tu es plus que jolie, répliqua Reed.

Son sourire s'effaça. Il parut sur le point d'ajouter quelque chose, mais se ravisa. Après une brève inspiration, il reprit :

— Tu es déjà allée à l'Empire State Building ?

— Oui.

— Tu veux y retourner ?

— Avec toi ? demanda-t-elle, le cœur battant.

— Demain, par exemple ?

Katrina rassembla son courage à deux mains.

— Donc tu restes encore un peu ?

— Je suis invité à une soirée, samedi soir.

Au restaurant la veille, Elizabeth avait remis à Reed un carton le conviant au plus important gala annuel de Liberty, organisé pour collecter des fonds.

— Tu étais évasif. Je croyais que c'était une façon polie de refuser.

A vrai dire, Katrina elle-même avait pensé qu'il lui indiquait ainsi son intention de partir avant le week-end.

— Tu ne crois pas qu'Elizabeth se moque que je sois poli ou non ? rétorqua Reed avec amusement.

— Elle t'apprécie, tu sais.

Katrina le disait en toute honnêteté. Elle avait rarement vu Elizabeth se prendre autant de sympathie pour quelqu'un que pour Reed. Au point qu'elle en avait éprouvé une pointe de jalousie sur le moment. Peut-être était-ce pour cela qu'elle l'avait poussé si fort à coucher avec elle la nuit dernière.

Eh bien, voilà qui n'avait rien d'admirable.

Non, songea-t-elle. Coucher avec Reed n'avait rien à voir avec Elizabeth. Elle voulait tout simplement retrouver l'intimité magique qu'ils avaient partagée dans le chalet.

Reed était un homme formidable et un amant fabuleux. Elle ne s'imaginait avec aucun autre. Ce qui signifiait, cette histoire une fois terminée, qu'elle ne ferait plus l'amour avant très, très longtemps.

— Moi aussi, je l'apprécie, déclara Reed.

— Alors, tu viens à la soirée.

— Oui. Je serais ravi de rencontrer d'autres huiles de la compagnie Liberty Ballet.

— Il va te falloir un smoking. C'est une soirée très chic.

— Pas de problème. J'irai voir Salvatore.

— Tu vas retourner à Brooklyn pour un smoking ?

— J'aime bien Salvatore. En plus, une partie de son atelier m'appartient maintenant. Il sera obligé de me faire un prix.

Une question taraudait Katrina depuis la veille. Elle se jeta à l'eau.

— Juste par curiosité. Comment as-tu décidé d'investir dans un atelier de couture à Brooklyn ?

— L'instinct plus qu'autre chose, répondit-il avec un haussement d'épaules désinvolte. Je me trouvais hier à Brooklyn et Nico m'a recommandé Salvatore. On en est venus à discuter de son activité. Il avait besoin d'aide, et il m'a paru logique que je lui apporte. En fin de compte, je l'ai regardé dans les yeux, il m'a plu, et son entreprise aussi.

— Qui est Nico ?

— Le gars à qui appartient la boulangerie-pâtisserie dans laquelle j'investis également.

Katrina commençait à avoir un mauvais pressentiment.

— Tout ça s'est produit hier ?

— Pendant que tu répétais.

Elle brûlait de lui demander combien il avait investi, terrifiée que ce Nico et ce Salvatore soient des attrape-nigauds qui avaient vu en Reed une proie facile.

— Comment sais-tu qu'ils ne t'ont pas arnaqué ?

— Je suis bon juge pour les caractères.

— Au Colorado, peut-être. Mais ici, c'est New York.

— Tu doutes de mon jugement ?

— Un peu, oui.

Il serra les mâchoires, et elle s'aguerrit mentalement. Mais quand il parla, ce fut d'une voix neutre.

— Ne t'inquiète pas pour ça.

— Combien as-tu… Laisse tomber. Ça ne me regarde pas.

— Exact.

— Je suis désolée.

Le vent sifflait à leurs oreilles.

— J'ai un plan, reprit ensuite Reed.

— Raconte.

— Le boulanger. Le tailleur. Et le conducteur de limousine. C'est le même cas de figure : une super petite affaire, une bonne éthique de travail, et un problème de trésorerie à court terme.

— Oh ! Reed, la limousine aussi… ?

— Ce sont des gens bien, des entreprises familiales qui remontent à plusieurs générations. Je fais encore quelques petits investissements de ce type, ils me remboursent, je réinvestis les bénéfices dans la personne suivante.

— Et s'il n'y a pas de bénéfices ? Si tu perds ton argent ? Reed, c'est une grande ville. Les escrocs sont partout.

— A attendre dans une petite boulangerie de Brooklyn

dont le camion de livraison est hors d'usage qu'un type comme moi passe par hasard et les renfloue ?

D'accord, ça paraissait tiré par les cheveux. N'empêche, rien ne disait que ces hommes n'étaient pas opportunistes.

— Je ne vais pas perdre, Katrina. Je suis prêt à parier que les gens sont partout les mêmes. Certains bons, d'autres mauvais, la plupart essaient juste de s'en sortir.

— J'ignorais qu'on enseignait la philosophie au lycée de Lyndon Valley.

Le regard de Reed devint noir comme du charbon, et elle comprit qu'elle était allée trop loin. D'une voix glaciale, il rétorqua :

— Moi, j'avais déjà deviné qu'on enseignait le snobisme à l'Upper Cavendar Academy.

— Excuse-moi, Reed, je ne…

— On accoste, la coupa-t-il, tournant les talons pour gagner la passerelle.

Reed était assis au centre des rangées de l'orchestre dans la somptueuse salle de l'Emperor Theater, sa colère depuis longtemps envolée. La performance de Katrina sur scène l'avait totalement bluffé, et il se sentait un fieffé crétin d'avoir aboyé sur l'ange éthéré qui avait captivé le public durant cette soirée. Son comportement lui faisait honte.

Quelques minutes à peine après le début du ballet, son emportement à l'égard de Katrina s'était transféré sur sa famille. Pourquoi ne les avait-il jamais entendus dire qu'elle était si talentueuse ? Pourquoi ne le clamaient-ils pas sur les toits et ne laissaient-ils pas tout tomber pour courir à New York la regarder danser ?

Entourée de haies d'autres danseurs, elle était au cœur de l'attention, tout en tulle mauve et rubans, ses cheveux relevés en chignon serré, ornés de fleurs et de bijoux. Elle virevoltait avec grâce sur ses pointes, les bras en couronne, s'élançait comme si elle flottait vers son partenaire, qui la souleva tandis que l'orchestre jouait crescendo le final.

Reed retint son souffle lors de la succession de sauts, jetés et pirouettes jusqu'à ce que le duo s'immobilise. La musique s'arrêta, remplacée par un tonnerre d'applaudissements.

La troupe tout entière s'aligna ensuite au bord de la scène pour exécuter une élégante révérence. La poitrine de Katrina, hors d'haleine, se soulevait pendant qu'elle souriait au public. Son regard bleu étincelant parut s'arrêter sur Reed, qui sentit sa propre poitrine se gonfler d'émotion. Il eut toutes les peines du monde à se retenir de quitter son siège et d'aller la prendre dans ses bras.

Le rideau finit par tomber, les applaudissements par diminuer, et le public commença à se frayer un passage vers les allées de la salle. Reed resta un long moment sans bouger, se demandant s'il était toujours invité dans les coulisses. Après le circuit en bateau, il avait déposé en taxi Katrina à l'Emperor sans un mot, furieux contre elle.

Elle s'était excusée à maintes reprises, mais il l'avait chaque fois interrompue. Non qu'il fût susceptible sur son éducation ou son milieu. Ce qu'il détestait, c'était qu'elle lui rappelle l'immense différence de leurs styles de vie. N'empêche, ce n'était pas une raison pour être aussi borné.

Elle aussi devait encore lui en vouloir, et à juste titre. Cela dit, elle n'avait pas annulé son invitation. Il pouvait très bien jouer les innocents et la rejoindre, puis présenter ses excuses en espérant qu'elle lui pardonne.

Il ne lui restait qu'à trouver les coulisses dans cet endroit gigantesque.

Il chercha des yeux une ouvreuse dans le théâtre qui se vidait peu à peu, et aperçut alors Elizabeth Jeril près de la scène, en pleine conversation avec un homme. Sa rangée de sièges s'étant libérée, il se hâta dans leur direction.

Elizabeth le salua d'un grand sourire chaleureux. Quant à l'inconnu, il lui jeta un regard soupçonneux.

Sans hésiter, Elizabeth l'étreignit amicalement.

— Reed. Vous avez aimé le ballet ?

Reed lui rendit son accolade.

— Enormément, répondit-il en toute sincérité.

— Vous venez voir Katrina en coulisses ?

— Avec plaisir.

— Parfait. Reed, voici un de nos principaux donateurs et membre du conseil d'administration, Quentin Foster.

Aussitôt, Reed fut sur le qui-vive. Mais il contrôla son visage et fit face à l'homme.

— Quentin, poursuivit Elizabeth, je te présente Reed Terrell. Reed est un ami de Katrina.

— Un ami proche, ajouta Reed en tendant la main.

Foster était plutôt petit, légèrement dégarni, avec un nez étroit, des yeux d'un brun terne, et surtout, un sourire hautain et dédaigneux. Il tendit à son tour une main pâle et molle.

— Ravi de vous rencontrer, répondit-il d'un ton qui affirmait le contraire.

Reed lui serra la main un peu trop fort.

— Katrina m'a parlé de vous.

Les narines de Quentin frémirent tandis qu'une lueur d'incertitude traversait son regard.

— Katrina s'améliore de jour en jour, observa-t-il.

— Je l'ai trouvée magnifique, répliqua Reed.

— Vous êtes féru de danse ?

— Je sais ce que j'aime.

— En général, les subtilités du ballet échappent aux masses, rétorqua Quentin en lâchant un rire artificiel.

Reed laissa tomber l'échange et se tourna vers Elizabeth.

— Vous nous montrez le chemin ?

— Bien sûr.

Elle lui prit résolument le bras et le conduisit à une petite porte dissimulée dans le mur à côté de la scène.

Ils longèrent en file indienne un couloir peu éclairé, puis gravirent un escalier de bois. Reed bavarda de la pluie et du beau temps d'un ton posé. Mais dans sa tête, il réfléchissait aux options qui s'offraient à lui.

Maintenant qu'il avait rencontré Foster, chaque fibre de son corps lui intimait de protéger Katrina. Projeter le bonhomme dans le mur le plus proche et lui passer un bon savon semblait un bon début. Mais il se retint comme ils franchissaient une nouvelle porte et pénétraient dans un vaste corridor grouillant de monde.

— La voilà, dit Elizabeth.

L'attention de Reed se fixa sur Katrina. Elle s'était changée, revêtant un fourreau noir sur un legging noir également, des talons hauts et un petit cardigan rouge. Ses cheveux étaient rassemblés en queue-de-cheval et son visage, dépourvu de maquillage.

— Merci, Elizabeth.

Lorsqu'il apparut devant elle après s'être frayé un passage parmi les danseurs et l'équipe, Katrina sembla stupéfaite de le voir. Néanmoins, sans prendre le temps de parler, il glissa un bras autour de sa taille et l'entraîna dans la direction opposée à Foster.

— Tu es prête à y aller ?

— Aller où ?

— Peu importe. La sortie est par là ?

— Tu n'es plus fâché contre moi ?

— Je n'ai jamais été fâché.

— Menteur.

— D'accord, un peu. Mais je n'aurais pas dû me mettre en colère. Je dois être psychologiquement fragile.

Sur ses indications, il prit un autre couloir et constata qu'ils se retrouvaient seuls. Le bruit des voix disparut derrière eux. Impulsivement, il la plaqua contre le mur, fouilla son visage des yeux, la trouvant plus belle que jamais.

— Tu étais sublime, Katrina.

Un authentique sourire illumina ses traits.

— Tu as aimé le spectacle ?

— J'ai hâte de te revoir danser.

— N'en rajoute pas quand même, Reed.

Au lieu de répondre, il l'immobilisa et se pencha vers elle.

— Je suis fasciné, murmura-t-il avant de prendre ses lèvres.

Leur baiser fut passionné. Pressés l'un contre l'autre, ils s'abandonnèrent avec fougue, oubliant où ils étaient.

Puis il la relâcha, et retrouvant ses manières, demanda :

— Tu as faim ?

Elle avait dû dépenser une telle énergie sur scène !

— Oui, très faim.

— Qu'est-ce que tu veux manger ?

Il l'emmènerait n'importe où, ferait n'importe quoi pour elle, pourvu que ce fût ensemble.

Katrina battit des cils, les pupilles dilatées.

— Room service ? répondit-elle.

Sans un mot, il lui prit la main et l'emmena plus loin.

— Tu as vraiment aimé le ballet ? répéta-t-elle d'une voix hésitante. Je veux dire, réellement ?

— Je l'ai réellement adoré.

— Au point d'en voir un autre ?

— Si tu es dedans. Ou si tu m'accompagnes, oui.

Il était parfaitement sincère. Bien que n'ayant jamais envisagé d'assister à ce genre de spectacle, il avait apprécié les danseurs, la chorégraphie, les éclairages, les costumes. Il savait reconnaître la performance et le travail acharné derrière.

— Et un opéra ? Tu voudrais en voir un ? reprit Katrina.

— Ils ne sont pas tous en italien ? Je ne parle pas italien.

— *Quello è sfavorele.*

— Quelle frimeuse tu es !

— Ne te moque pas de la femme qui revient dans ta chambre d'hôtel.

Il se pencha à son oreille.

— Laisse-moi t'expliquer ce que j'ai l'intention de faire à la femme qui revient dans ma chambre d'hôtel, chuchota-t-il.

- 9 -

Chaque fois que Reed pensait impossible de trouver Katrina plus belle, elle le surprenait. Même ce soir, au gala de Liberty Ballet, parmi la foule d'invités richement vêtus, elle ressortait telle une icône.

Il la contemplait à l'autre bout de la salle, son chignon soyeux, ses épaules nues couleur miel, ses bras minces ornés de bracelets incrustés de saphir blanc. Elle portait un collier et des boucles d'oreilles assorties, une robe blanche comme la neige au corsage orné de broderies pourpres et à la jupe ample en tulle de soie, également brodée. Elle ressemblait encore plus à une princesse, voire à une mariée.

Bien qu'absurde, l'image le séduisait, et il la laissa tournoyer dans son esprit.

— La soirée vous plaît ? demanda Elizabeth près de lui.

— Beaucoup, répondit-il en toute sincérité.

Il avait rencontré de nombreuses personnes intéressantes, la plupart de New York, mais également d'autres parties du pays. Toutes semblaient avoir pas mal voyagé, et certaines connaissaient le Colorado.

Il saisit l'opportunité au vol.

— J'ai cru comprendre que Katrina a eu un problème avec un de ses chaussons de danse.

— Terrible manque de chance, répliqua Elizabeth.

Je suis contente qu'elle se soit remise aussi vite. C'était un accident bizarre, mais on ne prend plus aucun risque.

— Comment ça ? insista Reed, déterminé à rassembler un maximum d'informations possible.

— On a changé les normes, réduit la période d'utilisation.

— Katrina m'a dit qu'elle en avait une douzaine de paires.

Il aimerait bien mettre la main sur les autres. Si elle avait raison et qu'il n'y avait aucun moyen de savoir quels chaussons elle choisirait un soir donné, alors Foster pouvait en avoir saboté plusieurs paires.

— On les a toutes remplacées.

Destruction de preuves. Une évidence.

— Qui a eu cette idée ? demanda-t-il.

— Recommandation du conseil d'administration. Exagérée selon moi, mais bon, c'est une mesure politique, j'imagine. Vous n'avez rien à boire.

— Je ménage mes forces.

— Admirable de votre part, rétorqua Elizabeth en glissant un bras sous le sien.

Il baissa les yeux sur ses ongles manucurés qui jouaient avec coquetterie sur son muscle.

— Vous n'y pensez pas, Elizabeth.

Elle éclata d'un rire argenté en ôtant son bras.

— Pardon. Une habitude enracinée. On attrape mieux les mouches avec du miel qu'avec du vinaigre, vous savez.

— Vous attrapez les mouches ce soir ?

— Liberty Ballet ne survit pas sans donations. Et sans vouloir offenser votre sexe, Reed, les hommes sortent plus volontiers leur chéquier pour une femme pleine de vivacité.

— Vous ne vous lassez pas de faire ça ?

Elizabeth haussa les épaules.

— C’est mon travail. Tenez, vous voyez cet homme là-bas, avec des cheveux blancs et des lunettes ? Eh bien, il nous a offert une somme substantielle l’an dernier. Aujourd’hui, son directeur commercial nous a annoncé qu’ils devaient la diminuer de moitié. Ma tâche ce soir est de le faire changer d’avis.

— Bonne chance. Et Quentin ? ajouta Reed.

Il l’avait repéré dans la salle et attendait l’occasion de le confondre.

— Quentin ? Non, je n’ai pas à le séduire. Il donne chaque année, très régulièrement.

— Beaucoup ?

— Il figure en haut de l’échelle de nos donateurs.

— Vous pouvez me donner un chiffre ?

Soudain sérieuse, Elizabeth le regarda pensivement.

— Ce serait contraire à l’éthique. Et je risquerais de gros ennuis en révélant ce type d’information.

Reed soutint son regard et attendit, mais elle ne céda pas. Assez admiratif devant sa ténacité, il changea de tactique.

— En théorie, vous estimez le haut de l’échelle dans quelle fourchette ?

Elizabeth sourit pour répondre.

— En théorie, je situe le haut de l’échelle entre deux et trois cent mille dollars par an.

— C’est une grosse somme.

Elle but une gorgée de champagne.

— Je peux garder le sourire envers et contre presque tout pour une somme pareille.

— Vous êtes en train de dire que vous avez des problèmes avec Quentin Foster ?

— Rien de grave, répliqua-t-elle, baissant la voix. Le plus pénible est qu’il est ennuyeux comme la pluie. Il aime trop s’écouter parler et a tendance à m’accaparer dans les soirées. Il adore citer des gens connus et se vanter d'être allé à un tas d'importantes réceptions. Pour un homme si maigre, il s'avère plutôt obsédé par les menus — qui a servi quel caviar ou du saumon trop cuit ou des desserts médiocres.

Reed hocha la tête. Certes, c'était déplaisant, mais rien en comparaison de l'attitude de Quentin envers Katrina.

— Au fait, dit-il, sautant sur l'occasion, si vous avez besoin d'une excellente boulangerie-pâtisserie, j'en connais une formidable à Brooklyn.

— Je fréquente peu Brooklyn.

— Ils livrent. Si je vous obtiens une réduction, vous seriez prête à essayer un nouveau traiteur ?

Elizabeth haussa un sourcil finement dessiné.

— Vous êtes sérieux ?

Reed héla un serveur et prit une coupe de champagne.

— Très sérieux. J'ai des parts chez eux, et ils aimeraient percer le marché de la restauration haut de gamme.

— Bon, envoyez-moi leurs coordonnées, je les appellerai.

— Merci. Je vous ferai porter des échantillons.

— D'accord. Katrina est très en beauté ce soir, observa Elizabeth, changeant de sujet.

Reed l'observa au loin, qui riait avec deux hommes en smoking. Il réfréna une vague de jalousie.

— Est-ce qu'elle collecte des fonds aussi ? demanda-t-il.

— On ne sait jamais qui décidera d'aider financièrement notre compagnie, répondit Elizabeth avant de marquer une pause. Vous savez, Katrina a une carrière fantastique à Liberty devant elle. A condition qu'elle reste à New York.

— Qu'est-ce qui vous fait penser qu'elle n'y restera pas ? s'enquit Reed, perplexe.

Elle lui adressa un sourire narquois.

— Vous.

Il éclata de rire.

— J'ai vu comment elle vous regardait, ajouta Elizabeth.

— Ne vous inquiétez pas pour ça. Elle déteste bien plus le Colorado qu'elle ne m'apprécie.

— Alors elle doit vraiment haïr le Colorado de toute son âme. Bon, s'il vous plaît, accompagnez-moi jusqu'au piano. Je dois discuter avec Samuel Wilcox et je n'ai pas envie que Quentin me monopolise en chemin.

— Pas de problème, assura Reed en lui prenant le bras.

Plusieurs personnes saluèrent Elizabeth tandis qu'ils traversaient la salle, mais aucune ne l'approcha directement. Du coin de l'œil, Reed vit Foster suivre leur progression parmi l'assistance, l'air mauvais.

— Merci, fit Elizabeth, une fois parvenue devant Wilcox.

Sans attendre qu'on le présente, Reed fit demi-tour et se dirigea vers Foster, seul près d'un des bars. Il déposa son verre au passage, préférant avoir les mains libres.

— Foster, dit-il en s'arrêtant devant lui.

— On s'est déjà rencontrés ? lâcha Quentin, les yeux plissés, la bouche dédaigneuse.

Reed ricana intérieurement. Si le bonhomme voulait la jouer comme ça, très bien. Il s'appuya au bar et baissa le ton, bien qu'il n'y ait personne à proximité.

— Oui. Ecoutez-moi bien, mon message sera bref. Je sais que vous avez demandé à Katrina de coucher avec vous. Je sais pour les chaussons de danse. Et je sais où vous vivez…

— Je n'ai pas la moindre idée de quoi vous parlez, coupa Foster, mais son visage était devenu écarlate.

— Je peux aussi avoir facilement accès à votre carnet d'adresses, poursuivit Reed. Si vous touchez ou blessez Katrina, si vous la menacez, si vous levez un seul doigt pour nuire à sa carrière, je vous raye de la surface de la terre.

Le front moite, Foster se redressa autant que possible, et riposta d'une voix perçante :

— Même si je savais de quoi vous parlez, je ne cède jamais aux menaces.

— Ah oui ? Eh bien, je vous conseille de faire une exception, cette fois.

— Espèce de brute grossière, cracha Foster.

— Quand il s'agit de Katrina, oui. Vous feriez bien de vous en souvenir également.

Son message délivré, Reed s'éloigna.

Katrina était résolue à éviter Quentin à tout prix. Elle ne voulait surtout pas se retrouver obligée de l'éconduire une fois de plus. Cela faisait maintenant plusieurs minutes qu'il l'observait, et il se dirigeait à présent vers elle. Appliquant la stratégie de la fuite, elle partit dans le sens opposé.

Elle regretta que Reed ne fût pas à ses côtés. Mais la dernière fois qu'elle l'avait vu, il était plongé dans une discussion apparemment sérieuse avec Elizabeth. Force était d'admettre qu'il se débrouillait très bien sans son aide durant cette soirée.

Croisant une autre danseuse en pleine conversation avec deux invités, elle vit l'occasion d'échapper à Quentin. Hélas, ils se disaient au revoir, et elle se retrouva de nouveau vite seule. En outre, son arrêt avait donné à Quentin le temps de se rapprocher.

Alors elle essaya de gagner en hâte le fond de la salle, espérant que Reed se trouve à l'un des bars.

— Katrina ? la héla Quentin.

Raté.

Piégée, elle plaqua un sourire poli sur son visage.

— Bonsoir, Quentin.

— Tu es ravissante ce soir.

Son ton manquait néanmoins de sincérité. Et son sourire était faux. Il avait une posture raide, le coin des lèvres pincé. Comme s'il éprouvait de la colère à son égard. Alors que ce devrait plutôt être l'inverse.

— Merci.

Puisqu'il n'essayait même pas de sauver les apparences, elle ne voyait pas pourquoi feindre d'être cordiale. Aussi laissa-t-elle son sourire s'effacer.

Il la toisa d'un regard insolent, s'attardant sur ses seins et le long de son corps.

— Tu t'es mise sur ton trente et un pour quelqu'un en particulier ?

Katrina ignora la question scabreuse et tourna les talons.

— Excuse-moi, mais j'allais me chercher un verre.

Mais alors qu'elle s'éloignait, il agrippa son bras, suffisamment fort pour lui faire mal. Puis, avant qu'elle puisse réagir, gronda :

— Tu le rappelles, compris ?

— Quoi ? Lâche-moi, protesta-t-elle.

— Ton pitbull teigneux. Rappelle-le.

Soudain, Reed surgit. Il attrapa Quentin par la chemise, le souleva presque du sol et le fit reculer d'une bonne dizaine de pas, avant de le plaquer contre le mur.

— Reed ! s'écria Katrina.

— Vous avez cru que je bluffais ? demanda Reed d'une voix dure. C'est ça ?

La bouche de Quentin remua, mais aucun son n'en sortit.

Katrina tenta de s'interposer entre eux, priant pour que personne ne leur prête attention. Elle pouvait régler ça seule, dans le calme et la discrétion. La dernière chose dont Liberty Ballet avait besoin était une scène sordide devant les donateurs.

— Reed, arrête, s'il te plaît.

Mais il se borna à pousser Quentin plus violemment dans le mur, tonnant :

— Je pensais chaque mot que j'ai dit.

Quentin hoqueta, en quête d'air.

— Lâche-le, je t'en supplie, Reed.

Au lieu de quoi, il pointa un index vindicatif sous le nez de Quentin.

— Chaque mot, vous entendez ?

— Sécurité ! cria quelqu'un derrière eux.

Mortifiée, Katrina gémit.

Quentin réussit à produire un sourire douloureux mais triomphant.

— Vous feriez mieux de me lâcher, articula-t-il.

— Il leur faudra bien cinq minutes pour arriver, riposta Reed. Je peux faire beaucoup de dégâts en cinq minutes.

— Vous irez en prison, reprit Quentin, la voix étranglée.

— J'ai l'air de m'en soucier ?

— Reed, supplia Katrina, paniquée.

Il lui décocha un coup d'œil.

— Tu n'as pas à assister à ça.

— Tout le monde y assiste !

— Alors ? fit Reed à l'attention de Quentin.

Les deux hommes se fusillèrent du regard. Enfin, Quentin détourna les yeux avec un petit signe d'acquiescement.

Reed le lâcha brutalement et recula juste au moment où apparaissaient les gardes de la sécurité. Il rajusta sa veste puis s'avança d'un pas décontracté vers Katrina, qui le dévisageait, totalement horrifiée.

Elle sentait des dizaines de regards posés sur elle. Cette histoire allait faire le tour du monde de la danse. Elle-même serait un objet de risée. Quoi que Quentin ait pu faire pour tenter de ruiner sa carrière, Reed venait de le surpasser.

Il s'arrêta devant elle. Des larmes d'humiliation perlant à ses paupières, elle ne dit mot, pivota sur ses talons et entreprit de gagner la sortie, s'efforçant d'ignorer les mines curieuses et emplies de pitié des autres invités.

Reed la rejoignit dans le vestibule.

— Katrina, je suis désolé que tu aies…

— Désolé ? Tu penses qu'être *désolé* suffit ?

Elle peinait à trouver ses mots, n'arrivait pas à le fixer.

— Il l'a cherché, plaida Reed.

— C'était une réception, Reed. Une réception civilisée.

— Quel rapport ?

— A un rassemblement de gens civilisés, tu ne peux pas molester quelqu'un juste parce qu'il te dérange.

— Il a tenté de te faire du mal. De te nuire. D'ailleurs, il l'a fait, il a saboté ton chausson.

— On en a déjà parlé. Ça ne tient pas la route.

Elle refusait de laisser la peur l'envahir.

— Si, rétorqua Reed d'un ton grave. Ça tient parfaitement la route. D'après Elizabeth, le conseil d'administration a fait remplacer toutes tes paires de chaussons.

— Et alors ?

— C'était une décision du *conseil d'administration*. Foster a baratiné les autres membres et…

— Arrête. C'est un opportuniste ignoble, mais rien de plus. Et c'est une affaire que je pouvais régler moi-même.

— Je l'ai confondu, Katrina. Je l'ai mis en garde. Il n'en a pas tenu compte.

— Il a avoué ?

— Non. Mais j'ai regardé dans ses yeux…

— Et tu lui as serré la main ? Ha ! Tu es si fort pour juger les gens que tu t'es senti le droit de le déclarer coupable sans la moindre preuve ?

— Il l'a fait, Katrina. J'en suis certain.

Elle ferma les paupières, compta jusqu'à cinq. Puis reprit :

— Ce n'est pas le Colorado, ici. On n'est pas dans l'Ouest sauvage. Tu ne peux pas menacer de frapper quelqu'un.

— Je n'ai pas menacé de le frapper, objecta Reed, les mâchoires serrées.

— Menteur. Je t'ai entendu.

Un petit silence passa avant que Reed rectifie :

— Je n'ai pas menacé de le frapper, j'ai menacé de le tuer.

Katrina sursauta. Elle devait avoir mal entendu. Reed avait semblé si courtois ces derniers jours. Il savait commander le bon vin. Il était intelligent, cultivé. Capable de bavarder avec n'importe qui. Mais tout cela n'était qu'une façade.

— Donc, c'est ça ? dit-elle, la gorge nouée.

— Ça quoi ?

— Toi. Sous le vernis, tu restes un rustre du Colorado ?

Il ne broncha pas, mais son regard était orageux.

— Je serai toujours un rustre du Colorado, Katrina.

Elle était effondrée. Tout avait si mal tourné.

— J'aurais dû t'écouter, murmura-t-elle.

— Oui, tu aurais dû, en effet.

Des larmes brûlantes, douloureuses, montaient de nouveau, faisaient trembler sa voix.

— Tu m'avais pourtant prévenue.

— Je n'ai jamais voulu te faire de la peine, Katrina. C'est bien la dernière chose au monde que je voudrais.

— Eh bien, tu as réussi quand même.

— Je sais.

Sur le point de craquer, elle fit appel à la colère pour tenir bon, pour combattre son angoisse.

— Tu dois partir. Maintenant. Quitte New York. Retourne à ces bars de bouseux tocards où des gars comme toi peuvent discuter avec leurs poings.

— Je te ramène chez toi, déclara-t-il. Viens.

— Non. Je ne rentre pas. Je retourne à la réception.

— Pas question.

Mais elle n'avait pas le choix.

— Il faudra bien que je les affronte. Autant le faire tout de suite. Je veux être débarrassée de cette histoire.

— Foster est toujours à l'intérieur. Tu ne peux pas y aller.

Elle sentait une violente migraine pointer.

— Je m'en charge. C'est mon problème, Reed. C'est ma vie. Va-t'en, maintenant.

Il n'accepterait jamais. Elle le voyait dans son regard, noir de frustration. Il réfléchissait à une alternative. Soudain, elle eut peur qu'il la traîne de force hors de l'hôtel pour son bien.

Elle fit un pas en arrière, se détourna rapidement, et repartit aussi vite que possible vers la salle de bal.

Reed allait quitter New York. Sans perdre de temps et sans importuner encore Katrina. Mais auparavant, il avait une chose à régler. Et seule Elizabeth Jeril pouvait l'y aider.

Dans les bureaux de Liberty Ballet, elle lui indiqua de prendre un siège.

— La réceptionniste m'a prévenue que vous étiez dangereux, dit-elle en souriant.

— Elle assistait à la réception ?

Reed était navré que son comportement ait gâché l'événement, mais ne regrettait nullement d'avoir défié Foster. Il avait fait son devoir.

Elizabeth éclata de rire.

— Elle a entendu l'histoire ce matin. Tout Manhattan l'a entendue. Elle circule partout.

— J'ai du mal à croire que ce soit si intéressant.

— C'est la collecte de fonds la plus excitante que j'aie connue, en tout cas, observa-t-elle en s'asseyant, visiblement plus amusée qu'en colère.

— J'en suis désolé.

— Oh ! Ne vous inquiétez pas, Reed.

Parfait. Il décida d'aller droit au but.

— J'ai besoin d'un service, Elizabeth.

Elle croisa les mains sur son bureau d'acajou.

— Quel genre de service ?

— Je veux que Quentin Foster sorte définitivement de la vie de Katrina.

Perplexe, Elizabeth haussa ses sourcils délicats.

— Cela signifie que je veux qu'il sorte définitivement de la compagnie de danse, poursuivit Reed.

— Reed, ça ne va pas être possible…

— Combien ? la coupa-t-il.

— Pardon ?

— Combien cela coûtera de se débarrasser de Foster ?

Elizabeth cilla, de plus en plus déconcertée.

— J'ai une proposition à vous faire, continua-t-il, ne voyant pas l'intérêt de tourner autour du pot. Je suis prêt à créer un fonds au bénéfice de Liberty Ballet. La dotation fournirait à la compagnie un financement stable à perpétuité. Mon unique condition est que Quentin Foster soit immédiatement renvoyé du conseil d'administration, banni de toute contribution ainsi que de toute collecte de fonds organisée au bénéfice de l'organisation. Si j'avais la possibilité de lui interdire d'acheter des billets pour assister aux spectacles, je le réclamerais également.

Durant un long moment, Elizabeth étudia son expression.

— Qu'est-ce qu'il a fait ? finit-elle par demander.

— Rien qui ne soit prouvable.

Reed ne lui en voulait pas d'être troublée, voire même soupçonneuse. Aussi joua-t-il cartes sur table.

— Je vous en parle de manière confidentielle, et seulement pour protéger Katrina. Je me contrefiche de ce bouffon. Mais Foster voulait coucher avec elle, et quand elle a refusé, il a insisté. Ensuite elle a trébuché sur des câbles dissimulés, puis son chausson a lâché. Pour finir, il a eu un rôle essentiel dans le remplacement de toutes ses autres paires avant que quiconque puisse les examiner. Je l'ai mis en garde samedi à la réception, mais je ne lui fais pas confiance. Je refuse de lui faire confiance. J'exige qu'il parte.

Elizabeth se redressa sur son siège.

— Vous me faites marcher, Reed ?

— Non.

— Il a abusé de son statut de membre du conseil d'administration pour solliciter sexuellement une danseuse ?

— Oui.

— Je vais le virer sur-le-champ rien que pour ça, annonça Elizabeth en tendant la main vers le téléphone.

— Ça ne règle pas la question financière.

— Non, ça ne règle pas la question financière. Mais je ne jette Katrina en pâture pour aucune somme d'argent.

— Reposez le téléphone.

— Mais…

— Elizabeth, je peux régler la question financière.

— Vous ne savez pas de quoi vous parlez, objecta-t-elle d'un air sincèrement compatissant.

— Pourquoi tout le monde persiste-t-il à douter de moi ? Si je ne suis pas un génie, j'arrive à m'habiller et me nourrir tout seul chaque jour. Je suis conscient de mon offre.

— Reed.

— Dix millions de dollars.

Elizabeth en resta bouche bée.

— Le Fonds de dotation Sasha Terrell démarrera avec un capital initial de dix millions, ajouta-t-il.

— Qui est Sasha Terrell ?

Il ne put s'empêcher de rire.

— C'est ça, votre question ?

— C'est ma première question.

— Ma mère, indiqua Reed d'une voix plus douce.

Elizabeth hocha la tête, plusieurs fois.

— Bien. Sympa. C'est très sympa.

— Vos autres questions, à présent ?

Elle éclata d'un nouveau rire un peu nerveux.

— Je n'en trouve pas. Si. C'est réel, ou je rêve ?

— C'est réel.

Sur ce, Reed sortit son portable pour appeler Danielle. Elizabeth suivit la conversation dans un silence stupéfait.

— Reed ? fit Danielle à l'autre bout du fil.

— C'est moi.

— Il ne s'agit pas d'une autre pâtisserie, j'espère ?

— Vous pouvez venir à New York ?

— Quand ?

— Maintenant.

Il y eut un grand silence, suivi d'un « Pourquoi ? » plutôt inquiet de Danielle.

— Il vaut sans doute mieux que je vous explique quand vous serez là.

— Pas question, Reed. Je frise l'apoplexie.

— Bon. Je suis sur le point de faire une dotation de dix millions de dollars au bénéfice de la compagnie de danse new-yorkaise Liberty Ballet. Je veux que vous vous en occupiez.

Danielle, et c'était tout à son honneur, conserva son ton froid et professionnel.

— En général, je recommande à mes clients de limiter à vingt-cinq pour cent de leur argent les dotations caritatives.

— Ah oui ? Et j'ai déjà sollicité vos conseils ?

— Non.

— Alors partons du principe que je ne vais pas commencer maintenant.

— Je serai là dans deux heures, Reed.

— Parfait.

Si c'était la seule chose qu'il pouvait faire pour protéger Katrina, il entendait la faire correctement.

Deux jours plus tard, Katrina était incapable de cesser de penser à Reed. Pédaler dans la salle de sport lui rappelait Reed. Le Jacuzzi aussi. Manger, boire, même dormir, ramenait le souvenir de son intense regard gris, de son visage taillé à coups de serpe, de son corps magnifique qu'elle jurait ressentir près d'elle dès qu'elle fermait les yeux.

Dans les vestiaires du club de gym, elle se rhabillait après une douche rapide. Son entraînement était terminé, mais elle rechignait à rentrer et se retrouver solitaire entre les quatre murs de son appartement. Aussi décida-t-elle de s'arrêter un moment au bar à jus du rez-de-chaussée, donnant sur la rue.

Elle trouva une table en terrasse et commanda un smoothie à la framboise. Au moins les smoothies ne lui rappelaient pas Reed. Ni les piétons ou les taxis. Enfin, tant qu'elle restait à l'écart de Central Park.

Une longue limousine blanche passa, et son cœur

se serra. Refoulant des larmes, elle but une gorgée de boisson glacée.

— Katrina Jacobs ? demanda une voix féminine.

La dernière chose dont Katrina ait envie était de signer un autographe ou poser pour une photo. Mais elle afficha un sourire poli sur ses lèvres.

— Oui ?

Une grande femme brune lui tendit la main.

— Danielle Marin. Je suis avocate à Chicago. Je travaille pour Caleb Terrell et j'ai rencontré votre sœur à de nombreuses occasions.

— Mandy ? fit Katrina, étonnée, en lui serrant la main.

— Oui, Mandy. Elle est fantastique. Je pense qu'on est parties pour devenir de bonnes amies.

Katrina considéra la jeune femme. Elle était bien habillée, maquillée à la perfection, avec une coupe de cheveux courte et chic, et une apparence extrêmement raffinée. Difficile de l'imaginer bonne amie de Mandy.

Comme Danielle lançait un coup d'œil explicite à la chaise vide de l'autre côté de la table, Katrina se sentit obligée de lui proposer de s'asseoir.

— Merci, dit Danielle avec un grand sourire.

— Vous êtes à New York pour raisons professionnelles ? demanda Katrina, songeant qu'au moins la conversation la distrairait de ses pensées moroses.

— Oui. Et je travaille aussi un peu pour Reed Terrell.

Katrina ignorait si elle se faisait des idées, mais Danielle parut l'étudier avec attention en prononçant son nom.

— La boulangerie-pâtisserie ? avança-t-elle, s'efforçant de garder un visage impassible. Ah, mais vous êtes Danielle ?

Ça venait de faire tilt dans son esprit.

— En effet.

— La réservation de restaurant. Chez Flavian.

— C'était moi, acquiesça Danielle en souriant. Mais moi je ne savais pas que c'était vous. Ça vous a plu ?

— Oui, réussit à répondre Katrina, la gorge serrée.

— Reed est un homme charmant.

Incapable de parler, elle opina en silence.

— Cela signifie que vous êtes… ensemble, tous les deux ?

— Non, répliqua Katrina très vite. Je veux dire, on est sortis ensemble une fois ou deux. Mais il n'était ici que pour quelques jours, et… Vous connaissez les gens du Colorado, poursuivit-elle avec un rire forcé. Il avait hâte de retrouver la poussière et la sueur de l'Ouest.

— Vous-même avez grandi là-bas, non ?

— Je n'y ai plus vécu depuis l'âge de dix ans.

— Ah, fit Danielle, tandis qu'on apportait le thé glacé qu'elle avait commandé.

Elle glissa une tranche de citron dedans et remua d'un air concentré.

— Vous pouvez toujours lui rendre visite, reprit-elle.

— Je ne vais pas souvent dans le Colorado. Ça n'a jamais été mon endroit préféré.

— Mais, avec Reed…

— Il ne s'agit pas de cela du tout, objecta Katrina, à présent impatiente de changer de conversation.

Entre Reed et elle, c'était terminé. Fini. Passé.

— Il est très séduisant, fit remarquer Danielle.

Une pensée frappa soudain Katrina.

— Reed vous intéresse ? Je me suis posé la question quand il vous a appelée pour le restaurant.

Danielle eut un petit rire.

— Il ne s'agit pas de cela du tout non plus. Mais on dirait que vous et lui…

— Non.

— Vous rougissez, Katrina.

— Ah oui ? Eh bien…

Il y avait un mélange de compassion et de curiosité dans le regard de Danielle. Manifestement, Reed l'avait mise au courant de quelque chose.

— Vous en savez plus que vous ne le dites, n'est-ce pas ?

— Je sais qu'il vous a emmenée dîner. Je vous vois rougir. Et il semblerait qu'il ait quitté la ville un peu… précipitamment. Ça se cumule avec tant d'autres éléments.

Katrina sentit ses joues s'empourprer de plus belle.

— Et maintenant, il me vient à l'esprit que la relation de Caleb et de Mandy risque de vous compliquer les choses.

— Non, il n'y a aucun problème, assura-t-elle.

Mais garder son sang-froid lui coûtait beaucoup.

— Je ne veux pas être indiscrète, bien entendu, conclut Danielle.

D'une certaine manière, son ton presque préoccupé invitait aux confidences. Katrina lâcha prise.

— Ça n'aurait jamais dû arriver, soupira-t-elle. Nous ne sommes pas du tout faits l'un pour l'autre. Nos vies sont radicalement opposées. Pourtant, il y avait comme une alchimie.

— Ah, j'ai moi aussi connu cette alchimie, confessa Danielle avec un rire amer.

— Vraiment ?

Elle se sentait moins misérable à l'idée de ne pas être la seule à avoir éprouvé cela.

— Avec un dénommé Tr… Trevor. Il était du Texas.

Durant quelques instants, Danielle fixa son thé glacé et parut rougir à son tour.

— Vous avez couché avec lui ? Oh ! pardon ! se reprit aussitôt Katrina. La question est totalement déplacée.

— Aucune importance. Non, nous ne l'avons pas

fait. Non qu'il n'ait essayé. C'est un charmeur. Mais j'ai réussi à refuser.

— Reed a fait l'inverse. Il a essayé de m'en dissuader. C'est moi qui insistais, et… Seigneur, je n'arrive pas à croire que je vous raconte tout cela.

Danielle lui prit la main, le regard plein de sympathie.

— Quand l'avez-vous vu pour la dernière fois ?

— Samedi soir.

— Alors la blessure est encore fraîche.

Katrina acquiesça d'un air malheureux.

— Donc, vous avez besoin de quelqu'un à qui parler, ajouta Danielle. Ils servent des martinis ici ?

— Vous commencez à me tenter, vous savez.

Elle n'avait jamais essayé le martini, mais aujourd'hui, elle était partante. Danielle héla la serveuse.

— Je parie que vous vous félicitez d'avoir dit non, avança Katrina.

Si elle n'avait pas fait l'amour avec Reed, peut-être aurait-elle eu moins mal. Peut-être n'aurait-elle pas l'impression que le monde entier lui écrasait la poitrine. Peut-être serait-elle capable de dormir. Et peut-être les larmes couleraient-elles moins souvent, de jour comme de nuit.

— Pas forcément, reconnut Danielle, pensive. Je passe mes nuits sans dormir, à imaginer comment ça aurait été.

— C'était un homme si merveilleux que ça ?

— Arrogant, entêté, impulsif et exubérant. Mais aussi le type le plus sexy que j'aie jamais vu, et je sais au fond de mon âme qu'il aurait été un amant extraordinaire.

— Vous devriez peut-être retourner au Texas.

— Vous imaginez bien que cela m'a traversé l'esprit.

— Dans les deux cas, on finit avec des regrets, constata Katrina en soupirant.

— Je le crains.

— C'est injuste. Trop injuste.

Si elle n'avait pas couché avec Reed, elle se demanderait comme Danielle ce qu'elle avait raté. Au moins avait-elle eu ces quelques nuits. Au moins avait-elle perdu sa virginité avec un homme qu'elle…

La serveuse apporta deux martinis, et, sans attendre, Katrina s'empara d'un verre et en but une énorme gorgée.

Sa gorge brûla, elle toussa, hoqueta, souffla.

— Ça va ? s'enquit Danielle tandis que la serveuse l'observait, sourcils froncés.

— Oui. Très bien.

Rassurée, la serveuse s'éloigna.

— Alors, que ressent Reed pour vous ?

La question de Danielle lui parut bizarre. Mais bon, après tout, la conversation tout entière était bizarre.

— De la colère, répondit-elle. Une grosse, grosse colère.

Pour une raison ou une autre, Danielle sembla étonnée.

— Vous vous êtes disputés ?

— Et comment. Je lui ai dit de quitter New York, et en gros, de ne jamais revenir.

— Ouille.

— Ce n'est pas plus mal, ajouta Katrina, cherchant à s'en convaincre elle-même.

Elle but une nouvelle gorgée de martini, qui passa mieux. La chaleur de l'alcool dans ses veines était agréable.

— Vous pensez qu'il reviendra quand même ?

Katrina secoua longuement la tête.

— Vous pensez qu'il pourrait être tombé amoureux de vous ? poursuivit Danielle.

— Quoi ?

— C'est une possibilité.

— Absurde et improbable.

— Il a essayé de vous dissuader de coucher avec lui.

— Parce que c'est un gentleman, tout cow-boy qu'il soit.

— Mon cow-boy a essayé de me *persuader* de coucher avec lui.

— Le vôtre est du Texas.

Une drôle d'expression traversa le visage de Danielle.

— Reed savait depuis le début que ça tournerait mal pour nous si on couchait ensemble, continua Katrina.

— Seriez-vous amoureuse de Reed, par hasard ?

L'estomac de Katrina s'emplit de plomb. Quelle catastrophe ce serait, n'est-ce pas ? Elle vida son martini.

— Oh non ! Sûrement pas. Mais je reprendrais bien un de ces cocktails, tout compte fait.

— Vous devriez appeler Mandy, suggéra Danielle.

— Pourquoi ?

— Pour lui parler de tout ça.

— Je ne connais pas Mandy à ce point.

— C'est votre sœur.

— Nous ne sommes pas proches.

— Eh bien, si j'avais une sœur, et qu'elle était aussi formidable que Mandy, et si je ressentais ce que vous ressentez en ce moment, je l'appellerais sur-le-champ.

Katrina avait l'impression d'avoir du coton dans les oreilles.

— Répétez-moi ça ?

— Téléphonez à Mandy, Katrina.

— Peut-être. Je verrais.

Mais que lui dirait-elle ? Que pouvait-elle lui expliquer ? Qu'elle était folle amoureuse de son futur beau-frère, et qu'elle ne pourrait plus jamais revenir à la maison ?

- 10 -

De retour dans son ranch, Reed savait qu'il devait oublier Katrina, oublier cette semaine surréaliste à New York et reprendre le cours de sa vie normale.

Sans plus attendre.

Mais assis sous la véranda à l'arrière de la maison, une bouteille de bière à la main, il se sentait incapable d'allumer le barbecue comme tous les soirs. Tandis que le soleil descendait à l'horizon, il restait les yeux fixés dans le vague, sirotant le liquide déjà tiède, totalement désenchanté.

— La porte était ouverte.

La voix inattendue de Danielle lui parvint depuis le seuil de la cuisine.

— Elle l'est toujours, répliqua-t-il sans même se tourner.

Elle s'approcha, ses talons hauts claquant sur le sol.

— Je comprends pourquoi vous l'avez fait, lança-t-elle sans préambule. Ce qui m'échappe, c'est pourquoi vous avez fait ça, précisément.

Reed reposa sa bière.

— Ça vous ennuierait de mettre quelques substantifs dans votre phrase ?

— Vous êtes de toute évidence amoureux de Katrina.

Il trouva inutile de nier. Après tout, Danielle était son avocate. Elle n'irait pas le répéter à tout le monde.

— Ce qui explique pourquoi vous vouliez l'aider, reprit-elle.

— Bien vu. Toutes mes félicitations.

Danielle attendit qu'il développe. Comme il n'en faisait rien, elle poursuivit.

— Mais pourquoi un geste aussi énorme ? Dix millions de dollars. Vous espériez la reconquérir ?

— Reconquérir qui ? demanda Caleb qui surgissait à son tour par la porte de la cuisine. Salut Danielle. Qu'est-ce que tu fais là ?

Etonné de l'arrivée de son frère, Reed pivota la tête.

— Danielle, quelle surprise ! renchérit Mandy, sur les talons de son fiancé.

Remarquant ensuite la présence de Reed, elle lui sourit.

— Tu es rentré, ajouta-t-elle avant de l'embrasser puis de s'installer sur une chaise longue.

— Vous aussi, apparemment, observa-t-il, inquiet qu'ils aient entendu la remarque de Danielle. Alors, comment était Chicago ?

— Bruyant. Comment était New York ?

— Encore plus bruyant.

Mandy éclata de rire.

— Reconquérir qui ? répéta Caleb en regardant successivement Reed et Danielle.

Reed était conscient que si certains éléments de la situation devaient rester dans l'ombre, d'autres ne le pouvaient pas. Il décida que le moment n'était pas si mauvais pour expliquer l'essentiel.

— Danielle m'a aidé à réaliser quelques investissements durant mon séjour à New York, commença-t-il.

— Génial, fit Caleb, plus détendu. Qui veut une bière ?

Mandy et Danielle levèrent la main, et il disparut dans la cuisine. Reed tenta de canaliser le flot d'émotions qui le traversait. D'ordinaire, il restait calme sous la pression, qu'il s'agisse d'un danger physique ou d'une discussion très vive. Mais ses sentiments pour Katrina le poussaient à s'aventurer en terre inconnue.

— Comment va Katrina ? demanda Mandy. Tu l'as vue danser ?

— Oui. C'était extraordinaire.

Caleb revint avec les bières, et leva la sienne vers Reed.

— Bienvenue dans le monde au-delà de Lyndon Valley.

Il émit un petit ricanement amer. Le monde au-delà de Lyndon Valley ne lui avait pas tellement réussi.

— Bon, parle-moi un peu de ces investissements, reprit Caleb.

La boulangerie-pâtisserie, le tailleur et le service de limousine n'étaient que des broutilles. Reed regarda son frère droit dans les yeux et lança :

— J'ai créé le Fonds de dotation Sasha Terrell avec un capital de dix millions de dollars.

Stupéfait, Caleb cilla.

— Au bénéfice de la compagnie Liberty Ballet, continua Reed.

— Pour Katrina ? dit Mandy en lui saisissant le bras.

— Pour Katrina, confirma-t-il avant d'apaiser sa gorge desséchée avec un peu de bière.

— Qu'est-ce que tu as fait ? demanda Caleb, le regard suspicieux.

— Je viens de te le dire.

Mandy se pencha vers lui.

— Reed, tu es sûr de ton coup ? Je veux dire, c'est formidable, magnifique. Et un hommage merveilleux à ta mère. Mais ça fait beaucoup d'argent, quand même.

— Tu as couché avec elle ? insista Caleb. Je t'avais pourtant…

— Fiche-moi la paix. C'est pour la protéger.

— De toi ?

— Du calme. Elle n'a pas besoin de se protéger de moi.

— Alors pourquoi dix millions ?

Reed commençait à en avoir assez de se justifier.

— Il y a un type à New York, Quentin Foster. Il a fait de nombreuses et très généreuses donations à la compagnie de danse, et semble croire que cela lui donne le droit de coucher avec Katrina.

— Quoi ? s'exclamèrent ensemble Mandy et Caleb.

— Voilà pourquoi je suis allé à New York. Je lui ai ordonné de la laisser tranquille. J'ai même menacé de le tuer, en fait. Mais il a refusé de m'écouter.

— Il n'a pas… ? gronda Caleb, la mâchoire serrée.

— Non. Vu qu'il respire encore, il n'est pas parvenu à ses fins. Katrina a refusé, mais il ne s'est pas laissé décourager pour autant et est revenu à la charge, quitte à employer les gros moyens. C'est lui qui a provoqué l'accident de sa cheville.

A ces mots, Mandy se leva comme un automate.

— Je dois appeler Katrina, dit-elle, sans aller plus loin.

— Le Fonds Sasha Terrell remplacera tous les dons de Foster, poursuivit Reed. Et même davantage. Il est éliminé de Liberty Ballet. Et Katrina, parfaitement à l'abri de ses manigances.

— Maintenant je comprends, déclara Danielle.

Le soulagement de Mandy était manifeste. Elle fit les deux pas qui la séparaient de lui et l'étreignit avec gratitude.

— Merci, murmura-t-elle, la gorge étranglée d'émotion.

— Ça m'a fait plaisir de le faire.

— Pourquoi tu ne m'en as pas parlé ? demanda Caleb.

— Je n'en voyais pas le besoin.

— Katrina va être ma belle-sœur. Et j'ai bien plus d'argent que toi.

— C'est réglé, rétorqua Reed.

Les yeux de Mandy brillaient de larmes, mais elle souriait.

— Quand même, insista Caleb, pourquoi tu…

— Laisse tomber, coupa-t-il en le foudroyant du regard.

Alors la compréhension envahit le visage de son frère.

— Bon sang, j'y crois pas, grommela-t-il.

— Qu'est-ce qui t'échappe dans « laisse tomber » ?

Perplexe, Mandy les dévisageait tous deux. Caleb hochait la tête, visiblement stupéfait.

— Depuis quand es-tu amoureux de Katrina ?

— Rien ne vous oblige à répondre, Reed, intervint Danielle.

— On n'est pas au tribunal, si ? riposta Caleb.

Mandy fixait Reed, sourcils froncés.

— J'ai loupé quelque chose ?

— Elle ne risque plus rien, à présent, Mandy, lui répondit-il. C'est tout ce qui compte.

Puis il se dirigea vers la porte, impatient de s'éloigner au plus vite de cette discussion.

Mais Mandy l'interpella.

— Et elle ressent quoi à ton égard ?

— Elle est à New York, je suis ici. Fin de l'histoire.

— Est-ce qu'elle a de la peine ? Tu lui as fait du mal ?

La réponse allait contrarier Mandy, et il le regrettait de tout cœur. Pourtant, dès le départ, cela ne pouvait finir que de cette manière. Lui-même l'avait toujours su, et il avait tenté d'en convaincre Katrina.

— Elle comprend que nos vies sont radicalement opposées.

— Ça ne t'a pas empêché de coucher avec elle, souligna Caleb.

— Ce ne sont pas tes affaires.

Comme il repartait en direction de la cuisine, son

frère lui coupa le passage. Etonnamment, sa voix ne contenait aucune colère.

— Un homme très sage m'a dit un jour que, lorsqu'une Jacobs couche avec toi, c'est qu'elle t'aime.

Reed se souvenait très bien de leur conversation. Mais les circonstances étaient alors totalement différentes.

— Ça ne rapproche pas Katrina du Colorado.

— C'est tout ce que tu trouves à répondre ?

Ignorant la question, il se remit en mouvement.

— Que Katrina vienne au Colorado ? poursuivit Caleb. Tu peux aussi aller à New York. Il existe deux solutions possibles.

Reed se retourna pour énoncer d'un ton posé :

— Mon univers, ma vie est ici. J'ai une maison à construire, des enfants à élever et une mère à honorer.

— Maman voudrait que tu renonces à Katrina, tu crois ?

— Je crois que maman voudrait que Katrina soit heureuse, répondit-il en toute sincérité.

Les deux femmes avaient beaucoup en commun. Et jamais, au grand jamais, il ne ferait à Katrina ce que son père avait fait à sa mère.

— Moi aussi, répliqua doucement Caleb, je crois que maman voudrait que tu rendes Katrina heureuse, à ses conditions, dans son monde.

Il s'apprêtait à objecter, mais son frère n'avait pas fini.

— Je connais ton projet, Reed. Et je comprends tes raisons. Mais tu te trompes. Tu n'honores pas maman en restant à Lyndon Valley. Tu honoreras mieux maman en honorant Katrina.

— Tu me suggères de partir à New York ?

Comment Caleb pouvait-il prétendre que leur mère l'aurait souhaité ? L'idée était absurde. Il avait un ranch.

Sa vie était ici. Il allait bientôt creuser les fondations de sa maison.

— Imagine, continua Caleb, toujours calme même si une lueur de colère naissait dans ses yeux. Imagine que Wilton ait une fois, une seule fois dans sa misérable existence nuisible, tenu compte de maman. De ce qu'elle voulait, désirait, de ce qui l'aurait rendue heureuse, elle plutôt que lui ?

Reed voyait où son frère voulait en venir.

— Ce n'est pas qu'une question de géographie, Caleb.

— De quoi, alors ?

— La dernière fois qu'on s'est vus, elle m'a dit que, même bien habillé, je restais un rustre du Colorado.

Caleb haussa les épaules.

— Eh bien, change.

— Comme ça ? fit-il avec un claquement de doigts.

— Comme ça.

— Je ne compte pas cesser de menacer de tuer tout homme qui lui fera du mal.

Un sourire amusé éclaira le visage de Caleb.

— Non ? Mais tu peux éviter de lui en parler, en tout cas.

Danielle prit la parole.

— Vous n'avez pas tué Foster, Reed. Vous avez trouvé un autre moyen de le supprimer. Un moyen plus futé. Et très civilisé. Peut-être le smoking a-t-il déteint sur vous, après tout.

— C'est moins satisfaisant que de le tuer, railla Caleb.

— Si, ça m'a procuré une grande satisfaction.

Il regrettait juste de ne pas avoir vu Elizabeth annoncer la nouvelle à Foster.

— Vous lui manquez, poursuivit Danielle, d'une voix plus douce que la normale. Je suis allée voir Katrina pendant mon séjour à New York. Je voulais savoir si vous aviez perdu la raison avec cette énorme dotation. Pas du tout, en fait. Et vous lui manquez, Reed.

Le seul moment où Reed ne manquait pas à Katrina était lorsqu'elle était sur scène. Danser exigeait toute sa concentration, et elle était heureuse que l'effort à fournir le chasse, même temporairement, de son esprit. Mais dès que le rideau retombait, la douleur revenait.

Les applaudissements venaient à peine de se tarir et elle regagnait sa loge, les larmes affleurant déjà sous ses paupières. Au cours des derniers jours, elle avait pris cent fois son téléphone, mourant d'envie d'appeler Reed, d'entendre sa voix.

Elle avait imaginé toutes sortes de scénarios extravagants pour ajouter quelques heures à leur si brève relation. Peut-être pourrait-il revenir à New York un jour ou deux. Ou bien elle pourrait retourner au Colorado rendre visite à sa famille. L'endroit serait moins désagréable si elle était avec lui.

Mais elle savait qu'aucun de ses plans ne tenait la route. Cela resterait temporaire, et son cœur serait de nouveau brisé. Reed était une sorte de drogue, et son seul espoir était de s'en sevrer.

Elle allait refermer la porte de sa loge quand surgit Elizabeth.

— Nous avons encore fait salle comble, déclara-t-elle, prenant un des sièges de la petite pièce.

Katrina s'assit devant la coiffeuse, puis, comme un automate, entreprit d'ôter les ornements de ses cheveux.

— Formidable, répliqua-t-elle en s'efforçant de lui sourire dans le miroir.

— Tu as eu des nouvelles de Reed aujourd'hui ?

Ses doigts se mirent à trembler, et elle lâcha un petit peigne garni de strass qui tomba au sol.

— De Reed ? répéta-t-elle bêtement.

Pourquoi Elizabeth l'interrogeait-elle sur Reed ?

— Je lui ai laissé un message ce matin, mais il ne m'a pas rappelée. Ça ne lui ressemble pas.

Katrina ramassa le peigne, les mains engourdies, cherchant un sens aux paroles d'Elizabeth.

— Tu as laissé un message à Reed ? Pourquoi ?

— Juste quelques paperasses à signer. Danielle m'a tout expédié, mais je voudrais éclaircir certains points fiscaux.

— Points fiscaux ? répéta encore Katrina, perplexe.

En quoi les histoires fiscales d'Elizabeth concernaient-elles Reed ? Ou les histoires fiscales de Reed concernaient-elles Elizabeth ? Et que venait faire Danielle au milieu ?

La jalousie l'envahit un instant. Elle voulait que Reed l'appelle, elle. Pas Elizabeth ou Danielle. C'était trop injuste.

— De simples détails, précisa Elizabeth en sautant sur ses pieds. Si tu l'as au téléphone, tu veux bien vérifier qu'il a mon numéro de portable, s'il te plaît ?

— Entendu.

Une seconde, elle envisagea de se servir de cette excuse pour le contacter. Puis renonça. Trop tiré par les cheveux.

— Tu as donc rencontré Danielle ? demanda-t-elle.

La main sur la poignée de la porte, Elizabeth eut un petit rire.

— On se parle tous les jours. Dix millions de dollars, ça se chouchoute.

— Dix millions de dollars ?

Cette fois, Elizabeth se tut. Son expression changea. Sa main retomba tandis qu'elle fixait Katrina.

— Tu n'es pas au courant ?

Katrina ne répondit pas.

— Comment peux-tu ne pas être au courant ? Reed ne t'a rien dit ?

— En fait, on est restés en mauvais termes après le gala, avoua-t-elle, une boule dans la gorge.

Eberluée, Elizabeth se rassit.

— Le gala ? Tu ne lui as pas parlé depuis le gala ?

— Non. Tu peux m'expliquer ? demanda Katrina, soudain pleine d'appréhension.

— Avant de quitter New York, Reed a créé le Fonds de dotation Sasha Terrell. Pour nous. Pour Liberty Ballet. Une subvention de dix millions de dollars.

Les poumons de Katrina se vidèrent d'un coup.

— Sa seule condition, poursuivit Elizabeth, était l'expulsion définitive de Quentin Foster du conseil d'administration ainsi que de l'organisation de la compagnie.

— Quoi ?

Elizabeth lâcha un rire embarrassé.

— Je pensais… je supposais que… enfin, un homme ne fait pas ce genre de chose pour n'importe qui. Sans parler de sa prestation lors du gala. Bref, si un homme me défendait comme il t'a défendue…

Les mains de Katrina tremblaient. Pour quelle raison Reed avait-il fait cela ?

— J'étais si embarrassée ce soir-là, confessa-t-elle d'une petite voix. Mortifiée par son comportement. Je lui ai dit de partir, de quitter la ville. De retourner dans ses bars de bouseux tocards où il pouvait discuter avec ses poings.

— Eh bien, il a dû préférer cette démarche à la place, répliqua Elizabeth après un petit silence.

— Mais dans quel but ?

— Il cherchait à te protéger, j'imagine. Et sans se soucier du prix que cela lui coûterait, semble-t-il.

La culpabilité la submergea. Dix millions de dollars ? Il avait dépensé dix millions ? Pour elle ?

— Qui fait une chose pareille, Elizabeth ?

— Certains cow-boys du Colorado, apparemment.

— Je déteste le Colorado, riposta-t-elle, refoulant des larmes brûlantes. Bon, je ne le déteste pas vraiment. Mais je n'ai pas envie d'y vivre.

— Pourtant, c'est là qu'est Reed, objecta Elizabeth d'une voix douce.

— J'aime Reed. Je l'aime réellement. Mais ma vie est ici. Seigneur, je lui dois des excuses.

Soudain, la porte de la loge s'ouvrit à la volée, et les deux femmes sursautèrent. La silhouette de Reed se découpa dans l'encadrement.

Katrina se figea, le cœur au bord de l'explosion.

— Bonsoir, Katrina.

Sa voix chaude et profonde l'enveloppa, telle que dans son souvenir.

Elle ouvrit la bouche, sans qu'aucun son n'en sorte.

Elizabeth fut la première à recouvrer ses esprits. Elle se leva, s'arrêta un instant devant lui avant d'atteindre la porte.

— Je peux vous parler un moment, plus tard, Reed ? Au sujet des papiers ?

— Bien sûr. Je vous appelle, répondit-il, sans quitter Katrina des yeux.

— Merci. A très vite, tous les deux.

La porte se referma derrière elle.

Les genoux vacillants, Katrina se mit debout, s'appuyant à la coiffeuse pour garder l'équilibre. Elle portait encore sa tenue de scène, et son chignon était à moitié décoiffé.

— Elizabeth vient de m'informer de la dotation, chuchota-t-elle, incapable de faire mieux.

Comme Reed allait répliquer, elle hocha la tête, puis s'approcha pour le faire taire d'un doigt sur ses lèvres.

— Pourquoi as-tu fait ça ? Je veux dire… non, ce n'est pas cela. Je voulais dire, merci. Et aussi, que j'étais désolée.

— C'est moi qui suis désolé, Katrina.

De nouveau, elle secoua la tête. Il n'avait rien à se faire pardonner. Il avait eu raison depuis le début.

— Je suis désolé d'avoir menacé de tuer Foster, reprit Reed. Bon, c'est un mensonge. Mais je suis désolé de t'avoir bouleversée. Et je l'aurais vraiment tué s'il avait continué à te poursuivre. Au lieu de quoi, je t'ai débarrassée de lui d'une manière plus maligne. D'après Mandy et Danielle, c'était une solution bien plus civilisée.

Katrina sourit à travers les larmes qui montaient.

— Je n'arrive pas le croire. Reed, tu as dépensé tout ton argent !

Il la prit dans ses bras.

— Ne pleure pas. Ce n'est pas *tout* mon argent.

Ses mains étaient chaudes, fortes, rassurantes. Elle ferma les yeux, s'abandonna contre lui, huma l'odeur de sa peau.

— Tu m'as tellement manqué, Reed.

— Tu m'as manqué aussi. C'est si bon de te tenir ainsi.

— Je ne suis pas sûre de pouvoir te laisser repartir encore.

— Je sais.

Elle étouffa un sanglot.

— Oh ! Reed. Qu'est-ce qu'on va faire ?

— S'aimer, j'espère.

— Mais comment ?

Il lui leva le menton pour la regarder. Ses yeux étaient emplis de passion, son sourire, tendre.

— Je pensais qu'on pourrait commencer par trouver un joli appartement à Brooklyn. Encore que je pourrais me laisser convaincre par Manhattan.

— Hein ?

— Ensuite, j'envisageais de te demander en mariage.

Katrina ne comprenait plus rien. Il ne voulait tout de même pas dire que… ?

— Tu comptes…

— Déménager à New York ? Oui.

— C'est impossible, Reed.

— Il s'avère que si.

— Mais le ranch. Ta famille. Ta nouvelle maison. Ton héritage.

Il lui caressa les cheveux.

— Je veux que tu sois ma famille, Katrina. Je t'aime. Et je crois que ma mère adorerait savoir que ses petites-filles suivent des cours de danse dans les meilleures écoles de New York. Je suis persuadé qu'elle en serait folle de joie.

— Oh ! Reed.

Le cœur de Katrina se gonflait d'émotion. Elle n'en revenait pas qu'il fasse quelque chose d'aussi incroyable pour elle. Elle se blottit contre lui.

— Je t'aime. Je t'aime, je t'aime tellement.

— Tant mieux. Parce que, en fait, je n'ai pas envie d'attendre plus longtemps. Je te demande en mariage tout de suite. Katrina, veux-tu m'épouser ?

— Oui. Mille fois oui. Je veux t'épouser, Reed. Et j'apprendrai à monter à cheval, et à ne plus avoir peur des poules. Comme ça, on passera des week-ends et des vacances au Colorado, avec nos familles.

— Voilà ma petite chérie. Dommage que je n'aie pas de bague. J'aurais dû en apporter une.

— Il y a une boutique Tiffany au coin de la rue, ironisa-t-elle. A moins qu'on n'aille à Brooklyn. Tu préfères acheter une bague à Brooklyn ?

Reed la pressa plus fort contre son cœur.

— Mon amour. Tu peux avoir toutes les bagues que tu veux. Tu peux avoir *tout* ce que tu veux. Tant que tu restes avec moi jusqu'à la fin de mes jours.

Katrina s'immobilisa à mi-chemin de l'écurie.

— Je croyais que je pouvais avoir tout ce que je voulais.

— Tu peux, répliqua Reed en lui prenant la main.

— Mais je ne veux pas *ça*.

Il entoura ses épaules d'un bras cajoleur.

— Tu vas l'aimer. Elle a vingt-deux ans, a élevé neuf petits. Elle est aussi douce qu'un chaton.

— Elle est aussi haute qu'une maison, objecta Katrina tandis qu'ils s'approchaient d'une jument grise. Je ne peux pas commencer avec un poney, plutôt ?

— Tu as promis d'essayer, lui rappela Reed.

— J'ai menti.

Il éclata de rire.

— N'aie pas peur. Il ne t'arrivera rien de mal. Je ne te ferais courir aucun risque. Elle s'appelle North Star.

Katrina ferma les yeux. Une panique irrationnelle paralysait tous ses membres. Elle avait beau savoir que très peu de gens étaient tués par des chevaux — et encore, c'était le plus souvent au cours de rodéos — elle avait beau avoir une confiance aveugle en Reed, tout se figeait en elle.

— Regarde ses bons gros yeux, reprit-il en caressant

le cou de North Star. Elle adore les apprentis cavaliers. Si tu ne la montes pas, tu vas la rendre triste.

— Bien essayé. Mais je ne marche pas, Reed.

A présent, il grattait les naseaux de la jument, qui battit des cils, visiblement ravie. Katrina ne la blâmait pas ; Reed avait des mains magiques. Puis North Star la fixa, et de fait, elle semblait douce et gentille. Voire amicale.

— Viens, approche-toi.

Katrina hésita. Certes, elle avait promis d'essayer de vaincre sa peur des chevaux, et elle voulait tenir sa promesse. Ce serait déjà une source de malaise en moins quand elle séjournerait au Colorado. Reed s'était montré merveilleux en décidant de s'installer à New York, le minimum était qu'elle fasse un effort de son côté.

Elle observa son expression tendre, pleine de compréhension et de patience. Inspirant à fond, elle essuya ses mains moites sur son jean, puis fit un pas en avant. Un autre. Un troisième.

— Tapote-la dans le cou, conseilla Reed.

Katrina s'exécuta. C'était chaud, rêche. Un petit nuage de poussière s'éleva du pelage. Mais la jument ne broncha pas.

— On ira au pas, dans l'enclos.

— Uniquement dans l'enclos, juré ? insista-t-elle.

— Sois tranquille.

Elle rassembla tout son courage et acquiesça.

— D'accord. Mais je suis terrorisée, tu sais.

— Mets ton pied dans l'étrier, que je te hisse sur la selle.

Sans avoir le temps de dire ouf, Katrina se retrouva perchée sur le dos de North Star, qui ne bougea pas d'un poil.

— Tu vois comme c'est facile ?

— C'est affreusement haut.

— Ne t'inquiète pas. On sait tous les deux que tu as un bon équilibre. Détends-toi, suis le mouvement de la jument.

Reed avait raison, avoir un bon équilibre mettait les chances de son côté. Katrina essaya de se décontracter, écoutant avec attention ses indications sur la manière de se positionner sur la selle et de tenir les rênes. Puis il saisit la longe et commença à faire tourner North Star dans l'enclos. Au bout de quelques minutes, elle se rendit compte qu'elle n'avait plus peur, et se surprit à accepter que Reed détache la longe et la laisse autonome.

— Tu te débrouilles très bien, affirma-t-il.

Elle lui sourit, et il sourit en retour, confiant et sexy.

Le soleil brillait au-dessus de lui, les montagnes aux sommets enneigés découpaient au lointain une crête sur le ciel d'un bleu éclatant. Les fleurs sauvages parsemaient le pré, les feuilles des arbres dansaient dans la brise. Même le bétail ajoutait une touche bucolique au tableau, traversé par le vol guilleret des rouges-gorges, mésanges et merles bleus.

Le cœur de Katrina palpita. Pour la première fois de sa vie, elle se sentait chez elle à Lyndon Valley.

Un bruit de moteur vint troubler la quiétude, et bientôt, un pick-up s'arrêta devant le ranch. Un instant plus tard, Mandy et Caleb s'approchaient de l'enclos.

Reed rejoignit la jument, que l'arrivée du camion n'avait pas perturbée le moins du monde, pour aider Katrina à mettre pied à terre.

Mandy se précipita, rayonnante, et la prit dans ses bras.

— Tu l'as fait ! Bravo !

Katrina acquiesça, fière de son exploit. Reed avait dit vrai, North Star était douce et paisible. Elle n'avait pas eu peur, n'était pas tombée, et se sentait même prête à recommencer.

Un palefrenier se chargea de la jument, et tous les quatre se dirigèrent vers la maison.

— Caleb et moi avons discuté, annonça Mandy.

— A propos de quoi ?

Katrina ôta ses gants. Sa bague de fiançailles étincela au soleil. L'anneau de platine, très stylisé, portait un solitaire rond encadré de deux émeraudes. Reed et elle l'avaient trouvée dans une bijouterie branchée à Brooklyn. Katrina l'avait adorée au premier coup d'œil. Une heure après, elle avait sa bague, et Reed avait investi dans la bijouterie.

— Pourquoi ne pas faire un double mariage ? lança Mandy d'un ton enthousiaste.

— Katrina ne veut pas se marier à Lyndon Valley, répondit Reed en l'enlaçant.

— Ce ne serait pas nécessairement à Lyndon Valley.

— Je crois qu'elle aimerait un mariage à New York. Or, je lui ai promis tout ce qu'elle voudrait.

— Oui, mais on vivra à New York, objecta Katrina.

Non qu'elle ait envie de se marier à Lyndon Valley. Néanmoins, Reed avait fait une énorme concession en acceptant de s'installer à New York. Elle pouvait en faire une aussi.

— Pourquoi pas Chicago ? proposa Caleb.

Reed et Katrina échangèrent un regard. L'idée d'un double mariage leur plaisait. Mais Chicago ne signifiait rien pour eux deux.

— Denver, plutôt, suggéra Mandy. C'est le Colorado, mais avec des gratte-ciel, des beaux parcs et des hôtels cinq étoiles.

— J'aime bien Denver, déclara Katrina, assez emballée. C'est un bon compromis, je trouve.

— Tu es sûre ? insista Reed.

Elle se tourna vers lui, lui prit les mains puis le regarda

droit dans les yeux. Son cœur était gonflé d'amour et de bonheur.

— J'en suis sûre. Après tout, j'épouse le Colorado.

— C'est vrai, répliqua-t-il en la serrant contre lui. Et moi, j'épouse la plus belle chose de New York.

— Nos enfants pourront aller au Metropolitan Museum à cheval, ironisa-t-elle.

— Ou porter une robe Versace pour danser le quadrille.

— J'ai hâte de voir ça.

Il se tut, et les bruits du ranch emplirent l'espace autour d'eux. Après un instant de silence, il lui caressa la joue.

— Je ne suis qu'un cow-boy ordinaire, Katrina. Comment puis-je mériter une femme aussi merveilleuse que toi ?

Il avait tout faux. Mais elle n'avait pas les mots pour le lui expliquer.

— C'est toi qui es merveilleux, Reed. Et je t'aime plus que tout au monde.

Il se pencha pour l'embrasser, puis dit d'une voix rauque :

— Oh, ma chérie ! Je t'aimerai jusqu'à la fin de mes jours.

Le Colorado vous manque déjà ?
Rendez-vous en décembre avec le nouveau roman
de Barbara Dunlop, dans votre collection *Passions*…

ALLISON LEIGH

La nouvelle vie d'une héritière

Passions

éditions HARLEQUIN

Titre original : A WEAVER PROPOSAL

Traduction française de FLORENCE MOREAU

83-85, boulevard Vincent-Auriol – 75646 PARIS CEDEX 13.
Service Lectrices — Tél. : 01 45 82 47 47
www.harlequin.fr

Prologue

— Ne fais pas attention à ce qu'il dit, Syd. Il est tellement imbu de lui-même !

Sydney Forrest serra frileusement ses bras contre son corps. Les paroles apaisantes de sa sœur étaient assourdies par les éclats de voix de son père, qui résonnaient encore dans sa tête…

« Tu n'es qu'une bonne à rien, une traînée, comme ta mère. »

Elle regarda par la fenêtre, qui ouvrait sur de grandes prairies en pente douce. Au bout, il y avait les écuries, toutes blanches. Et elle repéra son père, qui se dirigeait à grands pas dans cette direction.

La reproduction des pur-sang, c'était bien la seule chose qui l'intéressait. Les bêtes passaient même avant *Forco*, l'entreprise familiale de textile. Du moins était-ce ce que sa sœur Charlotte répétait toujours.

Un jour, ce serait Char qui reprendrait la tête de Forco, car elle en avait exprimé le souhait, tout comme Jake, leur frère aîné, qui étudiait actuellement l'agro-industrie à l'université. Sydney, quant à elle, n'y trouvait rien à redire.

— C'était juste un baiser, continua Charlotte. Pas la peine d'en faire toute une histoire !

Elle reconnaissait bien là le côté pragmatique de sa sœur. Mais pour elle, c'était un grand événement. Elle avait quatorze ans, et il s'agissait là de son premier baiser. Son premier *vrai* baiser.

— Je me demande s'il m'aurait fait une scène aussi épouvantable, si j'avais embrassé le fils d'un de ses amis du country club, reprit-elle d'un ton amer. Au lieu d'un garçon d'écurie…

Charlotte vint la prendre dans ses bras, et posa la tête sur son épaule. Les cheveux blonds comme les blés de sa sœur formaient un contraste saisissant avec ses tresses à elle, couleur de jais.

— Qui sait ? murmura Charlotte dans un soupir.

Agée de dix-huit ans, son aînée avait quatre ans de plus qu'elle, mais au moins une décennie d'avance en matière de maturité. Charlotte avait déjà embrassé de nombreux garçons. Seulement, étant prudente, elle avait choisi un autre endroit que Forrest's Crossing, pour se livrer à ce genre d'activités.

— Et puis, il avait bu. Ça n'a pas arrangé les choses, ajouta-t-elle encore, en regardant la carafe en cristal, sur le bureau de leur père. Si tu aimes vraiment Andy, je te conseille de le retrouver en ville, ou à l'école. Comme ça, papa n'en saura rien du tout.

— Est-ce que je suis vraiment comme elle ? ne put s'empêcher de demander Sydney.

Charlotte avait compris sa question.

— Tu ne te souviens pas du tout d'elle, n'est-ce pas ? l'interrogea-t-elle au lieu de répondre.

Sydney secoua la tête. Elle aurait aimé se rappeler le visage de leur mère, mais elle était encore un bébé quand celle-ci avait abandonné ses trois enfants.

Et leur père n'avait pas eu beaucoup d'affection pour les trois enfants que cette femme lui avait donnés. En tout cas, pas pour Sydney, et elle se sentait particulièrement lésée.

Charlotte se dirigea vers la table de travail de leur père. Ayant renversé le contenu du pot à crayons, elle y dénicha rapidement la clé du tiroir, d'où elle tira bientôt un cliché aux bords un peu abîmés qu'elle tendit à Sydney.

— Ce n'est pas parce que tu lui ressembles que tu es comme elle, déclara-t-elle.

Toujours meurtrie par la tirade de son père, Sydney s'empara de la photographie. Cheveux noirs, visage étroit, yeux bleus. C'était le même regard qu'elle croisait dans le miroir, chaque fois qu'elle s'y contemplait.

Elle était bel et bien le portrait craché de sa mère !

— Jake a beau ressembler à papa, il n'a pas du tout le même caractère, précisa encore Charlotte. Et pourtant, physiquement, c'est quasiment son double.

— De toute façon, il ne nous aime même pas, répliqua Sydney en froissant la photo. Je me demande bien pourquoi il s'est tellement battu pour nous garder auprès de lui !

— Pour l'emporter, répondit immédiatement Charlotte.

Sydney lança la photo abîmée sur la table de travail. Leur père pouvait bien se rendre compte qu'elles avaient ouvert le tiroir de son bureau, elle s'en fichait pas mal !

— Tu crois qu'il nous aimerait si on avait quatre sabots et qu'on gagnait des courses ? rétorqua-t-elle.

D'une chiquenaude, Charlotte fit rouler la photo par terre.

— Arrête de te tracasser pour ce qu'il pense, Syd, dit-elle.

D'un geste rapide, elle referma le tiroir, et rangea le contenu du pot à crayons, avant de se diriger vers la porte.

— Il n'en vaut pas la peine, ajouta-t-elle encore, avant de sortir du bureau.

C'était facile à dire pour Charlotte. A l'automne, elle allait partir à l'université, et elle ne vivrait plus à la maison. Quant à Jake, il y avait longtemps qu'il avait quitté Forrest's Crossing.

Mais elle, elle allait rester ici pendant de longues années encore, seule avec le tyran familial.

De nouveau, elle regarda, par la fenêtre, ces maudites écuries, qui constituaient la fierté et la joie de son père.

— Il n'en vaut pas la peine, répéta-t-elle.

Mais son cœur se serra, et des larmes se mirent à couler sur ses joues, lorsqu'elle finit par détourner la tête.

Finalement, elle ramassa la photo de sa mère et la lissa sur la table de travail.

Cheveux noirs, visage étroit, yeux bleus.

— Toi non plus, tu n'en vaux pas la peine, murmura-t-elle à la photographie.

La haute pendule qui avait appartenu à son grand-père sonna doucement.

Elle fit la grimace, puis, avec lenteur, plia soigneusement la photo en deux, avant de la glisser dans sa poche et de sortir du bureau.

- 1 -

— Mais qu'est-ce que tu fiches ici ? se demanda Sydney à haute voix, en enfilant un gros pull.

Elle en portait pourtant déjà deux, sans compter son T-shirt en Thermolactyl à manches longues, et elle n'arrivait toujours pas à se réchauffer. Janvier dans le Wyoming n'avait rien à voir avec janvier en Géorgie.

Le regard sombre, rivé sur le poêle, elle secoua la tête, tout en dégageant ses cheveux du col roulé, avant de tirer les manches du pull sur ses mains…

L'appareil de chauffage était situé derrière la porte de la petite cuisine. Cela faisait deux jours qu'elle essayait régulièrement, mais en vain, de le mettre en marche, et comme la réserve de bois pour la cheminée commençait à diminuer sérieusement, elle avait fini par renoncer et appeler un réparateur.

Il y avait huit heures maintenant qu'elle avait téléphoné, et on lui avait promis d'envoyer quelqu'un sous deux heures… Il était clair que les trois appels impatients qu'elle avait passés pour les relancer n'avaient pas accéléré le processus.

Encore une fois, elle se demanda si son déménagement précipité dans cette petite ville du Wyoming n'était pas une erreur monumentale.

Mais il était vrai qu'elle était très douée pour les

bourdes ! Elle passait même son temps à les enchaîner. C'était d'ailleurs le seul domaine où elle excellait.

Passant machinalement les mains sur son ventre, elle reprit le marteau qu'elle s'était efforcée de ne pas lancer sur le poêle récalcitrant, et regarda le tableau de Soliere, qu'elle venait de suspendre au mur. Elle en avait encore deux à accrocher.

Le style moderne de l'artiste américain ne correspondait pas du tout à l'intérieur rustique du chalet, mais elle adorait ces peintures à l'huile. C'étaient les premières œuvres d'art qu'elle avait achetées, et c'étaient aussi les seules de son importante collection, qu'elle avait absolument tenu à emporter avec elle, à Weaver, dans le Wyoming. Elle avait laissé le reste en prêt, dans des galeries de Géorgie, et elle se rendait compte à présent qu'il lui était égal de les revoir un jour.

Mais les Soliere, c'était différent, elle les aimait vraiment.

Quand elle aurait accroché les deux autres, elle se sentirait tout à fait chez elle, ici.

Du moins l'espérait-elle.

Elle entreprit de planter un second clou dans une poutre apparente, quand un bruit suspendit son geste… On était en train de frapper à sa porte !

Posant son outil sur le canapé, elle se dirigea vers la porte, avant de se raviser subitement.

A côté du marteau, il y avait aussi, sur le canapé, un épais livre à la couverture glacée, qui avait pour titre : *Les Quarante Semaines suivantes.* C'était peut-être idiot de sa part mais, sans réfléchir davantage, elle cacha l'ouvrage derrière un coussin, avant de franchir la distance qui la séparait encore de la porte.

— Vous êtes en retard, dit-elle sans ambages, au moment où elle ouvrait.

L'homme de haute taille, qui se tenait sur le seuil du chalet, souleva ses lunettes de soleil pour la regarder par-dessous sa monture.

— Vraiment ?

Elle vit une lueur d'amusement briller dans ses yeux vert clair. Il avait en plus le culot de se moquer d'elle !

— Cela fait huit heures que j'attends, dit-elle d'un ton aussi glacé que l'air qui entrait dans le chalet. Votre employeur m'avait promis que vous viendriez dans un délai de deux heures !

Elle devait avoir l'air d'une furie, mais elle s'en fichait.

— C'est ça le problème, ajouta-t-elle en désignant le poêle.

Il finit enfin par la lâcher du regard et par tourner les yeux dans la direction qu'elle lui indiquait.

— Je vois, dit-il.

Puis il entra, en prenant bien garde de ne pas la toucher. Il portait une veste épaisse qui lui faisait une très large carrure.

— Je vais regarder ça de plus près, ajouta-t-il.

Elle frissonna et referma la porte.

C'était le froid qui lui avait valu ce frisson, et non la voix profonde de cet inconnu. Les hommes, elle ne voulait plus en entendre parler !

Croisant les bras, elle le regarda s'agenouiller devant le poêle. Elle vit très clairement les muscles de ses cuisses se dessiner sous son jean délavé et, soit dit en passant, pas vraiment impeccable. Elle détourna rapidement les yeux, mais pour constater que sa veste, qu'il n'avait pas pris la peine de retirer, était remontée de quelques centimètres et dévoilait un fessier des plus musclés.

Elle sentit soudain sa colère redoubler.

— Vous n'avez même pas apporté une boîte à outils ?

Vous êtes en retard, vous arrivez les mains dans les poches… Mais quel genre de réparateur êtes-vous donc ?

Il lui jeta un coup d'œil par-dessus l'épaule. Il avait fini par ôter ses lunettes… Son regard était absolument saisissant, mais son visage lui semblait curieusement négligé. Cet homme avait besoin de se raser, et de se faire couper les cheveux ! Et elle aurait parié qu'une bonne douche n'aurait pas été du luxe.

— J'ai effectivement une boîte à outils, mais elle est dans mon pick-up… m'dame.

Il avait ajouté ce dernier mot, après une courte hésitation.

Elle serra les lèvres. Elle n'avait pas besoin d'un fanfaron, juste d'un réparateur capable de réparer le chauffage de son chalet. Sans quoi, elle serait obligée de renoncer à l'idée de rester ici. Ce serait pour elle une véritable mortification, que de devoir admettre qu'elle ne pouvait pas se débrouiller seule à Weaver, alors même qu'elle venait à peine de débarquer.

L'idée était terrifiante…

Où irait-elle alors ?

Serait-elle contrainte de retourner en Géorgie ? Mais ceci reviendrait à perdre son temps et à dépenser son héritage dans un endroit où personne ne se préoccupait d'elle, ni n'éprouvait la moindre compassion pour elle.

C'était exclu !

— Et vous voulez bien aller la chercher, cette boîte à outils ? demanda-t-elle en s'efforçant de rester impassible, alors que le réparateur restait à la regarder sans bouger.

Elle n'avait pas peur du regard des hommes, elle y était habituée, mais franchement, celui-ci, ce n'était pas son genre. Elle n'aimait pas les hommes négligés, mal rasés, avec le cheveu en bataille, même si le spécimen en question avait des yeux émeraude à tomber par terre.

Elle aurait parié qu'il était marié et qu'une demi-douzaine d'enfants l'attendaient à la maison.

Ses préjugés la rendirent soudain honteuse. Elle croisa les bras encore plus étroitement.

Weaver était censé être le lieu de sa deuxième chance. Elle allait y commencer une nouvelle vie. Une vie meilleure. C'était là l'objectif de sa démarche : mener une existence plus sensée, d'autant que, désormais, elle ne devrait plus penser uniquement à elle-même.

Cet homme et ses yeux émeraude n'avaient aucune place dans ses nouveaux projets.

S'éclaircissant la voix, elle se rapprocha de lui.

— Je ne suis pas habituée à ce genre de poêle, admit-elle.

En Géorgie, ils avaient des climatiseurs, et il suffisait d'appuyer sur un bouton pour que le système se mette en marche. La propriété des Forrest possédait les meilleurs et les plus chers du marché. Il était inimaginable qu'ils tombent en panne.

— Je sais que c'est un poêle à gaz, et j'ai déjà vérifié avec l'employé du gaz, hier, qu'il n'y avait pas de fuite.

— Hier, répéta-t-il en fronçant les sourcils. Vous n'avez pas de chauffage depuis hier ? Vous savez qu'il fait presque – 1 °C, dehors ? Pourquoi est-ce que vous n'avez pas appelé plus tôt ?

Elle fit un effort surhumain pour garder son calme.

— J'ai bien conscience du froid glacial qu'il fait. Ce matin, j'ai trouvé des numéros de réparateurs, et j'ai appelé, dit-elle calmement.

Puisque le réparateur était enfin là, il était inutile de se le mettre à dos. Elle avait besoin qu'il lui répare ce fichu appareil, alors autant ne pas le faire fuir en lui hurlant dessus comme une harpie.

De nouveau, il examina le poêle et secoua la tête.

— J'avais prévenu Jake que ce poêle n'allait pas faire long feu.

En entendant le nom de son frère, elle fronça légèrement les sourcils. Il était vrai que Weaver était une petite bourgade où tout le monde se connaissait.

Le réparateur se pencha encore vers le poêle.

— Vous avez au moins eu le réflexe de vérifier qu'il n'y avait pas de fuite, c'est bien.

— Je ne suis pas complètement idiote, rétorqua-t-elle, peu sensible au compliment.

Il lui lança un sourire en coin.

— Je n'ai jamais dit ça, m'dame, dit-il gentiment.

Puis il retira la plaque avant du poêle et la déposa sur le côté, avant de se mettre à examiner les entrailles de l'appareil. Après avoir tourné une manette à l'intérieur, il se releva.

— Je reviens, lança-t-il.

Passant devant elle, il se dirigea vers la porte, qu'il referma derrière lui.

De nouveau, elle frissonna, et regarda le poêle mis à nu. Il aurait tout aussi bien pu s'agir d'un réacteur nucléaire. Elle n'y comprenait absolument rien.

A travers la large baie qui se trouvait à côté du poêle, elle vit l'homme avancer dans la neige jusqu'à son pick-up. Il y avait tellement de boue sur le véhicule qu'elle n'aurait su dire de quelle couleur il était. L'homme ouvrit la portière et s'engouffra à l'intérieur. Les lunettes de nouveau sur le nez, il resta assis sur le siège avant, sans songer à refermer la portière, en dépit du froid qui régnait dehors. Il secoua plusieurs fois la tête.

Elle serra les lèvres.

Pour se calmer, elle s'empara de son grand tableau et l'accrocha au clou qu'elle avait planté solidement dans la poutre du mur. Elle ajusta un coin, puis l'autre, jusqu'à ce que le Soliere soit parfaitement d'équerre. Elle recula alors pour juger de l'effet produit.

En dépit du bonheur qu'elle éprouvait à voir ses peintures préférées accrochées dans sa nouvelle maison, elle ne pouvait oublier l'homme assis à quelques dizaines de mètres de là, dans son pick-up. D'ailleurs, elle sentait qu'il la regardait, à distance, par la fenêtre.

Elle reprit son marteau, et enfonça un autre clou, à l'endroit où elle avait l'intention d'accrocher le dernier tableau. En quelques minutes, le troisième Soliere était suspendu lui aussi.

Elle regarda de nouveau par la fenêtre. L'homme parlait maintenant au téléphone.

Elle soupira bruyamment et se dirigea vers la cuisine. Il n'y avait ni four à micro-ondes, ni lave-vaisselle, et la bouilloire qu'elle avait mise à chauffer sur la gazinière n'était pas du dernier cri. Tout comme la cafetière trônant sur le plan de travail, d'ailleurs. Mais cet appareil-là, elle n'aurait pas à s'en servir, puisque qu'elle n'avait plus droit au café.

Prenant un mug, elle y versa un sachet de chocolat instantané. Si son poêle ne marchait pas d'ici à ce soir, elle devrait s'installer chez son frère.

C'était ce qu'il lui avait conseillé, dès le départ. Selon lui, le chalet était inhabitable. Mais elle avait pensé qu'il l'estimait inhospitalier pour elle, parce qu'elle était habituée au luxe. La veille de son arrivée, soit quatre jours auparavant, Jake et sa femme s'étaient envolés pour la Californie, emmenant avec eux leur tante et son nouveau mari. Ils devaient rester là-bas un mois, car ils rendaient visite aux jumeaux que Jake avait eu d'un premier lit et qui résidaient en Californie avec leur mère.

Elle avait refusé l'offre de son frère, bien résolue à s'en sortir par elle-même. Elle adorait ce petit chalet rustique où elle pourrait jouir de toute l'intimité dont elle rêvait. C'était du moins ce qu'elle avait prétendu.

Jake avait haussé les épaules, avant de lui reprocher de n'en faire toujours qu'à sa tête. Il s'était toutefois gardé d'ajouter que son entêtement la conduisait le plus souvent à des impasses…

Erreur ou pas, elle s'était fixé un objectif et elle comptait bien s'y tenir. Son frère ne connaissait pas la véritable raison de son installation à Weaver. Elle lui apprendrait en temps voulu pourquoi elle était venue se réfugier ici. Mais en attendant, elle ne pouvait pas déjà admettre qu'elle avait commis une erreur, et c'était l'impression qu'elle aurait si elle renonçait au chalet.

S'appuyant contre les placards en pin noueux qui formaient un L dans la petite cuisine, elle attendit que l'eau chauffe. La bouilloire commençait tout juste à siffler quand elle entendit la porte se rouvrir. Elle jeta un coup d'œil dans le salon.

Le réparateur n'avait plus ses lunettes. Mais il n'avait pas non plus de boîte à outils !

— Combien de temps cela va-t-il prendre, selon vous, pour que j'aie du chauffage ? demanda-t-elle d'un ton neutre.

— Peu de temps.

De nouveau, il s'agenouilla devant le poêle, pour sortir un allume-gaz de la poche de sa veste.

— Pas besoin de plus, pour remettre votre poêle en marche ! ajouta-t-il. La veilleuse est éteinte. Et sans veilleuse, pas de chauffage.

Sur ce, il se plaça devant le poêle. Mais de là où elle était, elle ne voyait rien du tout : le corps robuste du réparateur lui bouchait complètement la vue.

Elle sentit une nouvelle fois la colère monter en elle.

— Une seconde ! lança-t-elle.

Il lui lança un regard par-dessus son épaule.

— Je croyais que vous étiez pressée, m'dame.

Que cette politesse affectée lui portait sur les nerfs !

— Je veux voir comme vous vous y prenez, répliqua-t-elle en lui jetant un regard glacé.

— Comme vous voudrez, marmonna-t-il.

Elle s'accroupit à son tour, juste à côté de lui, et l'odeur de cet homme l'envahit aussitôt…

Mais ce n'était pas du tout le parfum auquel elle s'attendait !

L'aspect négligé de cet homme lui laissait craindre le pire, or il sentait extrêmement bon. Son odeur lui rappelait la senteur qui lui avait empli les poumons quand elle était sortie de sa voiture, après des heures et des heures de conduite, depuis la Géorgie jusqu'à Weaver. C'était une fragrance qui évoquait à la fois la bruyère et la terre. Un effluve d'une fraîcheur à couper le souffle.

Se rendant compte qu'il la fixait, elle s'empourpra et maudit immédiatement ses hormones en folie. Elle n'avait pas rougi depuis l'âge de dix ans. Par ailleurs, c'était son état qui altérait sa sensibilité olfactive. Au déjeuner, n'avait-elle pas mangé des frites avec du beurre de cacahouète ? C'était bien la preuve qu'elle n'était plus tout à fait elle-même, en ce moment.

Elle le vit sourciller, puis hocher vaguement la tête, mais sans faire le moindre commentaire.

— C'est ça qui contrôle la veilleuse, dit-il en tapotant un bouton. Je l'ai éteint avant de sortir, tout à l'heure. Maintenant, je vais le tourner jusqu'à l'endroit où il y a écrit « Veilleuse ».

Ce qu'il fit, puis, de l'autre main, il appuya sur l'allume-gaz. Une petite flamme jaillit, et il introduisit l'ustensile à l'intérieur du poêle. Visiblement, il s'efforçait de rester sur le côté, afin qu'elle puisse suivre le déroulement des opérations. Distraitement, avant de se concentrer sur ses gestes, elle remarqua qu'il avait les cheveux épais.

— Le brûleur est ici, expliqua-t-il. Il faut maintenir le bouton enfoncé.

Il retira ensuite l'allume-gaz et laissa la flamme s'éteindre.

Mais à l'intérieur tressautait désormais une petite lueur bleue qu'elle fixa avec intensité, tout en ayant conscience du regard qu'il posait sur elle. Contre toute attente, il se pencha en avant et souffla sur la petite flamme.

Il lui tendit l'allume-gaz.

— Vous vouliez apprendre, non ?

Elle hocha la tête et s'empara de l'ustensile, s'efforçant de ne pas effleurer ses doigts. Il eut un sourire ironique : visiblement, il n'était pas dupe.

— N'ayez pas peur, dit-il. Le seul moyen d'apprendre, c'est d'essayer.

D'un doigt hésitant, elle tourna le bouton, puis appuya sur l'allume-gaz, avant de placer la flamme au même endroit que lui, quelques secondes auparavant.

— C'est bien, dit-il. Cela va prendre une minute pour s'allumer, et vous pourrez ensuite relâcher le bouton. Le thermocouple détecte la flamme, ce qui déclenche l'arrivée de gaz, et avec lui, du chauffage ! Ensuite, le bouton qui était en position « Veilleuse », vous le mettez en position « Marche »… Vous voyez ?

Il attendit qu'elle hoche la tête, puis remit l'avant du poêle en place. S'étant relevé, il se dirigea à l'autre bout de la pièce et posa la main sur le compteur.

— Ça va venir, la rassura-t-il.

Il la regarda, puis examina ses tableaux, avant de diriger de nouveau les yeux vers elle.

Elle se raidit. Il était évident qu'il n'appréciait pas la

peinture moderne, et son petit air amusé était des plus agaçants. Son sang ne fit qu'un tour.

— Je suppose que votre employeur m'enverra la facture, dit-elle. Si je n'avais pas attendu huit heures, je vous aurais donné un pourboire.

Depuis le seuil de la porte, Derek Clay s'efforça de ne pas sourire en regardant Sydney Forrest, la sœur du mari de sa cousine.

Il était passé au chalet par simple courtoisie, dans la mesure où il n'habitait pas très loin et que l'habitation était relativement isolée. Elle avait emménagé ici depuis quelques jours, elle et ses affreux tableaux. Et s'il s'inquiétait sérieusement de la savoir privée de chauffage, il n'était pas du tout intéressé par Sydney Forrest.

Evidemment, c'était une très belle femme. Mais il savait par Jake qu'elle était une femme qui aimait vivre à cent à l'heure, doublée d'une snob habituée à mener grand train. Enfin, ce dernier point, c'était ce qu'il imaginait, étant donné le milieu fortuné dont elle était issue. Aucun de ces traits ne figurait sur la liste des qualités qui l'attiraient chez une femme, aussi ravissante soit-elle.

— Je suis sûr qu'il sera ravi d'un règlement rapide, répondit-il rapidement sans la détromper.

Puis il lui tendit la main :

— A propos, je me présente : Derek Clay.

Elle parut hésiter, visiblement dérangée par le cambouis qu'il avait sur la main. Il venait de se battre avec le moteur d'un vieux tracteur, où la chatte de sa mère avait mis au monde une portée de chatons.

— Sydney Forrest, dit-elle en surmontant finalement ses réticences.

— Je sais. Vous êtes la sœur de Jake.

Elle souleva ses fins sourcils, ce qui lui fit plisser le nez. Il était très légèrement busqué et donnait de la personnalité à un visage ovale qui aurait été sans quoi d'une beauté un peu trop classique.

— Vous connaissez mon frère ?

Le ton sur lequel elle avait posé sa question montrait son scepticisme : manifestement, elle doutait qu'un homme de son espèce puisse être lié à son frère. Cette fois, il ne put retenir un grand sourire ironique.

— Désolé, mais oui, Syd, dit-il en traînant un peu sur les mots, pour paraître bien provincial. Vous et moi, voyez-vous, on est quasiment de la même famille, puisque votre frère a épousé ma cousine.

Il la vit pâlir.

— Vous êtes un parent de… J.D. ? lui demanda-t-elle avec un petit sourire forcé, qui ne se reflétait absolument pas dans ses yeux bleu sombre.

— En effet ! Ce qui fait de nous ce que certains pourraient appeler des cousins par alliance.

Il était évident que la belle Sydney ne voyait là rien de drôle, et lui-même commençait à se sentir un peu moins sûr de lui. Snob ou pas, elle était vraiment d'une beauté confondante !

Ses yeux étaient d'un bleu si profond… Mais leur reflet était désormais impitoyablement glacial.

— Vous auriez pu me dire tout de suite qui vous étiez, lança-t-elle.

Elle avait beau employer un ton aussi froid que ses yeux, son accent apportait dans son sillage la chaleur des vents du Sud.

— Il aurait fallu dans ce cas que vous me laissiez une seconde pour le faire, au lieu de vous jeter sur moi, avec vos récriminations, répondit-il du tac au tac. Mais ne vous faites pas de souci, je ne le répéterai à personne, si, de votre côté, vous tenez votre langue, bien sûr.

— Je ne vois pas en quoi je pourrais être gênée que vous répétiez ma méprise, dit-elle en relevant le menton.

— Vous avez raison, m'dame, approuva-t-il.

Il en convenait, ce quiproquo n'avait rien de très embarrassant, il aurait tout à fait pu se présenter. Néanmoins, son attitude hautaine risquait de la desservir, dans le Wyoming, même si elle était la sœur de Jake et, par conséquent, liée à la famille Clay — ce qui était en général considéré comme positif, dans la petite communauté de Weaver.

D'ailleurs, de son côté, il ne devait pas laisser libre cours à son irritation, mais se rappeler plutôt les bonnes manières que ses parents lui avaient inculquées. Détournant les yeux de Sydney Forrest, il regarda le poêle.

— Bon, surveillez bien la veilleuse, reprit-il. Si le thermocouple a un problème, cela recommencera. Mais cette fois-ci, n'attendez pas toute une journée, avant de demander de l'aide.

Elle croisa les bras et le regarda d'un air agacé.

— J'ai appelé les services de réparation depuis plus de huit heures, lui rappela-t-elle comme s'il était idiot et n'avait pas encore compris.

— Et est-ce que vous avez appelé le numéro que Jake vous a laissé ? Celui de Double-C ?

Il connaissait la réponse puisqu'il avait passé la journée au ranch, où il avait travaillé avec son père. Si la sœur de Jake avait téléphoné, il en aurait forcément été informé.

— Je ne voulais pas déranger, dit-elle.

— Personne n'aurait pensé une chose pareille, dans la famille Clay. Ce que vous auriez su, si vous aviez pris la peine de venir au mariage de Jake et J.D., l'été dernier… Car alors, vous auriez fait notre connaissance.

Elle s'efforça visiblement de garder contenance.

— Est-ce que ce sont les propos de Jake que vous me rapportez ? Ou bien ce sont des fanfaronnades de votre cru ?

Jake n'avait jamais laissé entendre que sa sœur avait snobé son mariage.

— Dans ma famille, les mariages attirent les foules, en général, observa-t-il alors.

— Dans la mienne aussi, répliqua-t-elle froidement. Et si j'avais pu y assister, croyez bien que je l'aurais fait. Cela étant, je suis venue ici pour le mariage de ma tante Susan, avec Stan Ventura, il y a quelques mois. Il fait un peu partie de votre famille, maintenant, non ? Eh bien, je ne me rappelle pas non plus vous avoir vu au mariage.

Décidément, cette Sydney avait du répondant.

— J'étais à Cheyenne, pour affaires.

Il mentit sans états d'âme. En réalité, il était allé assister à un enterrement.

Elle lui adressa un sourire froid.

— Alors, vous, vous avez des excuses, et moi non ? Qui vous dit que je n'étais pas, moi aussi, en voyage d'affaires, au moment du mariage de Jake et de J.D. ?

— C'était le cas ?

Elle inclina légèrement la tête, et ses cheveux d'un noir brillant glissèrent en arrière, révélant des pommettes hautes et aristocratiques.

— Oui.

— Et vous travaillez dans quel domaine, Sydney ? Je ne savais pas que vous travailliez pour Forco.

Elle redressa les épaules.

— Ce sont mon frère et ma sœur qui gèrent l'entreprise familiale. Moi, je siège au conseil d'administration.

— Et c'est tout ?

— Je m'occupe de pur-sang et d'art.

En raison de cet accent du Sud qui sentait le miel, le mot « art » sembla rouler dans sa bouche, et il sentit des frissons lui parcourir les reins. Qu'est-ce qui lui arrivait ?

— Par art, vous entendez les monstruosités qui recouvrent ces murs ? s'empressa-t-il d'enchaîner.

— Vous préférez sans doute les artistes qui peignent des nus féminins sur du velours noir ?

— Ne crachez pas sur l'alliance de la nudité et du velours, ma chère cousine par alliance…

Elle sursauta presque, et il vit un curieux éclair briller dans ses yeux.

— Je n'arrive pas à croire que vous êtes de la même famille que J.D. C'est une femme si adorable, alors que vous êtes…

— Vous avez bien raison, je ne suis pas une femme, c'est le moins que l'on puisse dire !

— Odieux, poursuivit-elle avec mépris.

— Et vous, vous n'êtes qu'une snob, rétorqua-t-il. Tâchez de surmonter ce travers, mon petit chou, et je veillerai à rectifier le mien.

— Moi, votre petit chou ? s'étouffa-t-elle.

Et, sans lui donner le temps de souffler, elle lui referma la porte au nez !

Il l'avait mérité, il l'admettait…

— Ravi de vous avoir rencontrée, ma cousine, lança-t-il à travers la porte.

Sur ces paroles, il regagna son pick-up.

Il lui donnait une semaine. Après quoi, il était certain qu'elle lèverait le camp et retournerait se faire choyer en Géorgie. Pour autant qu'il sache, c'était le réflexe des jeunes femmes riches et gâtées, quand la vie prenait un tour trop ardu : elles s'enfuyaient à toutes jambes.

Une fois dans le pick-up, et contrairement à ce qu'il s'était promis, il tourna la tête.

Elle aussi le regardait…

A cette distance, il lui fut difficile de décider qui détourna les yeux le premier. Par fierté, il espérait que ça n'avait pas été lui. Pourtant, tandis qu'il effectuait un demi-tour sur la neige craquante, il se dit qu'en réalité, ça avait peut-être bien été lui.

- 2 -

Sydney était venue à Weaver pour de nombreuses raisons. Certaines étaient plus impératives que d'autres, mais aucune n'était négligeable. Renouer avec son frère figurait en bonne place sur sa liste. Encore que le verbe « nouer » aurait sans doute été plus approprié. A part pendant les courses de chevaux auxquelles étaient inscrits les pur-sang de Forrest's Crossing et auxquelles Jake assistait encore, même depuis qu'il habitait dans le Wyoming, ils n'avaient pas eu l'occasion de se voir souvent, au cours de ces dernières années.

Et oui, il était vrai qu'elle ne s'était pas rendue à son mariage. Elle en éprouvait de la culpabilité, parce que si elle l'avait vraiment voulu, elle aurait pu se libérer, en réalité. Mais elle ne pensait vraiment pas que sa présence ou son absence signifiait quoi que ce soit, pour son frère, et malgré l'insistance de sa tante Susan, elle s'était retranchée dans une attitude qui lui était typique : pour se dédouaner, elle avait offert à Jake et J.D. une statuette en cristal de Latitude, le pur-sang préféré de son frère. Mais elle était restée à Antibes avec Antoine, dans la villa du collectionneur d'art où ils séjournaient alors.

A dire vrai, elle tenait à surveiller de près la nouvelle assistante d'Antoine, qui faisait partie du voyage : dotée d'un physique avantageux, ladite assistante avait dix ans de moins qu'elle, et il était clair qu'elle visait bien plus qu'un poste d'assistante.

En dépit de sa défection, J.D. l'avait appelée pour la remercier de son cadeau d'une « incroyable beauté ». Elle n'avait pas été étonnée par cette réaction, sa belle-sœur ayant toujours été d'une courtoisie exemplaire, mais quand J.D. lui avait passé Jake, celui-ci ne s'était pas montré aussi respectueux des conventions ! Il lui avait déclaré sans ambages que selon J.D., si elle n'était pas venue à leur mariage, c'était parce qu'elle désapprouvait leur union.

Ce qui était à mille lieues de la vérité.

C'était d'ailleurs pour cette raison qu'elle marchait maintenant dans la neige, en direction de la remise qui servait à la fois de garage et de cabane à outils.

Maggie Clay, la mère de J.D., lui avait téléphoné, la veille au soir, pour l'inviter à déjeuner. Le clan Clay comptait de nombreux membres à Weaver, et il s'agissait du fameux repas familial du dimanche, dont Sydney avait déjà entendu parler par son frère. Désireuse de nouer des liens, elle avait accepté l'invitation, même si J.D. et Jake étaient en Californie.

Et puis au moins, à Double-C, là où se déroulerait le déjeuner, elle serait au chaud, ce qui n'était pas le cas dans son chalet, puisque le poêle s'était encore éteint, ce matin…

Elle pria pour que le moteur de sa voiture démarre. Ce cabriolet, qui avait presque trente ans, avait jadis appartenu à sa mère. Mais son père avait repris le cadeau qu'il avait fait à sa femme, au moment où elle avait demandé le divorce. Plus tard, il avait donné cette voiture à Sydney, non pour lui transmettre quelque chose de précieux, mais parce que, avec sa boîte de vitesses manuelle, ce véhicule ne présentait aucun intérêt à ses yeux.

Un jour, au volant du cabriolet, elle avait embouti l'un des pick-up de Forrest's Crossing, et son père s'était ouvertement moqué d'elle, affirmant qu'elle ne savait décidément pas mieux conduire que sa mère.

Il n'y avait pas à dire, son père débordait d'affection à son égard !

Venir dans le Wyoming au volant de cette voiture avait sans doute constitué la plus grande folie de son entreprise. Juste derrière le fait de déménager ici…

Elle était aussi peu équipée pour affronter son environnement que son cabriolet rouge ne l'était pour rouler sur des routes recouvertes de neige, par des températures inférieures à zéro.

— Mais toi et moi, nous allons nous en sortir, n'est-ce pas ? dit-elle à voix haute.

Repoussant le désespoir qu'elle sentait naître en elle, elle réussit finalement à mettre le moteur en marche. Qu'aurait-elle fait si elle n'avait pas pu démarrer ? Il était peu probable que Weaver possède une compagnie de taxis.

En tout cas, elle était prête à parier le contraire.

Par chance, il n'avait pas neigé depuis son arrivée, si bien que le chemin cahoteux qui menait à la route principale était parfaitement dégagé. Une fois sur cet axe, il ne lui restait plus qu'à suivre scrupuleusement les indications de Maggie pour atteindre la « grande maison », sur le ranch familial.

Elle se rendit compte très vite que tout comme son chalet, le ranch ne se trouvait pas dans Weaver même. Quand elle arriva finalement à destination, il y avait déjà une demi-douzaine de voitures garées devant l'imposante demeure en pierres blanches. Elle se gara derrière un immense SUV noir. Tout en lissant son manteau en cachemire, elle inspecta les autres voitures. Il y avait des véhicules de luxe comme des voitures d'occasion. Jake lui avait dit que les Clay formaient un clan hétéroclite.

Et cela se reflétait jusque dans leurs moyens de locomotion.

Elle avança prudemment entre les véhicules, sur le terrain enneigé qui, contrairement à l'allée, n'avait pas été déblayé. Ses hauts talons s'enfonçaient dans la neige : les bottes, en peau de daim, n'avaient pas été conçues pour ce genre de climat ! Elle devrait faire du shopping sans tarder. L'idée la fit grimacer.

— Nous nous apprêtions à envoyer une équipe de secours !

La voix, profonde et masculine, la fit sursauter. Tournant la tête, elle aperçut Derek Clay, qui se tenait sous la véranda courant sur toute la façade de la maison. Il portait de nouveau un jean, mais propre, à présent. Et s'il n'avait pas de veste, le pull-over bleu marine qu'il arborait n'en soulignait pas moins sa large carrure.

Il tenait par l'épaule une très jolie jeune femme. Avec ses trente et un ans, Sydney était plus proche de l'âge de Derek que cette belle créature qui devait avoir vingt-deux ans tout au plus.

Mais les hommes étant les hommes, la plupart d'entre eux considéraient que plus leur compagne était jeune, et mieux cela était. Visiblement, Derek était du même avis qu'Antoine sur ce sujet-là !

Mais qu'est-ce que ça pouvait bien lui faire à elle ? Elle n'avait pas à se faire ce genre de réflexion sur lui !

Remontant le col de son manteau plus étroitement autour de son cou, elle continua à avancer précautionneusement dans la neige, pour atteindre enfin l'allée dégagée.

— Heureusement que vous ne vous êtes pas donné cette peine, déclara-t-elle. Me voilà !

Et elle parvint même à sourire, ce qui relevait de

l'exploit, étant donné la façon dont s'était déroulée leur rencontre de la veille.

— Cela relève du miracle, ironisa-t-il en désignant son cabriolet du menton. Les congères que nous avons ici sont en général bien plus grandes que ce joujou.

Si sa tenue était bien plus présentable que la veille, ses cheveux blond foncé étaient en revanche toujours aussi ébouriffés.

— J.D. et Jake ont des voitures tout à fait adaptées à notre climat, ajouta-t-il. Tu devrais t'en servir. Ce serait plus pratique.

Tiens, il la tutoyait à présent ? Sans compter que, à son ton, il était manifeste qu'il la considérait comme une écervelée. Elle serra les mâchoires, mais parvint à plaquer un sourire sur son visage.

— Je suis surprise que Jake ne t'ait pas mis au courant, répliqua-t-elle, lui rendant son tutoiement. Sache que j'aime tout ce qui n'est pas « pratique ».

Elle mentait, bien sûr, même s'il lui arrivait, plus souvent qu'elle ne l'aurait souhaité, de se retrouver dans des situations peu confortables. D'ailleurs, c'était sans doute pour cette raison qu'elle en était là, aujourd'hui.

Elle se sentit soudain très nauséeuse…

Aussitôt, elle avala une large bouffée d'air frais. Son estomac ne devait pas faire des siennes, alors qu'elle s'apprêtait à gravir l'escalier.

— Par ici, il faut avoir le sens pratique, si l'on veut survivre, enchaîna Derek. Et la sécurité vient en priorité.

Sa compagne — qui semblait encore plus jeune et plus fraîche, vue de près — lui donna un coup de coude.

— Sois un peu plus aimable, Derek, dit-elle.

Puis elle tendit la main à Sydney.

— Bonjour, je suis Tabby Taggart. Et nous ne sommes pas tous aussi bougons que cet homme, par ici.

— Je m'appelle Sydney, répondit-elle, en lui serrant la main.

Elle se garda de commenter ce que Tabby venait de dire sur Derek, même si elle trouvait que, effectivement, celui-ci se montrait pour le moins déplaisant.

— Ravie de te rencontrer, Tabby, ajouta-t-elle. Et désolée d'arriver un peu en retard.

— Pas de problème, répondit la jeune femme. Nous n'étions pas encore à table. En tout cas, ajouta-t-elle, j'adore vraiment tes bottes ! J'espère que tu as traité le daim contre l'eau.

Malgré elle, Sydney croisa le regard de Derek juste à ce moment-là.

— Ne t'en fais pas pour ses chaussures, Tabby, intervint-il. Sydney est une riche héritière, toute simple, je te rappelle. Si ses bottes sont abîmées, elle les jettera, et elle s'en rachètera une autre paire.

Tabby lança un coup d'œil à Derek.

— Tu te crois drôle ? fit-elle d'un ton mi-sévère, mi-amusé.

— Le pire, c'est que oui, marmonna Sydney tout en regardant la jeune femme rentrer dans la maison.

Tabby pensait sans doute que son petit ami plaisantait, mais elle savait que non. Ses vêtements n'étaient pas adaptés au climat du Wyoming, c'était un fait. Et sa voiture ne l'était pas davantage. Derek avait trouvé là une façon de la piquer. Mais s'il avait su tout ce qu'elle avait subi depuis son enfance, il se serait rendu compte qu'en comparaison, ses petites attaques étaient peu de choses. Mieux valait cependant qu'il ne sache rien, et qu'il la prenne pour une snob.

Tout comme il était préférable qu'il ignore sa situation actuelle… Celle d'une jeune femme enceinte, rejetée par le père de son enfant, n'ayant au fond jamais rien fait par elle-même !

Son arrivée venait d'être remarquée non seulement par Maggie Clay, mais aussi par les innombrables membres du clan, qui, très vite, vinrent la saluer. Maggie, qui était aussi blonde que sa fille J.D., la saisit gentiment par la main et commença à lui présenter les différents convives, après lui avoir pris son manteau des mains et l'avoir tendu à Derek. Il s'éloigna enfin, pour aller l'accrocher quelque part.

Et tandis qu'elle saluait les Clay, dont elle reconnut certains visages, elle se demanda si elle n'allait pas retrouver son manteau suspendu à la branche d'un arbre de la cour, en guise de mauvais tour que Derek voudrait lui jouer.

— Oh ! quelle robe magnifique ! C'est du vrai cuir ? lui demanda Tara, une petite brune que Maggie venait de lui présenter.

Cette femme-là, elle était certaine de ne pas l'avoir vue au mariage de Susan et Stan.

— Si seulement je pouvais me procurer quelques articles de cette qualité pour ma boutique, poursuivit-elle. Ils partiraient tout de suite, quel qu'en soit le prix.

Passant la main sur son pull rouge que tendait un ventre arrondi, Tara ajouta :

— Evidemment, ce n'est pas moi qui pourrais porter ce genre de robe en ce moment.

L'ironie de la situation n'échappa pas à Sydney, mais elle se garda de la moindre réaction.

— Tara possède la boutique Classic Charms, sur Main Street, expliqua Maggie. Elle est merveilleusement bien achalandée. On trouve de tout, chez elle, du mobilier comme des vêtements.

— Tu me flattes, renchérit Tara, mais il est vrai que

j'aime vendre des articles peu communs, et cette robe est réellement remarquable. C'est du vintage ?

Sydney hocha la tête et baissa les yeux pour regarder sa robe chasuble en cuir couleur caramel, qui s'arrêtait juste au-dessus des genoux. Elle l'adorait et était bien décidée à la porter aussi longtemps qu'elle le pourrait.

— Je l'ai effectivement achetée dans une boutique vintage, à Paris, il y a quelques années. Mais je vois que la tenue fait trop habillée pour le déjeuner du dimanche, ajouta-t-elle. Presque tout le monde porte un jean et un pull.

— Tu crois ? fit une voix profonde dans son dos.

Inutile qu'elle se retourne. C'était Derek qui venait de parler. Désormais, elle était capable de reconnaître sa voix dans n'importe quelles circonstances.

Sans relever sa pointe d'ironie, elle reprit, à l'adresse de Maggie :

— J'aurais dû prendre des notes, au moment des présentations. Je ne suis pas certaine de me souvenir de tous les noms.

Son hôtesse se mit à rire et lui serra affectueusement le bras.

— Ne t'inquiète pas, c'est normal. Nous sommes très nombreux. Mais tu vas vite t'habituer à nous.

— Encore faudrait-il qu'elle reste assez longtemps pour cela, précisa Derek.

Et elle aurait parié qu'il souhaitait le contraire, même si son ton ne laissait rien deviner.

— En fait, je compte rester très très longtemps à Weaver, répondit-elle.

Puis elle adressa un sourire confiant à Maggie, même si, en réalité, elle ne se sentait pas aussi sûre d'elle-même.

— Jake et J.D. l'espèrent vivement, lui assura son aimable hôtesse.

— Est-ce que le poêle a tenu ?

— Oui, tout va bien, mentit-elle en tournant finalement les yeux vers Derek.

Cette fois, à la place de la très jeune Tabby, il tenait un bambin la tête en bas, qui riait tout en se débattant.

Sentant de nouveau la nausée l'envahir, elle détourna bien vite le regard. Elle n'aurait su dire si c'était lié à sa grossesse ou à la vue de cet homme qui, tout désagréable qu'il soit, s'avérait si parfaitement à l'aise avec les enfants.

— Derek nous a dit que tu avais un petit problème avec le poêle, enchaîna Maggie, tout en l'entraînant dans une autre pièce. C'est un magicien en matière de réparation. Et il est tellement serviable.

Un peu plus et elle s'en serait étouffée !

Elles arrivaient dans la salle à manger. La table avait été dressée au centre, la porcelaine et le cristal y brillant de tous leurs feux. Les trois quarts des chaises étaient déjà occupées par des personnes qu'elle avait saluées. Maggie la conduisit vers l'une des deux places libres, près du bout de table.

— Assieds-toi à côté de moi, tu me raconteras comment tu te sens, dans le chalet de J.D. et Jake.

Elle tira une chaise et s'assit sur l'autre.

— Tout se passe bien, répondit Sydney. Mais je ne sais pas encore à quoi je vais m'occuper, maintenant que j'ai défait tous mes cartons.

Elle prit place sur le siège qu'on lui avait indiqué et préféra, au vin que Maggie lui proposa, un verre d'eau pétillante, puis elle sourit à l'adolescent blond assis à côté d'elle qui un instant auparavant taquinait la jeune fille assise à sa gauche.

Il cessa rapidement son manège, d'un air coupable, puis il lui adressa un sourire en coin.

— Salut, je suis Eli, dit-il.

— Allez, Eli, intervint Derek surgissant de nulle part, arrête de baver d'admiration devant cette dame et déménage. C'est moi qui m'assois ici. Les frères et sœurs ne se placent pas les uns à côté des autres.

Elle sentit son estomac flancher quand le garçon se leva pour aller s'asseoir ailleurs.

— A cette table, presque tout le monde est le frère ou la sœur de quelqu'un, lui fit observer Maggie.

— Et quand ce n'est pas le cas, nous sommes cousins, dit Derek, en prenant la place vide.

Encore une fois, Sydney préféra ignorer ses propos. Elle remarqua que Tabby n'était pas à côté de lui, mais entre Tara et un jeune homme aux cheveux couleur caramel. Comment s'appelait-il déjà ? Jared ? Non, Justin… Enfin, quelque chose dans ce goût-là ! Il était le neveu de Maggie, de cela, elle était certaine. Et il possédait les gènes de la beauté, dont tous les Clay semblaient dotés.

Maggie désigna deux places vides, en bout de table.

— C'est vraiment dommage que Gloria et Squire n'aient pas pu venir.

Elle posa alors la main sur celle de son mari, assis à côté d'elle maintenant, et ajouta :

— Squire est le père de Daniel. Je sais que vous vous êtes vus, au mariage de ta tante.

A vrai dire, elle n'avait guère eu le temps de parler avec les invités, à ce mariage. Elle se rappelait néanmoins très précisément l'homme aux cheveux blancs, qui était le patriarche de cette famille exubérante, ainsi que sa femme.

— Jake m'a dit qu'ils étaient partis en vacances pour quelques semaines…

— En effet. Squire n'aime pas le froid de l'hiver, par ici, précisa un autre homme en prenant place en bout de table.

C'était un homme blond, lui aussi, même si sa chevelure était parcourue de fils argentés. Il avait des yeux bleus très clairs, et bien qu'ayant l'âge d'être son père, il portait encore beau.

— Je suis Matthew, dit-il. Bienvenue à Double-C.

— C'est le frère de Daniel, expliqua Maggie.

— Mon père, renchérit Derek, de l'autre côté de la table.

Sydney regarda alors Matthew et se rendit compte, exaspérée, qu'elle s'était instinctivement mise à chercher des ressemblances entre son fils et lui ! A part la couleur des cheveux, encore que celle de Derek soit plus foncée que celle de son père, ils avaient peu en commun. Matthew avait un visage plus carré que son fils, mais tous deux partageaient un même atout, en l'occurrence la beauté. En dépit qu'elle en ait, elle était bien forcée de l'admettre.

Pour masquer son léger trouble, elle enchaîna, à l'adresse de Matthew :

— Vous avez un ranch magnifique !

— Et vous n'en avez vu qu'une toute petite partie, intervint Jaimie.

La mère de Derek était une belle rousse aux traits délicats. C'était manifestement d'elle qu'il avait hérité sa finesse. Jaimie déposa, au centre de la table, une pile de boîtes de pizza, et tapa sur la main de son fils quand il voulut se servir.

— Attends le bénédicité ! le réprimanda-t-elle.

Sydney jeta un regard en coin à Derek, tandis que Jaimie prenait place à côté de son mari. Il avait les yeux rivés sur elle, et la lueur qu'elle y découvrit était un mélange de défi et d'amusement.

Maggie frappa dans ses mains pour attirer l'attention

de tous. Aussitôt, chacun posa la paume sur celle de son voisin.

A contrecœur, elle s'exécuta et mit sa main sur celle de Derek, entre leurs deux assiettes. Il lui fallut faire appel à toute sa volonté pour ne pas bondir quand il referma les doigts, capturant sa main pour de bon.

Et elle se rendit compte qu'il ne baissa pas la tête ni ne ferma les yeux, pendant que son père bénissait le repas.

Quand chacun eut dit « amen » et que les boîtes de pizza commencèrent à circuler, elle déplia sa serviette et le regarda.

— Tu n'as pas l'air très respectueux des coutumes, fit-elle à voix basse.

Les conversations avaient repris et il y avait désormais autour d'eux un important bruit de fond. Il était peu probable que qui que ce soit d'autre ait pu l'entendre.

— Toi non plus, répondit-il.

Elle vit de petites rides se dessiner au coin de ses yeux verts, qu'il avait visiblement hérités de sa mère.

— Sinon, tu n'aurais pas remarqué ce que je faisais, ajouta-t-il.

Légèrement troublée, elle s'efforça de prendre sans trembler la boîte de pizza qu'il lui tendait, puis la passa à Jaimie.

— Tu ne te sers pas ? Ce n'est pas assez raffiné pour toi ? demanda-t-il.

— Ça n'a rien à voir avec ça.

Comment lui expliquer qu'en ce moment la simple idée du poivron lui soulevait le cœur ? Pour faire diversion, elle s'empara de la salade composée qui se trouvait devant elle et s'en servit copieusement.

Mais même ce plat, elle allait avoir du mal à le manger : il contenait des olives noires coupées en petits morceaux, et elle allait avoir du mal à se forcer à les avaler. Dire qu'elle avait toujours adoré les olives ! Désormais, elles lui apparaissaient comme une armée d'insectes qui se seraient coincés dans les tomates !

Elle laissa retomber sa fourchette pour s'emparer de son verre d'eau…

Derek l'observait toujours du coin de l'œil.

— Qu'est-ce que tu fais ? Un régime sec pour continuer à pouvoir entrer dans tes robes tape-à-l'œil ?

Sur ces mots, il laissa glisser son regard sur sa robe. Une onde de chaleur déferla aussitôt sur elle… Sans doute provoquée par l'irritation qu'avait fait naître sa goujaterie.

— Arrête de l'ennuyer ! ordonna Jaimie.

Puis elle récupéra des croûtes de pizza, laissées dans l'une des boîtes et les posa devant le bébé aux bonnes joues qui occupait un siège enfant, à côté d'elle.

— Comme je te le disais, tu n'as encore rien vu de la propriété, Sydney. Il faudra que tu en fasses le tour après le repas.

— Quoi ? Tu veux qu'elle marche dans la neige et la boue avec ses bottes en daim ?

Derek secoua la tête et allongea le bras pour reprendre un morceau de pizza.

— Je ne crois pas que ce soit une bonne idée, continua-t-il.

Et il déposa la part dont il s'était emparé dans l'assiette de Sydney, tout en éloignant vivement la boîte, comme s'il pensait qu'elle aurait l'impolitesse de la remettre dedans.

— Arrête d'être pénible, Derek, lui dit sa mère avec un sourire un peu crispé. On te prêtera des bottes en caoutchouc, ajouta-t-elle en se tournant vers Sydney. Cela en vaut la peine, Double-C mérite qu'on l'explore.

Elle savait que Jake avait été impressionné par l'endroit, ce qui n'était pas peu dire.

— Je n'en doute pas. Mais je ne veux pas vous déranger.

— Maman, il faut que tu sois réaliste, intervint Derek d'un ton ironique. Elle a été élevée à Forrest's Crossing ! Je ne pense pas qu'une petite propriété sur laquelle broutent quelques vaches puisse vraiment l'intéresser, alors qu'elle a grandi entourée de pur-sang.

Elle se raidit. Elle avait bien conscience que Double-C n'avait rien à voir avec la description réductrice qu'en dressait Derek. C'était le plus grand ranch de l'Etat. Elle sentit aussi le regard que Matthew posait sur eux, comme s'il avait deviné qu'il y avait anguille sous roche.

Jake ne lui pardonnerait pas de s'être mis à dos un membre de la famille de sa femme adorée. Aussi, faisant contre mauvaise fortune bon cœur, elle s'efforça de sourire à Derek.

— Mais bien sûr que si, cette visite m'intéresse au plus haut point ! répliqua-t-elle. Seulement, je ne veux pas déranger.

— Allons, fit Jaimie, tu fais partie de la famille ! Ne l'oublie jamais.

— Nous sommes cousins par alliance, je te l'avais dit, renchérit Derek.

— Entendu, marmonna-t-elle.

Et elle croqua dans la part de pizza que, sans même s'en rendre compte, elle avait portée à sa bouche. Cela sentait si bon… Et la pâte était réellement délicieuse, tandis que le fromage fondait dans sa bouche comme un bonbon.

— Tout va bien ? s'enquit Derek qui, décidément, l'observait de très près.

— Oui, c'est délicieux !

Il se servit de la salade.

En face d'eux, Tabby éclata de rire. Elle discutait avec un jeune homme ravissant, et leur conversation semblait particulièrement animée.

— Tu as un rival, glissa-t-elle à Derek. C'est pour cela que tu es encore plus grincheux que d'habitude ?

Il lui lança un regard perplexe.

— De quoi est-ce que tu parles ?

Elle désigna discrètement Tabby du menton.

— Je sais que ça ne me regarde pas, mais il m'a l'air de lui convenir bien mieux que toi. Du point de vue de l'âge, je veux dire.

— Parce que tu crois que Tabby et moi…

— Ce n'est pas le cas ?

Il eut un sourire en coin.

— Je la connais depuis qu'elle porte des couches.

Elle lui lança un regard sceptique.

— Et alors ? Je ne vois pas le rapport.

Il éclata de rire.

— Tab est la petite sœur d'Evan, qui est marié à ma cousine Leandra. Ils ne sont pas là, aujourd'hui, précisa-t-il, avant d'ajouter, en désignant le bébé dans sa chaise. Elle, c'est Katie, leur plus jeune enfant.

Puis il pointa sa fourchette vers le jeune homme assis à côté de Tabby.

— Et lui, c'est Justin. Avec Tabby, ils se connaissent depuis le bac à sable.

Posant enfin sa fourchette, il lui adressa un regard pénétrant, qui déclencha une vague de chaleur en elle.

— Crois-moi, mon chou, ce sont les femmes adultes qui m'intéressent.

Le peu de pizza qu'elle avait mangé lui pesa soudain sur l'estomac. Il lui fallut faire appel à ses ultimes ressources pour sourire.

— Je n'ai pas compris, fit-elle.

Il fronça les sourcils.

— Vraiment ? demanda-t-il d'un ton provocant.

Elle s'empara de son verre d'eau et en but un long trait.

Jaimie intervint à ce moment-là, pour demander à Derek d'aller chercher les autres boîtes de pizza.

Etonnée, Sydney regarda la longue tablée.

— Il y en a encore ?

Maggie se mit à rire.

— Dans cette famille, on a bon appétit, Sydney.

Puis, se tournant vers Tara, elle ajouta :

— Est-ce que tu auras besoin de moi, demain, à la boutique ?

Sydney s'efforça de faire comme si elle n'avait pas remarqué la manœuvre de Derek : en se levant de table, il avait délibérément frotté son bras contre le sien.

— Si tu pouvais venir, cela m'arrangerait. Il va falloir que j'embauche quelqu'un, que je le veuille ou non.

— Tu as tant de travail que ça ?

Juste au moment où la question franchissait ses lèvres, Sydney se rendit compte de son manque de tact.

Mais Tara lui adressa un sourire chaleureux.

— C'est étonnant, je sais. Mais Weaver attire plus de gens qu'on ne le croit. La boutique est ouverte sept jours sur sept, et…

— Et c'est bien trop ! coupa Axel, son mari.

Il tenait sur les genoux un petit garçon qui était visiblement désireux d'en descendre.

— Si le roi le dit ! s'esclaffa Tara. Allez, donne-moi Aidan !

Son mari lui tendit immédiatement le bambin.

— Ma chérie, commença Jaimie, tu es enceinte. Et tu le deviens chaque jour davantage.

Derek était de retour avec trois énormes boîtes de pizza. Sydney vit avec stupéfaction des mains impatientes qui se tendaient.

— Heureusement que tu as déjà fait passer une annonce, pour trouver quelqu'un, poursuivit Jaimie.

Tara haussa les épaules.

— Oui, mais ça fait presque deux mois maintenant, et personne ne s'est présenté.

— Embauche Sydney ! dit Derek en se rasseyant à côté d'elle. Elle disait justement à maman qu'elle ne savait pas comment elle allait passer le temps.

Sydney en resta bouche bée.

— Mais il est vrai que travailler dans une petite boutique n'est sans doute pas très excitant pour quelqu'un comme toi, qui est habitué aux pur-sang et à l'art, s'empressa-t-il d'ajouter.

- 3 -

Il la fixait de ses yeux verts et provocateurs.

— Pas du tout ! s'écria-t-elle. Cette idée me plaît beaucoup !

De nouveau, des paroles étaient sorties de sa bouche avant qu'elle n'ait le temps de réfléchir. Mais la stupeur qu'elle lut sur le visage de Derek la ravit. Les autres, en revanche, avaient l'air plutôt choqués.

Elle admettait que Derek avait des raisons de la traiter de snob, étant donné la façon dont s'était passée leur première rencontre. En revanche, pourquoi le reste de la famille aurait-il partagé une telle opinion ? S'étant toujours comportée simplement, avec eux, elle ne comprenait pas leur réaction. Estimaient-ils qu'elle était une incapable ?

Elle ne pensait pas être snob. Certes, sa fortune lui permettait de nombreux luxes, inaccessibles à la plupart. Mais elle n'y pouvait rien, si elle avait des parents fortunés ! Elle aurait préféré qu'il en soit autrement, d'ailleurs.

Qu'on la considère comme une incapable l'étonnait davantage.

Et c'était bien plus contrariant…

Tara la regardait toujours, d'un air perplexe. Elle tenta alors de se justifier.

— J'ai beaucoup de temps libre, en ce moment. Et même si je ne suis pas la plus qualifiée en la matière — j'en ai bien conscience —, je suis prête à t'aider jusqu'à ce que tu trouves une personne qui te convienne mieux que moi.

— Tu plaisantes ? s'exclama Tara. Tu serais parfaite, pour le poste. J.D. m'a assuré à de nombreuses reprises que tu avais un sens inné du style. J'ai hâte de pouvoir profiter de tes lumières.

Elle ne savait pas ce qui la stupéfiait le plus : que J.D. fasse des louanges sur son style ou que Tara soit enthousiaste à l'idée de l'embaucher.

Embarrassée, elle sourit.

— C'est très gentil de ta part, mais je peux t'être utile sans que tu te sentes obligée de…

— Je ne me sens obligée de rien ! Si tu veux cet emploi, je t'embauche. Quatre jours par semaine, pour commencer, et quant à ton salaire…

— Nous en reparlerons plus tard, coupa-t-elle vivement, peu désireuse d'aborder ce thème devant toute la famille, et encore moins devant Derek.

— Parfait ! s'exclama Tara. Tu peux commencer demain ?

Il était difficile de résister à l'ardeur de la jeune femme.

— Volontiers ! répondit-elle avant de se tourner sur Maggie. Sauf si je viens bouleverser votre planning, bien sûr…

— Absolument pas ! répliqua cette dernière. Au contraire, cela me permettra d'aller voir Early et Sofia, mes petits-enfants. Notre autre fille, Angeline, et son mari habitent à Sheridan.

— Et Maggie y habite elle aussi à mi-temps, précisa alors Daniel d'une voix traînante.

L'intéressée donna une petite tape amicale à son mari.

— Depuis quand est-ce que tu t'en plains ? demanda-t-elle en riant. Tu es pire que moi ! C'est toi qui tiens à y passer une semaine par mois.

— Tous les fils de Squire lui ressemblent, déclara alors Jaimie. Mais je pense qu'il est le pire de tous, pour ce qui est de gâter ses arrière-petits-enfants.

— Et de se mêler de nos affaires, ajouta Matthew d'un ton sec. C'est un sacré vieil entêté !

A les écouter, elle en avait le souffle presque coupé. L'affection qu'ils ressentaient les uns envers les autres était si palpable !

Chez les Forrest aussi, il y avait des dîners de famille, mais l'ambiance n'y avait jamais été très chaleureuse.

Ses yeux glissèrent sur la table, où se côtoyaient de la vaisselle en porcelaine et des boîtes de pizza vides. Mais ce qui la séduisait, c'était moins le mélange de formel et d'informel que la capacité de cette famille à accueillir quiconque de façon naturelle à sa table. Qu'il s'agisse d'un nourrisson bruyant, d'adolescents chamailleurs, de parents ou de grands-parents, chacun semblait avoir son mot à dire et personne n'était méprisé.

— Quelque chose ne va pas ? s'enquit soudain Derek. Tu as un drôle d'air.

Elle se redressa un peu sur sa chaise et plia sa serviette, pour la poser sur son assiette vide. Curieux ! Elle ne se rappelait pas avoir mangé sa salade.

— J'étais juste en train de me dire que j'avais énormément apprécié ce repas.

Il fronça les sourcils. S'il cherchait un sens caché à ses paroles, il allait se fatiguer pour rien.

— Tara compte sur toi, maintenant, lui dit-il alors.

— Qu'est-ce que tu veux me dire, au juste ?

— Qu'il ne faut pas la laisser tomber.

Elle n'en attendait pas moins de lui, et pourtant, ses paroles la blessèrent sans qu'elle comprenne pourquoi. Certes, son frère était lié à la famille de Derek, mais à part cela, ce que ce dernier pouvait bien penser d'elle devait lui être tout à fait égal.

Et puis, jamais elle ne décevrait autant quelqu'un qu'elle-même… Mais elle était déterminée à changer : déménager à Weaver avait constitué un premier pas.

— C'est toi qui en as eu l'idée le premier, lui rappela-t-elle.

— Crois-moi, mon chou, je suis bien conscient des erreurs qu'il m'arrive de commettre.

Encore une fois, la pique l'atteignit plus qu'elle n'aurait dû. Préférant ne pas réagir à sa provocation, elle répondit :

— Je n'ai pas l'intention de la laisser tomber.

Se penchant un peu plus vers elle, il déclara alors :

— Tu as entendu ce qu'elle a dit ? Elle a besoin d'une personne sur qui compter quatre jours par semaine. Pas de quelqu'un qui tiendra une semaine ou deux, et puis lui fera faux bond, une fois lassé.

— Je suppose qu'il ne t'est même pas venu à l'idée que, moi aussi, je pouvais avoir besoin de ce travail ?

— Toi ? fit-il, un petit sourire sceptique aux lèvres. Une riche héritière ?

Elle sentit sa gorge se serrer. Elle regrettait d'être si sensible à ses observations, mais son état expliquait sans doute sa réaction.

— Visiblement, il y a des choses que tu ne peux pas comprendre, marmonna-t-elle.

Il plissa les yeux mais, par chance, il ne put la questionner davantage, puisque sa mère proposa à l'assemblée de passer dans le salon, pendant que les enfants débarrasseraient la table. Les enfants en question, Eli et sa sœur Megan, n'étaient visiblement pas ravis de la tâche qui venait de leur incomber, mais ils obtempérèrent néanmoins, comme Sydney put le constater, en quittant la table. Tara la rejoignit aussitôt, passa son bras sous le sien, comme si elles étaient des amies de longue date.

— Raconte-moi tout, lui dit Tara, est-ce que tu as de l'expérience, dans la vente au détail ?

Elle était heureuse que Derek ait été retenu par son père dans le salon, et qu'il n'entende pas leur échange.

— Je suis désolée, répondit-elle, je n'ai aucune expérience en la matière. Mais tu peux encore changer d'avis, tu sais, je ne t'en voudrais pas.

Tara lui serra gentiment le bras.

— Sûrement pas ! Moi-même, je n'avais aucune pratique, quand je me suis lancée, s'esclaffa-t-elle, avant de continuer : D'ailleurs, si ç'avait été le cas, je me serais dit qu'une petite boutique comme Classic Charms n'avait aucune chance de marcher à Weaver. Mais parfois, l'ignorance est une forme de chance.

Soudain, elle la regarda et ajouta :

— J.D. ne m'avait pas dit à quel point tu ressemblais à Jake. C'est frappant.

Du salon vide, Derek entendit le rire de Sydney. Et ce rire fit glisser comme une onde de chaleur sur ses reins…

— Qu'est-ce qu'il y a entre toi et la jeune sœur de Jake ?

— J'ai trente-deux ans, papa, si j'étais toi, je ne m'inquiéterais pas pour ça, répondit-il d'un ton affectueux.

— Je me pose la question parce que c'est notre invitée, renchérit son père avec la même chaleur.

Derek savait bien que, trente-deux ans ou pas, il était toujours le fils de Matthew, et que ce dernier ne pouvait s'empêcher de se mêler de ses affaires.

— Tout a commencé par un quiproquo, admit-il avec réticence. Mais les choses sont rentrées dans l'ordre, à présent.

Son père lui adressa un regard sceptique.

— Tu en es sûr ?

Derek fit la grimace.

— O.K. Je fais mon possible pour qu'elles rentrent dans l'ordre.

Matthew continuait à le fixer.

Il poussa un soupir agacé. Megan et Eli portaient les dernières assiettes dans la cuisine.

— En fait, elle me tape sur les nerfs, avoua-t-il alors.

— Vraiment ?

Il n'apprécia pas la lueur amusée qui passa soudain dans les yeux de son père.

— Elle n'a rien à faire ici, à Weaver.

— Si j'étais toi, fils, je me méfierais. C'était exactement ce que je pensais de ta mère, au début.

— Il y a une grande différence entre maman et Sydney !

— Ta mère est une belle rousse, et Sydney une belle brune, intervint son père.

— Papa, ce n'est pas ce que je voulais dire.

— Ah bon ? Tu ne trouves pas que Sydney soit belle ? Tu as fait vérifier ta vue, dernièrement ?

— Pitié ! dit-il en levant les bras. Bien sûr qu'elle est belle !

En fait, elle était même une version terriblement sexy de Blanche-Neige, avec ses cheveux couleur de jais et son teint ivoire, en passant par ses superbes courbes et ses longues jambes.

— Je sais que Jake aimerait voir sa sœur rester à Weaver, mais ce ne me semble guère possible.

— C'est elle qui te l'a dit ?

— Elle n'a pas besoin de me le dire. Regarde-la et tu comprendras !

Cette fois, Matthew lui adressa un large sourire.

— Ah ça, pour l'avoir regardée, je l'ai regardée, tu

sais ! D'ailleurs, cela m'a valu un beau coup de pied sous la table, de la part de ta mère.

— Papa ! s'indigna Derek.

— Eh bien quoi ? Je suis marié, pas aveugle, plaisanta-t-il, avant de redevenir sérieux. C'est la sœur de Jake, donc elle fait partie de la famille par alliance, reprit-il en posant la main sur l'épaule de son fils. Tu ne peux pas lui en vouloir, alors qu'elle ne t'a rien fait. Elle n'est pas responsable du comportement de Renée.

Derek se raidit.

— Cela n'a rien à voir avec Renée, fit-il du bout des lèvres.

Il y avait longtemps qu'il n'avait pas prononcé le prénom de son ex-fiancée, et cela ne lui fit guère plaisir. Le simple fait de penser à cette femme lui inspirait un vif ressentiment.

— Sydney n'y est pour rien, on est bien d'accord ? insista son père.

— Allez, Sydney, tu peux y arriver !

Celle-ci regardait la pente neigeuse, juste devant elle.

Eli et Megan s'étaient portés volontaires pour lui faire visiter Double-C. Elle avait été tellement soulagée que la tâche n'en incombe pas à Derek qu'elle avait troqué de bonne grâce ses bottes et sa robe contre un pantalon et des après-skis, prêtés par Maggie. Hélas ! Elle s'était rendu compte, quelques minutes plus tard, que Derek allait bel et bien les accompagner.

Il lui avait été impossible de faire machine arrière, d'autant qu'il s'attendait sans doute à ce qu'elle réagisse de cette façon. Finalement, Derek s'était glissé dans la peau d'un guide, tandis qu'ils faisaient le tour de la propriété. Il s'était même gardé de toute remarque personnelle, se contentant de parler de l'histoire de ce ranch, qui appartenait à sa famille depuis des générations.

Il lui restait trop peu de souffle pour émettre le moindre commentaire. La nièce et le neveu de Derek semblaient posséder une énergie inépuisable, et il était difficile de les suivre. Ils avaient visité tous les bâtiments et s'étaient rendus jusqu'au lac glacé, qui se trouvait au diable vauvert. Maintenant, elle avait un début de point de côté, et les muscles de ses jambes étaient de plus en plus douloureux. Les heures de sport qu'elle effectuait avec Janine, son coach, n'avaient rien à voir avec cette randonnée au pas de course dans la neige.

Et à présent, si elle parvenait à grimper cette fichue pente enneigée, elle s'épargnerait presque un kilomètre.

— Dans la vie, il faut toujours essayer, insista Derek. Mais si tu ne peux vraiment pas, j'irai chercher le pick-up.

Elle lui lança un regard noir. Il était l'autre raison qui la poussait à gravir ce talus.

— Je croyais que tu t'étais acheté une conduite, marmonna-t-elle, mais je constate que je m'étais trompée.

Il leva les mains en signe d'innocence, mais le sourire diabolique qui éclairait son visage était en totale contradiction avec ses protestations.

— C'était juste une proposition.

— Qui sous-entendait que je n'étais pas capable d'escalader cette pente.

— Tu veux que je redescende et que je te pousse ? demanda Eli avec enthousiasme.

Megan et lui étaient déjà en haut.

— Attention ! C'est moi qui vais te pousser, le menaça alors Megan.

Sydney retint un sourire. Au cours de la promenade, elle avait compris que le jeune adolescent la trouvait fort séduisante.

— Je vais y arriver toute seule, affirma-t-elle, avant d'ajouter, à l'adresse de Derek, dont elle venait d'entendre le rire étouffé : Et toi non plus, tu ne me pousses pas, compris ?

— Je ne t'ai rien proposé, mon chou, chuchota-t-il. Mais si tu veux que je pose mes mains sur ton postérieur, pas de problème. Nous n'avons pas besoin de nous apprécier pour avoir envie l'un de l'autre

— Quelle prétention ! rétorqua-t-elle.

Puis elle contempla la pente abrupte, et préféra s'y attaquer, au lieu de prendre le risque qu'il la touche.

Elle aspira à pleins poumons, puis planta le bout de son après-ski dans la congère. Finalement, ce n'était pas aussi effrayant qu'elle l'avait cru, même si en arrivant en haut elle avait les vêtements recouverts de neige. Eli et Megan lui tendirent les bras et l'aidèrent à faire le dernier pas. Derek était toutefois parvenu au sommet avant elle.

L'effort en valait la peine. Devant elle s'étendait un paysage de carte postale d'une perfection à couper le souffle.

— C'est beau, n'est-ce pas ? fit Megan.

— C'est magnifique…

Des montagnes aux cimes blanches se dessinaient à l'arrière-plan. Dépouillées de leurs feuilles, les branches des arbres formaient comme une couronne qui se détachait de la neige immaculée. Dans la lumière déclinante, son éclat rappelait celui des diamants. Au loin, elle apercevait la demeure des Clay. De la fumée sortait de la cheminée et des rayons d'une lumière dorée se déversaient des fenêtres.

Après avoir voyagé dans le monde entier, elle avait conclu que Forrest's Crossing — en dépit de la relation d'amour-haine qu'elle entretenait avec l'endroit — était l'un des plus beaux lieux de la terre.

Mais ici, la beauté était d'un autre ordre.

A Forrest's Crossing, tout était raffiné, c'était le charme du Sud, de ses écuries pointues, de ses enclos aux barrières blanches, en passant par ses terres parfaitement entretenues.

Ici, la nature ne semblait pas avoir été touchée par l'homme.

Presque pas. Parce qu'il y avait tout de même de grandes éoliennes, en haut de la colline pentue sur laquelle ils se tenaient. Ce n'était d'ailleurs pas la seule touche de modernité qu'elle avait remarquée. Les bâtiments de la ferme avaient été équipés de panneaux solaires.

— Ce ne sont pas vraiment les Alpes, ni les endroits que tu fréquentes quand tu vas skier.

Derek était à plusieurs mètres d'elle, mais elle l'entendait parfaitement bien, comme si le son voyageait plus vite, et mieux, dans ce paysage tout blanc.

— Non, c'est vrai, admit-elle. Mais si tu ne vois pas la beauté qui t'entoure, alors je suis désolée pour toi.

Surpris, il fronça les sourcils, et s'apprêtait visiblement à répondre, lorsque Eli déclara :

— Cela ne ressemble pas du tout à ma Californie natale, c'est certain, dit le garçon.

Et sur ces mots, il s'éloigna en direction de la maison. Au bout de quelques instants, Derek cessa enfin de la regarder et emboîta le pas à son neveu. Il ne restait plus que de la descente, maintenant, et c'était tant mieux.

Elle regarda Megan, qui se tenait derrière elle.

— Ton frère et toi, vous avez habité en Californie ?

Elle aurait cru qu'ils étaient nés et avaient été élevés à Weaver, tant ils avaient l'air à l'aise, ici, au milieu du reste de la famille.

Megan se remit en marche à son tour, et elle la suivit.

— Eli vient de Californie, et moi de Virginia. Nous

sommes des enfants adoptés. Mais Eli, lui, est arrivé chez papa tout bébé.

Si elle ne se trompait pas, leur père était Max Scalise, le shérif de la ville. Ni lui ni sa femme Sarah n'avaient assisté au repas mais, selon Megan, ils devaient passer les chercher dans la soirée.

— Et toi ?

— Je suis arrivée à l'âge de huit ans, après la mort de mes parents.

— Oh ! je suis désolée…

— J'ai eu de la chance, au contraire, de trouver Sarah et Max. Ensuite, ils ont eu Benny, et lui, c'est comme s'il était un mélange de nous quatre. Il est resté avec papa et maman, cet après-midi.

— Il s'appelle Ben, rectifia Eli qui se trouvait pourtant quelques mètres plus loin. Benny, c'est pour les bébés.

Megan lui fit les gros yeux.

— Ben n'a que quatre ans, cria-t-elle à son frère.

— Est-ce que vous avez des cousins ? demanda tranquillement Sydney, les yeux rivés au dos de Derek.

Il n'avait pas de gants ni de bonnet, mais il gardait les mains dans ses poches, ce qui était plutôt rassurant : ce n'était pas un surhomme insensible au froid.

— Tu veux dire du côté d'oncle Derek ? fit Megan.

Sydney acquiesça.

L'adolescente secoua alors la tête et baissa la voix.

— Il n'a même pas de petite amie, poursuivit-elle sur le ton de la confidence. Mamie dit que c'est parce qu'il en pince encore pour Renée, ajouta-t-elle en chuchotant le prénom. Ils étaient censés se marier, mais ça ne s'est pas fait.

Et tout à coup, Megan se baissa, fit une boule de neige qu'elle lança dans le dos de son frère. La boule explosa, et Eli se retourna immédiatement, ramassant lui aussi ses munitions.

Sydney devrait ravaler sa curiosité concernant la relation malheureuse de Derek avec sa fiancée ! Ce qui était d'actualité, c'était de se mettre hors de portée des missiles que les deux adolescents s'envoyaient !

Comme il était difficile de les éviter, elle se joignit finalement à la bataille. Sans le faire exprès, elle en envoya une à Derek. En plein sur la joue !

Elle ne put s'empêcher de rire, avant de s'arrêter aussitôt. Il se retournait lentement vers elle.

— Navrée, lui dit-elle. Je visais Eli.

Il releva un sourcil sceptique, tout en regardant l'endroit où se trouvait son neveu. Eli se trouvait à près de quatre mètres de lui !

— Vraiment ?

A cet instant, Megan glissa une boule de neige dans la main de Sydney. La jeune fille en cachait une deuxième dans son dos.

— A l'attaque ! dit-elle en désignant son oncle. Oncle Derek prétend qu'il ne perd jamais.

L'intéressé se mit à rire.

— Meggie, ma chérie, tu ferais mieux d'apprendre à ta partenaire à mieux viser. Et la prévenir que je n'aime pas perdre.

— Si tu es à deux mètres de ta cible, prends ton élan pour atteindre les deux mètres, c'est simple, lui dit alors Megan.

Ce n'était pas le pire conseil qu'on lui avait prodigué. Et alors que Derek riait toujours, elle lui envoya sa boule de neige.

Raté ! Il s'était baissé à la dernière minute. Mais la boule de Megan s'écrasa droit sur son torse, et Sydney éclata de rire.

Alors l'adolescente glissa sa main dans la sienne.

— Bravo, c'était bien ! s'écria-t-elle. Mais maintenant, il ne nous reste plus qu'à… courir !

Et elle s'élança vers la maison, l'entraînant dans son sillage.

Elles étaient toutes les deux complètement essoufflées, quand elles atteignirent la maison, pour s'effondrer contre la balustrade. Eli et Derek arrivèrent quelques instants plus tard. Ils n'avaient plus de munitions.

— Tu n'es qu'une poule mouillée, décréta l'adolescent à l'attention de sa sœur.

Il lui pinça le bras pour la taquiner, et elle s'élança à sa poursuite en riant. Sydney et Derek se retrouvèrent seuls pour la première fois, ce jour-là.

Etait-il toujours épris de Renée ?

Elle croisa les bras, s'efforçant de s'arracher à des réflexions de ce genre.

— Merci pour la visite, dit-elle poliment. Tu fais un guide parfait.

Elle vit le coin de ses lèvres bouger, sans comprendre si elle devait y voir de l'amusement ou autre chose.

— J'ai grandi ici, dit-il.

— Je sais, mais ça n'empêche pas, merci encore…, renchérit-elle, avant d'ajouter, poussée par un élan audacieux : D'autant que l'on t'a un peu forcé la main, à ce que j'ai cru comprendre.

Il soupira légèrement.

— En général, on ne me force pas la main, dit-il. Je…

— Un petit café ? lança sa mère, apparue sur le seuil de la maison.

Elle reconnut à peine Jaimie dans le halo de lumière qui l'entourait et qui illuminait sa chevelure auburn.

Sans qu'elle comprenne pourquoi, elle sentit sa gorge se serrer.

— Non merci, dit-elle, il faut que je rentre avant la nuit.

En réalité, elle n'avait pas complètement confiance en sa vieille voiture.

— Derek, pourquoi est-ce que tu ne raccompagnerais pas Sydney chez elle ? proposa Jaimie. Elle a raison de s'inquiéter pour l'état des routes. Quand la nuit tombe, on n'y voit plus rien par ici. Il n'y a pas d'éclairage public jusqu'à son chalet.

— Non, ce n'est pas la peine, protesta-t-elle. Ça ira, d'autant que j'ai besoin de ma voiture, demain, pour aller à la boutique de Tara.

— Je vais te suivre, décréta brusquement Derek.

— Parfait ! approuva Jaimie. Comme cela, tu auras le temps de prendre un dernier café, Sydney.

Visiblement satisfaite, la mère de Derek disparut dans la maison.

— Il n'est pas nécessaire que tu me raccompagnes, dit-elle en se tournant vers lui.

— Il est inutile de discuter avec Jaimie.

— Dans ce cas, tu n'as qu'à faire semblant de me suivre, en partant d'ici, et ensuite bifurquer. Je ne suis pas idiote, j'ai trouvé comment venir jusqu'ici, je saurai comment rentrer.

Il haussa les épaules.

— N'en fais pas tout un plat, mon chou. Ton chalet se trouve sur ma route.

— Oh ! fit-elle.

Et elle se fit l'effet d'un ballon en train de se dégonfler.

— Oh ! répondit-il en écho, d'un ton moqueur.

Il retira alors la main de sa poche et lui glissa dans le cou une boule de neige qu'il y avait cachée…

Elle poussa un petit cri et recula vivement, en se secouant pour chasser la neige. Mais tout ce qu'elle réussit à faire, ce fut d'en mettre encore un peu plus dans son manteau.

— Je t'avais prévenue, mon chou, je déteste perdre, lui dit-il, un sourire aux lèvres.

- 4 -

— Quel homme impossible !

Le lendemain matin, Sydney continuait à maudire Derek Clay.

Elle avait eu beau fournir tous les efforts possibles, le vieux poêle avait fait de la résistance et la pensée de passer une nouvelle journée sans chauffage lui était aussi peu agréable que celle de retourner en Géorgie, où tout le monde semblait estimer que c'était sa place.

Il était inutile qu'elle rappelle la société de dépannage qu'elle avait contactée deux jours plus tôt. Elle lui avait finalement envoyé un gamin, deux heures après le départ de Derek, qui en connaissait aussi peu qu'elle sur le sujet. Il lui avait avoué n'avoir eu son travail que parce que le quatrième mari de sa mère se trouvait être aussi le propriétaire de ladite société.

Il lui restait deux options possibles.

Appeler le numéro que Jake lui avait laissé, en l'occurrence celui de Double-C, ou bien trouver un moyen de s'en sortir par elle-même. Et elle préférait encore cette dernière solution.

Elle avait une cheminée, non ?

Voilà pourquoi elle respirait à présent un air si froid qu'il lui brûlait les poumons, une hache au long manche à la main. Outre le froid, elle sentait une ampoule qui lui brûlait la paume, tandis qu'elle fixait la bûche en équilibre sur une vieille souche.

En théorie, elle savait comment fendre du bois.

Mais l'expérience s'était révélée plus ardue qu'elle ne l'aurait cru. Elle avait deux heures devant elle avant de se rendre en ville, à la boutique de Tara et le temps passait à une allure folle, dans sa lutte contre les bûches.

Il y avait une énorme pile de bois dans l'appentis, derrière le chalet, manifestement destinée à servir, une fois que les bûches déjà fendues seraient consumées.

Or c'était précisément le cas.

Et les grosses bûches de la pile ne rentraient pas telles quelles dans la cheminée, elle avait déjà essayé. Ce qui la contraignait à tenter pathétiquement de les fendre en deux.

Elle rejeta la tête en arrière et contempla le ciel bleu pâle. Le soleil était levé depuis une heure environ. Elle prit une profonde inspiration, puis expira bruyamment, ce qui forma un nuage de vapeur autour de son visage.

— Pourquoi est-ce que tu es venu habiter ici, Jake ? demanda-t-elle à voix haute.

Mais il n'y avait personne pour lui répondre.

En fait, son frère était venu dans le Wyoming parce qu'il était tombé amoureux. Et elle, elle se retrouvait ici par la faute du désamour. Encore qu'elle n'avait jamais vraiment été amoureuse d'Antoine. Ni de Jonathan avant lui. Et pas davantage de Bennett.

Elle ferma les yeux et secoua la tête.

Elle en avait fini avec Antoine et ses semblables. Elle ne voulait plus rencontrer d'hommes qui ressemblaient à son père. D'ailleurs, le mieux était de ne plus en rencontrer du tout. Pendant une très très longue période.

Aussi pourquoi n'arrivait-elle pas à se sortir Derek Clay de la tête ?

— Nouveau départ, murmura-t-elle, en fixant de

nouveau l'épaisse bûche qui lui résistait pour la troisième fois. Nouveau…

Elle leva la hache par-dessus son épaule.

— … départ.

Et elle laissa retomber l'outil, pour n'enfoncer la lame que de deux centimètres et demi dans le bois.

L'impact se fit pourtant ressentir jusque dans ses épaules. Elle lâcha le manche, la main en feu, et l'outil resta planté dans la bûche qui, de son côté, ne paraissait pas du tout sur le point de céder.

Ses paumes la cuisaient, et elle poussa un long soupir de dépit.

Elle pourrait peut-être acheter un stock de bûchettes, en ville, de quoi tenir un jour ou deux. Elle savait qu'il y avait une quincaillerie à Weaver, et même si elle n'avait jamais mis les pieds dans un magasin de ce genre, elle supposait qu'on devait y trouver du bois de chauffage. Elle s'y rendrait quand elle sortirait de Classic Charms.

Elle devrait ensuite prendre une décision concernant le poêle. Jake ne lui en voudrait sans doute pas si elle le remplaçait. Elle pourrait d'ailleurs l'appeler en Californie, pour qu'il la conseille.

Non, pas de conseils, se ravisa-t-elle. Elle n'en voulait plus… de la part de qui que ce soit. Elle voulait… devait… mener sa vie toute seule.

Abandonnant la hache fichée dans la bûche fatidique, elle prit les misérables morceaux de bois qu'elle était parvenue à fendre et les transporta à l'intérieur du chalet.

Le feu dans la cheminée était sur le point de s'éteindre, et elle se demanda s'il était raisonnable de le ranimer maintenant, ou bien d'économiser son bois pour plus tard. Finalement, elle céda aux exigences du confort : elle devait encore se doucher et elle n'avait aucune envie de s'habiller dans le froid. Les flammes pétillèrent de nouveau dans le foyer et une fois qu'elles léchèrent avec avidité les bûches toutes fraîches, elle remit en place l'écran de cheminée et ôta son manteau en cachemire.

Des copeaux de bois étaient attachés au tissu, sur le devant, mais elle était trop fatiguée pour les enlever. Elle jeta son manteau sur un accoudoir du canapé, puis s'assit pour retirer ses bottes. Elle devait absolument s'acheter des chaussures plus appropriées pour la neige. Ses orteils étaient gelés, et il lui fallut plusieurs minutes pour les réchauffer devant les flammes.

Puis, comme elle n'avait pas le choix, elle quitta le nid douillet que représentait maintenant le salon, pour regagner la salle de bains, laissant toutes les portes ouvertes afin que la chaleur circule. Par chance, dans la salle de bains, l'eau était très chaude, et semblait inépuisable. Elle la fit couler pour créer une vapeur bien chaude et se déshabiller sans grelotter.

Elle se doucha longuement, au point que la peau de ses orteils était un peu fripée quand elle se sécha et les recouvrit d'une double paire de chaussettes. Elle enfila ensuite un pantalon gris charbon, un pull en cachemire noir à col roulé et une veste de style safari qu'elle avait achetée en Afrique, quelques années plus tôt.

Ses ampoules lui faisaient mal, mais elle n'avait pas de pansement. Elle devait impérativement faire des courses après le travail. Des bottes, du bois, des pansements… Cela commençait à faire beaucoup.

Elle prit un petit déjeuner composé de toasts et d'une tisane. Le feu continuait à diffuser une chaleur agréable. Comme l'écran de cheminée était solide, elle pouvait tout à fait s'en aller, sans craindre qu'une bûche ne roule hors du foyer.

Pour la première fois depuis deux jours, elle sortit son téléphone portable pour vérifier si on lui avait laissé des messages. Aucun d'Antoine, mais à dire vrai, elle n'en attendait pas vraiment. Il avait été tout à fait clair, lorsqu'il avait déclaré que son avenir ne l'intéressait pas. Personne d'autre n'avait cherché à la joindre d'ailleurs, et certainement pas Derek Clay.

— Tu t'attendais à autre chose ? se questionna-t-elle à haute voix.

Poussant un léger soupir, elle glissa son téléphone dans son sac, d'où elle sortit ses clés de voiture, prête à affronter le froid. Elle brossa les copeaux de bois accrochés à son manteau et se dirigea vers la remise, où était garé le cabriolet. Incapable de porter des gants à cause de ses ampoules, elle glissa les mains dans ses poches.

Vingt minutes plus tard, elle était toujours assise dans sa voiture : le moteur ne voulait pas démarrer ! Inutile de s'acharner davantage. Mieux valait renoncer.

Dire que jusque-là, la journée promettait d'être belle. Mais à présent, la perspective s'était inversée. Elle ne pourrait pas aller travailler, ni faire de courses après le travail. Des larmes se mirent à lui piquer les yeux.

Franchement, qu'est-ce qu'elle faisait là ?

Mais elle ne devait pas pleurer maintenant ! Pas à cause d'une voiture capricieuse. Ce serait avouer qu'elle n'arrivait à rien.

Détachant sa ceinture, elle sortit du véhicule. Elle souleva le capot, fixa les mystères du moteur, puis admit très vite qu'elle en connaissait aussi peu en mécanique qu'en chauffage. D'habitude, elle se contentait de mettre de l'essence, et c'était son mécanicien qui s'occupait de tout le reste.

Ignorant la nausée qui l'envahissait, elle essaya de garder l'esprit pratique. Il fallait qu'elle appelle Tara pour lui annoncer qu'elle ne pourrait pas venir. Fâcheux ou non, c'était la stricte vérité.

Elle grimaça en refermant le capot.

Mais elle n'était pas au bout de ses peines : en sortant de la remise, elle découvrit le pick-up tout crotté de Derek Clay, qui avançait dans sa direction.

Sa tension monta de plusieurs crans.

La veille au soir, déjà, il l'avait raccompagnée. Quand elle avait tourné pour prendre l'allée qui menait au bungalow, il lui avait fait un appel de phares, puis il avait poursuivi son chemin. Elle en avait ressenti un soulagement presque pathétique, redoutant tellement qu'il s'arrête. Il avait le don de l'agacer et de l'embarrasser, et elle ne savait pas sur quel pied danser avec lui.

Maintenant, le menton dans son col, elle attendait qu'il arrive à sa hauteur. Il se gara tout près d'elle, baissa la vitre et la dévisagea de son regard inquisiteur.

— Tu ne devrais pas être à la boutique de Tara ?

Immédiatement, elle releva le menton. Elle n'avait pas pleuré en public depuis des années, et ce n'était tout de même pas devant lui qu'elle allait s'effondrer.

— Je te donne cinquante dollars si tu m'emmènes en ville, lui dit-elle d'un ton impassible. Tu pourras d'ailleurs peut-être en profiter pour t'acheter un rasoir.

Il releva un sourcil et désigna la remise du menton. La porte était encore grande ouverte, laissant voir le cabriolet à l'intérieur.

— Un problème de voiture ?

— C'est oui ou c'est non ? demanda-t-elle.

Elle le vit tapoter son volant avec son pouce.

— Entendu, dit-il au bout de quelques secondes. Cinquante dollars, ça ne se refuse pas.

Derek la regarda retourner vers la remise pour en refermer la porte. Elle se déplaçait avec une grâce innée et d'un bon pas. En un rien de temps, elle fut de retour, secouant la tête pour chasser de ses yeux les mèches brunes qui lui barraient la vue.

Il resserra les mains sur le volant. La veille, après leur petite bataille de boules de neige, il avait compris qu'il était plus prudent pour lui de ne pas poser les mains sur Sydney.

L'explication en était simple. Il ne voulait surtout pas se retrouver, à cause d'elle, dans une situation embarrassante vis-à-vis de sa famille. Aussi devait-il impérativement cesser de se demander comment elle était au lit.

De l'air frais entra dans le pick-up quand elle s'y engouffra. Sans le regarder, elle referma la portière et attacha sa ceinture de sécurité.

— Est-ce que le vent s'arrête quelquefois de souffler, par ici ? questionna-t-elle sur un ton vaguement impertinent.

Il passa la marche arrière et remonta l'allée.

— Pas très souvent, dit-il.

De son point de vue à lui, c'était un avantage, dans la mesure où sa société était spécialisée dans le développement de systèmes d'énergie alternative.

— Qu'est-ce qu'elle a, ta voiture ?

Elle ne le regardait toujours pas, se contentant de lui offrir un profil sexy en diable et de fixer le pare-brise.

— Elle est comme moi, elle n'apprécie pas trop le froid.

— Dans ces conditions, pourquoi ne rentrez-vous pas toutes les deux en Géorgie ?

— Je ne suis pas à ma place, ici, c'est ça que tu insinues ?

Il s'engagea sur la nationale déserte.

— C'est toi qui te plains, moi, je n'ai rien dit.

— Mais tu le penses si fort !

Elle croisa les bras et lui parut soudain extrêmement vulnérable.

Comment était-il possible que cette femme snob, respirant le luxe, lui semble soudain fragile ? Un flot de jurons lui traversa la tête. Il ne voulait surtout pas gérer la faiblesse de Sydney Forrest.

— J.D. a grandi ici, dit-il brusquement. Et Jake est venu s'installer dans la région parce qu'ils ont décidé de faire leur vie ensemble.

Il doubla prudemment un chasse-neige qui avançait à la vitesse d'un escargot.

— Que tu viennes lui rendre visite, je comprends, c'est ton frère, ça me semble logique, continua-t-il. Mais t'installer ici, dans ce chalet perdu ? ! De toute façon, même si tu retrouves la raison et que tu déniches une habitation plus confortable que cette cabane, le Wyoming restera une région peu conviviale. Elle te broiera, si tu n'es pas préparée à l'affronter.

Relevant le menton, elle lui adressa un regard en biais.

— Je suppose que tu ne fais pas partie du comité qui accueille les nouveaux venus, à Weaver ?

Il s'abstint de rire ou même de sourire, et elle en fut visiblement dépitée.

— Ma tante aussi vit ici, lui rappela-t-elle. En fait, j'ai plus de famille dans le Wyoming que n'importe où ailleurs. Charlotte est très souvent en déplacement pour Forco, si bien qu'elle séjourne rarement en Géorgie. Et toi, à part ta famille, qu'est-ce que Weaver a à t'offrir ?

— C'est différent, trancha-t-il.

— En quoi ?

— Parce que, pour commencer, je travaille ici. Je suis né et j'ai grandi dans le Wyoming, répondit-il. Et j'ai vu beaucoup de gens venir s'y installer et presque autant en repartir.

— Vraiment ? fit-elle d'un ton agacé.

Il ne savait pas pourquoi il insistait, mais il n'arrivait pas à renoncer au sujet.

— Epargne-toi les déconvenues et repars tout de suite ! Il n'y a pas de honte à cela. La vie d'ici ne convient pas à tout le monde. Tu es habituée à…

— A quoi ? l'interrompit-elle, franchement énervée.

— A un environnement plus raffiné.

— Parce que je suis snob, selon toi. C'est bon, j'ai compris.

Il soupira et ralentit, car ils arrivaient aux abords de la ville.

— Je suis désolé si je t'ai traitée de snob. Je n'aurais pas dû, mais… tu m'as pris à rebrousse-poil.

— Dans ces conditions, on est deux, observa-t-elle. Toi non plus, on ne peut pas dire que tu m'aies caressée dans le bon sens !

— Dommage que toutes ces caresses ne nous aient pas procuré de plaisir, marmonna-t-il.

Elle ouvrit grands les yeux.

— Pardon ?

— Il devrait y avoir une loi pour empêcher ce genre de choses.

Elle continuait à le fixer, l'air perplexe.

Il s'arrêta à l'un des rares feux de Weaver.

— Je plaisante, d'accord ? dit-il alors, même si ce n'était qu'à moitié vrai. Est-ce que tu possèdes le sens de l'humour, derrière ton joli front ?

— En général, quand c'est drôle, je ris, répondit-elle sur un ton pince-sans-rire. La boutique de Tara est encore loin ?

— Juste en bas de la rue.

Elle plongea alors la main dans son sac, en sortit un billet de cinquante dollars, qu'elle mit sur le tableau de bord. Puis elle posa la main sur la portière.

— Attends ! dit-il.

Et il lui saisit la main avant qu'elle ne détache sa ceinture de sécurité. Et comme elle se dégagea en grimaçant, il lui reprit la main.

— Attends, répéta-t-il d'un ton adouci.

Et il tourna sa paume vers lui.

— Le feu est vert, annonça-t-elle en pliant les doigts.

Il s'aperçut alors que ses ongles étaient courts et non laqués. Voilà qui était étonnant.

— Qu'est-ce que tu t'es fait à la main ? demanda-t-il.

— Rien.

— Sydney, laisse-moi voir.

Elle poussa un soupir de frustration et ouvrit la main.

Plusieurs ampoules lui abîmaient l'intérieur de la paume. Il ne put retenir un juron.

— Comment est-ce que tu t'es fait ça, bon sang ?

Elle avait de nouveau refermé le poing, comme si cela allait suffire pour qu'il oublie ce qu'il venait de voir.

— Cela ne te regarde pas.

La ceinture de sécurité fit un bruit sec en se rembobinant, et elle reposa la main sur la poignée.

— Si ! J'ai décidé que ça me regardait ! s'écria-t-il.

Elle lui lança un regard aussi bleu qu'abasourdi.

— Pourquoi ?

Il n'en savait rien, mais c'était comme ça !

Encore que s'il était honnête avec lui-même, il savait bien pourquoi. C'était à cause de cette vulnérabilité qu'il avait devinée en elle.

— Parce que ton frère et ta tante ne sont pas à Weaver, dit-il d'un ton qui sonnait faux à ses propres oreilles. Quelqu'un doit veiller sur toi.

— Un cousin par alliance, par exemple ? répliqua-t-elle d'un ton sarcastique. Merci, mais je me passerai de tes services.

Sur ces mots, elle ouvrit la portière et descendit de voiture.

— Comment est-ce que tu vas rentrer, ce soir ? lança-t-il avant qu'elle ne ferme la porte.

— Plutôt rentrer à pied que de te demander un nouveau service, répliqua-t-elle.

Et sur ces mots, elle fit claquer la portière, et s'éloigna.

Mais elle manqua soudain de glisser et ne se rattrapa qu'in extremis. Ayant retrouvé son équilibre, elle avança d'un pas assuré sur le trottoir. Il ouvrit la vitre et se mit à rouler au pas, près d'elle.

— Quand tu auras retrouvé la raison, achète-toi au moins des après-skis, lança-t-il. Et demande à Tara de te raccompagner chez toi, ce soir.

Elle venait de traverser pour atteindre la rue latérale où se trouvait la boutique, quand il ajouta :

— Et si elle ne peut pas, qu'elle appelle quelqu'un d'autre.

Lui-même s'en serait chargé, s'il n'avait dû passer la journée à Casper, pour affaires.

— Et puis n'oublie pas de t'acheter des pansements, pour tes mains ! Il ne faudrait pas que les ampoules s'infectent.

Une fois sur l'autre trottoir, elle s'arrêta et se retourna pour lui faire face, mains sur les hanches. Même dans cet épais manteau en cachemire, son corps était d'une finesse ! Il cessa de rouler, heureux qu'il n'y ait pas de circulation.

— Arrête de me parler comme à une demeurée ! le prévint-elle. Je suis parfaitement capable de prendre soin de moi !

Et son manteau tournoya, quand elle pivota pour continuer son chemin. Encore une fois, il la rattrapa avec sa voiture.

— Je pensais que tu allais à la boutique de Tara, dit-il.

— Mais bien sûr que j'y vais !

— Dans ce cas, pourquoi est-ce que tu prends ce chemin ? Pour une raison particulière ?

— Quoi ?

— La boutique est là-bas, dit-il en désignant une vitrine, un peu plus haut. Et n'oublie pas les pansements !

Elle lui jeta un regard noir, et il la regarda disparaître dans la boutique, les yeux rivés à son rétroviseur… Il fut brusquement arraché à ses pensées par une voiture de police qui vint se garer derrière lui et klaxonna. D'un air absent, il leva la main pour saluer le policier, soulagé de constater qu'il ne s'agissait pas de Max, son beau-frère. Il n'était pas en état de faire la causette.

Sydney ne savait pas très bien comment elle allait sortir Derek Clay de ses pensées, quand elle pénétra dans la boutique de Tara.

Mais l'endroit se révéla magique, et elle en oublia ce désagréable personnage. La boutique était un véritable bonheur pour l'œil, avec ses assemblages hétéroclites et originaux. Près de la fenêtre, un arbre de Noël y était décoré de lingerie délicate et de chocolats enrubannés. Un immense ours en peluche était juché sur une selle de cheval en cuir, à l'intérieur d'une vieille cabine téléphonique, et l'on n'aurait su compter les casiers d'où pendaient des vêtements. Il y avait aussi des tableaux suspendus aux murs et des meubles qui invitaient les clients à entrer et s'asseoir.

L'effet était exquis et, à quelques exceptions près, tous les objets exposés étaient à vendre.

Si elle s'était fait du souci quant à ses capacités et aux attentes de Tara, elle se rendit bien vite compte que ç'avait été inutile. Cette dernière était d'une grande patience, et ne se départissait jamais de son sourire, même quand les clients affluaient. Ce fut uniquement après le déjeuner — livré par Tabby qui travaillait chez le traiteur voisin — que Tara s'autorisa enfin à s'asseoir et à surélever ses pieds.

— Assieds-toi, toi aussi, lui dit-elle en lui désignant une chaise, à côté de la sienne. Il y a souvent un répit à cette heure-ci, alors il faut en profiter, parce que, ensuite, ça repart de plus belle.

Après avoir assisté à d'innombrables réceptions mondaines avec Antoine, où se côtoyaient artistes et collectionneurs, Sydney était habituée à rester de longues heures debout. Et elle avait très envie d'admirer de plus près les bijoux que vendait Tara. Docile, elle s'assit néanmoins auprès de sa nouvelle employeuse.

Tara avait les mains croisées sur le ventre. On aurait dit qu'il avait doublé de volume depuis la veille, ce qui était bien évidemment impossible. Mais elle n'arrivait pas à en détacher les yeux.

— Ça va ? lui demanda Tara à brûle-pourpoint. Je ne t'ai pas trop rasée avec toutes les informations que je t'ai données ?

— Mais pas du tout ! Au contraire, c'est fascinant.

Tara s'esclaffa.

— Il fut un temps où je ne vivais que pour la boutique, dit-elle en se caressant doucement le ventre, son éternel sourire aux lèvres. Et puis j'ai rencontré Axel… Et il y a eu les enfants.

De toute évidence, le sourire qu'elle affichait était authentique, c'était celui d'une femme réellement comblée.

— Quand est-ce que tu dois accoucher ?

— Fin mars, dit-elle en coinçant une mèche brune

derrière son oreille. A propos, nous n'avons pas encore abordé la question du salaire. Quelles sont tes attentes ?

Soudain gênée, Sydney déglutit avec difficulté.

— Tara, je n'ai pas besoin de salaire…

Elle ne voulait pas revenir sur des évidences : Tara connaissait Jake, et la fortune des Forrest.

— Je refuse que tu travailles ici quatre jours par semaine sans être rémunérée. Evidemment, ton salaire sera peu de chose, comparé aux standards des Forrest, mais j'y tiens. Tu gagnais combien, dans les postes que tu as occupés précédemment ?

— Je n'ai jamais eu d'emplois rémunérés, Tara.

Embarrassée, elle se leva et se dirigea vers le comptoir qui était d'un bel acajou, aussi lisse que du verre, mais bien plus chaud.

— On dirait un bar dans un film de John Wayne, observa-t-elle.

— Cela vient bien d'un bar, effectivement, mais je ne pense pas que John Wayne ait posé les coudes dessus, répondit Tara. Alors, dis-moi, quelle sorte de travail as-tu fait, avant de venir ici ?

Tara ne lâcherait pas le sujet. Elle rajusta le pansement que celle-ci lui avait donné.

— Je m'occupais de chevaux de course et d'art… Je t'ai dit que je n'avais pas de qualifications, en matière de vente. Mais en vérité, je n'ai jamais été payée pour un travail quelconque…

Même si Antoine prétendait l'avoir largement dédommagée pour les « services » qu'elle lui avait rendus. Elle se sentit amère, puis nauséeuse. Pourvu que ce sentiment disparaisse au plus vite !

Tara se redressa.

— Je pense que tu ne te fais pas assez confiance, décréta-t-elle. Parle-moi des chevaux de course. Je sais que ta famille en possède beaucoup. C'est d'ailleurs grâce aux chevaux que Jake et J.D. se sont connus, il me semble.

Elle hocha la tête.

— C'est exact. Ils se sont rencontrés à Forrest's Crossing. J.D. a commencé comme palefrenier, puis elle a été entraîneuse, avant de revenir dans le Wyoming où Jake s'est finalement résolu à la suivre.

Son frère et sa belle-sœur avaient construit un haras près de Weaver, qu'ils avaient baptisé Crossing West. Il y avait aussi un refuge pour chevaux blessés.

— J'ai trouvé quelques chevaux pour Forrest's Crossing, mais c'est toujours Jake qui a négocié les contrats de vente, continua-t-elle. Je fais partie du conseil d'administration de Forco mais, en réalité, je ne fais rien d'autre que de hocher la tête comme on l'attend de moi, aux réunions. Quant à mon diplôme en histoire de l'art, il m'a surtout permis de présider quelques ventes aux enchères de charité.

— Cela m'a pourtant l'air d'une vie bien remplie, même si tu n'en as pas l'air très convaincue !

— Il faut vivre cette vie de près, pour comprendre ma réserve, répondit-elle.

Tara lui adressa un beau sourire.

— En tout cas, je suis heureuse de t'avoir, car je sais que tu es prête à t'impliquer. J'avais tellement peur de devoir fermer la boutique, après la naissance de ce petit-là, dit-elle en touchant son ventre. Mais maintenant que tu es ici…

Sydney pensa soudain à Derek, tout comme au « détail » important que Tara ignorait.

Elle l'informerait quand elle se sentirait prête.

Elle toucha le pansement, sur sa paume.

— Derek pense que… que je ferais mieux de rentrer en Géorgie, articula-t-elle.

— Et tu te préoccupes de ce qu'il te dit ? Tiens, tiens, c'est intéressant, ça…

— Non, pas du tout ! protesta Sydney.

Et elle se pencha sur les bijoux. Certains étaient vraiment magnifiques… mais tout magnifiques qu'ils soient, ils ne parvenaient pas à chasser Derek de ses pensées !

— Je disais juste cela en passant, ajouta-t-elle bien vite.

— Tu sais, on a bien vu, hier, qu'il y avait anguille sous roche. Le pauvre Derek te buvait des yeux.

A ces mots, elle se redressa.

— Le « pauvre » Derek ? Mais c'est l'homme le plus irritant que j'aie jamais rencontré, oui !

— C'est drôle, c'est exactement ce que je pensais d'Axel, au début. Et maintenant, tu vois où l'on en est…

Sydney s'efforça de lui rendre son sourire.

Sans doute Tara aurait-elle été moins encline à supposer l'éventualité d'une idylle entre son cousin et sa nouvelle employée si elle avait su qu'elle n'était pas la seule femme enceinte, dans la pièce !

- 5 -

C'était la femme la plus contrariante que Derek ait jamais rencontrée.

Et pourtant, il n'était pas parvenu à sortir Sydney Forrest de ses pensées depuis ce matin.

La question le taraudait encore dans la soirée, alors qu'il rentrait chez lui après sa journée de travail. Le soleil était déjà couché depuis longtemps.

Sa journée à la boutique avait-elle été difficile ?

Il resserra ses doigts autour du volant, en passant devant Collbys Bar. Peut-être qu'en s'y arrêtant pour boire une bonne bière et faire une partie de billard, il parviendrait à chasser la belle Sydney de ses pensées. Il pouvait aussi appeler son cousin Casey, histoire de voir s'il était de retour en ville. Casey était toujours partant pour sortir.

Finalement, il poursuivit sa route, laissant les lumières de la ville derrière lui et fonçant dans la nuit, sur la nationale déserte.

Ce matin, il s'était arrêté chez elle pour vérifier que son poêle marchait toujours. Mais il n'avait pas pensé qu'elle serait encore là. Il possédait en effet un double des clés de toutes les propriétés de Jake, depuis que celui-ci l'avait chargé d'installer le système de chauffage à Crossing West. Mais c'était sans compter sur la défection du vieux cabriolet de Sydney…

Ce soir, c'était Tara qui l'avait reconduite chez elle,

ainsi qu'Axel le lui avait appris, quand il lui avait téléphoné au sujet d'un projet de piscine pour le Collbys. Mais Axel n'avait pas été dupe de la véritable raison de son appel, et il avait éclaté de rire quand Derek lui avait parlé de la piscine.

Il n'y avait pas à dire, son cousin avait un sens bien particulier de l'humour…

Au fond, il essayait juste de tenir la promesse faite à Jake, à savoir s'assurer, en son absence, que tout fonctionnait sur ses propriétés. Et cela incluait Sydney, d'une certaine façon.

Il était satisfait de la logique de son raisonnement. Ce qui l'amusait moins, c'était que cela lui cassait les pieds. Ou plus exactement qu'*elle* lui cassait les pieds.

Tout à coup, il freina et fit demi-tour pour revenir vers le chemin qui menait à son chalet. De loin, les lumières en étaient visibles. A dire vrai, elle était coincée chez elle, puisque sa voiture ne marchait pas. Et clairement, elle détestait demander de l'aide. Elle préférait payer, comme en témoignait le billet de cinquante dollars qu'elle avait posé sur son tableau de bord, ce matin. Et qui y était encore, d'ailleurs.

Il se gara devant le chalet.

Un mince filet de fumée s'échappait de la cheminée. Heureusement qu'il avait eu le temps de faire ramoner le conduit, quand Jake lui avait appris que sa sœur allait venir s'installer au chalet !

Lorsqu'il lui avait demandé pourquoi sa sœur préférait loger au chalet, alors que celui-ci n'avait pas été occupé depuis un bon bout de temps, Jake avait poussé un soupir d'impuissance.

— Je ne sais pas si je la comprendrai un jour, avait-il dit.

Mais tous deux s'étaient dépêchés de rendre l'endroit habitable.

Se décidant enfin, il descendit du pick-up et alla frapper à la porte. Il entendait de la musique country en arrière-fond, ce qui le surprit légèrement, dans la mesure où il l'aurait davantage imaginée en train d'écouter du classique. Malgré cela, il ne détectait aucun mouvement, à l'intérieur. De nouveau, il frappa, et comme personne ne lui répondit, il retourna à son pick-up, pour y prendre une lampe de poche, et se dirigea vers la remise. La voiture de Sydney était toujours là.

Refermant aussitôt la porte, il revint vers le chalet. Sur le chemin du retour, il découvrit, dans le rai de lumière de sa lampe torche, de grosses bûches tombées de la belle pile qu'il avait lui-même attachée. La caisse où se trouvaient celles qu'il avait fendues avant son arrivée était vide, ce qui voulait dire qu'elle avait consommé une grande quantité de bois depuis son arrivée. Et que le poêle avait vraisemblablement refait des siennes.

Il cogna un peu plus fort à la porte.

— Sydney, c'est moi, Derek ! Ouvre.

Il n'obtint toujours pas de réponse.

Il sentit à la fois de l'irritation et de l'inquiétude monter en lui. Il tourna la poignée… Il n'aurait même pas à utiliser le double des clés, puisque la porte n'était pas fermée. Se demandant s'il n'allait pas recevoir quelque chose sur la tête, il entra prudemment dans le chalet.

Il parcourut du regard les tableaux modernes accrochés au-dessus du canapé. Ils avaient toujours l'air aussi incongrus, dans cet endroit. Sur la table basse, il y avait un bol de céréales à moitié vide. La musique provenait d'un vieil appareil de radio, posé sur un téléviseur qui accusait lui aussi le passage des ans. Dans le foyer, le feu était en train de s'éteindre.

Il retira sa veste et constata qu'il manquait quelques degrés à la pièce pour qu'elle soit cosy. Il ne restait plus qu'une bûche dans la caisse à bois, et on aurait dit qu'elle avait été rongée par un castor.

Il la jeta sur les braises, ce qui raviva les flammes.

La porte qui menait à la chambre plongée dans l'obscurité était ouverte.

— Sydney ?

Il fit glisser le rai de sa lampe torche dans la chambre.

— Tout va bien ?

La couette était froissée sur le lit, mais celui-ci était vide. Donc, à moins qu'elle ne se cache dans un placard, elle ne pouvait être que dans la salle de bains.

— Sydney, appela-t-il de nouveau d'une voix plus forte. C'est Derek. Je suis venu vérifier le poêle.

A cet instant, la porte de la salle de bains s'ouvrit en grand, et Sydney en sortit, les cheveux mouillés, tirés en arrière. Elle mit spontanément la main devant ses yeux, pour se protéger de la lumière de sa lampe.

— Qu'est-ce que tu fais ici ?

Elle avait quasiment hurlé.

— Désolé, dit-il. Je ne voulais pas te faire peur.

Elle s'appuya contre le chambranle de la porte, et posa la main sur sa poitrine.

— Trop tard, dit-elle tout essoufflée. C'est une habitude chez toi, de pénétrer chez les autres par effraction ?

— Il n'y a pas eu effraction, mon chou, parce que ta porte n'était pas fermée à clé. Et soit dit en passant, il vaudrait mieux que tu la verrouilles. Weaver est une bourgade tranquille, mais tu n'es pas loin de la nationale et tu es une femme seule.

— Tu penses que le verrou t'aurait dissuadé d'entrer ?

— En l'occurrence, non, puisque j'ai un double de la clé.

Elle lui lança un regard noir.

— Tu veux que je te le donne ? demanda-t-il, mais

comme elle ne répondait pas, il enchaîna : Le poêle est encore tombé en panne ?

— La clé ! dit-elle d'un ton agacé.

Tournant les talons, il alla chercher l'objet incriminé dans son pick-up. Quand il rentra, elle était toujours dans la salle de bains. Il posa la clé près de son bol de céréales, puis il s'agenouilla devant le poêle.

La veilleuse était encore éteinte. Même s'il la rallumait, elle ne tiendrait pas longtemps. Il fallait changer cet appareil, mais tous ses techniciens étaient occupés, et pour plusieurs jours. Une seule solution : Millie ! Sa secrétaire était une perle, pour tout ce qui touchait aux emplois du temps et aux rendez-vous. Elle réarrangerait le puzzle et libérerait la plage de temps nécessaire au remplacement de l'appareil.

— Pourquoi est-ce que tu ne me laisses pas tranquille ?

Il se redressa et la regarda. Elle était d'une beauté saisissante, mais il ne put s'empêcher de noter qu'elle avait le teint un peu brouillé.

— Tout va bien ? demanda-t-il.

Elle hocha la tête — au moins, elle n'aurait pas prononcé de mensonge —, puis s'assit sur le canapé et s'enveloppa dans un plaid. Ce soir, elle portait un pull noir qui épousait étroitement ses formes. Combiné à son jean noir, il rehaussait sa pâleur.

— Tu as mangé, aujourd'hui ? s'enquit-il encore.

Elle désigna le bol de céréales.

— A part ça, bien sûr, ajouta-t-il.

— J'ai déjeuné avec Tara. Elle avait commandé quelque chose au restaurant où travaille Tabby.

— Chez Ruby ?

— Oui, c'est ça, dit-elle en remontant son plaid jusqu'au cou. De toute façon, je n'ai pas faim.

Il brandit alors le bol de céréales.

— Qui aurait faim, devant une nourriture pareille ? fit-il.

Elle détourna les yeux. Et soudain, elle rejeta le plaid, et se leva d'un bond du canapé. Quelques secondes plus tard, il entendit claquer la porte de la salle de bains et perçut le bruit de vomissements à travers la porte…

Poussant un juron, il s'empara du bol, versa son contenu à la poubelle, puis le lava et le mit à sécher sur l'évier. Il retourna alors dans la chambre et poussa la porte de la salle de bains.

— Sors d'ici ! s'exclama-t-elle immédiatement.

Mais cet ordre manquait de conviction. Elle était assise par terre, la tête contre la baignoire.

Sans l'écouter, il s'empara d'une serviette dont il mouilla un coin, avant de l'appliquer sur son front.

Elle ferma les paupières, et il vit des larmes rouler sur ses joues.

— Pourquoi est-ce que tu ne me laisses pas tranquille ? marmonna-t-elle, en frissonnant.

— Tu n'aurais pas de la fièvre, par hasard ? demanda-t-il.

Soulevant la serviette, il lui toucha le front… Il n'était pas particulièrement chaud mais, à dire vrai, il n'était pas expert en la matière. C'était ce que sa mère faisait, quand il était enfant, et il l'avait simplement imitée. Il lui reposa la serviette sur le front.

— Non, dit-elle d'une voix à peine audible.

— Cela fait combien de temps que tu es dans cet état ? Tu veux que j'appelle un médecin ? Il y en a deux dans la famille.

Elle pressa ses doigts sur les siens, et pendant quelques secondes, il perdit le fil de ses pensées…

Puis, comme si elle reprenait ses esprits, elle s'écarta brutalement de lui, et il laissa retomber son bras. Prenant appui sur le rebord de la baignoire, elle se redressa et s'aspergea le visage, avant de se rincer la bouche.

— Je n'ai pas besoin de docteur, décréta-t-elle. J'ai sans doute mangé quelque chose que je n'ai pas digéré, à midi.

Puis elle sortit de la salle de bains.

Il la suivit. C'était la première fois qu'il entendait dire que la nourriture de chez Ruby rendait malade. Et il n'était pas certain qu'elle n'ait pas besoin d'un médecin : il la vit s'affaler sur son lit, manifestement à bout de forces. Elle s'empressa de remonter la couette jusque sous son cou. Mais il était vrai que la température qui régnait dans le chalet n'arrangeait pas les choses.

Il alla chercher le plaid, sur le canapé, puis l'étendit sur elle.

— Tu aurais plus chaud si tu dormais sur le canapé, près du feu, lui dit-il.

— J'ai essayé, la nuit dernière, mais ce n'est pas confortable. On sent les ressorts.

Il s'assit sur le lit, et se heurta à ses jambes étroitement serrées et remontées sous la couette.

— Le poêle ne marchait donc pas non plus la nuit dernière, constata-t-il en soupirant. Pas étonnant que le stock de bois soit déjà épuisé. Sydney, pourquoi est-ce que tu ne l'as pas dit plus tôt ?

— Parce que je n'ai pas besoin de ton aide ! Je n'ai besoin de l'aide de personne, tu comprends, ça ? s'écria-t-elle, en lui tournant le dos. Je ne suis pas une incapable !

— A mon avis, c'est surtout toi que tu essaies de convaincre, avec tes paroles, répliqua-t-il. Je n'ai jamais dit une chose pareille.

— Peut-être, mais tu le penses. Avec tes « mon chou », à tout bout de champ… Tu es comme tous les autres !

— Quels autres ?

— Aucune importance !

Il s'attendait à ce qu'elle continue, mais elle se taisait obstinément. Au bout d'un moment, il finit par se lever. Son regard tomba sur la caisse à bois vide. Elle était là, l'explication : si Sydney avait des ampoules, c'était parce qu'elle avait fendu du bois et qu'elle avait eu beaucoup de mal à le faire. La bûche difforme qu'il avait jetée dans l'âtre, tout à l'heure, en témoignait.

Pour le moment, de belles flammes dansaient dans le foyer, mais cela ne durerait pas toute la nuit…

Sans plus tergiverser, il alla chercher ses gants dans son pick-up, et lorsqu'il eut trouvé à tâtons comment allumer la lumière extérieure, il entreprit de fendre suffisamment de bois pour que le feu tienne toute la nuit.

Il se représentait difficilement Sydney en train de manier la hache… Demain, il lui apporterait une scie électrique ou bien du bois déjà fendu. Ce qu'il aurait déjà fait si elle lui avait avoué que son poêle ne marchait toujours pas. Il s'en voulait de ne pas avoir anticipé le problème.

Au moins allait-il faire amende honorable en lui coupant un stock qu'il mettrait dans la caisse, près de la cheminée.

Une fois la tâche accomplie, il rentra, nourrit le feu de quelques nouvelles bûches, puis retira son manteau, avant de se laisser tomber sur le canapé. Il fit la grimace. Le divan n'était effectivement pas très confortable ! Elle ne plaisantait pas quand elle disait que les ressorts l'avaient empêchée de dormir. Il pensa au grand lit douillet qui l'attendait chez lui…

La tentation était grande, mais il ne pouvait tout de même pas la laisser toute seule, dans ce chalet mal chauffé, alors qu'elle était malade. Et il était évident qu'elle aurait préféré mourir plutôt que de venir chez lui, même si sa demeure à lui possédait quatre chambres et trois salles de bains. Il avait aussi une baignoire où l'on pouvait tenir à deux…

Il se déchaussa et s'allongea.

Elle aurait pu s'installer où elle le voulait, dans le meilleur hôtel de la région, ou dans une villa luxueuse. Mais non ! Elle avait choisi ce fichu chalet, pour se prouver à elle-même qu'elle pouvait vivre dans des conditions extrêmes.

Il ignorait quelles étaient les raisons qui la poussaient à agir ainsi, mais le choix de Sydney témoignait au moins d'une qualité : l'opiniâtreté.

Et cela leur faisait au moins un trait en commun.

De la chaleur.

Une chaleur merveilleuse et bienvenue…

Elle s'étira dans le lit et savoura la magnifique sensation jusqu'à ce qu'elle se remette bien vite en chien de fusil. La nausée venait de nouveau de l'assaillir. Incapable de la maîtriser, elle se leva précipitamment et courut vers la salle de bains…

— Ça ne s'est pas arrangé ?

Elle ferma les yeux bien fort, comme si ce simple geste avait pu le faire disparaître.

— Quelle heure est-il ? demanda-t-elle en rouvrant les paupières.

— 6 heures passées.

De mieux en mieux… Elle s'efforça de ne pas hurler.

— Tu as passé la nuit ici ?

— Il fallait bien que quelqu'un surveille le feu.

Elle entendit le robinet couler et rouvrit les yeux, juste à temps pour lui prendre la serviette des mains.

— Merci, ça va aller, lui dit-elle.

— Tu es d'une pâleur à faire peur, marmonna-t-il.

Il s'assit à côté d'elle, sur le bord de la baignoire. Il était pieds nus et portait un simple T-shirt blanc froissé, sur un jean. Ses cheveux étaient tout ébouriffés et sa barbe avait encore poussé.

Il était à croquer, cela dit. Mais il aurait alors fallu que son estomac soit plus coopératif.

Elle referma les yeux. Il était interdit de faire attention à lui. Elle resserra la main sur la serviette… et ses ampoules la rappelèrent à l'ordre.

— Tu as fendu du bois ? questionna-t-elle.

— Assez pour la nuit. Il en reste encore un peu, mais je vais en couper encore.

— Non, c'est inutile !

— Tu préfères geler sur place ?

— Je préfère m'en occuper moi-même ! C'est tout de même simple à comprendre !

Sur ces mots, elle voulut se lever, mais fut prise d'un léger vertige. Il posa immédiatement les mains sur ses hanches, pour l'empêcher de perdre l'équilibre. Elle s'immobilisa. Un peu plus et elle lui tombait directement sur les genoux, ou par terre, sur les fesses.

Au fond, elle n'aurait su dire ce qui aurait été le plus embarrassant. Mais elle n'eut pas le temps de méditer là-dessus, car son estomac la trahit de nouveau…

Quand elle releva la tête, elle se sentit terriblement humiliée. Il la maintenait toujours, et elle n'arrivait pas à le regarder. Tremblante, elle parvint à ouvrir le robinet et à s'asperger d'eau.

Au fond, c'était une façon comme une autre de cacher ses larmes, puisque, visiblement, il n'aurait pas la décence de la laisser seule !

— C'est pour quand ? demanda-t-il.

Elle se figea, les yeux rivés sur l'eau en train de couler.

— J'ai vu le guide, sur le canapé, précisa-t-il tranquillement.

Elle ferma le robinet avec lenteur. Puis elle se sécha le visage.

— C'est juste un livre, dit-elle d'une voix rauque.

— O.K. Tu vas me faire croire que tu n'es pas enceinte, c'est ça ?

Elle aurait voulu pouvoir lui mentir, mais le mensonge ne parvint pas à franchir ses lèvres. Sans répondre, elle raccrocha la serviette à la patère et sortit de la salle de bains. Elle avait les jambes en coton, mais dans un ultime effort, elle réussit à résister à la tentation du lit, quand elle passa devant. Elle put pénétrer avec un semblant de dignité dans le salon.

Le feu dansait joyeusement dans l'âtre. Les boots de Derek étaient près de la caisse à bois, qui contenait encore quelques bûches.

Elle sentit sa gorge se serrer. Décidément, il avait envahi tout son espace. La cuisine serait peut-être un refuge.

Le peu de vaisselle qu'elle avait laissé dans l'évier avait été lavé. La cafetière étincelait, alors que quelques jours plus tôt, elle l'avait aperçue, toute poussiéreuse, dans un placard, et une bonne odeur de café s'en échappait. Elle se demanda où il avait bien pu trouver de quoi faire fonctionner l'appareil.

Et puis sur le comptoir, il y avait son livre à la couverture glacée, ouvert au troisième chapitre : « Comment concevoir sans vraiment essayer ? »

Quelle ironie !

Elle referma l'ouvrage et se remplit un verre d'eau, pour ne pas se laisser tenter par le café dont elle rêvait. Par chance, son estomac ne protesta pas, cette fois.

— Tu en es à combien de mois ? Deux, trois ?

Elle reposa le verre et, s'appuyant contre l'évier, elle

leva les yeux vers lui. Est-ce que le fait d'avoir grandi dans un ranch permettait à un homme de comprendre des choses inaccessibles aux autres ?

— Dix semaines, finit-elle par dire. A un ou deux jours près.

En réalité, elle savait parfaitement à quelle occasion l'enfant avait été conçu. C'était trois mois après qu'elle avait trouvé Antoine au lit, avec son assistante.

— Comment tu t'es rendu compte que j'étais enceinte ? demanda-t-elle.

— Tu veux dire, comment je m'en suis douté, indépendamment de ça ? lui fit-il préciser, en prenant le livre et en le laissant bruyamment retomber sur le comptoir.

Il se servit du café avant de continuer :

— J'ai une sœur, et de nombreuses cousines qui ont déjà des enfants. Ce n'était pas trop difficile à deviner.

Reposant la cafetière, il laissa glisser son regard sur son corps.

— Tu ne pourras plus porter ce jean très longtemps, prédit-il alors.

Elle tira immédiatement sur l'ourlet de son polo, pour dissimuler le bouton ouvert de son jean. Puis elle croisa les bras.

Visiblement, ce geste attira le regard de Derek sur sa poitrine, laquelle était particulièrement sensible, ce matin.

— C'est tout ce que tu as à me dire ? fit-elle. Tu n'as pas quelques conseils à me donner ? Un commentaire sur les mères non mariées, par exemple ?

Il pinça les lèvres.

— Non. J'ai toujours pensé que ce qui comptait le plus, c'était l'enfant, et non la façon dont il avait été conçu.

Et il lui dissimula aussitôt son visage, en buvant une longue gorgée de café, avant de se détourner, pour finir par s'approcher du poêle.

— Je vais le faire remplacer, déclara-t-il.

— Je m'en charge ! J'appellerai une société de chauffage. Pas la même que celle qui m'a fait attendre huit heures, bien entendu ! Il doit bien y en avoir une autre.

— Oui, la mienne !

Elle lui lança un regard dubitatif.

— Je croyais que tu travaillais à Double-C.

— Je donne parfois un coup de main au ranch, mais je suis ingénieur, et ma société s'appelle CLAE, Clay Alternative Energy.

— Ah ! C'est donc toi, les éoliennes et les panneaux solaires, murmura-t-elle en pensant à ce qu'elle avait vu, à Double-C. Et tu as suffisamment de clients à Weaver, pour en vivre ?

La bourgade lui semblait plutôt conservatrice, pas précisément tournée vers les énergies nouvelles.

— Remarque, ajouta-t-elle, ceci explique sans doute pourquoi tu as autant de temps pour m'espionner.

— Je ne vends pas que des éoliennes et des panneaux solaires, répliqua-t-il. Et puis ce n'est pas parce que je suis établi à Weaver que mes affaires se limitent à cette ville.

— Je suis désolée, marmonna-t-elle, confuse. Je ne sais pas pourquoi j'ai pris l'habitude de te provoquer.

Elle regarda la caisse à bois, le feu… C'était grâce à lui qu'elle ne grelottait pas et pouvait rester pieds nus.

— Moi aussi, je t'ai pas mal provoquée, admit-il alors.

Il s'assit sur un tabouret et fit rouler le mug entre ses mains.

Elle se mordit l'intérieur de la joue.

— Je… J'apprécierais que tu ne répètes à personne que…

— Que tu es enceinte ?

Elle hocha la tête.

— Tu ne comptes quand même pas le cacher jusqu'à la fin ?

Elle eut du mal à déglutir.

— Non, ce n'est pas ça… Seulement, je veux d'abord prévenir Jake et ma tante, quand ils seront de retour de Californie. C'est eux qui doivent être mis au courant en premier.

— Ah bon ? Ce n'est pas le père de l'enfant qui doit le savoir en priorité ? Qu'en est-il de lui, au juste ?

— Ce qu'il en est de lui ? répéta-t-elle, sur la défensive.

Il plissa légèrement les yeux.

— Est-ce que tu l'as informé de ta grossesse ?

Elle n'avait aucune intention de lui raconter ce qui s'était passé entre Antoine et elle ! Et tant pis s'il ne comprenait pas son attitude.

— Ce bébé, ça me regarde, et ça ne regarde personne d'autre.

Elle lui avouait à demi-mot que le père n'était pas au courant, mais elle ne pouvait lui dire, en le regardant droit dans les yeux, qu'Antoine se fichait bien de son état. C'était beaucoup trop humiliant.

— Tu n'as quand même pas fait ce bébé toute seule ! s'insurgea-t-il. Le père a le droit de savoir. Qu'est-ce qu'il t'a fait ? Il t'a brisé le cœur ? Il était violent avec toi ? Marié ? C'est quoi, le problème, exactement ?

Non, Antoine ne lui avait pas « brisé le cœur ». Si ç'avait été le cas, elle l'aurait laissé tomber après l'avoir surpris dans les bras de Trina. Mais elle avait volontairement ignoré l'incident, fait comme si elle n'avait rien vu, puisqu'ils avaient été bien trop occupés, eux, pour se rendre compte de sa présence !

Elle avait fermé les yeux, car elle voulait garder une place dans la vie d'Antoine. Elle se refusait à le perdre pour une vulgaire assistante. Elle était une Forrest, tout de même !

Mais il y avait un mois, quand elle lui avait annoncé qu'elle était enceinte, c'était lui qui avait rompu. Et il lui avait alors fallu affronter la terrible réalité, sur lui et sur elle-même…

Elle secoua la tête.

— Non, il ne m'a pas meurtrie. Et non, il n'a jamais été violent, et il n'était assurément pas marié.

Pas plus qu'elle, il n'était intéressé par le mariage, et c'était sans doute pour cette raison qu'ils avaient tenu deux ans. Chacun y trouvait un intérêt, mais leur relation n'était pas fondée sur l'amour.

Derek la regarda, essayant de deviner ce qu'elle ressentait vraiment. Ce n'était pas facile. Les yeux bleus de Sydney ne livraient pas grand-chose, quand elle se dominait.

Il resserra ses doigts autour de son mug.

— Est-ce que tu es amoureuse de lui ? demanda-t-il tout à trac.

Elle releva les sourcils.

— Non, bien heureusement ! s'exclama-t-elle d'un ton catégorique.

Puis elle lui adressa un petit sourire, et sa voix avait repris l'accent chantant du Sud, quand elle ajouta :

— Tu sais, on n'a pas besoin d'être amoureux pour faire un enfant.

Lui, il l'avait été. Et cette pensée le rendait amer…

Renée n'était pas amoureuse, et elle n'avait même pas pris la peine de lui annoncer qu'elle était enceinte. En tout cas pas au moment où elle avait rompu. Ni quand elle avait quitté la maison de son père, un nabab du pétrole, à Cheyenne, afin de mener une vie de paillettes à Los

Angeles, et pas davantage quand elle avait avorté, pour que le bébé ne soit pas une entrave à sa carrière.

Il l'avait appris quand tout avait été terminé et qu'il n'y avait plus rien à faire. Il pouvait lui pardonner d'avoir rompu, de ne pas l'avoir aimé assez pour rester avec lui, mais le reste avait ouvert en lui une plaie qui ne s'était toujours pas refermée…

— Où est-il ? demanda-t-il en s'arrachant à ses pensées. Le père de ton bébé, je veux dire.

— J'ignore où il se trouve actuellement, répondit-elle. A l'étranger, sans doute.

A présent, elle le regardait droit dans les yeux.

— C'est un marchand d'art, ajouta-t-elle. Il habite à Atlanta, mais il voyage beaucoup.

Il jeta un coup d'œil aux tableaux.

— Et tu l'accompagnais dans ses voyages, au cours desquels il vendait des horreurs comme celles-ci ?

— En effet, mais ces Soliere n'ont rien à voir avec lui. Je les possédais bien avant de le rencontrer.

De nouveau, il la regarda.

Même maintenant qu'il la savait enceinte, il ne pouvait rester indifférent à Sydney.

Il la désirait. Purement et simplement.

Et il était clair aussi qu'elle était hors de sa portée !

— Il faut que tu le lui dises, reprit-il d'un ton neutre. Que cela te plaise ou non, ta grossesse le regarde également.

Elle pinça les lèvres.

— Ah bon ? Tu crois qu'il a envie de vomir tous les matins, d'aller aux toilettes à chaque instant et qu'il ne peut plus boutonner son jean ?

— Ce n'est pas ce que je voulais dire, et tu le sais bien.

Elle baissa les yeux.

— J'apprécie ton aide, et je te remercie du fond du

cœur d'avoir coupé du bois pour moi. Mais, ma grossesse, ce n'est pas *ton* problème, ce ne sont pas *tes* affaires.

— Tu crois vraiment que tu dois la vivre seule, pour te prouver que tu n'es pas une incapable ?

Elle lui lança un regard dur.

— Tu sais, un homme comme toi ne peut certainement pas me comprendre.

Il voulait bien faire un effort, mais encore fallait-il qu'on lui en donne la possibilité ! Instinctivement, il se garda néanmoins de répondre.

Il ne devait pas oublier qu'elle portait le bébé d'un autre homme. Elle n'était pas à sa place, à Weaver. Même son frère disait qu'elle menait une vie de jet-setteuse. Et elle venait d'ailleurs de lui avouer qu'elle fréquentait un marchand d'art globe-trotter. Franchement, il n'avait rien à voir avec son monde !

Pourtant, elle était à Weaver, et elle y était seule.

Repoussant son mug, il se leva. Il ouvrit plusieurs tiroirs, avant de trouver ce qu'il cherchait : un stylo. Ayant sorti une carte de visite de son jean, il y griffonna quelques chiffres.

— Comme tu as déjà prouvé que tu n'appellerais pas Double-C, même si tu es dans le besoin, et contrairement à ce que Jake t'avait pourtant recommandé, c'est moi qu'il faudra désormais appeler en cas de problème. Tu m'entends bien ? Si tu as besoin de quoi que ce soit, tu composes ce numéro, qu'il s'agisse de t'emmener à l'aéroport d'Atlanta ou à la boutique de Tara, compris ?

Elle regarda la carte d'un air méfiant.

— Le bébé que tu portes est plus important qu'un ego froissé, d'accord ? Et si tu veux que je garde le secret, il va bien falloir que tu coopères, lui asséna-t-il.

Elle leva les yeux au plafond, et quand elle les reposa sur lui, il ne parvint pas à y lire quoi que ce soit, même s'il devinait des luttes internes. En réalité, il aurait préféré ne rien voir.

D'un doigt, elle attira la carte vers elle.

— Très bien, concéda-t-elle, je t'appellerai.

Il venait de remporter une victoire. Le seul problème, c'était qu'il n'était pas certain de savoir pour quoi il combattait !

- 6 -

— Est-ce que tu es allée chez le médecin ?

Sydney se trouvait sur le siège avant du pick-up de Derek, qui la conduisait chez Classic Charms pour son deuxième jour de travail.

Après lui avoir remis sa carte, il s'était absenté pour revenir avec un coffre rempli de bois coupé, qu'il avait déchargé pendant qu'elle s'efforçait en vain de faire démarrer sa voiture. Après plusieurs tentatives, elle avait bien été obligée de se rendre à l'évidence : son cabriolet ne démarrerait pas !

Elle avait donc relevé sa jupe crayon et s'était résolue à grimper dans le pick-up de Derek.

— Oui, répondit-elle en regardant le paysage défiler derrière la vitre. Pour me faire confirmer que j'étais bien enceinte.

Elle ferma les yeux quelques instants. Il était inutile d'espérer qu'il abandonne le sujet. Autant demander à un chien de renoncer à l'os qu'il venait de trouver !

— Un de mes cousins est marié à une gynécologue qui exerce en ville.

— Quel cousin ?

— Ryan.

Elle commençait à retenir certains noms. Ryan était celui que la famille avait cru mort, pendant un certain temps. Elle se rappelait que Jake lui en avait parlé, car

Ryan avait travaillé pour J.D., peu de temps avant que Jake et elle ne se marient.

Penser à la famille de Derek et aux différents liens qui unissaient ses membres la poussa à s'interroger davantage : qu'est-ce qui avait bien pu lui arriver pour que ses aspirations conjugales n'aboutissent pas ? Megan avait mentionné des fiançailles rompues…

— Si tu ne veux pas la consulter, il y a toutefois d'autres spécialistes, à Braden, précisa Derek, interrompant le cours de ses pensées.

— Braden ?

— C'est la ville voisine, à une quarantaine de kilomètres d'ici…

Il parut réfléchir, puis il ajouta :

— A Weaver, tout se sait très vite. Puisque tu as choisi la discrétion, je te conseille plutôt d'aller à Braden.

— Ta sollicitude commence à m'effrayer, dit-elle en lui lançant un regard en coin.

— Tu n'es pas la seule, si ça peut te rassurer.

Surprise, elle laissa son regard glisser sur lui, tandis qu'il fixait la route. Il s'était rasé et douché pendant son absence, tout à l'heure. Ses cheveux étaient encore humides, et tirés en arrière. Elle apercevait le col d'une chemise blanc cassé, qui dépassait de son pull bleu marine, et il avait changé de jean. Celui-ci n'était pas déchiré au genou, comme l'autre.

— Qu'est-ce que j'ai ? demanda-t-il brusquement. Du poil dans les oreilles ?

— Pardon ?

Il tourna la tête vers elle.

— Pourquoi est-ce que tu me fixes de cette façon ?

Elle détourna bien vite les yeux.

— Tu te fais des idées, répliqua-t-elle.

Du coin de l'œil, elle vit son pouce battre la mesure sur le volant.

— Tu as raison, ajouta-t-elle, un docteur à Braden, c'est sans doute un choix judicieux.

Elle était vraiment risible. Elle détournait la conversation, en évoquant un sujet, en l'occurrence sa grossesse, dont elle n'avait absolument pas envie de discuter avec lui.

— Je te donnerai des numéros, dit-il. Sauf si tu estimes que tu dois les rechercher par toi-même.

— Tu penses que je suis ridicule, je sais, mais ce n'est pas une raison pour le souligner à chaque instant.

— Tu n'es ni quelqu'un de ridicule, ni une incapable, rétorqua-t-il. Mais il est certain que tu es la femme la plus susceptible que j'aie jamais vue. Pourquoi ?

— Il faut croire que tu as le don de faire ressortir le meilleur de moi-même, ironisa-t-elle.

Il lui jeta un coup d'œil en coin, et elle croisa les mains. Outre le bois, il lui avait rapporté une boîte de pansements.

— Mon père me disait toujours qu'à part mon physique, je n'avais rien pour moi. D'après lui, je suis le portrait craché de ma mère, déclara-t-elle tout à trac. Et je crains qu'il n'ait eu raison.

Il fit une brusque embardée.

Garant le pick-up sur le bas-côté, il la regarda droit dans les yeux.

— Je ne sais pas quel monstre de père tu avais, Jake ne m'en a jamais parlé, mais je peux t'assurer que c'était le plus grand crétin de la planète. Maintenant tu as grandi, tu es une femme, tu es très riche et tu vas avoir un enfant ! Alors ce que ton père pouvait bien penser de toi n'a *aucune* importance.

— C'est facile à dire ! Tes parents représentent la famille idéale, idyllique. Je suis certaine qu'ils te soutiendraient, même si tu leur disais que tu vas t'engager dans un cirque.

— Ne crois pas qu'ils ne me rappellent jamais à l'ordre ! Dans la famille Clay, tout le monde a un sens solide de la notion de bien et de mal. Je ne sais pas si mes parents sont des parents « idéaux », mais oui, les Clay sont un clan soudé, car nous y travaillons. Nous savons que, la famille, c'est sacré.

— Dans ces conditions, rétorqua-t-elle, pourquoi est-ce que toi, tu n'as pas encore fondé une petite famille ? Et je dois dire que je préférerais, ajouta-t-elle, parce que comme ça tu ne serais pas focalisé sur moi.

— Je ne sais pas si je dois te serrer dans mes bras ou te donner une fessée.

Elle se sentit rougir, et elle était bien consciente que l'onde de chaleur qu'elle ressentait n'était pas due à l'embarras…

— Est-ce une menace ?

Sa question résonna curieusement, dans le pick-up. Il serra les mâchoires, puis détourna les yeux.

Elle l'entendit pousser un grand soupir, mais quand il dirigea de nouveau son regard vers elle, il avait retrouvé une expression neutre.

Elle se surprit à regretter l'intensité qu'elle avait vu briller dans ses yeux, quelques secondes auparavant.

— Et ta mère ? demanda-t-il promptement.

Elle regarda par la fenêtre, pressant ses doigts contre la vitre et priant pour que sa température glaciale se propage au reste de son corps.

— Elle est partie quand j'étais encore un bébé.

— Partie ?

— Oui, confirma-t-elle. Sans doute avec l'un de ses nombreux amants.

Elle lui adressa un sourire qu'elle tâcha de rendre aussi indifférent que possible.

— C'est du moins la version que m'a donnée mon père, les rares fois où il a daigné me parler d'elle.

Il avait toujours critiqué le manque de caractère de son épouse, tout comme le fait que, pour pouvoir divorcer, elle avait accepté de renoncer à ses enfants. Puis il terminait inévitablement en ajoutant :

— Tu es son portrait craché.

Elle n'aima pas l'éclat qu'elle vit luire dans les yeux de Derek. Elle avait l'impression qu'il voyait directement dans son âme.

— Je n'ai pas besoin de ta pitié, tu sais, dit-elle.

— Mais je n'ai pas la moindre pitié pour toi ! la rassura-t-il. En revanche, tes parents étaient des nullités parfaites. Et si tu ne veux pas transmettre tes malheurs à ton enfant, poursuivit-il en laissant glisser les yeux sur son ventre, il va falloir que tu surmontes le passé et que tu tournes la page.

Elle sentit l'exaspération sourdre en elle.

— Et qu'est-ce que tu crois que je suis en train de faire ? J'ai quitté l'univers qui m'était familier précisément pour prendre un nouveau départ. D'après toi, je veux que mon enfant ait la même mère que la mienne ? s'écria-t-elle, avant que l'émotion ne l'emporte sur la colère. Ou plus exactement que la mère que je n'ai pas eue ?

— Tu veux ce bébé, oui ou non ? demanda-t-il brusquement.

Elle pressa les mains contre son ventre.

— Oui.

Elle était sincère. Elle aurait souhaité tomber enceinte dans d'autres conditions mais, cet enfant, c'était sans doute son salut.

— Regarde-moi, lui dit-il.

A la fois perplexe et agacée, elle leva alors les yeux vers lui.

Il n'avait pas du tout l'air de se moquer d'elle, il se contentait de l'observer, d'un air calme et… affable.

Malgré elle, ses yeux la piquèrent. Elle déglutit avec difficulté, pour résister aux larmes qui menaçaient.

— Ne sois pas gentil avec moi, dit-elle d'une voix rauque. Je ne crois pas que je pourrai le supporter.

L'animosité était bien plus facile à gérer. Plus sûre.

Il plissa légèrement les yeux.

— Tu vas être une super mère, Sydney, lui dit-il alors.

Elle se mordit violemment l'intérieur de la joue et s'efforça de sourire.

— Eh bien comme ça, il y a au moins une personne sur terre qui le pense.

Il poussa un léger soupir et détourna les yeux.

— Tu me tues, murmura-t-il.

Puis il remit le pick-up en marche et redémarra.

— Alors, qu'est-ce que tu vas faire pour le docteur ?

Elle se rendit compte que ses mains tremblaient… En fait, c'était tout son corps qui tremblait.

— J'appellerai quelqu'un à Braden.

— Bientôt ?

Elle se mit à rire. Un rire un rien exaspéré, pour s'empêcher de pleurer.

— Oui, bientôt, répondit-elle. Mais il va d'abord falloir que je fasse réparer ma voiture.

— Tu peux appeler un mécanicien en ville. Il n'y en a pas beaucoup, mais ils ont tous bonne réputation.

— Contrairement aux dépanneurs ?

— Tu n'as pas appelé le bon numéro, c'est tout.

— O.K., c'est bon, c'est Double-C que j'aurais dû appeler.

— Puisque tu le sais maintenant, inutile d'insister.

— Ah bon ? Et qu'est-ce que tu es en train de faire, alors ? rétorqua-t-elle devant son air amusé.

— Je voulais juste te dire que je pourrai y jeter un coup d'œil.

— A quoi ? A ma voiture ?

— Oui, à l'occasion.

Elle secoua la tête.

— Non, je ne veux pas…

— Déranger ?

— Oui, tout à fait !

— Si tu as vraiment l'intention de t'installer à Weaver, il va falloir que tu rayes ce mot-là de ton vocabulaire. Si je ne voulais pas le faire, je ne te l'aurais pas proposé.

— Mais c'est précisément ça, le problème ! Pourquoi est-ce que tu me proposes tes services à chaque instant ? Tu n'es pas responsable de moi.

De nouveau, il battit la mesure avec son pouce, sur le volant.

— C'est vrai, répondit-il, mais tu es la sœur de Jake.

— Ah non, tu ne vas pas recommencer avec cette histoire de cousins par alliance !

Elle haussa les épaules, tandis qu'il se concentrait sur sa conduite, pour doubler un véhicule plus lent.

— A part Jake, toi et moi, nous n'avons rien en commun, et sans lui, nos chemins ne se seraient jamais croisés. Si je me trouve ici, dans ton pick-up, c'est uniquement parce qu'une relation fortuite nous relie !

— Toujours est-il que nos chemins se sont bel et bien croisés, répliqua-t-il, avant de redevenir sérieux. Bon, assez de formalités entre nous. Je t'ai tenu les cheveux quand tu vomissais, tu as oublié ? Cela crée forcément des liens.

Elle se sentit rougir.

— Un gentleman n'aurait jamais rappelé un tel épisode.

Il éclata de rire.

— Est-ce que je me suis vanté d'en être un ?

A cet instant, le feu auquel ils s'étaient arrêtés passa au vert, et quelques secondes plus tard, il se garait devant la boutique de Tara. Elle détacha sa ceinture sous son regard brûlant et se dépêcha de sauter hors du pick-up. Elle en claqua la porte derrière elle, avant de se précipiter à l'intérieur de la boutique. Et ce fut là, seulement, qu'elle s'autorisa à regarder le pick-up. Pour le voir enfin redémarrer.

Elle poussa un soupir de soulagement, en pressant la main sur sa poitrine.

— Bonjour ! s'exclama Tara d'une voix accueillante. Allons dans l'entrepôt ! J'ai reçu une nouvelle commande, il faut la déballer et lui trouver une place.

« Un nouveau départ », avait-elle dit à Derek. Et pour la première fois de sa vie, ce nouveau départ n'impliquait pas un homme.

Et surtout pas un homme aussi convenable que Derek.

— L'appareil que vous avez commandé est arrivé, monsieur Clay. Bob a dit que vous pouviez passer le chercher quand vous vouliez.

Il ne leva pas les yeux des Ozalid étalés devant lui, quand sa secrétaire arriva à sa hauteur. Elle dégagea un peu de place sur son bureau et posa une pile de dossiers.

— Merci, Millie.

Comme elle ne faisait pas mine de repartir, il finit par relever la tête.

— Qu'y a-t-il ?

— Ce serait plus facile de prévoir une autre personne que vous, pour l'installation. Vous avez d'autres chats à fouetter, notamment ce contrat avec G&G Construction, que nous attendions depuis des mois.

— Je tiens à faire l'installation moi-même. Cela me permet de ne pas perdre la main.

En réalité, il n'avait aucune raison de ne pas envoyer l'un de ses employés chez Sydney, pour installer le nouveau poêle. Mais il préférait ne pas trop réfléchir à ce qui le poussait à vouloir malgré tout s'en charger, car il pressentait que les réponses ne lui plairaient guère.

— Franchement, c'est un petit poêle privé. Vous avez de plus gros clients, dont vous devriez vous charger en personne.

Il s'adossa à sa chaise et la regarda.

Cela faisait cinq ans qu'elle travaillait pour CLAE. Avant, son entreprise s'appelait Braden Mechanical, mais il l'avait rebaptisée depuis qu'il s'était installé à Weaver, tout comme il avait élargi son domaine d'activités. Il envisageait actuellement une fusion avec une société du Minnesota, celle que Millie venait de citer, G&G Construction.

— Ne soyez pas inquiète, Millie. Est-ce que j'ai déjà raté un contrat ?

Sa secrétaire rassembla les reliefs des sandwichs de chez Ruby qui traînaient sur son bureau, et les jeta à la poubelle.

— Non, mais cela fait longtemps que vous n'avez pas été distrait par une femme. Car n'allez surtout pas vous figurer que j'ignore qui habite dans ce chalet ! précisa-t-elle en brandissant ses gants pour les enfiler.

— Ce n'est un secret pour personne, répliqua-t-il.

Puis il baissa les yeux sur les Ozalid destinés à la ferme que Jake comptait construire à Crossing West.

— Elle travaille pour Tara, et il paraît qu'elle est très

jolie, poursuivit Millie, comme si lui-même n'était pas au courant !

— Nous sommes bien à Weaver, pas de problème. Dans cette ville, tôt ou tard, tout le monde sait tout, peu importe que les informations soient vraies ou non.

— Ah bon ? Elle n'est pas jolie ?

Il n'avait pas besoin qu'on lui parle de Sydney, elle occupait suffisamment ses pensées. Et il avait prévu de se concentrer sur ses papiers.

— Je n'ai jamais dit ça, marmonna-t-il.

Et sur ces mots, il griffonna une note sur l'Ozalid.

Millie prit la mouche.

— Vous finirez seul et grincheux, et ce sera bien fait pour vous ! décréta-t-elle en se dirigeant vers la porte. Une belle femme éduquée et disponible vous tombe du ciel, et vous faites la fine bouche.

Comment lui dire que Sydney Forrest n'était pas disponible ?

Quelques instants plus tard, il entendit la porte du bureau claquer. Sa secrétaire était partie. Il laissa retomber son crayon et, s'adossant à son fauteuil, ferma les yeux. On aurait dit que Sydney était peinte sur ses paupières ! Son image ne lui laissait pas plus de répit que la sensation de ses hanches fines, encore gravée sur ses paumes.

Mais elle était enceinte, et un autre homme avait des droits sur elle… *Des droits ?* Non, ce n'était pas un terme approprié. Et puis ce qu'il éprouvait pour Sydney, c'était uniquement une attirance physique. C'était aussi élémentaire que cela.

Il y avait trois ans que Renée avait rompu avec lui, et depuis, il avait rencontré un certain nombre de femmes. Même s'il ne s'était pas intéressé à elles plus de quelques heures, ce n'était pas comme s'il vivait dans le purgatoire du célibat. Il avait passé de bons moments avec ses conquêtes, et vice versa.

Avec Sydney — si elle avait été disponible —, tout aurait pu être différent.

Attrapant son portable, il composa le numéro de son cousin.

— Axel ? On va prendre un verre chez Collbys ?

— Qu'est-ce qui te prend, mon vieux ? C'est le milieu de la semaine ! Elle te donne donc déjà des raisons de te soûler ? !

— Elle ? Mais de qui est-ce que tu parles ?

Il était inutile de faire l'innocent, mais il aurait essayé…

— Tara avait rendez-vous avec Mallory, cet après-midi. Autrement dit, c'est ta petite amie qui tient la boutique, et moi, je garde Aidan.

— Ce n'est pas ma…

Il s'interrompit. Son cousin s'amusait à le provoquer, et il marchait !

— Ecoute, reprit-il, j'avais plus envie de jouer au billard que de boire une bière. Tu ne veux pas t'entraîner un peu ?

Son cousin se mit à rire.

— M'entraîner ? Je te bats quand tu veux ! A propos, tu ne sais pas si Case est de retour ?

— Je pense que si, mais je ne l'ai pas encore eu au téléphone.

Leur cousin Casey avait séjourné quelque temps en Europe, pour ses études.

— Comme va Tara ?

— Bien.

— Elle n'a pas de nausées matinales ?

— Euh… Non, fit Axel, surpris. C'est fini depuis des semaines. Pourquoi ?

— Pour rien, comme ça, mentit-il. Pour faire la

conversation. Tu sais bien que dans votre couple, c'est ta femme la plus intéressante.

— Je sais, c'est pour ça que je l'ai épousée. Bon, mon vieux, Aidan essaie de faire du cheval sur le chien. Il faut que je raccroche.

Et Axel joignit aussitôt le geste à la parole. Derek regarda longuement les Ozalid et les dossiers que Millie lui avait remis. Puis, poussant un soupir, il laissa tout en plan et se leva. Quelques minutes plus tard, il fermait le bureau.

Classic Charms se trouvait à quelques pâtés de maisons. Il n'était pas tout à fait 4 heures de l'après-midi, mais le ciel était déjà sombre, à cause des nuages qui s'y étaient accumulés. Il se gara juste en face du magasin et entra.

Sydney était juchée en haut d'un escabeau, penchée dans une position instable pour disposer un candélabre imposant et original, sur une étagère elle-même très haute. En entendant le carillon, elle regarda par-dessus son épaule.

Son sourire se figea.

— Salut, dit-elle.

Puis elle regarda de nouveau son candélabre, et se pencha encore un peu plus…

La jupe noire qu'elle portait était largement fendue à l'arrière, si bien qu'il pouvait admirer le magnifique galbe de ses jambes. Et constater que, juchée tout en haut d'un escabeau, elle se tenait sur la pointe des pieds, alors qu'elle portait des escarpins aux talons vertigineux ! Qu'elle s'incline encore d'un centimètre, et elle tombait…

En quelques enjambées, il la rejoignit pour la saisir par les hanches.

— Tu cherches à tomber et à te blesser ? Et le bébé avec, c'est ça ?

Elle poussa un petit cri, de toute évidence trop surprise pour protester, quand il la souleva et la posa à terre.

— Je ne courais pas le moindre danger, finit-elle par dire.

Il détourna les yeux des ombres séduisantes qu'il apercevait dans l'échancrure de sa chemise blanche et grimpa sur l'escabeau. Ayant poussé le candélabre aussi loin qu'il le put sur l'étagère, à côté d'un objet indéfini, de bois, il redescendit de son perchoir.

— Voilà, dit-il, en repliant l'escabeau. Où est-ce qu'on le range ?

Mais elle fixait l'étagère.

— Ce n'est pas là que je voulais mettre ce candélabre, dit-elle.

Il fit la grimace, mais rouvrit l'escabeau. Et, posant une main sur son épaule, arrêta Sydney qui voulait de nouveau y grimper.

— Bon, tu voulais qu'on le mette où ?

Elle croisa les bras, et resta d'abord silencieuse. Puis elle concéda :

— Déplace-le vers la gauche… Un peu plus vers le fond. Non, non, pas tant ! Il faut qu'on puisse le voir. Franchement, si tu me laissais faire, ce serait plus facile.

— Donc je suis renvoyé ?

Il la regarda de son perchoir. Elle savait parfaitement qu'il ne la laisserait pas remonter sur l'escabeau. Elle haussa les épaules et plaqua les mains sur ses hanches, ce qui lui donna encore une meilleure perspective sur son décolleté. Mais mieux valait ne pas s'attarder sur cette vue…

— Rapproche-le de quelques centimètres, dit-elle.

Il toussota, compta jusqu'à dix, puis obtempéra. Elle lui donna encore quelques indications, et parut enfin satisfaite de l'endroit où trônait désormais le candélabre.

— J'ai pris dix ans, dit-il en repliant de nouveau l'escabeau.

Elle voulut s'en saisir.

— Je le rangerai, déclara-t-elle. Je suis enceinte, pas mourante !

Mais il n'en était pas question. Il resta donc immobile, attendant qu'elle lui dise où ranger l'escabeau, bien résolu à ne pas céder.

Elle secoua la tête.

— Très bien ! finit-elle par déclarer. Mets-le dans la pièce du fond. Il y a un crochet derrière la porte.

La remise était jonchée de cartons et de caisses de toutes les tailles. Comment Tara arrivait-elle à vendre tout ce qu'elle commandait ? Cela demeurait un mystère pour lui. En revanche, il comprenait tout à fait Axel, qui s'inquiétait de la voir autant travailler, à ce stade de la grossesse.

Il retourna dans la boutique. Sydney nettoyait à présent le comptoir avec un chiffon. A part eux deux, il n'y avait personne, dans la boutique.

— Tu peux fermer, tu sais, lui dit-il.

— C'est trop tôt.

— Il est 16 h 45 !

— Et nous ne fermons pas avant 17 heures !

Il balaya la boutique vide du regard.

— C'est dans quinze minutes.

— Quinze minutes durant lesquelles nos clients savent que nous sommes ouverts.

— « Nos », « nous ». Mais cela ne fait que deux jours que tu habites ici.

Elle parut peinée.

— Très bien, répliqua-t-elle. Je reformule, puisque tu y tiens : *les clients de Tara* savent que la boutique est ouverte jusqu'à 17 heures.

— Il va neiger d'une minute à l'autre, l'interrompit-il. Personne ne va venir acheter un candélabre tordu ou que sais-je encore maintenant !

Sur ces mots, il s'empara d'un cintre où était accroché un caraco noir et vaporeux, à fines bretelles. Elle le lui arracha quasiment des mains, mais cela fut suffisant pour qu'il s'imagine Sydney, revêtue de ce vêtement des plus sexy. Ou, plus exactement, qu'il s'imagine en train de le lui retirer…

— Comment est-ce que tu sais qu'il va neiger ?

Il allait neiger ? Il avait plutôt l'impression d'évoluer dans la chaleur suffocante du Sahara !

Elle replaça le cintre sur le portant, tandis qu'il regardait par la fenêtre.

— Parce que ça sent la neige.

— Ah bon ? fit-elle d'un ton amusé. C'est ce que dit la météo ? Que ça sent la neige ?

Il était encore tout retourné de l'avoir imaginée dans cette étoffe vaporeuse, et elle, elle riait de ses prédictions météorologiques ! Il devait absolument se ressaisir.

Fourrant les poings dans ses poches, il la regarda :

— Mon père peut sentir la neige venir. Je suis comme lui, et je t'assure qu'il va neiger. Très bientôt et en grande quantité. Alors dépêche-toi, il faut qu'on parte. Tu sais, Tara ne trouvera rien à redire si tu fermes cinq minutes plus tôt, pour éviter de rentrer sous la neige.

— Quinze, rectifia-t-elle.

— Sydney…

— Pour quelqu'un qui m'a recommandé de ne pas la laisser tomber, je pensais que tu serais plus à cheval sur le règlement.

— Quand je t'ai dit de ne pas la laisser tomber, j'ignorais que tu étais enceinte.

— Et alors, qu'est-ce que ça change ?

— Tout.

Croisant les bras, elle s'assit sur un tabouret derrière le comptoir.

— Je n'irai nulle part avant dix minutes, décréta-t-elle, avec entêtement.

— Si tu veux que je te ramène dans mon pick-up, je te conseille de lever ton petit postérieur de…

— Petit ? Mon postérieur n'est pas petit ! s'écria-t-elle en se levant d'un bond.

— Je retire ce que j'ai dit, il est parfait.

Et il était très bien mis en valeur par sa jupe moulante…

— Bon, maintenant que tu es debout, fais l'effort d'aller jusqu'à la porte, ajouta-t-il.

Il la vit soudain se figer, les yeux écarquillés.

— Tout va bien ? demanda une voix dont il mit quelques secondes à identifier le propriétaire.

Tom Griffin était entré dans la boutique, sans qu'il l'ait remarqué, et il les observait.

— Oui, tout va bien, lui assura-t-elle avec un sourire étincelant.

Derek parvint à faire un signe de la tête à Griffin. Que venait-il faire ici ? Ils avaient été tellement absorbés par leur dispute, avec Sydney, que ni l'un ni l'autre n'avaient entendu le carillon.

Tom lui adressa un regard méfiant, et s'avança vers le comptoir.

— Vous êtes sans doute la nouvelle assistante de Tara, dit-il à Sydney. On m'a dit qu'elle avait embauché quelqu'un.

— Bonne déduction, dit-elle en lui serrant la main. Je suis Sydney.

— Tom, répondit-il en lui adressant un beau sourire. Ravi de faire votre connaissance. Je suis venu acheter quelque chose pour ma femme.

— Mais je vous en prie, dit-elle en lançant un regard de triomphe à Derek. Est-ce que vous avez une idée précise de ce que vous voulez acheter, ou bien souhaitez-vous que je vous conseille ?

Il aurait voulu se cogner la tête contre les murs !

— Je vais prendre ça, dit Griffin en désignant le caraco qui l'avait fait fantasmer, quelques minutes auparavant. Elle fait du 40.

— Alors c'est pile la bonne taille, et c'est un choix tout à fait judicieux, approuva Sydney en retirant la pièce de lingerie du cintre.

Il s'efforça de rester calme, quand elle l'enveloppa dans du papier de soie, avant de le glisser dans un sac fantaisie.

Fier de son achat, Tom passa alors devant lui.

— C'est un cadeau pour ma femme, précisa-t-il comme si Derek ne l'avait pas déjà compris.

Il n'avait aucune envie de savoir quel genre de sous-vêtements Tom Griffin achetait à sa femme. Elle donnait des cours du soir, il était grainetier, et leur intimité ne l'intéressait absolument pas.

— Super, marmonna-t-il dans un suprême effort.

Une fois le client parti, il se tourna vers elle.

— Contente ? demanda-t-il.

Elle lui adressa un petit sourire supérieur.

— Oui ! Il vient de payer cent cinquante dollars pour ce caraco. Je suis *très* contente, même !

— Cent cinquante dollars ? fit Derek, choqué.

— C'est fabriqué en France.

— Et quand bien même ça venait de Mars ! Ce n'est qu'un bout de tissu !

— Visiblement, il a envie de l'enlever à la femme qui le portera, dit-elle. En matière de lingerie, on voit souvent les gens faire des folies. Il m'est arrivé de payer deux fois ce prix, une fois, plaisanta-t-elle, avant de s'interrompre brusquement. Mais c'est incroyable, tu rougis, Derek !

— Pas du tout, rétorqua-t-il en toute mauvaise foi.

Elle sourit encore davantage, sans faire de commentaire. S'emparant du tiroir-caisse, elle passa dans la pièce attenante. Quelques minutes plus tard, elle revenait avec son manteau et les clés du magasin.

— On y va ?

Il ne se le fit pas dire deux fois.

— Comment peut-on mettre trois cents dollars dans de la lingerie ? demanda-t-il une fois qu'ils furent dehors.

Elle le regarda à travers ses cils mi-clos.

— Réfléchis, et je suis sûre que tu vas finir par trouver, dit-elle avec son fameux accent sexy du Sud.

Sur quoi, elle sortit les cheveux de son col, et se dirigea vers le pick-up, faisant claquer ses talons sur le pavé.

Si elle croyait qu'il ne pensait pas aux sous-vêtements qu'elle pouvait porter ! Il n'avait que ça en tête, et depuis leur première rencontre… Alors maintenant, qu'est-ce que ça allait être ?

Il poussa un grand soupir.

Puis regarda le ciel.

Pour sentir un énorme flocon de neige s'écraser sur son front.

- 7 -

— Mon Dieu, combien de temps cela va-t-il durer ?

Sydney était de nouveau assise sur le carrelage de la salle de bains. Cela faisait maintenant deux semaines qu'elle se retrouvait là tous les matins !

Epuisée, elle appuya la tête contre la céramique froide de la baignoire.

— Tu ne veux pas laisser ta maman un peu tranquille, aujourd'hui ? fit-elle en pressant la main contre son ventre.

Ses hanches avaient légèrement épaissi, mais son ventre restait très plat. Elle connaissait précisément son corps, pour l'étudier chaque jour dans le miroir. Et elle se demandait ce qui allait se passer, le jour où sa grossesse commencerait à se voir…

Elle attendit quelques minutes avant de se relever. Par chance, son estomac resta tranquille, et elle put ouvrir le robinet de la douche. Pendant qu'elle laissait couler l'eau, pour qu'elle soit bien chaude, elle se lava le visage et se brossa les dents. Elle n'était plus obligée de fermer la porte pour retenir la chaleur de la vapeur, car Derek avait remplacé le poêle, la semaine précédente. Maintenant, si elle faisait un feu, c'était simplement pour le plaisir de voir les flammes danser dans l'âtre et pour le côté cosy qu'il apportait — et non plus parce qu'elle avait besoin de chauffage.

Elle retira la chemise de nuit en flanelle qu'elle avait

achetée chez Shop-World, et la jeta en boule par terre. C'était une chemise extrêmement douce et confortable, mais on faisait plus sexy. Elle n'avait plus porté de la flanelle depuis l'enfance, et jamais avec des pois verts sur fond rose.

Elle entra dans la douche et mit la tête sous le pommeau.

Que penserait Derek s'il savait qu'elle avait dernièrement acheté des culottes blanches par paquet de trois, le tout pour la modique somme de dix dollars… ?

Evidemment, elle n'avait nullement l'intention de l'en informer ! Même si elle reconnaissait que son expression abasourdie l'avait beaucoup amusée quand la question de sa lingerie avait été mise sur le tapis, à la boutique, quelques jours plus tôt…

L'eau avait beau couler sur son visage, elle n'arrivait pas à oublier ce charmant petit souvenir. Un souvenir qu'elle avait d'ailleurs entretenu plus longtemps que ne l'aurait voulu la sagesse.

Pourquoi était-elle attirée par Derek, alors que toute relation était impossible entre eux ?

D'accord, il était extrêmement serviable avec elle — après l'avoir approvisionnée en bois, il y avait eu tous les trajets en voiture, et dernièrement le remplacement de son poêle —, mais tous ces services qu'il lui rendait ne signifiaient pas qu'il éprouvait des sentiments particuliers pour elle. Il se sentait juste responsable — alors que ce n'était nullement nécessaire —, parce qu'elle était la sœur de Jake et qu'elle était enceinte.

Tant qu'elle garderait cela à l'esprit, tout irait bien.

Car sa priorité, c'était sa grossesse.

Comme on était vendredi, elle ne travaillait pas à la boutique, ce jour-là, et elle avait rendez-vous chez un gynécologue de Braden. Derek tenait absolument à l'y conduire, étant donné qu'il avait neigé la veille. Comme il avait un rendez-vous à Braden, elle avait fini par se plier à son diktat. Il la laisserait devant le cabinet médical et la reprendrait quand son rendez-vous serait terminé.

Et si elle ressentait une certaine appréhension, mêlée à de l'excitation — non à cause du rendez-vous, mais à cause de Derek —, elle se devait de la surmonter.

Une fois la douche rapidement expédiée, elle se sécha les cheveux à la hâte, puis elle se maquilla un peu, pour avoir l'air moins pâle. Elle resta ensuite quelques instants indécise devant son placard, et finit par se décider pour un pull couleur ivoire et un jean bleu clair, qu'elle rentrerait dans les bottes cavalières à talon plat qu'elle avait achetées récemment dans le centre-ville. Au Shop-World, elle avait aussi fait l'acquisition d'après-skis, mais pour le moment, elle n'allait pas se promener dans la neige.

Et elle ne les trouvait vraiment pas très beaux !

Elle enroula une longue écharpe marron autour de son cou, glissa plusieurs bracelets en or à son poignet, avant d'aller vérifier, par la fenêtre du salon, que le pick-up de Derek n'était pas déjà arrivé. Comme ce n'était pas encore le cas, elle se rendit dans la cuisine.

Même ici, il avait laissé son empreinte : ses Tupperware vides séchaient sur l'égouttoir, depuis la semaine dernière. Il prétendait que c'étaient les restes de plats que de bonnes âmes lui cuisinaient, sous prétexte qu'il était célibataire et qu'il ne faisait pas la cuisine. Et comme on lui en donnait toujours trop, il préférait les partager avec elle, plutôt que de laisser la nourriture se perdre.

Etait-ce vrai ou non ? Elle l'ignorait, mais sa générosité lui évitait de se préparer à manger — à part des toasts et du thé, le matin — et elle s'en réjouissait. Elle devrait apprendre à devenir indépendante, en matière de nourriture. Ce projet figurait d'ailleurs sur sa liste des priorités. Mais pour l'instant, elle ne faisait pas la fine bouche, et acceptait ce que lui apportait Derek.

Elle entendit soudain le bruit d'un moteur, et sa fébrilité monta d'un cran.

Ce qui était parfaitement ridicule.

S'il était bien un domaine où elle excellait, c'était dans l'art du bavardage et de se faire des amis. Elle n'avait donc pas de raison d'éprouver une telle nervosité en présence de Derek. Tout comme elle n'en avait aucune pour courir vers la salle de bains, afin d'arranger ses cheveux une dernière fois, de se parfumer les poignets, et d'ajouter une dernière touche de gloss sur ses lèvres.

Derek frappait à la porte de toutes ses forces — mais elle en avait maintenant l'habitude — quand elle sortit du salon. Elle prit son manteau au passage, son sac à main, et s'efforça de paraître le plus calme possible en lui ouvrant.

— Bonjour.

Il la jaugea de la tête aux pieds.

— Tu es vraiment prête ?

Elle sortit du chalet et referma la porte.

— Pourquoi ne serais-je pas prête ?

— La plupart des femmes ne sont jamais à l'heure.

Elle releva un sourcil.

— Je ne suis pas la plupart des femmes, répliqua-t-elle d'un ton allègre.

Et elle constata que sa résolution de paraître nonchalante n'avait pas fait long feu.

— Attends ! ajouta-t-elle. Tes Tupperware…

Et se retournant, elle se heurta à lui. Il l'attrapa par les épaules.

— Mes quoi ?

Ses yeux étaient de la même couleur que l'herbe des

prairies de Forrest's Crossing. Comment se faisait-il qu'elle ne l'ait pas remarqué avant ?

— Pourquoi est-ce que tu me dévisages comme ça ? demanda-t-il.

Et elle s'aperçut qu'il la tenait toujours par les épaules.

— Désolée, je pensais à quelque chose…

Le cœur battant, elle rentra dans le chalet pour aller chercher les fameuses boîtes en plastique. Elle devait absolument reprendre ses esprits. Ce n'était qu'un homme… Derek était un homme comme les autres.

Elle poussa un profond soupir et redressa les épaules.

— Voilà ! dit-elle en lui tendant les boîtes, dès qu'elle eut franchi le seuil du chalet. Je vais finir par grossir, avec tous ces bons petits plats.

— Je te rappelle que tu vas avoir un bébé, répliqua-t-il d'un air amusé, alors petits plats ou non, tu vas grossir, de toute façon.

Ils se dirigèrent ensuite vers le pick-up, et il lui ouvrit la portière.

— Heureusement, jusque-là, je n'ai pas pris un gramme, déclara-t-elle quand il s'assit derrière le volant, après avoir déposé les Tupperware à l'arrière.

Elle était contente qu'il se focalise sur ce point et s'en amuse, car, de la sorte, il ne remarquait pas comme elle était gênée, en sa présence. Ce genre de malaise était tout nouveau, chez elle. Elle posa les mains sur son ventre.

— Je me regarde tous les jours dans la glace, pour voir si enfin mon ventre grossit, déclara-t-elle, avant de pousser un soupir. Jusque-là, rien.

— Tu es à douze semaines de grossesse, maintenant. Tu n'as encore remarqué aucune transformation ?

— Non, à part mes hanches qui ont un peu épaissi et…

Elle s'interrompit, quand elle se rendit compte de ce

qu'elle s'apprêtait à lui dire. Ce n'était vraiment pas la peine de se placer sur ce terrain-là.

— C'est tout, ajouta-t-elle, en haussant les épaules et en s'empressant d'attacher sa ceinture de sécurité.

Elle lui jeta un vague coup d'œil, tandis qu'il manœuvrait pour faire demi-tour et rejoindre la nationale.

— Qu'est-ce que tu as à faire, exactement, à Braden ? reprit-elle.

Derek resserra un peu les doigts sur le volant. Il avait noté un changement bien précis en elle, et cela depuis la semaine dernière, mais pour rien au monde il ne le lui aurait dit. Il s'agissait de ses seins : ils avaient grossi. Et s'il l'avait remarqué, c'était parce que sa poitrine l'attirait et qu'il la regardait à son insu. Bien plus qu'il ne l'aurait dû.

— J'ai rendez-vous avec mon avocat, pour vérifier des contrats concernant une entreprise du Minnesota avec laquelle je vais m'associer. La semaine prochaine, je vais aller là-bas, pour les signer.

En réalité, les contrats avaient déjà été validés, mais il avait besoin de parler, pour oublier à quel point Sydney l'attirait. La tâche n'était pas aisée. Elle l'obnubilait, et pourtant, il savait bien qu'elle n'était pas disponible.

Il avait essayé de la sortir de son esprit, en invitant une femme de Braden à dîner, le week-end précédent. Celle-ci lui avait clairement fait comprendre qu'elle avait apprécié le dîner et qu'elle était prête à prolonger leur entrevue jusqu'aux œufs et au bacon du lendemain matin. Pourtant, il l'avait chastement déposée sur le seuil de sa porte, et il était reparti.

Et il n'avait pas plus tôt franchi le seuil de sa maison qu'il se remettait à fantasmer sur Sydney.

Se rendant compte qu'il avait les mains crispées sur le volant, il s'efforça de se détendre.

— Tu as eu des nouvelles de ton frère, dernièrement ? demanda-t-il. Est-ce qu'il rentre bientôt ?

Il le souhaitait du fond du cœur, car dès que Jake serait au courant pour la grossesse de Sydney, lui n'aurait plus la sensation de devoir veiller en permanence sur elle.

— Je crois qu'ils n'ont pas l'intention de rentrer avant deux semaines, répondit-elle, anéantissant involontairement ses espoirs. Mais cela fait plusieurs jours que je n'ai pas parlé à Jake. J'ai eu ma tante au téléphone hier, et elle m'a dit que tout le monde allait bien. Les fils de Jake sont toujours inscrits dans la même école, ils n'en ont pas encore été renvoyés.

Ses neveux étaient de fortes têtes. Plus d'une fois, leurs parents avaient été gentiment invités par la direction des écoles qu'ils fréquentaient à les inscrire dans un autre établissement.

— Tu connais leur mère, j'imagine ? La première femme de Jake ?

Elle hocha la tête.

— Je connais Tiffany, bien sûr, mais nous n'avons jamais été très proches.

Elle s'enfonça plus profondément dans son siège, puis ouvrit son manteau, comme si elle avait trop chaud.

— Si Jake lui a plu, reprit-elle, c'était plus à cause de son nom que parce qu'elle aimait sa personnalité.

Il baissa un peu le chauffage, puis fixa résolument le pare-brise. Sydney portait un pull beige qui épousait parfaitement son corps, du cou à la taille. Il n'avait pas pu faire autrement que de le remarquer. Et même son écharpe ne parvenait pas à masquer son opulente poitrine.

— Tu as eu des nouvelles des autres membres de ta famille ? questionna-t-il alors.

Sa voix était plus rauque qu'il n'aurait voulu, et il sentit qu'elle lui lançait un regard en coin.

— Oui, Charlotte m'a appelée. Elle est toujours en Allemagne et voudrait y rester quelque temps encore, je crois. Ça ne l'a pas empêchée de me dire sans ménagement que j'avais perdu la raison, en venant m'installer à Weaver. Ne serait-ce que parce que j'adore faire du shopping.

Elle s'esclaffa.

— Je lui ai dit que, quand elle verrait la boutique de Tara, elle comprendrait que je n'ai pas besoin d'aller très loin pour trouver de fabuleux trésors.

Comme un caraco à cent cinquante dollars ?

Il baissa encore le chauffage d'un cran.

— Et à part elle, quelqu'un d'autre t'a appelée ?

— Non.

Elle tourna la tête vers lui.

— Tu cherches une information particulière ?

Il accéléra et reprit alors :

— Et *lui*, est-ce qu'il t'a téléphoné ? Est-ce que tu l'as mis au courant, pour le bébé ?

Elle poussa un petit soupir.

— Tu reviens encore là-dessus ?

— Réponds-moi !

— Non, je n'ai pas eu Antoine au téléphone.

Sa voix était devenue plus tendue et elle avait croisé les bras, ce qui faisait encore plus ressortir ses seins.

Il fit alors descendre le chauffage au minimum.

— Pourquoi ?

— Parce qu'il ne m'a pas appelée, répondit-elle avec lenteur, comme si elle proférait une évidence.

— Je croyais que tu étais une femme moderne. Tes doigts savent composer un numéro de téléphone, non ?

Elle tendit alors les doigts, des doigts fins et fragiles,

pour les examiner. Elle portait un mince anneau de diamants.

— Je suppose que oui, si je le voulais, dit-elle avant de refermer les poings. Au lieu de revenir toujours sur le même sujet, pourquoi est-ce qu'on ne parlerait pas de ta vie amoureuse, pour une fois ?

Elle lui jeta un coup d'œil en biais et lui adressa un gentil sourire.

— Ne me dis pas que tu n'as rencontré personne, depuis ta rupture avec ton ex-fiancée ?

Il aurait dû savoir que, tôt ou tard, elle en entendrait parler. C'était inévitable, dans une petite bourgade comme Weaver. Cependant, le désert de sa vie amoureuse actuelle n'avait rien à voir avec Renée.

— C'était il y a longtemps, commença-t-il. Et de toute façon, on ne parle pas de ta vie amoureuse, on parle de l'homme avec qui tu as fait un enfant et qui va bientôt être père.

— Ce n'est pas parce qu'un homme a donné quelques gouttes de sperme que cela fait de lui un père ! rétorqua-t-elle, avant de reporter son attention sur le paysage.

— Dans ma famille, si ! décréta-t-il.

Après cet échange tendu, ils restèrent silencieux jusqu'à Braden. Il trouva le complexe médical sans problème, et il se gara sur le parking. S'il lui proposait de l'accompagner, il était certain qu'elle refuserait, alors il se contenta d'attendre qu'elle détache sa ceinture et reboutonne son manteau. Elle baissa ensuite la visière, pour vérifier sa coiffure et caler une mèche derrière son oreille.

Le diamant qui en ornait le lobe brilla dans la lumière du matin.

Il se rendit compte qu'elle traînait un peu.

— Tu es nerveuse ?

— Pardon ? demanda-t-elle, en lui lançant un bref regard. Bien sûr que non !

D'un geste sec, elle remonta vivement la visière.

Et pour lui prouver que tout allait bien, elle lui adressa un rapide sourire. Un peu trop bref, selon lui.

— A quelle heure est-ce que tu penses en avoir terminé, avec ton avocat ? demanda-t-elle.

Il fixait toujours son lobe, non pour le diamant dont la taille n'avait rien d'impressionnant en soi, mais pour le lobe lui-même, qui lui parut d'une sensualité désarmante. Si près de la ligne tout aussi gracieuse de sa nuque…

Il s'éclaircit la voix. Il était censé avoir un rendez-vous d'affaires.

— Vers 13 heures, je pense, répondit-il. Je ne crois pas en avoir pour plus longtemps que toi.

— Parfait, dit-elle en lui jetant un vague regard suspicieux.

A moins que ce ne soit sa mauvaise conscience qui ne lui donne cette impression. Car il n'avait pas le moindre rendez-vous. Il avait inventé ce prétexte, sans quoi elle n'aurait jamais voulu qu'il l'accompagne à Braden.

— Prends ton temps, ne t'en fais pas pour moi, lui dit-elle en ouvrant la porte. J'attendrai dans le lobby, si je ne vois pas ton pick-up.

Il hocha la tête.

— Ça marche, dit-il, avant d'ajouter, sur une impulsion : A moins que tu ne veuilles finalement que je t'accompagne.

Elle entrouvrit la bouche, de toute évidence surprise.

— Et ton rendez-vous ?

— Je peux le reporter.

— Je n'arrive pas à voir si c'est de la gentillesse ou de l'ingérence.

Elle parut réfléchir, puis secoua finalement la tête.

— Merci, mais non, répondit-elle d'un ton déterminé. Ce n'est pas nécessaire. Tu m'as déjà conduite jusqu'ici, c'est beaucoup. A tout à l'heure.

Sur ces paroles, elle descendit du pick-up et referma vivement la portière derrière elle.

Il attendit qu'elle entre dans le cabinet médical avant de redémarrer. Il allait trouver un café où travailler sur son ordinateur, en l'attendant.

— Tout va bien, Sydney. Et ne vous inquiétez pas si on ne voit rien pour l'instant. C'est normal.

Le Dr Fleming lui tendit la main pour l'aider à se relever de la table d'examen.

— Vous avez des nausées ? Des vertiges ?

La blouse en papier qu'elle portait bruissa lorsqu'elle l'ajusta sur ses genoux.

— Des nausées, oui.

— Souvent ? demanda-t-il en tendant son dossier à l'infirmière.

— Presque tous les matins.

— Hum, fit-il.

Puis il reprit son stylo, pour noter quelques mots dans son dossier.

Elle s'aperçut alors qu'elle était en train de se mordre la lèvre.

— C'est normal ? demanda-t-elle.

— Ce n'est pas anormal, répondit-il.

La réponse n'était guère satisfaisante.

— Rhabillez-vous, continua-t-il. On se retrouve dans mon bureau.

Puis il sortit de la pièce.

— Est-ce qu'il est toujours aussi… expéditif ? demanda-t-elle alors à l'infirmière.

Celle-ci ne parut pas s'offusquer de la question.

— Ne vous faites pas de souci, il a un emploi du temps chargé, c'est un médecin très populaire.

Elle n'en doutait pas, car en dépit de ses manières abruptes, le docteur était un bel homme. Exactement le genre d'hommes qui l'avait toujours attirée : grand, brun, élégant et plutôt froid.

— Est-ce que c'est un bon médecin ? insista-t-elle.

— Bien sûr ! répondit l'infirmière en lui adressant un sourire rassurant. Il est très compétent, et il connaît très bien le personnel de l'hôpital de Weaver. Vous n'avez vraiment pas à vous inquiéter. Il fera suivre votre dossier.

Sur ces paroles, l'infirmière referma son dossier et rangea son stéthoscope dans la poche de sa blouse rose.

— J'ai accouché trois fois à Weaver, poursuivit-elle. Et tout s'est merveilleusement bien passé. Quand vous serez prête, je vous conduirai au bureau du docteur.

Elle attendit que l'infirmière sorte pour se rhabiller et regretta soudain d'avoir décliné l'offre de Derek, tout en sachant très bien que c'était ridicule. De toute façon, il n'aurait pas pu entrer avec elle dans la salle d'examen.

Est-ce qu'elle aurait été plus détendue, si elle avait su qu'il se trouvait en salle d'attente ?

Ou bien cela aurait-il davantage souligné le fait qu'il n'était pas le père de l'enfant ? Car le père de l'enfant, un homme qui était quasiment le sosie du Dr Fleming, ne serait jamais à ses côtés.

Elle ne souhaitait pas qu'Antoine l'accompagne dans cette grossesse, c'était un fait. Il ne désirait pas l'enfant, elle n'avait donc plus la moindre envie d'entendre parler de lui.

Mais quel genre de femme était-elle donc, pour raisonner ainsi ?

Il y avait un petit miroir sur le mur, au-dessus de la

patère où elle avait accroché ses vêtements, mais elle s'abstint de regarder son reflet en se rhabillant. A quoi bon ?

C'était sa mère qu'elle aurait vue.

Comme promis, l'infirmière patientait derrière la porte, et elle l'entraîna dans un bureau confortablement meublé. Sydney s'assit sur le siège qui faisait face au bureau, pour attendre que le docteur arrive.

Le gynécologue qu'elle avait consulté en Géorgie avait une demi-douzaine de photos encadrées, sur la large commode, derrière son bureau. On y voyait sa femme et ses enfants. Ici, il n'y avait rien, pas même un petit grain de poussière.

La musique classique, à la fois douce et entêtante, que l'on entendait dans la salle d'attente était également diffusée dans le bureau. Elle était sans doute destinée à apaiser les patientes du Dr Fleming mais, au bout de dix minutes, cela finissait par taper sur les nerfs.

Elle se leva soudain de sa chaise, passa la tête par la porte. Le vestibule était vide, elle n'entendait que le bavardage des infirmières, mais pas la voix plus grave du docteur. Elle se posta alors derrière la baie vitrée. Le bureau du docteur se trouvait au deuxième étage, et la fenêtre donnait sur le parking.

Elle remarqua tout de suite le pick-up de Derek, et une sorte de calme l'envahit. Renonçant tout à coup à attendre, elle se saisit de son manteau et de son sac, et se dirigea vers le vestibule, près du comptoir où était discrètement affiché le panneau « Règlement ».

Elle paya sa visite, mais quand la secrétaire voulut fixer le prochain rendez-vous, Sydney lui indiqua qu'elle ne reviendrait pas.

Son interlocutrice fronça les sourcils.

— Il est important que vous vous fassiez régulièrement examiner, objecta-t-elle.

— Je sais, répondit Sydney, mais je me rends compte que ce sera plus pratique si je suis suivie à Weaver.

Puis, se sentant brusquement soulagée d'avoir pris cette décision déterminante, elle se dirigea vers l'ascenseur.

Derek surveillait la sortie, puisqu'il démarra son pick-up au moment précis où elle sortit du cabinet, pour venir se garer juste devant l'entrée. Elle monta rapidement dans le véhicule.

— Tout va bien ?

— Parfait, dit-elle.

— Et ton prochain rendez-vous, il est prévu pour quand ?

— Je n'en ai pas pris, répondit-elle. Finalement, je préfère me faire suivre par la femme de ton cousin.

Il lui lança un regard surpris.

— Pourquoi ?

— Parce qu'elle exerce à Weaver et que j'habite là-bas, dit-elle tout simplement.

— Oui, c'est logique, répondit-il alors avec lenteur avant d'ajouter : C'est l'heure du déjeuner. Tu veux qu'on aille manger quelque part, ou tu préfères rentrer directement ?

— Allons déjeuner, dit-elle en se sentant soudain affamée. J'ai envie d'un énorme hamburger.

— Dans ces conditions, une adresse s'impose : Sud Grill ! s'exclama-t-il avant de plisser soudain les yeux, suspicieux : Tu es sûre que tout va bien ? demanda-t-il.

— Mouais !

A la dérobée, elle observa son profil tandis qu'il manœuvrait pour sortir du parking. Comme toujours, il avait besoin de se raser. Même si, finalement, elle devait admettre que cette éternelle barbe de deux jours lui allait plutôt bien.

— Il est comment, ton bureau ? demanda-t-elle tout à trac.

Il lui lança un regard curieux.

— Je ne sais pas, c'est un bureau… Il y a des dossiers partout, en dépit du généreux salaire que je donne à Millie, ma secrétaire. Pourquoi me demandes-tu ça ?

— Est-ce que tu as une commode, derrière ton bureau ?

Il fronça les sourcils, perplexe.

— Non… Il y a juste une table de travail en noyer, que j'ai trouvée dans le grenier, à Double-C, et un fauteuil. Pourquoi ?

Elle haussa les épaules et sourit. Elle aurait parié une fortune que sur son bureau, il y avait les photos encadrées des membres de sa famille.

— Pour rien. Alors, ce Sud Grill, c'est encore loin ?

Il lui adressa un sourire malicieux.

— S'il est toujours au même endroit que la dernière fois, on devrait y être dans deux minutes.

- 8 -

Deux jours plus tard, le pick-up de Derek stationnait de nouveau devant son chalet.

— Si je voulais un pick-up, j'en achèterais un, déclara Sydney en secouant la tête.

Il se tenait à côté d'elle, juste devant le chalet. Il était venu la chercher pour le déjeuner familial du dimanche. Le soleil brillait de nouveau, plus éclatant que jamais, et une fois n'était pas coutume, il n'y avait pas de vent.

En somme, cela aurait pu être un beau dimanche, si elle n'avait pas eu à affronter l'entêtement de Derek : celui-ci venait de lui annoncer qu'il espérait bien qu'elle allait utiliser son pick-up, pendant son absence.

— Je sais que tu peux t'acheter tous les pick-up qui te font envie, mais en l'occurrence, autant te servir du mien.

— Non, c'est le tien, je ne veux pas te le prendre.

— Tu ne me le prends pas, je te le prête pendant que je suis dans le Minnesota ! Franchement, je ne vois pas où est le problème.

— Mais je ne veux pas dérang…, commença-t-elle, avant de s'interrompre devant son regard sévère. Ecoute, je me rends bien compte que ma voiture n'est pas adaptée pour circuler dans la neige. Mais depuis qu'elle est réparée, elle fonctionne très bien, d'autant que je n'emprunte que des routes dégagées.

— Tu plaisantes, j'espère ?

— Derek…

— Sydney !

Elle poussa un soupir d'exaspération.

— Très bien ! Mais ce ne sont pas des paroles en l'air, quand je te dis que je ne suis pas très habile au volant de véhicules encombrants.

— Par pitié, ce n'est pas un char, c'est juste un modeste pick-up.

Elle considéra de nouveau son véhicule. Comparé à son cabriolet, il était très imposant, avec sa large cabine et ses grosses roues.

— J'ai fait une marche arrière malheureuse avec un pick-up, un jour, et j'ai défoncé une clôture.

— Et moi, une fois, au volant d'un tracteur, j'ai roulé sur un vélo, rétorqua-t-il. Ce sont des choses qui arrivent.

— Ah bon ? Tu as fait ça ? Et quand donc ?

— J'avais dix ans, et mon père m'a puni pendant tout l'été. J'ai dû rester dans ma chambre, au lieu d'aller jouer avec les copains, expliqua-t-il en souriant. Mais quand même, me punir tout l'été, c'était un peu exagéré.

— Moi, j'avais dix-sept ans et j'ai été punie comme si j'en avais dix. En fait, je crois que mon père voulait surtout me prouver que je ressemblais à ma mère, puisque c'était son cabriolet.

— Tu n'es pas comme ta mère, rétorqua-t-il aussitôt. Allez, viens ! On nous attend pour déjeuner chez Sarah. C'est ma sœur qui s'est mise aux fourneaux, aujourd'hui, et c'est une bonne cuisinière.

Tout le monde semblait estimer qu'elle se faisait elle aussi une joie d'assister au déjeuner familial. Mais si c'était effectivement le cas, cela ne signifiait pas pour autant qu'elle acceptait le prêt du pick-up. Elle enfouit les mains dans ses poches et lui emboîta le pas, détournant vivement les yeux quand elle se rendit compte qu'elle fixait les muscles galbés du fessier de Derek.

— Tu ne connais pas ma mère, reprit-elle. Comment peux-tu affirmer que je ne suis pas comme elle ?

Comme, à cet instant, il ouvrit la portière du pick-up, sa veste en cuir s'écarta, lui offrant le spectacle troublant de son large torse moulé par un pull bleu marine.

— Et toi, tu la connais ? rétorqua-t-il.

Elle évita de la regarder dans les yeux.

— Non, je ne la connais pas, c'est vrai, admit-elle. Comme je t'ai déjà dit, j'étais encore un bébé quand elle a quitté la maison.

— Donc, tu considères que ce que ton père t'a raconté sur elle est forcément vrai.

— Je lui ressemble, c'est indéniable.

Elle avait conservé la photo froissée de sa mère, dérobée jadis dans le bureau de son père.

— Si tu te cherches des raisons pour ressembler à une femme à laquelle tu dis par ailleurs ne pas vouloir ressembler, c'est que tu as envie de te détruire toi-même, conclut-il avant de lui indiquer le volant : Tu peux conduire. Autant t'habituer à l'engin tout de suite. Ce n'est pas parce que je te le prête que je n'y tiens pas.

— Tu ne peux pas me forcer à conduire ton pick-up, répliqua-t-elle. Ni aujourd'hui, ni pendant la semaine où tu seras absent.

— Effectivement, mais je pense néanmoins que tu dois t'habituer à conduire un véhicule plus imposant que ta petite boîte de conserve.

— Pourquoi ? Parce que tu en as décidé ainsi ?

— Parce qu'un siège pour enfant n'entrera pas dans ton cabriolet. Il faut les installer dos à la route, et de préférence sur la banquette arrière, par-dessus le marché.

Elle sentit son indignation retomber et sa gorge se serrer.

Il avait raison. Bien sûr qu'il avait raison ! Un siège pour enfant n'entrerait pas dans une voiture deux places !

— Tu en sais des choses, sur les sièges pour enfant !

— Il y a eu beaucoup de nouveau-nés dans ma famille, ces derniers temps, et il m'est aussi arrivé de m'occuper d'eux, expliqua-t-il avant de lui désigner de nouveau le pick-up. Bon, tu vas monter, ou il faut que je te pousse à l'intérieur ?

Le dimanche précédent, à Double-C, il avait effectivement l'air très à l'aise avec les enfants, cela ne lui avait pas échappé. Elle, en revanche, en dépit de tous les livres qu'elle pourrait lire, elle était très mal préparée à sa future maternité. Enfin, pour l'heure, elle devait monter dans ce pick-up ! Posant le pied sur le marchepied, elle se hissa à l'intérieur.

— Tu vois, je peux très bien y arriver sans toi, répondit-elle, espérant qu'elle allait très vite cesser de penser à lui.

— Rassure-toi, je ne vais pas te toucher, rétorqua-t-il d'un ton sec.

Elle sentit son estomac se contracter. Du haut de son siège, elle put constater qu'il n'avait pas bougé.

— Je sais, dit-elle. Ce qui t'intéresse, ce ne sont pas mes hanches, mais le bébé. Tu me l'as déjà fait clairement comprendre.

Il plongea son regard dans le sien.

— Si j'étais toi, je n'essaierais pas de tester cette théorie, mon chou. Tu es une très belle femme, et je ne suis qu'un homme.

Son cœur se mit à cogner comme un oiseau fou dans sa poitrine.

— Un homme entêté, oui ! corrigea-t-elle d'une voix plus essoufflée qu'elle ne l'aurait souhaité.

Mais il fallait qu'elle parle pour briser le sortilège qu'il exerçait sur elle.

Un nouveau départ, elle ne devait pas oublier son objectif. Et ce nouveau départ, c'était sans homme qu'elle le concevait. Antoine ne voulait pas d'elle avec le bébé… et Derek était uniquement intéressé par son futur enfant !

Elle s'installa convenablement derrière le volant.

— Les entêtés se reconnaissent entre eux, dit-il d'un ton ironique, en refermant la portière.

Il fit rapidement le tour du pick-up, pour monter du côté passager.

— Je ne suis pas entêtée, déclara-t-elle.

— Ah bon ? ironisa-t-il encore, tout en attachant sa ceinture. Et le pape n'est pas catholique, peut-être ? ajouta-t-il en lui tendant les clés. Démarre !

Elle inséra la clé dans le contact. Le moteur se mit doucement en marche.

— Malgré ce que tu sembles penser, je suis une personne très facile à vivre, décréta-t-elle.

Il se tourna vers elle, et l'odeur de son eau de toilette l'envahit… Aussitôt, une impression curieuse lui noua l'estomac, et elle comprit qu'elle ne pouvait pas incriminer ses nausées du matin, cette fois-ci.

— Essaie la marche arrière, lui conseilla-t-il.

Elle prit une profonde inspiration, s'efforçant de contrôler ses hormones et de se concentrer sur la conduite du véhicule. Elle avança le siège, regarda dans le rétroviseur, puis, ayant passé la marche arrière, recula prudemment, suivant les marques des roues dans la neige.

— J'ai l'impression de conduire un semi-remorque, dit-elle.

— Tout est relatif.

— Je suis sûre que cet engin consomme des quantités hallucinantes de carburant.

— Et pas ton cabriolet de luxe, peut-être ?

Il avait marqué un point, mais, bien entendu, pas question qu'elle l'admette devant lui.

— Cet « engin », pour reprendre tes termes, roule avec de l'énergie de substitution, reprit-il. Alors, ne t'en fais pas, ta conscience écologique peut dormir tranquille. Et maintenant, concentre-toi, et essaie de ne pas heurter les troncs d'arbres allongés le long de la chaussée.

Elle ignorait qu'il y avait des troncs au bord de la route, vu que tout était recouvert de neige ! Tournant le volant, elle effectua un demi-tour.

— Je serais bien incapable de me garer en ville avec ce tank !

— Tu peux te garer derrière la boutique de Tara. La rue est très large.

Elle soupira bruyamment, et changea de vitesse. Puis elle appuya un peu sur l'accélérateur, et le moteur sembla grogner.

— J'ai l'impression que tu fais partie de ces gens qui ont réponse à tout, marmonna-t-elle.

— J'ai fait des études, ça doit être pour ça, ironisa-t-il, tout en tapotant sur le levier de vitesses. Tu es au point mort, mon chou. Il faut passer une vitesse, à un moment ou à un autre.

Elle sentit ses joues s'empourprer.

— Je t'avais prévenu que j'aurais du mal à conduire ton pick-up, lança-t-elle.

— Détends-toi, d'accord ?

Son ton s'était radouci, et il posa sa main sur la sienne, sur le volant, offrant une pression légère à ses doigts crispés.

— Ce n'est qu'un pick-up.

— C'est une arme qui n'est pas entre des mains adaptées, marmonna-t-elle, tout en s'efforçant de penser à autre chose qu'à la chaleur de la paume de Derek sur ses doigts.

Quand il retira sa main, elle eut l'impression de pouvoir respirer de nouveau. Prudemment, elle prit la direction de la nationale.

— Combien de temps vas-tu rester dans le Minnesota ? demanda-t-elle alors.

— Je pars demain matin de bonne heure, et je reviens jeudi soir. J'espère que je ne vais pas trop te manquer, ajouta-t-il d'un ton sec.

— Ne t'inquiète pas, lui dit-elle en forçant un peu sur son accent du Sud. J'aime avoir la paix.

Pourtant, il lui manquerait, et elle le savait. Autrement dit, il était vraiment urgent qu'il parte pour quelques jours. Elle était venue dans le Wyoming pour être indépendante, pas pour qu'on la prenne sous son aile, même si Derek était bien intentionné. D'ailleurs, ne disait-on pas que l'enfer était pavé de bonnes intentions ?

— Pendant que tu seras bien tranquille, profites-en pour appeler Antoine et lui dire que tu es enceinte.

Elle sentit ses mains se contracter malgré elle sur le volant.

— Cette histoire ne te regarde pas.

— Pourquoi est-ce que tu as rompu avec lui ?

— Il couchait avec son assistante, répondit-elle d'un ton farouche.

Curieusement, cet aveu l'embarrassa moins qu'elle ne l'aurait cru.

— Tu es content ? ajouta-t-elle. On peut changer de sujet ?

— Quel mufle ! poursuivit-il pourtant d'un air dégoûté. Depuis combien de temps sortiez-vous ensemble ?

Depuis bien trop de temps, en fait.

Elle lui lança un regard en coin.

— Tu ne voudrais pas qu'on parle de tes ex-petites amies, au lieu de toujours parler de mes histoires ?

Il ne répondit rien. Alors poussant un soupir, elle céda à sa demande :

— Deux ans.

Mais comme Derek n'était pas le seul à être obstiné, elle enchaîna :

— Pourquoi est-ce que ton ex-fiancée a rompu ?

— Parce qu'elle n'était pas amoureuse de moi, dit-il d'un ton neutre.

Alors c'était une fichue idiote. Par chance, son instinct de protection l'empêcha de formuler sa pensée à haute voix.

— Cela fait combien de temps ?

— Trois ans.

Elle déplia les doigts, et les referma, se demandant jusqu'à quel point il allait accepter de répondre à ses questions.

— Selon Megan, tu es toujours amoureux d'elle. C'est vrai ?

— Megan est une enfant. Elle ne connaît rien à la vie.

— Tu n'as pas répondu à ma question.

— Je sais.

S'il n'avait plus rien éprouvé pour Renée, il le lui aurait tout simplement dit. Elle pouvait donc en conclure qu'il était encore épris d'elle.

Cette pensée la contraria. Elle accéléra sans s'en rendre compte. Finalement, il était facile de conduire ce pick-up. Il réagissait bien.

— Où est-elle, maintenant ?

— Megan ? Chez elle, je suppose, dans la mesure où sa mère est en train de cuisiner.

Elle lui jeta un coup d'œil en biais.

— Je parlais de ton ex-fiancée.

— Tu n'avais pas précisé.

Elle laissa échapper un profond soupir, ce qui en révéla davantage sur elle-même qu'elle ne l'aurait voulu. Elle avait montré plus de curiosité qu'elle n'aurait dû. Ce n'était pas parce qu'elle était de nature indiscrète, mais parce qu'il lui inspirait un intérêt un peu trop grand…

— Pourquoi est-ce que tu te refermes comme une huître quand je te questionne sur ta vie privée, insista-t-elle pourtant, alors que tu te sens tout à fait libre de me poser toutes les questions qui te passent par la tête concernant la mienne ?

— Tu fouilles dans le passé. C'est inutile. Ton bébé, en revanche, c'est l'avenir.

— Oui, et c'est mon avenir, rectifia-t-elle. Pas celui d'Antoine.

— S'il n'est pas au courant, tu lui prêtes des pensées qu'il n'a peut-être pas.

— Mais il pense très bien par lui-même, ne t'inquiète pas, et il ne veut pas d'enfant ! Il m'a prévenue dès le début de notre relation, et il n'a pas changé d'avis.

— Tu n'en sauras rien tant que tu ne lui auras pas dit que tu es enceinte, rétorqua-t-il avant d'ajouter : Il faut bifurquer ici, pour aller chez Sarah.

Il l'exaspérait, mais elle ne put s'empêcher de remarquer qu'il était devenu très pâle.

— Je pensais qu'ils habitaient en ville, avec Max.

— C'est un raccourci.

Elle ralentit, tourna et quelques minutes plus tard, ils atteignirent une maison à un étage, devant laquelle plusieurs voitures étaient déjà garées. Sydney était en sueur quand elle se gara à côté d'un autre pick-up, vraisemblablement celui de Double-C, à en juger par les initiales gravées sur la porte.

— Il n'a pas changé d'avis, répéta-t-elle, en coupant

le moteur et en lui tendant les clés. Je le sais, parce que je lui ai dit que j'étais enceinte.

Et avant qu'il ne fasse un nouveau commentaire, elle descendit du pick-up et se dirigea vers la maison.

Il la rattrapa alors qu'elle posait la main sur la poignée. Lui enserrant l'avant-bras, il l'obligea à se retourner.

— Tu lui as dit ? demanda-t-il d'un air sombre. Quand ça ?

Elle se dégagea de son étreinte.

— Tu es vraiment la personne la plus curieuse que j'aie jamais rencontrée ! s'écria-t-elle. Eh bien, sache que je lui ai annoncé la nouvelle le jour où je l'ai apprise.

Elle se frotta doucement les mains l'une contre l'autre avant de préciser :

— Il m'a dit : « Non merci », point à la ligne.

Elle l'entendit jurer dans sa barbe.

— Je suis désolé, Sydney.

Elle haussa les épaules.

— Pourquoi ? Ce n'est pas toi qui nous as laissés tomber, le bébé et moi.

Elle trouvait curieux d'éprouver aussi peu d'émotion en énonçant cette triste vérité. Elle était en réalité soulagée d'en avoir fini avec son ancienne vie.

La porte s'ouvrit, et Megan apparut sur le seuil, un large sourire aux lèvres.

— J'avais parié avec Eli que vous viendriez ensemble, dit-elle en les embrassant.

Derek s'efforça de reporter son attention sur sa nièce, sans y parvenir. L'aveu de Sydney l'avait troublé.

— C'est un gros pari ? demanda-t-elle à Megan.

Le sourire de la jeune fille s'élargit.

— Il devra faire mes corvées pendant deux semaines, dit-elle.

Et elle leur montra le chemin.

Sydney s'esclaffa en lui emboîtant le pas.

Il était encore sous le choc de ses propos, et elle, elle riait tranquillement avec sa nièce ! Mû par une impulsion qu'il ne s'expliquait pas vraiment, il la saisit par le bras et l'entraîna à l'écart, dans le bureau qui donnait sur le vestibule.

Elle lui lança un regard stupéfait.

— Qu'est-ce qu'il y a encore ?

Il parvint à ne pas faire claquer la porte, quand il la referma derrière lui.

— Pourquoi est-ce que tu ne me l'as pas dit, il y a deux semaines ?

Elle fronça les sourcils, puis le regarda avec hauteur.

— Parce que ce ne sont pas tes affaires !

Il serra les poings.

— Figure-toi que cela me regarde aussi, depuis que tu m'as demandé de ne pas ébruiter ton petit secret.

Il laissa glisser son regard sur la taille encore fine de Sydney. Elle portait une chemise blanche sur un jean bleu marine. Et cette tenue toute simple éveillait en lui un monde de fantasmes…

Elle plaqua les mains sur ses hanches, et ses bracelets en or cliquetèrent.

— Un « petit secret » que tu as découvert parce que tu t'es mêlé de ce qui ne te regardait pas ! lui rappela-t-elle. Si tu ne m'avais pas harcelée, tu n'aurais jamais rien su.

— Pourquoi as-tu absolument besoin de cacher ta grossesse ? Au fond, c'est peut-être que toi non plus, tu n'as pas envie de cet enfant !

Il l'agrippa par les épaules, la forçant à le regarder.

— Si ça se trouve, tu avais peut-être d'autres plans, avant que je ne m'en sois aperçu…

Elle le regarda comme s'il avait perdu la tête.

— Derek ! dit-elle d'une voix à la douceur touchante. C'est très blessant…

Il se figea et resserra son étreinte. Il avait l'impression d'être en train de perdre la tête ! Jurant à mi-voix, il la relâcha.

— Je suis désolé, dit-il tout en pivotant sur ses talons pour se diriger vers la porte du bureau. Va retrouver les autres, lui lança-t-il encore d'une voix rauque. Je vous rejoins.

Il avait besoin de recouvrer ses esprits pour cesser d'agir comme un forcené.

Mais elle le dépassa et vint se planter devant lui.

— Ça ne va pas ? demanda-t-elle en fronçant les sourcils.

Il n'avait jamais blessé une femme de sa vie, pas même Renée !

— Tu devrais me dire d'aller au diable, lui dit-il alors.

Elle eut un petit sourire. Ses yeux étaient bleu foncé, comme la nuit.

— Tu peux me dire ce qui se passe, au juste, Derek ?

La vie était tellement simple, avant qu'il ne vienne au chalet pour la première fois. Dès qu'elle lui avait ouvert la porte et l'avait jaugé de ses yeux bleus, à la fois doux et sombres, il s'était senti fondre.

Il passa les mains sur son visage. Il ne pouvait pas lui en vouloir pour ce que Renée lui avait fait.

— Je n'ai pas envie d'en parler, dit-il enfin.

— Trop tard ! répondit-elle sans ciller. Tu connais mon pire secret, alors…

— Une grossesse ne rime pas avec le mot « pire » !

— Mais quand on est tombée délibérément enceinte, tout en sachant que…

Il eut du mal à déglutir. Même en y mettant du sien, elle n'aurait pas pu le choquer davantage.

— Tu as fait exprès de tomber enceinte ?

Elle eut un petit rire triste et hocha la tête, avant de détourner le regard. Et il put enfin respirer plus librement.

— J'ai trente et un ans, dit-elle au bout d'un moment. Antoine et moi, au départ, on était d'accord sur tout : pas d'enfant, pas d'engagement… Mais le temps a passé, et j'ai vieilli. Lui, il devenait de plus en plus séduisant. C'est injuste, mais c'est comme ça. Les rides enlaidissent les femmes, alors qu'elles embellissent les hommes.

— Franchement, ce sont des clichés. Si tu penses que tu as perdu ta beauté, alors il faut t'acheter des lunettes ! Tu es belle, Sydney, et tu le sais.

Elle pinça la bouche.

— Tout ce que je sais, c'est que même quand j'ai découvert qu'il avait une aventure avec son assistante à peine pubère, j'ai continué à sortir avec lui. Cela faisait des mois qu'on n'avait plus de vie sexuelle, et je n'étais plus amoureuse de lui. Alors au bout d'un moment, j'ai fini par ne plus supporter ma position… J'avais l'impression qu'une jeune femme, tout juste sortie du berceau, avait usurpé ma place…

Elle s'assit sur l'accoudoir d'un fauteuil en cuir.

— Alors j'ai entrepris de le séduire de nouveau. Voilà, ce n'est pas très joli, tu vois ?

— Renée était enceinte, dit-il de façon abrupte. Quand elle a rompu, elle savait qu'elle était enceinte.

Elle en resta bouche bée.

— Elle ne m'avait rien dit du tout, poursuivit-il. Je l'ai découvert il y a quelques mois, à l'enterrement de son père, à Cheyenne.

— Elle était avec l'enfant ?

— Elle n'a pas eu l'enfant.

Il était déterminé à tout lui raconter. Peut-être que cela lui permettrait de surmonter l'attrait que sa grossesse avait sur lui.

— Elle a avorté, expliqua-t-il.

— Oh ! Derek !

Se levant précipitamment du fauteuil où elle avait pris place, elle l'enlaça avant qu'il n'ait eu le temps de s'écarter.

— Je suis désolée, ajouta-t-elle.

Elle avait blotti sa tête sous son menton, et il aspirait à pleins poumons l'odeur de vanille qui montait de sa belle chevelure noire.

— Je comprends mieux à présent pourquoi tu insistais tellement pour que je parle de ma grossesse à Antoine, constata-t-elle avec douceur.

Il ferma les yeux, s'efforçant de ne pas penser aux doigts qu'elle avait noués autour de son cou, tout comme à ses seins qui s'écrasaient contre son torse. Mais ces sensations étaient si agréables ! Il avait réagi avec la verdeur d'un adolescent, à la seconde même où elle l'avait touché.

— Sydney…

Il s'interrompit, ne sachant trop ce qu'il allait dire. Parce que s'il ne se contrôlait pas, il allait lui ordonner de se déshabiller et de s'allonger sur le grand bureau de Max !

Elle releva la tête pour le regarder.

— Oui ?

C'était la dernière chose qu'il avait envie de faire et pourtant, il s'écarta d'elle.

— Si Antoine venait te voir et te demandait de revenir, tu le ferais ?

— Non, répondit-elle tranquillement. Je n'aime

pas la femme que j'étais devenue, sous son influence. J'étais exactement ce que mon père avait prédit que je serais. Et je ne veux pas que mon enfant ait ce genre de mère.

Elle baissa les yeux, posa les mains sur son ventre toujours plat et ajouta :

— C'est un nouveau départ pour nous deux.

Puis elle releva la tête et lui sourit.

Et son sourire lui fit l'effet d'un coup de poing en plein cœur. Il comprit que, s'il restait une minute de plus en tête à tête avec elle, il allait la prendre dans ses bras, sans se soucier davantage des conséquences…

Se ressaisissant, il ouvrit la porte.

— Viens ! Les autres nous attendent.

Elle lui emboîta le pas, mais s'arrêta sur le seuil.

— Si tu avais su qu'elle était enceinte, qu'est-ce que tu aurais fait ?

— J'aurais été un père, dit-il d'un ton catégorique.

Elle lui adressa un regard perçant.

— Et tu aurais été un bon père, dit-elle finalement.

Puis elle le dépassa et se dirigea vers l'endroit d'où provenaient les éclats de voix et les rires.

Il poussa un long soupir et parvint, au bout de quelques instants, à être en mesure de se mêler aux autres.

— Allez, Sydney. Encore un petit effort !

Elle regarda Derek. Quelques mètres de neige les séparaient…

— Encore un petit effort ? répéta-t-elle entre ses dents. Et qu'est-ce qu'il croit que je suis en train de faire ?

Elle tendit sa main gantée à Megan.

La jeune fille lui sourit et plaça une boule de neige dans sa main.

— Tu peux y arriver, lui souffla-t-elle.

Elle n'en était pas certaine. Ses efforts pour viser Derek faisaient descendre à vue d'œil la neige fraîche accumulée devant la maison de Sarah et Max.

— Je ne sais pas pourquoi je me suis laissé convaincre par Eli et toi, dit-elle à Megan.

Les adolescents avaient tenu à cette bataille de boules de neige, après le repas.

— Parce que c'est drôle et que tu dois lui rendre ce qu'il t'a fait. Un jour, Eli aussi m'avait mis une boule de neige dans le cou, et il a compris sa douleur, après. Je l'ai littéralement bombardé.

— Tu as essayé, précisa Eli.

— Tu as raison, je dois me venger, dit Sydney.

— Parfait, approuva Megan avec enthousiasme, avant de reprendre plus bas : Vise Eli, je me charge de Derek.

— Tu peux toujours essayer, Meggie, s'esclaffa Derek.

C'était la première fois qu'il souriait, depuis ses aveux au sujet de Renée, et cela réchauffa le cœur de Sydney.

Il fit passer sa boule de neige d'une main à l'autre. Contrairement à son habitude, il portait des gants, sans doute à cause des nuages gris qui s'amoncelaient dans le ciel.

— Cela ne coûte rien d'essayer, même si on échoue.

— Les enfants !

La mère de Derek apparut soudain sur le seuil de la maison, et lança d'une voix chaleureuse :

— Rentrez manger de la tarte aux pommes, tant qu'elle est encore chaude. On vous attend !

Derek écarta les bras.

— Sauvée par le gong, mon chou !

Sydney fit mine de rien, tout en ne perdant pas de vue la tête blonde de Derek. Alors, prenant son élan, elle lança sa boule de neige. Le projectile s'approcha de Derek… et le manqua, parce qu'il baissa la tête juste à temps.

— La prochaine fois que tu m'appelles « mon chou », je ne te manquerai pas, le prévint-elle.

— Nous verrons bien, mon chou, constata-t-il.

Et sur ces mots, il atteignit la porte. Megan et Eli continuaient à se lancer des boules de neige. Elle le rejoignit sur le seuil et leva les yeux vers lui.

Son cœur se mit alors à battre à cent à l'heure…

— J'étais certain que ça finirait par poser problème, dit-il en fixant ses lèvres.

Elle les sentait presque trembler sous son regard.

— Quoi ?

— Ça…, murmura-t-il.

Il l'enlaça brusquement et, penchant la tête, plaqua sa bouche sur la sienne.

Elle eut la subite impression que son esprit devenait aussi blanc et brillant que la neige alentour.

Et, juste au moment où elle commençait à percevoir des sensations, à noter des détails, comme le frottement terriblement excitant de la joue mal rasée de Derek contre ses gants, ou le goût de vin que ses lèvres conservaient encore du déjeuner, il releva la tête.

Elle aspira une large bouffée, heureuse de pouvoir inhaler de l'air bien froid, pour tempérer le feu qui brûlait en elle.

— Nous… Nous ne devons pas recommencer, bredouilla-t-elle. Ce n'est pas possible.

— Bien entendu, fit-il d'une voix ironique.

— Mais enfin, je vais avoir un enfant ! s'écria-t-elle,

tout en regardant aussitôt autour d'elle, pour vérifier que personne ne l'avait entendue.

— Je sais.

— Et toi, tu n'as toujours pas oublié Renée.

— Si, il y a des années.

— Mais tu n'as toujours pas oublié ce qu'elle t'a fait, rectifia-t-elle, et comme il ne nia pas, cette fois, elle ajouta : Je suis sûre que tu ne veux pas être le remplaçant d'Antoine, tout comme je ne veux pas être la remplaçante de Renée.

— Parce que tu cherches un clone d'Antoine ? D'après ce que tu m'en as dit, ce type n'en vaut vraiment pas la peine.

— Non, je ne cherche pas un clone ! se récria-t-elle. Mais toi si ! C'est pour ça que tu ne me lâches plus, depuis que tu as découvert que j'étais enceinte.

— Sydney, si j'étais aussi présent dans ta vie que j'en ai envie, je n'arrêterais pas de te faire l'amour et tu demanderais grâce.

Elle sentit une onde de chaleur l'envelopper des pieds à la tête.

— Et maintenant, rentrons ou les autres vont se demander ce qu'on fait.

— Je n'ai pas envie de tarte, murmura-t-elle.

— Parfait, alors restons dehors.

Elle sentait son corps en ébullition, tandis que dans son esprit tourbillonnaient les mots qu'il venait de lui dire.

Sydney, si j'étais aussi présent dans ta vie que j'en ai envie, je n'arrêterais pas de te faire l'amour et tu demanderais grâce.

Il n'y avait aucun doute à avoir cependant : une aventure avec Derek ne ferait que compliquer son nouveau départ dans la vie !

— Allons manger cette tarte ! dit-elle, revenant sur ce qu'elle venait de décréter.

— Bon choix ! approuva-t-il.

Et il lui déposa furtivement un baiser sur le front, avant de l'entraîner à l'intérieur.

- 9 -

— Quand est-ce que Derek rentre ?

Sydney était en train d'aligner des colliers sur un plateau recouvert d'une belle étoffe de velours rouge.

— Ce soir, répondit-elle sans lever les yeux, et pour paraître plus détachée encore, elle ajouta : Enfin, je crois.

Elle souleva un collier particulièrement réussi, et qui était en réalité composé de simples fils torsadés.

— Tu as suivi des cours ? demanda-t-elle à Tara, en tournant enfin la tête vers elle. Ce bijou est vraiment remarquable !

Tara était assise à la caisse, en train de faire les comptes.

— Merci, dit-elle en regardant le collier. En fait, j'ai surtout appris par moi-même. Ce n'est pas très compliqué, quand on aime fabriquer des bijoux.

Ayant fini ses calculs, elle griffonna la somme sur un talon de versement, puis recula sa chaise.

— J'ai hâte d'accoucher, dit-elle en s'étirant.

Dans un soupir, elle se caressa le ventre, à travers le tissu de sa chemise en flanelle.

— Est-ce que cela t'ennuierait d'aller déposer ce versement à la banque ?

— Bien sûr que non !

Ayant arrangé le collier sur son plateau, Sydney reposa le tout dans la vitrine. Elle avait l'intention d'offrir ce bijou à Charlotte pour son anniversaire, et elle se demandait si Tara ne pourrait pas fabriquer le bracelet assorti.

— Reste assise et surélève tes pieds, ajouta-t-elle. Je m'occupe de tout. Je ferai la fermeture.

— Non, ça ira, la rassura Tara.

Elle était toujours aussi souriante mais, ce jour-là, elle paraissait quand même bien plus pâle que d'habitude. Visiblement fatiguée, elle se laissa tomber dans une bergère à oreilles, qu'elles avaient reçue la veille.

Sydney enfila son manteau et glissa l'enveloppe et le coupon de versement dans son sac à main, avant de s'emparer du téléphone sans fil et de le poser sur le guéridon qui se trouvait près de Tara.

— Je fais vite, promit-elle.

Tara lui fit un petit au revoir de la main.

— Nous sommes à Weaver, tu sais, rien ne prend jamais très longtemps.

La banque n'étant pas loin, elle pouvait en effet s'y rendre à pied — ce qui lui évitait par-dessus le marché de prendre le pick-up de Derek. Même s'il n'avait pas neigé depuis son départ et qu'elle aurait tout à fait pu utiliser son cabriolet, elle s'était désormais habituée à ce pick-up. Beaucoup trop.

Elle n'aurait su dire exactement pourquoi. Peut-être parce que Derek le souhaitait et qu'elle ne voulait pas le décevoir… Ou bien était-ce son sens pratique qui l'y poussait ? Elle devait en effet s'habituer à manœuvrer un véhicule imposant, futur bébé oblige.

Enfin, c'était l'unique raison qu'elle voulait bien admettre, mais elle doutait que ce soit la seule.

Une fois à la banque, elle dut faire la queue, et prit place derrière une femme assez corpulente, aux boucles rousses et brillantes. Celle-ci la jaugea de pied en cap quand elle entra, avant de lui sourire.

— Vous êtes la nouvelle petite amie de Derek, déclara-t-elle alors.

Pensait-elle si fort à lui que même des inconnus s'en rendaient compte ? A son tour, elle regarda la femme.

— Pardon ? fit-elle.

— Je parlais de Derek Clay, reprit la femme dont les boucles s'agitaient au moindre mouvement. J'ai entendu dire qu'il sortait finalement avec une nouvelle femme. Vous travaillez pour notre chère Tara, n'est-ce pas ?

— Oui, je travaille pour Tara, acquiesça-t-elle avec lenteur.

Son interlocutrice parut aux anges.

— C'est une voisine qui m'a parlé de vous. Millie Greenfield. Elle travaille pour Derek, c'est sa secrétaire. Et moi, je suis Dolores Wells, mais mes amis m'appellent Dori.

— C'est vrai, Dori, mais pour l'instant, contente-toi de faire la queue ! déclara un vieil homme qui venait de prendre place dans la file d'attente, derrière Sydney.

Il lui adressa un signe de tête poli.

— Arrête de ronchonner, Howard, protesta Dori.

Mais, son tour étant arrivé, elle se retourna et commença à s'entretenir avec la guichetière.

— Cette femme est une commère de première catégorie, expliqua Howard en se penchant vers Sydney.

Il s'efforçait visiblement de chuchoter, ce ne fut pas suffisant.

— Parle pour toi ! lui lança Dori par-dessus l'épaule.

Howard se racla la gorge, puis jaugea le postérieur avantageux de Dori.

— Si elle se décidait à vivre sa vie, reprit-il, elle aurait moins de temps à consacrer aux autres.

A cet instant, Dori pivota sur ses après-skis en fausse

fourrure et s'approcha de Howard, tout en fourrant une liasse de billets dans son sac à main.

— Tu voudrais que je me décide à vivre avec toi, c'est ça ? fit-elle d'un ton hautain. Eh bien, figure-toi que, moi, je suis une honnête femme, Howard Grimes ! Si tu veux que je vive avec toi, il faudra me proposer le mariage.

Sur cette déclaration à l'emporte-pièce, elle se tourna vers Sydney.

— C'est d'ailleurs une chose que vous, les jeunes filles, vous devriez réapprendre.

Sydney était encore sous le choc de cette intervention, quand Dori sortit de la banque.

— L'épouser, marmonna Howard. Nous sommes bien trop vieux pour penser à ce genre d'absurdités.

Son regard passa de la porte, où Dori venait de disparaître, à Sydney.

— Au cas où vous ne l'auriez pas remarqué, c'est votre tour. Sauf si ça vous amuse de continuer à faire la queue, ajouta-t-il encore.

— Désolée, répondit-elle. Cela fait si longtemps qu'on ne m'avait pas traitée de jeune fille.

Elle se dirigea vers le guichet et tendit l'enveloppe accompagnée du talon de versement. On lui remit rapidement un récépissé, et, tout en s'éloignant, elle passa devant Howard.

— Je ne pense pas qu'il y ait une limite d'âge pour se marier, lui dit-elle en souriant. Et s'il y en a une, il faut la transgresser.

— Vous êtes bien trop jeune pour connaître la vie, répondit l'homme avant de pointer un doigt vers elle. Ne faites pas de mal au jeune Clay, voulez-vous ? Il en a assez bavé avec cette enfant gâtée de Cheyenne.

— Je ne compte faire de mal à personne, monsieur Grimes, répondit-elle.

— Appelez-moi Howard, dit-il en s'avançant vers le guichet. Comme tout le monde.

Elle quitta la banque, le sourire aux lèvres. Tous les trottoirs venaient d'être dégagés et les vitrines du centre-ville avaient un petit côté pittoresque.

Elle avait hâte de voir Weaver en été !

Quand elle rentra dans la boutique, Tara était toujours assise là où elle l'avait laissée en partant.

— C'était fort divertissant, dit-elle en plaçant le récépissé dans le tiroir-caisse. Howard Grimes veut vivre avec Dori Wells, mais elle ne veut rien savoir, tant qu'il ne l'aura pas demandée en mariage.

Tara fit une petite grimace.

— Je vois qu'on s'habitue facilement aux commérages de Weaver.

Sydney ressortit le plateau qui contenait le collier.

— Je l'espère, répondit-elle.

La pensée était terriblement réconfortante. Elle brandit de nouveau le bijou qu'elle voulait offrir à Charlotte.

— Est-ce que tu pourrais fabriquer un bracelet assorti ? demanda-t-elle.

Tara hocha la tête.

— Bien sûr.

— Génial ! Ma sœur va adorer ! s'exclama-t-elle, tout en mettant le collier à part avant de réorganiser la présentation des autres. Tu sais, Tara, poursuivit-elle, je connais au moins une douzaine de personnes à qui tes créations plairaient. Et notamment une bijoutière qui a pignon sur rue.

Tara parut intriguée, mais elle se contenta de hausser les épaules.

— Entre ma famille et la boutique, j'ai à peine le temps de confectionner des bijoux pour les vendre ici. Alors de là à répondre à des commandes venant d'ailleurs…

— Mais si tu avais le temps ?

Tara appuya sa tête au fauteuil.

— Ah, si j'avais le temps, je bercerais mes enfants tout en fabriquant des bijoux ! Je ne m'occuperais plus de la boutique.

Elle eut un petit sourire espiègle.

— Ne le répète surtout pas à Axel ! Il serait bien trop content ! Il prétend qu'il peut nous faire vivre sans que j'aie besoin de travailler.

Ces paroles lui rappelèrent le côté protecteur de Derek, et elle se sentit soudain troublée… Mais qu'est-ce qui lui prenait ? L'époque où penser à un garçon suffisait à la rendre nerveuse appartenait au passé, elle n'était tout de même plus une gamine !

— Je croyais que tu aimais tenir cette boutique, dit-elle alors.

— Mais bien sûr ! fit Tara. Ma mère aurait adoré avoir sa propre boutique, tu sais… Alors quand l'opportunité s'est présentée à moi, j'ai eu l'impression de lui donner quelque chose qu'elle n'avait jamais pu s'offrir de son vivant, expliqua-t-elle en regardant Sydney droit dans les yeux. J'aime cet endroit, mais ce n'est pas le but de ma vie.

Elle posa les mains sur son ventre, avant de conclure :

— Du moins, ça ne l'est plus.

Sydney s'appuya contre le comptoir.

— Qu'est-ce qu'il te faudrait pour que tu puisses bercer tes enfants et confectionner tes bijoux, sans renoncer à la boutique ? Plusieurs employés ?

— Non, une associée, répondit tout simplement Tara.

— Je pourrais devenir ton associée, tu sais.

Elle avait parlé sans réfléchir, mais dès que ces paroles sortirent de sa bouche, elle sut que c'était exactement la formulation de sa pensée.

— Weaver, c'est mon foyer, maintenant. J'ai bien conscience d'avoir encore beaucoup à apprendre, mais j'ai de l'argent et beaucoup de bonne volonté.

Tara souleva un sourcil.

— Je n'en doute pas, dit-elle. Seulement, comment deux femmes enceintes pourront-elles tenir une boutique ?

Sydney en resta bouche bée, incapable de trouver une repartie pour sauver la face. Elle se rendit compte alors qu'elle se tenait le ventre.

— Ça ne se voit même pas…, finit-elle par articuler, après s'être éclairci la voix. C'est Derek qui te l'a dit ?

Elle avait du mal à le croire mais, ce faisant, il n'aurait pas été le premier homme à la décevoir. Et dire qu'elle l'avait cru différent des autres ! Preuve était faite, une nouvelle fois, qu'elle se trompait toujours sur les hommes. Elle ne pouvait décidément pas se fier à son jugement, les concernant.

— Non, finit par répondre Tara. C'est plutôt qu'on reconnaît toujours ses semblables… Enfin, pour tout dire, je n'en étais pas certaine à cent pour cent. Quel rôle Derek joue-t-il exactement dans cette affaire ? ajouta-t-elle en se redressant sur son siège.

— Ce n'est pas lui, le père, s'empressa de dire Sydney. Lui aussi, il s'en est rendu compte par lui-même… En fait, je n'ai encore rien dit à ma famille. J'attendais que mon frère rentre de Californie, la semaine prochaine.

— Je vois.

— Je sais que j'aurais dû te le dire, lorsque j'ai commencé à travailler à la boutique, ajouta-t-elle aussitôt. Ce n'était pas très honnête de ma part, et je comprendrais que tu ne prennes pas au sérieux mon idée de devenir ton associée.

Tara fit un geste apaisant de la main.

— Arrête, voyons, tu n'es pas la première qui ait

de bonnes raisons pour garder un secret, dit-elle, avec un petit sourire, avant d'ajouter : J'ai attendu un peu, moi aussi, pour annoncer à Axel que j'étais enceinte, la première fois.

Elle se rassit confortablement dans son siège.

— Mais je te raconterai cette histoire un autre jour…, reprit-elle. Alors, ma future associée, qu'est-ce que tu envisagerais comme changement, à Classic Charms ?

La réaction de Tara lui procura un tel soulagement et une si grande excitation qu'elle en éprouva un léger vertige.

— Tu es sérieuse ? Tu ne fais pas ça parce que tu as pitié d'une pauvre femme enceinte alors qu'elle n'a pas de mari ?

— Par pitié ? Mais qu'est-ce que tu dis ?

— Je ne sais pas… Tout cela me semble trop beau pour être vrai.

— Les belles choses ne sont pas forcément compliquées, déclara Tara avec humour. Si je suis parvenue à me former sur le tas, je suppose que, guidée par mes soins, tu n'auras pas grand mal. Mais toi, tu es vraiment sérieuse quand tu affirmes vouloir devenir mon associée ?

— Absolument ! Je peux racheter la moitié de tes parts… Ou moins, si tu préfères.

— Non, la moitié, c'est parfait. Il vaut mieux que tu te sentes tout à fait impliquée dans la boutique. Comme ça, je ne prends pas le risque de te voir en ouvrir une autre en face de celle-ci !

Sydney laissa fuser un petit rire, puis elle s'assit sur une table basse, à côté de Tara.

— Je ne pourrais jamais faire une chose pareille, lui assura-t-elle. Et je ne vois pas pourquoi on changerait quoi que ce soit à la boutique. Je la trouve parfaite. Encore qu'il y ait juste une petite chose…

— C'est-à-dire ?

— Je tiens vraiment à te présenter à l'amie bijoutière dont je t'ai parlé.

Tara plissa les yeux, avant de lui adresser un large sourire.

— Entendu ! dit-elle.

— Quoi ? Qu'est-ce que tu as fait ?

Derek fixait Sydney, de toute évidence sous le choc.

Il était tard, ce soir-là, mais il s'était arrêté au chalet, en revenant de l'aéroport de Cheyenne.

Elle avait cru le surprendre. Elle n'avait pas pensé l'horrifier !

— Oui, tu m'as bien entendue, répliqua-t-elle. Je vais être l'associée de Tara.

— Mais pourquoi ?

Elle se leva du canapé et lui fit face. Il n'avait même pas remarqué que c'était un nouveau sofa. Elle l'avait acheté elle-même et l'avait fait livrer la veille. Il n'avait pas non plus noté le nouvel écran plat, accroché au mur, ni le beau tapis épais qui s'étendait devant la cheminée et remplaçait l'ancien, tout effiloché.

— Et pourquoi pas ? rétorqua-t-elle.

— Parce que tu es enceinte !

— Tara aussi, je te rappelle.

— C'est différent.

Elle eut un petit cri d'indignation.

— Et pourquoi ?

— Je ne sais pas, mais c'est différent.

Elle croisa les bras.

— Admets que, selon toi, je ne suis pas en mesure d'être une bonne associée pour elle.

— Je n'ai pas dit ça.

— Tu n'as pas besoin de le dire. C'est tellement évident que tu le penses !

— Par pitié, marmonna-t-il, si tu savais vraiment ce que je pense…

Il s'interrompit et se passa la main dans les cheveux. Puis son regard s'arrêta sur elle, comme deux lasers verts.

— Ecoute, même si je pensais que c'est une mauvaise idée — ce qui n'est pas le cas —, insista-t-il, cela ne devrait pas t'empêcher de faire ce en quoi tu crois.

Elle était de plus en plus déconcertée.

— Je ne te comprends pas du tout, lui dit-elle.

— Je veux que tu aies confiance en toi, martela-t-il avec force. Et arrête d'imaginer que je pense le pire de toi.

Elle se figea.

— Ah bon ? Et qu'est-ce que je peux supposer d'autre devant ta réaction ? « Quoi ? Qu'est-ce que tu as fait ? », fit-elle en l'imitant.

— J'étais surpris, c'est tout, tu n'agis jamais comme je l'avais imaginé.

Elle ne savait toujours pas comment prendre sa réponse.

— Et qu'est-ce que tu attends, au juste ?

— Que tu te fatigues de la vie à Weaver.

Il était finalement plus facile d'être sur la défensive que de devoir gérer la déception que lui valait cet aveu.

— Je vois, dit-elle en détournant le regard. Eh bien, désolée, mais si tu ne l'as pas encore remarqué, je commence à me sentir bien ici, et je cherche vraiment à m'approprier les lieux.

Gorge serrée, elle se rendit dans la cuisine pour prendre les clés du pick-up. Elle les lui tendit en ajoutant :

— Il va falloir t'y faire.

— J'ai remarqué, tu sais. J'ai vu tous les changements que tu as accomplis dans le chalet.

Oui, il avait vu tout ce qui était visible, mais qu'en était-il du reste ?

Elle releva le menton.

— Tara et moi, nous allons nous associer, déclara-t-elle. Nous prendrons rendez-vous dès que possible avec un avocat, pour régler les détails juridiques.

— Mais cela fait des années que Tara gère seule sa boutique !

Elle sentit ses yeux la brûler, et comme il ne prenait pas les clés qu'elle lui tendait, elle finit par les laisser tomber sur l'ancienne cantine en métal, qui servait de table basse, et qu'elle avait gardée parce qu'elle lui trouvait un certain charme.

— J'ai utilisé la technique habituelle, rétorqua-t-elle alors. Je lui ai agité l'argent des Forrest sous le nez, et la magie a fonctionné.

— Arrête ça tout de suite, dit-il.

Elle lui lança un regard à la fois hautain et interrogateur.

— Ne joue pas les snobs avec moi, Sydney, cela ne te va pas !

Lui tournant le dos, elle courut dans la cuisine et enfouit son visage dans ses mains.

Elle l'entendit jurer, puis quelques secondes plus tard, elle sentit qu'il posait la main sur son épaule. D'une pression douce mais ferme, il l'obligea à se tourner vers lui.

— Ne pleure pas, s'il te plaît, dit-il d'une voix rauque. Hurle-moi dessus ou casse les assiettes, mais pas de larmes, je t'en prie…

— Je suis désolée, Derek, fit-elle, des sanglots dans la voix. La dernière chose que je souhaite, c'est bien de te mettre mal à l'aise.

Elle leva les yeux vers lui, et il secoua la tête.

— Comprends-moi, Sydney, voyons… Je me sens mal

à l'aise en ta présence, depuis le jour de notre première rencontre.

Elle aspira une large bouffée d'air, qui lui brûla les poumons. Mais la sensation désagréable disparut à la seconde où il lui saisit le menton et avança ses lèvres vers les siennes.

Et ce fut son odeur à lui qu'elle inhalait désormais.

Quand il s'écarta enfin, elle constata, à son grand soulagement, qu'elle n'était pas la seule à haleter. Il la prit dans ses bras, puis la regarda.

— Si tu veux que je m'en aille, il suffit de me le dire, la prévint-il.

Mais le timbre rauque et profond de sa voix l'excita au-delà de toute mesure.

— Je ne veux pas que tu partes, chuchota-t-elle.

Pas maintenant. Et jamais plus, avait-elle même envie de lui dire.

Il ferma les yeux tout en lui caressant les épaules de ses pouces. Puis il poussa un profond soupir et rouvrit enfin les paupières.

— Tu me fais perdre le contrôle de moi-même, murmura-t-il à son tour, en la dévisageant avec intensité.

Son cœur se mit à battre la chamade et, se mordant la lèvre, elle se rapprocha de lui. Il aurait pu la repousser, s'il l'avait voulu, mais il ne fit pas un geste.

— Vraiment ? fit-elle, s'enhardissant.

Elle voulait savoir si, comme elle, Derek se sentait hors du cours normal des choses. Si, comme elle, il éprouvait un désir qui menaçait de le submerger.

— Tu es enceinte…, commença-t-il.

— Et en bonne santé, et normale, ajouta-t-elle en nouant les mains autour de son cou. Aussi, à moins que ma grossesse ne te rebute…

— Tu plaisantes, j'espère, l'interrompit-il.

Puis il pressa de nouveau sa bouche contre la sienne et fit glisser ses mains sur ses reins, l'attirant étroitement contre lui, au point de la soulever de terre.

— Est-ce qu'aujourd'hui tu portes une culotte à cent cinquante dollars ? demanda-t-il.

Elle s'esclaffa doucement.

— Désolée, mais celle que j'ai mise aujourd'hui ne m'a pas coûté plus de trois dollars. Cela dit, je peux en changer, si tu veux…

Il ne la laissa pas finir. D'un geste vigoureux, il la prit dans ses bras pour la transporter dans la chambre, lui arrachant un petit cri.

— Tout ce qui m'intéresse, c'est que tu l'enlèves.

Le franc-parler avait parfois ses avantages, surtout énoncé d'une voix rauque et sexy. Elle ressentait en elle l'écho d'une joie qu'elle n'avait pas éprouvée depuis des lustres.

Il la déposa au pied du lit et entreprit de lui enlever sa tunique. Puis bien vite, il la reprit dans ses bras, comme s'il redoutait de s'éloigner d'elle, ne serait-ce qu'un instant.

— Chaque fois que je fermais les yeux, c'était cette scène que j'imaginais, murmura-t-il tandis que ses doigts cherchaient à dégrafer son soutien-gorge. Chaque fois…

— Arrête d'imaginer, lui souffla-t-elle en ôtant son polo.

Elle se lova contre lui, puis ajouta :

— Et passe à l'acte.

Il fit glisser la fermeture Eclair de son jean.

— Tu es certaine ?

— Sûre et certaine !

Il fallait qu'elle sente au plus vite le poids de son corps sur le sien, sans quoi elle ne répondait plus d'elle-même. Elle desserra aussitôt le ceinturon de Derek, maladroite dans sa hâte.

— Tu ne sais pas l'effet que les hormones de grossesse peuvent avoir sur une femme, précisa-t-elle.

Il eut un rire étouffé et, lui prenant les mains, il termina ce qu'elle avait commencé. Alors, avec une rapidité qui la ravit, elle se retrouva allongée sur le lit, les larges épaules de Derek lui barrant la lumière qui se déversait par la fenêtre.

Alors, le silence se fit autour d'eux…

Les battements de son cœur résonnaient comme ceux d'un tambour fou à ses oreilles. Elle sentait que le pouls de Derek cognait lui aussi à cent à l'heure. Il enfouit la tête entre ses seins.

Elle se cambra légèrement sous lui, sous ses caresses.

— Je suis heureuse d'être venue à Weaver, murmura-t-elle.

Il releva la tête et, pour toute réponse, plaqua sa bouche sur la sienne. Alors elle s'offrit à lui, et tout ce qu'elle croyait savoir de l'amour physique fut balayé par le plaisir suprême qui déferla sur elle…

Plus tard, bien plus tard, comme sonnée par l'intensité de ce qu'elle venait de vivre, Sydney restait sans bouger, à fixer le plafond, l'esprit à la dérive.

— Je t'avais prévenue que ce serait fort, entre nous, murmura Derek à ses côtés.

Il eut un petit rire qui résonna délicieusement en elle.

Elle ne se rappelait pas avoir été tant aimée…

Aimée ?

Mais qu'est-ce qui lui prenait ? Elle se releva d'un bond, reprenant subitement ses esprits.

— Quelque chose ne va pas ? lui demanda-t-il.

Il s'appuya sur un coude et la regarda.

Elle détourna les yeux de ses cheveux ébouriffés et

de ses joues assombries par une barbe naissante, et son regard se retrouva à glisser le long du dos de Derek. Elle avait laissé des traces de baisers sur sa belle peau lisse. Embrassé la fossette qui se trouvait juste en bas de ses reins. Il avait ri et s'était retourné, puis il lui avait rendu la pareille, jusqu'à ce qu'aucun d'eux deux ne rie plus…

Et pourtant, l'amour n'avait rien à voir là-dedans, il s'agissait juste de sexe. D'ébats époustouflants et renversants, mais rien de plus.

— Rien, dit-elle en se levant. Je dois… aller aux toilettes.

Elle courut vers la salle de bains et referma bien vite la porte derrière elle.

Mais pour une fois, elle n'avait pas envie d'uriner.

Elle referma l'abattant et s'assit dessus avant d'enfouir sa tête dans ses mains. Tout cela, c'était la faute de ses hormones. Elles étaient complètement détraquées à cause de la grossesse. Ce n'était rien que du sexe, rien que les hormones.

Elle n'était jamais tombée amoureuse d'un homme, par le passé. Derek ne pouvait faire exception à la règle. C'était impossible. Il n'était pas différent des autres.

Elle se répéta la phrase plusieurs fois, jusqu'à l'avoir bien assimilée. Puis, craignant qu'il ne vienne la rejoindre dans la salle de bains — ce qui n'aurait pas été une première —, elle tira la chasse d'eau et se lava les mains.

Son reflet dans le miroir la surprit.

Tout ébouriffée, elle avait les joues bien roses, à cause de la barbe de Derek, et les lèvres rouges et gonflées.

Elle avait l'air d'une femme comblée et aimée, en somme.

Et Derek ne ressemblait pas aux hommes qu'elle avait connus jusque-là.

Elle laissa retomber ses épaules et ferma les yeux. N'avait-elle donc rien appris ?

— Est-ce que tout va bien, Sydney ?

Cette fois, au moins, il avait frappé.

Elle avait envie de hurler et de rire à la fois.

— Oui, répondit-elle après s'être éclairci la voix.

Elle referma le robinet, et il ouvrit la porte. Il était nu devant elle, aussi nu qu'elle. Il laissa son regard la parcourir de la tête aux pieds, et malgré l'intensité de leurs précédentes étreintes, elle sentit de nouveau sa respiration s'accélérer…

— Regarde-toi, chuchota-t-il.

Mais elle n'avait aucune envie de voir son reflet dans le miroir ! Marmonnant vaguement quelques mots, elle fit mine d'attraper un drap de bain sur la patère.

— Attends…

Il posa la main sur son bras, et elle sentit aussitôt une vague de chaleur l'envahir. En un geste, il avait de nouveau réveillé son désir, comme s'ils n'avaient pas fait l'amour passionnément, quelques minutes plus tôt.

— Derek…

Elle s'interrompit, car il venait de s'agenouiller devant elle, et de lui couvrir le ventre de ses mains. Elle sentit une goutte de sueur perler sur son front.

— Tu disais que ça ne se voyait pas, commença-t-il, mais c'est faux.

Elle entendait une sorte de fascination dans sa voix. Puis il embrassa doucement son nombril. Ses jambes devinrent comme du coton, et elle enfonça les doigts dans ses cheveux.

— Tu crois ?

— C'est sûr.

Il lui embrassait à présent la taille, les hanches, tout

en laissant ses mains courir sur ses seins, puis glisser vers son entrecuisse.

Elle laissa échapper un petit gémissement.

— Derek…

— Tu es la femme la plus sexy que j'aie jamais rencontrée, souffla-t-il.

Elle sentait la froideur du lavabo contre son dos, d'autant plus saisissante que tout son corps était en feu.

— Tu dis ça pour être poli, dit-elle en se penchant vers lui.

Il se mit à rire. Dieu, que ce rire la faisait frissonner !

— Pardi ! C'est ce que je dis à toutes les femmes de Weaver, quand elles sortent de l'église. Je suis quelqu'un de très poli, en effet.

A son tour, elle éclata de rire, tandis qu'il continuait à la caresser.

— Je vais devenir de plus en plus grosse, dit-elle alors.

— Tu seras comme un fruit bien mûr, et je t'assure que c'est très sexy.

De nouveau, il embrassa son ventre.

— Et ici, aussi… et c'est très excitant, ajouta-t-il.

Sur ces mots, il se redressa un peu pour prendre un de ses mamelons dressés entre ses lèvres.

Elle poussa un long soupir, se laissant envahir par le plaisir inouï qu'il lui procurait.

— C'est comme ça, mon chou, tu ne peux rien y faire, dit-il encore.

— Je ne suis pas ton chou, trouva-t-elle la force de protester, tout en enfouissant plus profondément les doigts dans sa chevelure.

— J'ai sans doute oublié de te le préciser, continua-t-il tandis qu'il mordillait son deuxième sein et que ses mains caressaient adroitement les plis humides de son sexe. Mais les choux à la crème, c'est mon dessert préféré.

Sur cet aveu, il se redressa, et elle passa les jambes autour de ses hanches, pour lui permettre de s'introduire en elle.

Une myriade de sensations éclata dans tout son corps.

— Tiens bon, bébé, souffla-t-il.

Elle n'arrivait plus à parler. Un vent de folie s'était de nouveau emparé d'elle, de lui… Il la souleva pour la ramener dans la chambre, et une fois allongé sur elle, il se mit à aller et venir lentement en elle, tandis qu'elle criait son prénom, en sentant son corps exploser en un bouquet de lumière. Quelques secondes plus tard, il la rejoignit à son tour dans l'extase.

Quand elle se réveilla, la lumière se déversait à flots par la fenêtre, et la place à côté d'elle était vide.

Il lui fallut quelques minutes pour comprendre que Derek était parti. Mais à quoi d'autre s'était-elle attendue ?

Attrapant l'autre oreiller, elle le plaqua contre son visage. Elle avait l'impression de sentir encore son odeur sur le tissu. Pourtant, il n'avait même pas passé la nuit dans son lit.

Elle poussa un soupir et reposa l'oreiller. Elle n'allait pas commencer à se mentir et à rêver sur quelque chose qui n'existait pas. Ils avaient fait l'amour, avec Derek, et à plusieurs reprises, mais cela n'avait rien changé.

En dépit de l'attirance mutuelle qu'ils éprouvaient, Derek ne pouvait pas penser à sa grossesse sans se rappeler l'enfant qu'il n'avait pas eu la chance d'avoir, et elle se connaissait assez pour savoir qu'elle ne se contenterait jamais d'être la remplaçante de Renée. Et elle ne voulait certainement pas que son futur enfant soit le substitut de celui que Derek avait perdu.

Repoussant les draps froissés, elle se leva. Et ce fut au moment où elle allait entrer dans la douche qu'elle se rendit compte que, pour la première fois depuis des semaines, elle ne ressentait aucune nausée matinale.

Et mieux encore : elle mourait de faim !

Une fois douchée, elle enfila un jean, et comprit soudain qu'elle ne pourrait pas le fermer. Incroyable ! En une nuit, son ventre s'était rudement arrondi. Au lieu du jean, elle passa un caleçon en velours bleu marine et un sweat-shirt à capuche. Elle avait de quoi se préparer un bon petit déjeuner, mais les petits pains aux noix et à la cannelle qu'on servait chez Rudy étaient bien plus alléchants. Et puis elle était sûre de rencontrer là-bas des gens qui lui feraient oublier celui qu'elle devait sortir de ses pensées.

Elle enfila ses bottes, son manteau, mit son bonnet, et… resta bouche bée de surprise. Venant de dehors, elle entendit le bruit sec d'une bûche qu'on fendait, puis qui tombait à terre.

Un rapide coup d'œil à la fenêtre lui apprit que le pick-up blanc, au volant duquel Derek était arrivé la veille, était toujours garé au même endroit, près de celui qu'elle avait utilisé toute la semaine.

Elle sentit sa nervosité monter d'un cran. *Il n'était pas parti.* Avec prudence, elle s'avança dans la neige, contourna le chalet…

Derek était bel et bien là.

Tête nue, comme d'habitude. Ses cheveux ondulés tressautaient au rythme de ses coups de hache. Il ne portait pas de manteau, juste le pull qu'elle lui avait enlevé la veille. Il posa une nouvelle bûche sur le billot, prit son élan, et le morceau de bois, fendu en deux, tomba par terre.

Mais son soulagement fut de courte durée. Derek n'était pas seul : à côté de lui se tenait un type, et ce type, c'était…

— Antoine ! s'écria-t-elle, attirant sur elle l'attention des deux hommes. Mais qu'est-ce que tu fiches ici ?

- 10 -

Antoine Kristoff était aussi grand que Derek. Il portait un manteau en cachemire noir et des gants de cuir, ainsi qu'un pantalon avec un pli bien marqué sur le devant. Ses cheveux noirs étaient coiffés en arrière, et ses yeux marron reflétaient un mécontentement bien visible.

Le regard vert de Derek était, quant à lui, complètement indéchiffrable. Son souffle formait un nuage de buée, dans la lumière du matin. Quand il tourna son regard vers elle, elle comprit qu'il n'avait aucun doute sur l'identité de leur visiteur.

— Il faut que nous nous entretenions en privé, décréta Antoine sans ambages.

Elle n'avait aucune envie de discuter de quoi que ce soit avec lui, en privé comme en public, d'ailleurs.

— Pourquoi est-ce que tu ne m'as pas téléphoné ? riposta-t-elle. Et comment est-ce que tu es venu jusqu'ici ?

A part les deux véhicules de Derek, elle n'en voyait pas d'autre, dans les parages.

Les lèvres d'Antoine se pincèrent. Il n'avait jamais aimé que l'on remette en question ses actes ou ses paroles.

— Ce que j'ai à te dire ne pouvait se communiquer par téléphone, Sydney Anne.

Sur ces mots, il adressa un regard dédaigneux à Derek. La réaction de ce dernier fut sans ambiguïté : fortement contrarié, il enfonça rageusement sa hache dans le billot.

Il y avait quelques heures à peine, elle criait son prénom, tandis qu'il s'effondrait sur elle en gémissant de plaisir. Mais maintenant, il avait les sourcils froncés, et il la jaugeait d'un air grave.

— Je pense que tu devrais parler à cet homme, Sydney Anne, lui dit-il.

Le sentiment de nausée qu'elle n'avait pas éprouvé en se levant l'assaillit tout d'un coup. Son regard passa de Derek à Antoine.

— Très bien, rentrons, lui dit-elle. Passe devant, je te rejoins.

Kristoff rajusta le col de son manteau d'un geste nerveux, comme pour lui montrer qu'il n'avait pas beaucoup de temps à perdre. Mais elle s'en fichait complètement. Ce qui l'intéressait, c'était Derek plutôt que ce qui avait conduit Antoine à Weaver. Elle attendit que ce dernier soit entré dans le chalet.

— Je pensais que tu étais parti, dit-elle alors à Derek.

— Tu attendais sa visite ?

— Pardon ? fit-elle d'une voix aiguë. Mais bien sûr que non !

Il plissa légèrement les yeux, comme s'il se demandait s'il devait la croire ou non.

Elle se rapprocha de lui.

— Si j'avais su qu'il avait l'intention de venir, je l'aurais convaincu du contraire, dit-elle d'un ton plus calme. Derek…, commença-t-elle, cherchant désespérément à trouver les mots qui le persuaderaient de sa sincérité. Il ne représente rien pour moi.

— Peut-être, mais il représente quelque chose pour le bébé que tu portes.

Il avait raison, et cette vérité n'avait rien d'agréable !

— Ce genre de chose a de l'importance pour les

hommes comme toi, dit-elle d'une voix rauque. Pas pour les hommes comme Antoine.

Pinçant les lèvres, il fixa sa hache, avant de la retirer du billot.

— En tout cas, il est là, maintenant, non ? Alors il vaudrait mieux que tu ailles voir ce qu'il veut.

Elle se mordit la lèvre, sans esquisser le moindre geste.

— Derek…

Il laissa glisser son regard sur elle, et elle sentit son cœur bondir dans sa poitrine.

— Je suis heureuse que tu ne sois pas parti.

Il s'empara d'une nouvelle bûche, et la posa sur la souche. Puis il prit son élan et la fendit en deux.

— De nous deux, cela en fait au moins un, marmonna-t-il.

Elle grimaça.

Il avait beau être un homme foncièrement bon, il savait comment l'atteindre. Elle n'arriva même pas à trouver une repartie.

Blessée, elle tourna les talons.

— Sydney ?

— Quoi ? demanda-t-elle sans se retourner.

— Ça va aller ?

Elle sentit ses yeux la brûler. Ce n'était vraiment pas le moment… *Mais elle venait de se rendre compte qu'elle était tombée amoureuse de lui !* Il n'y avait aucun doute possible. C'était un fait indéniable et qui s'imposait comme une évidence.

Elle parvint à hocher la tête, même si elle n'avait aucune certitude quant à l'issue de son entrevue avec Antoine. Puis elle entra dans le chalet.

Elle le trouva au milieu du salon, en train d'étudier les Soliere.

— C'est un sacrilège de les avoir accrochés dans ce

taudis ! s'exclama-t-il d'emblée. Leur place est au musée, ou au moins dans une galerie sécurisée.

Elle referma la porte derrière elle, avec plus de force que nécessaire, et jeta sa veste sur le canapé.

— Et dans ta galerie, je suppose ?

Le regard qu'il lui adressa laissait clairement entendre que la réponse, en effet, était évidente.

— Tout le monde pense que tu as perdu la tête, en déménageant ici. C'est très gênant pour moi.

— Je ne vois pas en quoi. Mais merci beaucoup de m'avoir demandé comment j'allais, Antoine. C'est toujours agréable de se rendre compte de l'attention que tu portes aux gens. Et à ce propos, comment va Trina ?

— Elle est partie.

Tendant les bras, il décrocha un tableau.

— Elle travaille maintenant pour Sotheby's.

— Vraiment, ça m'étonne qu'elle t'ait si vite laissé tomber.

Tout compte fait, elle avait peut-être sous-estimé Trina : la jeune assistante était sans doute plus intelligente qu'elle ne l'avait cru.

— Comment es-tu arrivé jusqu'ici ? lui redemanda-t-elle.

— J'ai loué une voiture à l'aéroport de Cheyenne, mais j'ai dû me garer près de la nationale et faire le reste du chemin à pied. Je ne voulais pas courir le risque de perdre un essieu. Franchement, Sydney Anne, ce genre de trou perdu, ce n'est pas trop ton style, en général.

Il inclina le tableau qu'il tenait à la main, pour l'étudier sous un autre angle.

— Je ne vis pas dans un « taudis », et ce n'est pas un « trou perdu », ici ! s'indigna-t-elle. Ce chalet a cent ans, l'architecture et le mobilier sont d'époque, cela devrait t'impressionner, non ?

N'y tenant plus, elle lui arracha le tableau des mains.

— Qu'est-ce que tu regardes ? demanda-t-elle.

De nouveau, les lèvres d'Antoine se pincèrent.

— Tu te souviens des deux Soliere que j'ai vendus à Geoffrey Reyes, quand nous étions à Antibes ?

Elle raccrocha le tableau au mur. Elle n'était pas près d'oublier leur séjour à Antibes, même si elle n'aurait pas demandé mieux, en fait…

— Je me souviens, dit-elle d'une voix sourde.

— C'étaient des faux.

Abasourdie, elle s'assit sur le sofa.

— Tu plaisantes ?

— J'aimerais bien ! marmonna-t-il.

Il retira son manteau, qu'il posa avec soin sur son avant-bras. Avait-il peur de le salir en le mettant sur le dos d'une chaise ?

Elle posa les pieds sur la cantine et passa la main sur son ventre.

— En tout cas, les miens ont été authentifiés plusieurs fois pour les compagnies d'assurance, lui dit-elle tranquillement. Je suis sûre et certaine que ce ne sont pas des faux.

Elle imaginait aisément la querelle qui devait opposer Antoine à Reyes, un milliardaire excentrique, au tempérament bien trempé.

— Je sais, dit-il.

Il les regarda l'un après l'autre, puis ajouta :

— Je les veux.

Elle bondit sur ses pieds, puis se rassit, abasourdie par le choc.

— Pardon ?

— Je les veux, répéta-t-il. Si je les donne à Reyes, il ne fera pas toute une histoire de notre petit malentendu.

Le collectionneur avait payé des tableaux des millions.

Autrement dit, il y aurait plus qu'une « histoire » autour d'un « petit malentendu ». Antoine avait décidément l'art de manier l'euphémisme, car l'affaire compromettait en réalité toutes ses transactions futures.

Elle fronça les sourcils.

— Tu savais que c'étaient des faux ?

— Ne sois pas stupide ! s'écria-t-il, plus contrarié que jamais. Mais Reyes, lui, ne me croit pas !

Il désigna les tableaux accrochés au-dessus du canapé.

— C'est pour ça qu'il me faut ces trois-là.

— Ils ne sont pas à vendre, répondit-elle d'un ton catégorique.

— Mais je n'ai pas l'intention de les acheter, répliqua-t-il d'un ton méprisant. Je les veux, et tu vas me les donner.

Elle releva les sourcils.

— Euh… Non ! Je ne crois pas !

— Toute cette histoire, c'est de ta faute, fit-il alors.

— Pardon ? ! s'écria-t-elle, manquant de s'étrangler. Ce n'est tout de même pas moi qui ai vendu des faux. Il fallait faire expertiser tes tableaux, avant de les mettre en vente. Tu ne dois t'en prendre qu'à toi-même.

— Si tu ne t'étais pas enfuie sans dire où tu allais, j'aurais déjà pu donner ces tableaux à Reyes, et l'affaire serait réglée.

— Je ne me suis pas enfuie, Antoine ! C'est toi qui m'as dit de partir, lui rappela-t-elle en se levant.

Et pour être honnête, elle lui en était reconnaissante désormais car, sans cela, combien de temps encore lui aurait-il fallu pour revenir à elle et comprendre qu'elle devait s'éloigner de cet homme ?

— Mais maintenant que tu as de graves ennuis, je ne suis plus ni trop vieille, ni trop enceinte pour toi ?

Il laissa glisser le regard sur son ventre.

— Si tu t'étais débarrassée de ça, comme je te l'avais

demandé, je ne serais pas ici aujourd'hui. A propos, tu vas devenir grosse comment ?

Elle n'était plus irritée, elle était en rage ! Elle qui se réjouissait de son petit ventre qui pointait enfin. Cet homme avait décidément le don de tout gâcher.

— Qu'est-ce que ça peut te faire que je n'ai pas avorté ? Ce bébé, ce n'est pas ton affaire !

— C'est vrai. Sauf que maintenant, les choses ont changé.

Et elle comprit alors le but de sa visite…

— Comment ai-je pu être aussi stupide ? Tu es venu ici pour me faire chanter, c'est ça ? Tu viens me menacer de demander la garde d'un enfant dont tu ne veux même pas si je ne te donne pas les Soliere.

— Tu vois que tu comprends vite, quand tu t'en donnes la peine.

Elle le fixa pendant quelques secondes, abasourdie.

Comment avait-elle pu le trouver un jour séduisant ?

— Si tu savais comme je te méprise, Antoine !

Mais visiblement, l'intéressé ne se souciait pas le moins du monde de ce qu'elle pouvait penser de lui.

— J'ai juste l'esprit pratique, c'est tout. Tu veux élever ton petit héritier en paix, n'est-ce pas ?

Il toucha le coin d'un tableau, le déplaçant légèrement, pour le mettre d'équerre, avant d'ajouter :

— Quelques peintures en échange, ça me semble un marché raisonnable.

— Qu'est-ce qui nous dit que vous ne reviendrez pas la faire chanter ?

Ni Antoine ni elle n'avaient remarqué que Derek était entré et avait assisté à toute la scène.

Elle aurait aimé que le sol s'ouvre sous ses pieds, pour l'engloutir à tout jamais… Maintenant, Derek savait quel genre de racaille elle fréquentait, autrefois !

Mais ce n'était pas elle qu'il regardait.

Il fixait Antoine d'un air glacé et menaçant qu'elle ne lui connaissait pas.

— Combien d'autres tableaux et d'autres montants lui réclamerez-vous ? continua-t-il en s'avançant vers lui.

Antoine regarda Sydney.

— Qui est cet homme ?

— Je suis l'homme que Sydney va épouser, décréta Derek avant qu'elle n'ait eu le temps de faire les présentations.

En entendant ces mots, elle se laissa tomber sur le canapé. Antoine les regarda tour à tour.

— Je n'en crois rien.

Sydney non plus, mais elle était trop choquée pour dire quoi que ce soit.

— Vous avez tort, car c'est la vérité.

Derek fit un pas de plus vers Antoine, qui recula prudemment. Cela valait mieux pour lui, en effet, car Derek ne savait pas s'il pourrait se retenir de balancer un coup de poing à ce play-boy prétentieux. Il ne regarda pas Sydney, qui avait les yeux rivés sur lui, des yeux meurtris que soulignait son teint pâle.

— Comment peut-on être certain que vous ne reviendrez pas ? redemanda-t-il.

Antoine était-il ou non intimidé ? En tout cas, il avait compris que Derek était prêt à passer un contrat avec lui.

— Je renoncerai à mes droits sur ma progéniture.

Sa progéniture ? Le terme qu'il venait d'employer témoignait nettement de son indifférence envers le bébé.

— Vous écrirez noir sur blanc, devant notaire, que vous renoncez à vos droits sur le bébé de Sydney ?

— Dès qu'elle m'aura donné les Soliere, je le ferai sans problème !

— Marché conclu ! dit Sydney d'une voix morne, tout en se levant.

Elle était d'une pâleur à faire peur et ne regardait pas Derek, mais elle semblait extrêmement déterminée.

— Mon avocat établira le contrat lundi. Et tu pourras passer prendre les Soliere à ce moment-là.

— Lundi ? Mais tu as perdu la tête ! Je ne peux pas attendre jusqu'à lundi.

Plongeant la main dans la poche de son manteau, il en tira une feuille de papier.

— Comme je me doutais que nous tomberions d'accord, j'ai déjà fait rédiger un contrat par mon avocat, expliqua-t-il, tout en lui mettant le morceau de papier sous le nez.

Elle secoua la tête.

— Non, je ne signerai rien que ton avocat ait rédigé. Lundi, nous signerons un contrat établi par le mien, rétorqua-t-elle. C'est à prendre ou à laisser.

— Quel cran subit ! ironisa Antoine.

Mais il était manifeste qu'il écumait de fureur.

— Bien vu, dit-elle. J'ai désormais du cran ! Et toute la fortune des Forrest pour le renforcer, ajouta-t-elle, tout en s'approchant de lui, le doigt menaçant. Et je te préviens : si jamais je revois ton visage après ce contrat, ce sera la fin assurée pour ta carrière. J'ai bien plus de moyens que Reyes pour te détruire professionnellement.

Antoine recula d'un pas.

— Bon sang, Sydney Anne ! Tu es devenue encore plus garce que tu ne l'étais, avec cette grossesse.

Blême de colère, elle parvint néanmoins à articuler :

— Sors d'ici !

— A quelle heure avons-nous rendez-vous, lundi ? demanda-t-il alors.

— Nous vous le ferons savoir, intervint Derek en montrant la porte à Antoine.

— Vous ne savez pas comment me joindre.

— Votre Cadillac Escalade est facilement repérable, il n'y en a pas beaucoup à Weaver. Ne vous fatiguez pas, nous vous retrouverons.

Derek lui indiqua de nouveau la porte et tous deux sortirent dans la neige. Antoine vacilla légèrement, puis reprit contenance, et regarda Derek tout en enfilant son manteau.

— Sydney Anne retombera sur ses pieds, dit-il. Elle l'a toujours fait. Evidemment, ce sera un peu plus difficile pour elle, maintenant, puisqu'elle a revu ses standards à la baisse, en s'acoquinant avec un homme comme vous.

— Vous savez, lui dit Derek d'un ton impassible, je me fiche complètement de ce que vous pensez de moi. Mais si vous continuez à insulter Sydney, alors vous aurez affaire à moi. Vous êtes sur mon territoire, Tony ! Alors un bon conseil : ne me provoquez pas ! Ne provoquez pas ma famille !

Sur ces mots, il attrapa Antoine par la cravate et approcha son visage du sien.

— C'est une contrée sauvage, ici ! Un pays dangereux, celui des Clay. Si vous voulez en savoir plus, renseignez-vous en ville, et vous verrez qu'il ne fait pas bon se mettre ma famille à dos.

Il resserra un peu son étreinte, obligeant Antoine à toussoter.

— Nous nous sommes bien compris ? dit-il encore avant de relâcher son étreinte.

— Je vous la laisse volontiers, éructa Antoine.

Il lissa sa cravate d'une main légèrement tremblante. Cette nervosité réjouit Derek.

— Je l'aurais laissée tomber depuis longtemps si elle n'avait pas eu autant de zéros sur son compte en banque, ajouta-t-il.

N'y tenant plus, Derek envoya son poing dans la figure du play-boy.

Celui-ci recula, en vacillant.

— Mais vous êtes complètement dingue, hurla-t-il.

Derek fit un pas en avant.

— Non, je suis un homme qui tient parole, et je vous avais prévenu. Vous en voulez encore ?

Un mince filet de sang se mit à couler du nez d'Antoine. Il sortit son mouchoir, tout en levant une main, pour maintenir Derek à distance.

— C'est bon, je ne suis pas stupide, je m'en vais, dit-il.

Et il se dirigea vers l'allée, ses souliers en cuir fin dérapant légèrement sur la neige.

Derek ne bougea pas, jusqu'à ce que la Cadillac soit hors de sa vue.

Alors seulement, il retourna au chalet.

Sydney était roulée en boule sur le canapé.

— Il est parti, annonça-t-il en rentrant.

Ses doigts le cuisaient, mais il ne prit pas la peine de vérifier s'il saignait lui aussi. Sydney était muette, encore sous le choc. Il désigna les peintures, accrochées au mur, derrière elle.

— Combien valent ces tableaux ? demanda-t-il.

Elle finit par se redresser.

— Les trois ensemble ? Près de quatre-vingts millions de dollars.

Il n'en croyait pas ses oreilles.

— Et tu les as accrochés ici, alors que n'importe qui

peut entrer à l'aide d'un simple pied-de-biche et repartir avec ?

— J'habite ici. Où est-ce que je pourrais les mettre, à part sur ces murs ?

— Dans un coffre, à la banque ? suggéra-t-il en se passant la main dans les cheveux.

Il savait que les Forrest étaient fortunés. Très fortunés même. Mais il n'aurait jamais cru qu'ils l'étaient à ce point. Grâce à la prospérité de Double-C, les Clay étaient largement à l'abri du besoin, et ils formaient d'ailleurs l'une des familles les plus aisées de l'Etat. Mais jamais ils n'auraient dépensé des millions dans d'affreux tableaux qu'ils accrocheraient ensuite avec insouciance aux murs de leurs chalets !

— J'ai besoin d'un verre, marmonna-t-il.

— Il est 10 heures du matin, Derek !

— Peu importe, dit-il en se laissant tomber sur le canapé.

— Tu n'avais pas à lui dire ça ! déclara-t-elle au bout d'un moment.

— Pas à lui dire quoi ?

Quatre-vingts millions de dollars ! Le chiffre flottait encore dans sa tête.

— Que tu allais m'épouser. Je sais que tu essayais de m'aider et de te montrer protecteur, mais bon… De là à dire qu'on allait se marier !

Une femme qui accrochait quatre-vingts millions de dollars sur ses murs avait besoin de protection. Mais bien qu'il soit toujours aussi stupéfait, il eut le bon sens de ne pas revenir là-dessus.

— Ce bébé a besoin d'un père, choisit-il alors de répondre.

Devant son air mécontent, il se demanda s'il n'aurait

pas dû recourir au premier argument qui lui était passé par la tête.

— Dis plutôt que tu ne veux pas rater ta chance d'être père, le reprit-elle. N'importe quelle femme enceinte aurait fait l'affaire.

— Non, je ne suis pas disposé à épouser n'importe quelle femme enceinte, je suis disposé à t'épouser, toi.

« Disposé à épouser » ? Plus tard, quand elle serait seule, elle laisserait ces mots diffuser leur poison en elle. Mais pour l'instant, elle préféra ériger une sorte de barrage et se laisser envahir par les sentiments que lui inspirait l'infâmant « contrat » qu'elle allait signer avec Antoine.

— C'est gentil de ta part, dit-elle d'une voix aussi douce que possible, mais je suis obligée de décliner l'offre.

— Arrête ton char, Sydney !

Elle plaqua les mains sur ses hanches.

— Qu'est-ce que tu attends de moi, au juste ? se récria-t-elle. Que je tombe à genoux devant toi et te sois reconnaissante parce que tu es « disposé » à m'épouser ? Si je cherchais un mari qui soit simplement « disposé » à m'épouser, tu ne crois pas que j'aurais déjà trouvé ? Il y a beaucoup d'hommes qui aimeraient me passer la bague au doigt, pour avoir un petit droit de regard sur l'héritage Forco, tu sais !

— Je me fiche de ton héritage, sauf que j'aimerais mieux qu'il n'existe pas.

— Peut-être, mais on ne peut pas en faire abstraction, c'est comme ça ! Et le jour où un homme me verra moi, et non mon héritage, ou mon héritier, alors j'envisagerai peut-être le mariage. Et maintenant, tu m'excuseras, mais je dois trouver l'avocat qui rédigera le contrat destiné à me libérer définitivement d'Antoine.

Elle considéra les Soliere. S'en séparer serait douloureux. Mais si c'était le prix à payer pour ne plus jamais entendre parler d'Antoine, le jeu en valait la peine.

— Ma cousine est mariée à un avocat.

Elle eut soudain envie de rire, même si elle n'était pas vraiment d'humeur badine.

— J'aurais dû m'en douter, dit-elle.

— Il habite à Sheridan. Je peux te conduire chez lui dès aujourd'hui.

L'idée de se retrouver à ses côtés dans un pick-up ne lui disait rien qui vaille.

— Il n'y en a pas un en ville ?

— Si, mais aucun n'égale Brody. Tu veux le meilleur, non ?

Une heure plus tard, ils étaient assis côte à côte dans le pick-up de Derek, et ils se rendaient à Sheridan. D'où ils revinrent quelques heures plus tard. Elle avait en main l'épais document que Brody lui avait recommandé de signer, devant des témoins irréprochables.

Il faisait nuit quand Derek se gara devant le chalet.

Ils n'avaient pas échangé deux mots durant tout le trajet.

— Ton autre pick-up n'est plus là, lui fit-elle remarquer.

— Mon père a envoyé un ouvrier le chercher.

— Ah ! dit-elle.

Et le silence retomba entre eux, jusqu'à ce qu'elle ajoute, finalement :

— Merci pour le voyage. Et pour m'avoir recommandé Brody.

Il se contenta de hocher la tête.

Elle aurait dû ouvrir la portière et descendre, mais elle hésitait, se mordillant la lèvre.

— Je n'ai même pas eu le temps de te demander si ton voyage dans le Minnesota s'était bien passé, reprit-elle.

— Très bien, répondit-il. On a passé le contrat et cela nous assure une activité soutenue pour les années à venir.

— Félicitations ! lui dit-elle avec sincérité. Je suis vraiment ravie, pour toi et pour ta société.

Il lui sourit, et encore une fois, elle se sentit hésitante. Pourtant, réunissant enfin tout son courage, elle détacha sa ceinture de sécurité.

— Bonne nuit, Derek.

— En toi, Sydney, je ne vois que toi, dit-il tout à trac.

Elle s'immobilisa, saisie par l'émotion que provoquait cet aveu. Puis elle lui prit la main et la posa sur son ventre, par-dessus son manteau.

— Mais ça aussi tu l'as vu, et tu ne peux pas le nier. Il ne faut pas que nous nous mentions l'un à l'autre.

— Peut-être que c'est pour cela que tout a commencé, admit-il d'une voix profonde. Mais ce n'est pas que cela, désormais.

— C'est vrai, dit-elle avec calme. Tu es un amant admirable. Mais je ne suis pas venue à Weaver pour trouver un amant. Je suis venue ici pour commencer une nouvelle vie.

— Et c'est ce que tu fais, répondit-il. Qu'est-ce qui t'empêche de m'épouser, au juste ?

Décidément, les vagues menaçaient sérieusement de submerger les digues qu'elle s'était efforcée d'ériger.

— Peut-être parce que tu ne me l'as pas demandé. Ou bien parce que je n'ai jamais envisagé de me marier jusque-là… Surtout avec un homme qui n'est même pas amoureux de moi. Je suis fatiguée, Derek, ajouta-t-elle en ouvrant brusquement la portière du pick-up. Je vais aller dormir. Seule, précisa-t-elle.

— Nous reparlerons de tout cela demain, lança-t-il.

Elle referma la porte du pick-up et se dirigea vers le chalet.

Heureusement que ses pieds connaissaient le chemin

par cœur, car elle ne voyait rien. Ses yeux étaient brouillés par les larmes. Elle ouvrit la porte et la verrouilla bien soigneusement derrière elle.

Pour entendre alors le pick-up s'éloigner.

- 11 -

Lorsque Derek appela Sydney, le lendemain, elle ne répondit pas.

Il se rendit alors chez elle, mais il n'obtint pas non plus de réponse en frappant à sa porte. Et comme il lui avait remis, à sa demande, le double des clés du chalet, il ne pouvait pas entrer. Mais il remarqua bientôt que le cabriolet n'était pas à son emplacement habituel.

Au fond, il n'avait aucune raison de parcourir Weaver à sa recherche. Après tout, la veille, il lui avait fait une demande en mariage, et elle l'avait repoussé.

Mieux valait rentrer au ranch. Il trouva son père dans son atelier, sous le vieux camion qu'il était en train de réparer. Cela ne le surprit nullement. En revanche, il fut étonné de découvrir son grand-père assis sur une chaise, à côté du camion.

— Squire ! s'exclama-t-il, en se dirigeant aussitôt vers lui pour le saluer. Je ne savais pas que grand-mère et toi, vous étiez rentrés.

La voix de Matthew s'éleva alors des profondeurs du vieux camion.

— Moi non plus, figure-toi, je n'étais pas au courant. Ce matin, je l'ai trouvé en train de boire son café, dans la cuisine.

Sur ces mots, il sortit de dessous le véhicule, et s'assit sur une chaise.

— Ta grand-mère commençait à s'ennuyer en Arizona, déclara Squire.

Il frappa le sol avec sa canne, seule concession à l'âge qu'il avait acceptée.

— Je lui ai pourtant dit que j'aimais bien voir ses jambes sur le terrain de golf, mais cela ne l'a pas convaincue.

Il secoua sa crinière grise, l'air affligé. Pourtant, Derek savait bien que lui aussi était ravi d'être rentré.

— Et me voici de retour au ranch, acheva-t-il, en train de regarder ton père qui se prend pour un mécanicien.

Derek qui n'avait pas souri depuis l'apparition d'Antoine, la veille, se dérida.

— C'est toi, oui, qui n'en pouvais plus de l'Arizona ! dit-il.

Puis il enfourna un cookie qui se trouvait dans une assiette posée sur une petite caisse retournée servant de table. Comme il faisait chaud dans l'atelier, il s'empressa de retirer son manteau et de remonter les manches de son pull.

— Je reconnais que, rouler sur les greens, ça finit par lasser, concéda Squire avant de faire un clin d'œil à son petit-fils. J'ai entendu dire que tu avais une nouvelle petite amie…

Derek en perdit le sourire qu'il venait tout juste de retrouver.

— Non, pas vraiment, dit-il.

— Pas vraiment ? Tu devrais quand même savoir si tu sors ou pas avec la frangine de Jake ! J'ai entendu dire que dès ton retour du Minnesota tu es allé chez elle, et que tu n'en es reparti que le lendemain matin.

Derek jeta un regard à son père.

— Et par qui l'a-t-il entendu dire ?

Matthew haussa les épaules et, imperturbable, prit à son tour un cookie.

— Les nouvelles se propagent vite, par ici, mon fils. Tu le sais bien.

Derek espérait quand même que tout Weaver n'était pas au courant qu'il avait passé la nuit chez Sydney.

— Elle n'était pas chez elle, ce matin, dit-il.

— C'est samedi, aujourd'hui, répondit Squire. Les femmes sont très occupées, le samedi matin. Ta grand-mère et ta mère, par exemple, elles sont parties faire du shopping avec ta sœur. Comme s'il fallait être trois pour trouver quelque chose à Weaver.

— De quoi est-ce que tu te plains, au juste, papa ? intervint Matthew. Tu es bien content que Jaimie te ramène des petits pains de chez Ruby !

Squire parut réfléchir quelques secondes.

— C'est vrai, finit-il par admettre. Bon, assez rigolé. Derek, tu vas l'épouser, cette fille ?

Il grimaça.

— Grand-père ! Je la connais depuis deux semaines, pas plus.

Et elle lui avait déjà dit sans détour qu'elle ne voulait pas l'épouser.

— Ce que tu peux être lent ! fit Squire. Regarde le fils Jefferson. Dès qu'il a vu notre Tara, il a su qu'elle serait sa femme.

Derek soupira. Il connaissait par cœur l'histoire d'Axel et de Tara.

— Ils ont quand même attendu cinq ans avant de se marier, répondit-il.

— Parce qu'il était encore un peu jeune. Il fallait qu'il mûrisse.

Derek croisa le regard de son père et retint un sourire. Peu importait l'interlocuteur, son grand-père éprouvait toujours le besoin de contredire. C'était dans sa nature.

— Bon, tu veux réparer ton camion, papa, ou passer

ta matinée à discuter avec ce type ? fit-il en désignant Squire du doigt.

— Ce que tu ne sais pas, jeune homme, rétorqua l'intéressé, c'est que quand on a la tête sous un camion, on ne pense plus à rien. C'est une façon de méditer et de retrouver sa bonne humeur. Allez, donne-moi un autre cookie ! Tu devrais aider ton père, ça te permettrait de t'aérer le cerveau, et de te libérer de ce qu'il y a de coincé là-dedans.

Derek lui tendit l'assiette.

— Je n'ai rien de coincé.

Squire se racla la gorge, avant d'avaler son cookie d'une seule bouchée.

— Alors mange un peu, cela te remontera ! Et puis tu ne sais pas mentir, mon garçon. Je vois bien qu'il y a quelque chose que tu n'as pas digéré.

— Tu te trompes, grand-père, je t'assure, répéta-t-il avant de se tourner vers son père : Tu veux de l'aide ?

— Volontiers. Surtout si ça peut te redonner le sourire...

Décidément, ils étaient tous ligués contre lui.

Mais une fois sous le vieux camion, à en fixer les boulons et les tuyaux, ce fut le visage de Sydney qui s'imposa à lui. Son visage pâle avec ses grands yeux bleus.

Où avait-elle bien pu aller ?

Voir le crétin avec qui elle avait déjà gâché deux ans de sa vie ? Il aurait parié son compte en banque que le sinistre individu ne s'était jamais glissé sous un camion pour voir ce que celui-ci avait dans le cœur. Et c'était ce genre d'homme qui attirait Sydney.

Non, ce n'était pas possible, elle n'était pas allée le rejoindre. Elle n'aurait pas pu faire une chose pareille. Elle le détestait, c'était manifeste, elle n'avait pas joué la comédie.

Cela étant, elle n'était pas restée chez elle, à attendre

qu'il l'appelle ! Et pourtant, elle devait bien se douter qu'il se tracasserait à son sujet.

Pressant son talon contre le ciment, il sortit de dessous le camion et s'assit par terre. Puis il regarda les deux hommes qui savaient tout de lui, et qui avaient suivi toutes les étapes de sa vie, depuis sa première prise à la pêche jusqu'à son doctorat.

Pourtant, il était incapable de leur dire ce qu'il ressentait, ce matin. Les mots formaient une boule dans sa gorge, incapables de sortir. Secouant la tête, il se glissa de nouveau sous le camion.

— Il est ferré, entendit-il alors — c'était Squire qui parlait à son père. Dans cette famille, vous êtes tous dans cet état, quand vous êtes amoureux. Ah, la jeunesse, qu'est-ce que c'est beau !

Mieux valait s'attaquer à ce boulon, plutôt que de continuer à écouter. Squire semblait avoir la plus grande confiance en lui, et c'était tant mieux parce que, lui, il était loin d'être aussi serein !

— Merci beaucoup de me remplacer aujourd'hui, lui dit Tara pour la dixième fois au moins.

— Je suis ravie de te rendre service, répondit Sydney. Et maintenant, rentre chez toi, surélève tes pieds, et laisse ton mari prendre soin de toi.

Tara lui sourit.

— Pour ça, je ne me fais pas de souci. Je sais qu'il va me traiter aux petits oignons, aujourd'hui.

Elle posa la main sur son ventre.

— Les fausses contractions, tu verras, c'est affreux.

— Tu es sûre que ce ne sont pas des vraies ? s'enquit Sydney.

Elles avaient en effet été suffisamment fortes pour pousser Tara à l'appeler.

— Alors tu seras quitte pour me remplacer un peu plus longtemps, lui dit-elle d'un air confiant, tout en enfilant son manteau.

Une fois près de la porte, elle ajouta :

— N'oublie pas que nous fermons à midi, le samedi. Tout le monde en ville le sait, et on dirait pourtant que chacun attend midi moins cinq pour se précipiter dans la boutique. S'ils tiennent vraiment à acheter quelque chose, ils reviendront lundi. Tu fermes à midi tapant, c'est bien compris ?

Sydney hocha la tête. En réalité, elle aurait été ravie d'avoir une bonne excuse pour passer toute la journée à la boutique. Mais passer au moins la matinée ici, c'était mieux que de rester chez elle à ressasser et à attendre que Derek l'appelle. Ou, pire encore, qu'il passe la voir.

Elle n'était pas certaine d'avoir de nouveau le cran de le rejeter, s'il lui redemandait de l'épouser. Et alors, elle passerait le reste de sa vie à se poser la même question. Elle ne doutait pas qu'il aimerait l'enfant qu'elle portait. En revanche, elle ne supportait pas l'idée qu'il ne l'aime pas, elle…

Elle n'avait même pas pris son téléphone portable, si bien que, de cette façon, elle était vraiment injoignable. Il fallait qu'elle mette de la distance entre elle et lui.

S'emparant d'un chiffon à poussière, elle se dirigea vers la section jouets de la boutique. Ils y étaient exposés sur des étagères, à hauteur d'enfant. Chaque fois qu'elle ramassait un gant de base-ball, elle se demandait si son enfant serait un garçon, et quand c'était une poupée, elle se disait que ce serait peut-être une fille.

Elle avait grandi avec son père, et on ne pouvait pas dire qu'il lui avait permis de s'épanouir. Au fond, il était peut-être préférable que son enfant n'ait pas de père. A part, bien sûr, s'il s'agissait d'un homme comme Derek.

Finalement, elle quitta la section jouets pour se rendre au rayon des vêtements féminins, afin de se changer les idées. Mais le premier vêtement qu'elle vit, ce fut une robe de grossesse !

Abandonnant son chiffon à poussière, elle retourna s'asseoir derrière le comptoir. Par chance, au bout de quelques minutes, elle fut arrachée à ses pensées torturantes par le joyeux carillon de la boutique. Sa joie fut de courte durée. Les clientes étaient au nombre de trois, et il s'agissait de la mère, de la sœur et de la grand-mère de Derek…

Se sentant aussi coupable que si on l'avait surprise nue au beau milieu de Main Street, elle glissa de son tabouret et s'avança vers elles, le sourire aux lèvres.

— Bonjour ! s'exclama-t-elle en s'efforçant de prendre un ton enthousiaste.

— Bonjour, ma chérie, lui dit Jamie en faisant le tour du comptoir pour l'embrasser. Tu te souviens de Gloria, n'est-ce pas ?

Elle hocha la tête.

— Bien sûr. Je suis ravie de vous revoir, madame Clay.

— Madame Clay ? ! Non, appelez-moi Gloria, s'il vous plaît ! rectifia aussitôt cette dernière, avant de se diriger vers les vêtements féminins.

— Aujourd'hui, c'est notre journée entre femmes, précisa Sarah en la saluant à son tour. Manucure et pédicure à Interludes, cet après-midi. C'est un nouveau salon, que l'une de mes amies vient d'ouvrir, de l'autre côté de la ville.

Sarah inclina la tête, pour regarder le négligé suspendu dans la cabine téléphonique.

— Nous avons rendez-vous à 14 h 30. Et si tu venais avec nous ?

Sa première impulsion fut de décliner l'invitation, mais elle se ravisa. Ce n'était pas parce que Derek n'était pas amoureux d'elle qu'elle ne pouvait profiter de la compagnie des femmes de sa famille.

— Quelle bonne idée ! s'exclama-t-elle.

Contrairement à Derek, qui avait hérité des yeux verts de sa mère, Sarah avait le regard bleu de son père, et maintenant, il était empli de gaieté.

— Génial ! s'écria-t-elle, tout en sortant son portable de sa poche. Je les appelle tout de suite, pour leur dire que nous serons quatre, finalement.

Mais alors qu'elle s'avançait vers sa mère et sa grand-mère, elle fit soudain demi-tour.

— Finalement, je crois que je vais essayer ce négligé, chuchota-t-elle, avant de s'exclamer : Donna ? C'est Sarah Scalise. Tu as une cabine disponible pour une quatrième personne ?

Et Sydney n'eut plus la possibilité de revenir sur sa décision. Dès que les trois femmes furent reparties, s'assurant qu'elle saurait où les retrouver, un flot de clients entra dans la boutique et, comme Tara l'avait prédit, cinq minutes avant la fermeture, il en entrait encore ! Mais elle ne se laissa pas démonter, et à midi tapant, elle ferma boutique. Elle plaça ensuite le contenu du tiroir-caisse dans un coffre, et regagna sa voiture, qu'elle avait garée dans l'allée arrière, afin qu'Antoine ne la voie pas, pour le cas où il serait resté à Weaver, ce dont elle doutait néanmoins.

Il était habitué aux hôtels cinq étoiles, et il n'y en avait aucun dans la bourgade. Et comme elle lui avait bien précisé qu'elle ne voulait pas le revoir avant le lundi matin, il était fort probable qu'il se soit éloigné d'une bonne centaine de kilomètres, en quête d'un environnement plus conforme à ses standards.

Il n'en restait pas moins qu'elle ne voulait pas tenter le sort en exposant sa voiture à la vue de tous.

Et ce fut aussi pour cette raison qu'elle n'emprunta pas le trajet le plus court pour se rendre dans le « nouveau Weaver », où se trouvaient Shop-World et de nombreuses galeries marchandes. Elle avait convenu avec les femmes Clay de les y retrouver, avant de se rendre avec elles à Interludes.

Elle prit donc la rocade. Et comme le trajet était plus long et qu'elle devrait ensuite revenir sur ses pas, elle décida de rouler un peu plus vite que d'ordinaire.

Il était trop tard quand elle se rendit compte qu'elle aurait mieux fait de passer par le centre-ville…

— Mettez-y un peu plus d'énergie, les gars !

Squire était toujours assis sur sa chaise, mais Matthew et Derek avaient à présent le nez dans le capot, s'efforçant d'attacher le moteur à un treuil.

— Ce que vous pouvez être lents ! continua Squire. Vous faites honte au nom des Clay.

Matthew secoua la tête :

— Il a passé des semaines avec Gloria, dit-il dédaigneusement. Il a rongé son frein et maintenant, il se défoule.

— Tu ne sais pas de quoi tu parles, marmonna son père.

— On se connaît bien, non ? renchérit Matthew avant de s'adresser à Derek : Tu le tiens, ce moteur ?

Derek opina du chef et commença à le soulever. C'était un travail extrêmement lent, qui requérait beaucoup de patience. Ils avaient presque terminé, lorsque le téléphone de l'atelier retentit.

Matthew s'essuya les mains à un chiffon et se dirigea vers l'appareil accroché au mur.

— Oui ?

Derek comprit tout de suite que quelque chose n'allait pas, en voyant les épaules de son père se crisper. Et quand Matthew tourna la tête, ce ne fut pas de la contrariété qu'il lut dans son regard, mais de l'inquiétude.

— Je vais le lui dire, déclara son père avant de raccrocher.

Même Squire s'était levé. Il posa la main sur l'épaule de Derek.

— C'était ta mère, annonça Matthew. Sydney a eu un accident.

Un curieux silence tomba alors sur l'atelier.

— Si ce crétin lui a fait du mal ou a fait du mal à l'enfant, je le tue ! s'écria Derek.

Il vit le regard que son père et son grand-père échangèrent, mais Matthew se contenta de dire :

— Elle est à l'hôpital de Weaver.

Derek quitta l'atelier sur-le-champ.

Son père le rattrapa, juste au moment où il grimpait dans son pick-up.

— C'est moi qui vais conduire, lança-t-il en lui prenant les clés des mains.

Derek se fichait de savoir qui conduisait, ce qu'il voulait, c'était arriver à l'hôpital le plus vite possible. Il contourna le véhicule pour prendre place sur le siège passager. En dépit de l'odeur de cambouis que répandaient ses vêtements, il sentait encore le parfum de Sydney dans l'habitacle. Brutalement, il ressentit une immense douleur.

Quelques minutes plus tard, ils fonçaient vers le centre-ville.

— Ta mère, Sarah et Gloria sont déjà là-bas. Elles

attendaient Sydney, qui devait les rejoindre pour déjeuner, quand elles ont appris l'accident.

C'était la deuxième fois que son père employait le terme d'accident.

— Il s'agit de quel genre d'accident ? demanda-t-il, complètement angoissé. C'est grave ?

— Il y a eu un carambolage sur l'autoroute, parce qu'un camion a perdu son chargement.

Il eut subitement la vision du petit cabriolet, fonçant dans un camion de la taille d'un astéroïde, et son estomac se retourna…

— Ta mère m'a dit qu'elle allait sans doute être opérée. On ne sait pas encore si elle a fait une fausse couche.

— Il faut prévenir Jake et sa sœur.

— Ta mère s'en est chargée, ne t'inquiète pas, Derek.

Il regarda par la vitre. Il aurait aimé que son père roule plus vite, même s'il savait qu'ils dépassaient déjà la vitesse autorisée.

— Tu as quelque chose à me dire, avant qu'on arrive ? demanda soudain Matthew.

— Le bébé n'est pas de moi, si c'est ce que tu veux savoir.

Et il le regrettait amèrement. Car s'il avait été le père de cet enfant, Sydney n'aurait jamais refusé sa demande en mariage. Et il aurait été avec elle, la nuit dernière, et ce matin aussi ! Et il l'aurait conduite là où elle aurait voulu aller, même à ce rendez-vous bien curieux avec sa mère. Ou alors, il lui aurait prêté son pick-up, mais elle n'aurait pas pris sa boîte de conserve !

— Mais j'espère qu'il est encore vivant, ajouta-t-il, avant de regarder son père. Son géniteur est une crapule qui est peut-être encore à Weaver, mais il vaudrait bien mieux pour lui que je ne le recroise pas. Il a intérêt à avoir quitté la ville, sans quoi il aura affaire à moi.

Son père lui jeta un coup d'œil en biais.

— Il a commis une infraction, qui justifierait qu'on le chasse de Weaver ?

— Il a vendu son enfant pour sauver sa peau ! Je ne veux plus qu'il s'approche de Sydney.

Son père accusa visiblement le choc de la révélation, puis quand ce fut fait, il accéléra encore un peu.

Une demi-douzaine d'ambulances encombraient l'entrée de l'hôpital quand ils arrivèrent. Derek sauta du pick-up avant que Matthew ne coupe le moteur, et il se faufila à l'intérieur du bâtiment, en dépit de la foule assemblée devant.

Il repéra tout de suite sa cousine Courtney, qui travaillait comme infirmière à l'hôpital. Assise derrière son écran, elle renseignait calmement les gens. Il se précipita vers elle.

Sans même lever les yeux de son clavier, elle déclara, en désignant la porte à double battant :

— Elle est avec maman.

Rebecca Clay, la mère de Courtney, dirigeait l'hôpital. Il ne savait pas s'il devait se réjouir ou s'effrayer de l'information. Il poussa les battants, regarda à droite et à gauche, ne voyant que des espaces protégés par des rideaux. Mais soudain, il entendit la voix de sa tante qui donnait des directives à deux hommes en blouse bleue, poussant à vive allure un lit à roulettes.

Son cœur s'arrêta littéralement de battre à la vue du visage livide de Sydney : c'était bien elle qui était étendue sur le lit. Il se mit à marcher très rapidement, s'efforçant de suivre les brancardiers, mais sa tante le saisit par le bras et l'obligea à s'arrêter, avec une force qui le surprit.

— Tu ne peux pas aller plus loin, lui dit-elle, Sydney va en salle d'opération. Elle fait une hémorragie interne, que nous devons à tout prix juguler.

Il parvint à articuler, d'une voix à peine audible :

— Elle est enceinte.

Rebecca hocha la tête.

— Nous le savons. Et je te promets que nous allons faire tout notre possible pour sauver aussi l'enfant. Il y a une petite salle d'attente, là-bas... Tu peux aller t'asseoir.

Il n'avait pas vraiment compris où était la salle, mais il hocha la tête.

— Prends soin d'elle, murmura-t-il.

Elle lui serra le bras.

— C'est ce que nous allons faire, mon chéri, ne t'inquiète pas.

Puis elle s'en alla.

Autour de lui, le personnel en blanc s'agitait et s'affairait, poussant des patients dans des fauteuils roulants ou sur des brancards, s'interpellant d'un bout à l'autre du couloir.

Il n'entendait plus rien.

Son cœur avait disparu dans la salle d'opération, accompagnant Sydney.

Ce fut finalement sa cousine Courtney qui le remarqua et le conduisit dans la salle d'attente, où sa mère et d'autres membres de sa famille se trouvaient déjà. Le reste du clan familial arriva progressivement.

Ses oncles, ses tantes, ses cousins.

Il appréciait leur soutien, mais il savait qu'ils avaient plus de questions à poser qu'il n'avait de réponses à leur apporter. Qu'y avait-il exactement, entre Sydney et lui ?

Il restait enfermé dans son monde, à attendre, attendre...

L'attente lui parut durer des heures.

Mais le chirurgien apparut enfin dans la salle d'attente, en compagnie de Rebecca, pour leur annoncer que le premier obstacle avait été surmonté. L'opération s'était bien déroulée, il fallait maintenant attendre que Sydney se réveille.

Attendre qu'elle sorte de la salle d'opération.

Attendre qu'elle aille en soins intensifs.

Attendre, attendre, et attendre encore.

A plusieurs reprises, il demanda s'il pouvait la voir, mais il reçut invariablement la même réponse : « Dès que ce sera possible. »

Tara fut la première à partir, Axel ayant insisté pour qu'elle rentre à la maison.

— Tu m'appelles dès qu'il y a du nouveau, insista-t-elle. Tu me promets, Derek ?

Il hocha la tête.

Puis ce fut sa sœur qui s'en alla.

— Il faut que je rentre, lui murmura-t-elle, visiblement bouleversée. Les enfants sont restés seuls tout l'après-midi. Max était…

— En service, compléta-t-il machinalement.

A cause du carambolage sur l'autoroute, le shérif avait bien plus de travail que d'habitude. Il l'enlaça et l'embrassa sur la joue.

Gloria et Squire s'en allèrent à leur tour. Aucun d'eux n'était en âge de passer la nuit sur une chaise d'hôpital. Cette fois encore, il y eut des accolades, des embrassades. Peu après leur départ, sa cousine Lucy, accompagnée de Beck, son mari, qui était aussi le fils du nouveau mari de Susan, la tante de Sydney, arrivèrent à l'hôpital. Ils annoncèrent que Jake et sa famille seraient là dans quelques heures.

Il parvint à avaler quelques bouchées du repas que sa cousine Leandra avait apporté pour tout le monde, parce qu'il n'avait pas envie que sa famille lui fasse la leçon en lui disant qu'il devait se nourrir.

Peu avant minuit, J.D., Jake et les enfants débarquèrent.

De toute évidence, ils arrivaient tout droit de l'aéroport. Maggy prit immédiatement les enfants en charge.

— Qu'est-ce qui se passe ? demanda Jake après les effusions des retrouvailles. Ma sœur est enceinte ? Et qui est le père ?

Derek le prit à part dans le hall, et le mit au courant de la situation. Il lui parla d'Antoine, des menaces, du contrat, en omettant, bien entendu, de lui préciser qu'il avait lui-même couché avec sa sœur, et qu'elle avait refusé sa demande en mariage.

C'étaient des informations bien trop douloureuses pour être partagées.

— Je n'ai jamais compris pourquoi elle sortait avec cet Antoine, dit Jake. Selon Charlotte, Syd a le don pour trouver des hommes qui ressemblent à notre père. Elle serait en quelque sorte piégée dans le traumatisme de son enfance. Tu sais qu'il avait soudoyé ma mère pour qu'elle ne réclame jamais ses droits sur ses enfants ?

— Et cette fois-ci, c'est Antoine qui lui réclame de l'argent, pour renoncer à son enfant.

Jake se pinça l'arête du nez.

— Je t'assure qu'elle ne va pas donner un seul dollar à ce crétin ! Je vais m'en assurer personnellement.

— Je ne sais pas s'il est encore en ville, mais toute la famille sait qu'il n'est pas le bienvenu par ici.

Jake se contenta de hocher la tête. Il savait que le clan se serrait toujours les coudes, quand c'était nécessaire. Il regarda sa montre.

— Charlotte m'a dit qu'elle prenait le premier vol pour les Etats-Unis, quand je l'ai eue au téléphone. Elle ne devrait pas tarder à donner de ses nouvelles.

— Jake ? Derek ?

C'était Rebecca. Elle semblait épuisée.

— L'état de Sydney est stable, annonça-t-elle. Elle

n'est pas encore tirée d'affaire, mais nous avons franchi une étape importante. Vous pouvez venir la voir un par un, et pas plus de quelques minutes.

— J'y vais, annonça Jake.

Mais J.D. le retint par le bras.

— Laisse Derek y aller en premier, lui suggéra-t-elle tandis que son mari lui lançait un regard surpris.

Derek y prêta à peine attention, peu désireux de se lancer dans des explications, surtout à ce moment-là. Il se dirigea vers le service des soins intensifs, le plus rapidement qu'il put.

Elle se trouvait près de la fenêtre, un drap blanc remonté jusqu'au menton. Son front était bandé. Et des fils la reliaient à toutes sortes d'appareils, des deux côtés du lit.

Apercevant un siège à son chevet, il se laissa tomber dessus. Ses jambes ne le portaient plus qu'avec difficulté.

Quelques minutes plus tard, Rebecca le rejoignit. Elle lui toucha l'épaule.

— C'est une battante, elle va s'en sortir, prédit-elle. Sinon, elle n'aurait pas tenu jusque-là.

Il dut s'éclaircir la voix plusieurs fois avant de pouvoir demander :

— Et qu'en est-il du…

Mais il ne put aller plus loin.

— Jusque-là, tout est stable, répéta Rebecca, comprenant qu'il ne pourrait formuler sa demande jusqu'au bout. C'est tout ce que je peux dire. Et maintenant, parle-lui, ne gaspille pas le peu de temps que l'on t'autorise à passer avec elle.

Sur ces paroles, elle sortit de la chambre.

Il rapprocha le fauteuil du lit et prit sa paume dans la sienne. Il tremblait.

— Tu as choisi une bien drôle de façon pour attirer l'attention sur toi, Sydney, murmura-t-il.

Il repoussa une boucle sur sa joue pâle.

— Tout le monde est là, tu sais… On attend que tu rouvres les yeux. Demain, c'est ma tante Emily qui prépare le repas du dimanche, et elle espère bien que tu pourras manger un peu de ce qu'elle aura fait.

Les moniteurs continuaient à biper et à vibrer.

Il regarda ses doigts délicats.

— Et puis il y a Tara, reprit-il, la voix nouée. Elle est impatiente de rencontrer la bijoutière dont tu lui as parlé. Et elle est tellement enthousiaste à l'idée de votre partenariat !

Les machines émirent un drôle de bruit, et il poussa un lourd soupir.

— Jake est revenu, ainsi que J.D. et les enfants. Maggie joue avec eux dans la salle d'attente, pour qu'ils ne mettent pas l'hôpital sens dessus dessous.

Soudain, il s'immobilisa. Il avait eu la sensation que les doigts de Sydney bougeaient. Le cœur battant à tout rompre, il attendit pour voir si l'impression se confirmait, mais rien ne se produisit.

A l'extérieur, il entendit la voix des infirmières, et il comprit qu'elles allaient le prier sous peu de sortir. Il pressa sa bouche sur le dos de cette main si délicate.

— Réveille-toi et reprends des forces, pour que nous voyions comment faire entrer un berceau dans ton petit chalet.

— Désolée, Derek, dit l'une des infirmières, mais le temps de visite est écoulé. Tu pourras revenir dans une heure.

Comme il était difficile de la quitter !

— Encore une minute, Theresa. On est allés à l'école ensemble, tu te souviens ?

— Et tu mettais des grenouilles dans le tiroir de mon

bureau, oui, je me rappelle ! Bon, encore une minute, pas davantage.

Alors, se penchant vers Sydney, il lui murmura à l'oreille :

— Reviens-moi, mon chou. On n'est pas obligés de se marier. Reviens, c'est tout.

Elle ne bougea pas.

Il posa un baiser sur ses paupières et se rassit.

Et tout à coup, il sentit ses doigts remuer légèrement sous les siens.

Il se figea.

— Ne… m'appelle… pas… mon chou, souffla-t-elle.

Il eut un rire étranglé et, derrière le rideau des cils de Sydney, il aperçut le bleu de ses yeux. Alors il embrassa tendrement ses lèvres.

— Je t'appellerai mon chou jusqu'à ce que tu sois en mesure de sortir d'ici, chuchota-t-il.

— Tu es odieux, fit-elle.

Et il crut voir l'ombre d'un sourire passer sur son visage.

— Je vais chercher le docteur, déclara bien vite Theresa.

Derek pressa doucement la main de Sydney.

— Tu vas t'en sortir. Tout va rentrer dans l'ordre.

— Qu'est-ce qui s'est passé ? demanda-t-elle d'une voix à peine audible.

Les docteurs l'avaient prévenu qu'elle pourrait ne pas se souvenir de certains détails.

— Tu as eu un accident. Ce n'était pas de ta faute, tu ne dois pas t'inquiéter. Tu vas t'en remettre.

Elle resserra un peu ses doigts autour des siens et ferma les paupières. Il vit une larme rouler sur sa joue.

— J'ai perdu le bébé.

— Non ! s'écria-t-il. Tu ne vas pas le perdre, tu m'entends ? Tu ne vas pas le perdre.

Il sentait lui aussi des larmes lui brûler les yeux.

— Tu vas être une super maman, et ton enfant une adorable petite terreur.

— J'aurais dû conduire ton pick-up.

Il eut un rire qui ressemblait plutôt à un sanglot.

— Si seulement, mon chou. Si seulement.

- 12 -

— S'il vous plaît, laissez-moi sortir d'ici, suppliait Sydney.

On était le dimanche après-midi, une semaine après l'accident. Une semaine durant laquelle elle avait plusieurs fois changé de service, pour finalement atterrir dans le service d'obstétrique.

— Je me sens bien, insista-t-elle. Même le chirurgien m'a dit qu'il était tout à fait satisfait de mon état.

Mallory Clay lui sourit brièvement, et continua d'étudier son dossier médical.

— Je commence à penser que tu n'apprécies pas notre hospitalité, répondit-elle. Cela fait trois jours maintenant que tu me réclames chaque jour de sortir.

Sydney rajusta sa couverture.

— Sans vouloir te vexer, j'ai séjourné dans des endroits qui proposaient des activités un peu plus attrayantes que le son des échographies !

— Bon, puisque tu le prends comme ça…, s'esclaffa Mallory en griffonnant une dernière note dans son dossier. Tu devrais te réjouir des échographies que nous avons faites ! Ton bébé grandit bien et je te libère aujourd'hui.

Mais avant qu'elle ait eu le temps de pousser un « ouf » de soulagement, le docteur pointa son stylo vers elle.

— Toutefois, tu devras garder le lit à la maison, précisa-t-elle.

Sydney hocha vivement la tête.

— Je ferai tout ce que tu ordonneras, dit-elle promptement. Combien de temps devrai-je rester alitée ?

— Deux semaines, annonça Mallory. Comme ça, tu aborderas ton deuxième trimestre en toute sécurité, et ensuite, tu pourras reprendre ton activité. Pas à cent à l'heure, cela va sans dire.

— Entendu, je ralentirai le rythme.

— C'est ce que tu dis maintenant, mais quand je dis deux semaines de repos, c'est vraiment deux semaines entières. Ce n'est pas aussi facile qu'on le croit. Tu ne pourras te lever que pour aller dans la salle de bains. Sinon, tu devras rester étendue. Pas d'exercice, pas de sport, pas de sexe.

Mallory était officiellement sa gynécologue, à présent. Pourtant, sa dernière observation la fit rougir.

— Pas d'inquiétude là-dessus, marmonna-t-elle.

L'homme avec qui elle aurait pu se livrer à une telle activité, c'était Derek, mais depuis qu'elle s'était réveillée en le trouvant à son chevet, elle ne l'avait revu que deux fois, et encore juste quelques minutes.

C'était Jake qui lui avait appris le départ d'Antoine. On avait acheté sa désertion, tout comme leur père avait payé leur mère pour qu'elle disparaisse à jamais de leur vie. Le contrat établi par Brody s'était finalement avéré inutile. Elle n'avait pas eu à céder ses Soliere, Jake ayant signé à Antoine un chèque suffisamment généreux pour qu'il ne revienne jamais.

Elle était donc soulagée à ce sujet, mais une autre question la tourmentait : lors de ses courtes visites, Derek n'avait pas fait la moindre allusion à leur avenir. Il lui avait simplement demandé comment elle se sentait et lui avait dit que sa société croulait sous le travail, depuis la signature du contrat avec G&G. Il lui avait aussi beaucoup parlé du temps et de la neige qui était tombée en abondance, pendant qu'elle était hospitalisée.

Mais il avait évité de parler d'eux.

— Compris ? insistait Mallory, un sourire aux lèvres. Pas de sexe pendant quelque temps.

— Je viens juste d'être opérée ! J'ai autre chose en tête, crois-moi, mentit Sydney.

— Très bien, fit Mallory sans insister davantage. Une infirmière va venir régler les dernières formalités avec toi, et tu pourras partir.

Plus tôt dans la semaine, J.D. et Charlotte — qui était arrivée le lendemain de l'accident — lui avaient apporté des vêtements et des chemises de nuit.

— Merci, Mallory, dit-elle.

Elle appréciait vraiment la sollicitude de la cousine de Derek. Et elle avait compris que celle-ci jouissait d'une excellente réputation, à l'hôpital.

— Tu fais partie de la famille, dit-elle en sortant. Mais n'oublie pas : tu te mets directement au lit en rentrant.

Elle hocha la tête, si heureuse de pouvoir enfin quitter l'hôpital et de savoir que son bébé était sauf.

Elle avait eu de la chance.

— Il est égoïste d'en vouloir encore plus, dit-elle à haute voix, en reposant sa tête sur l'oreiller.

— Quoi par exemple ? demanda Charlotte qui entrait justement dans la chambre.

Sa sœur ne s'était pas encore mise à la mode de Weaver, où tout le monde portait un jean et un pull. Elle n'avait pas changé sa garde-robe d'un iota, et ses cheveux blonds en queue-de-cheval, elle arborait un tailleur gris classique.

Sydney se rendit alors compte à quel point Charlotte lui avait manqué. Celle-ci était tellement accaparée par Forco, et elle par Antoine, à parcourir le monde, qu'elles s'étaient peu vues, ces dernières années.

— Je ne sais pas, répondit-elle, évasive. On peut toujours demander plus. Mais j'aurais pu perdre mon bébé, et c'est un miracle qu'il soit encore en vie. En réalité, je ne peux guère en exiger davantage.

— Bien sûr que si ! fit Charlotte avec humour. Tu es une Forrest et, dans notre famille, on en demande toujours plus.

Sydney lui sourit, mais pas aussi sincèrement qu'elle aurait aimé.

— Je sors aujourd'hui, l'informa-t-elle.

— Génial ! Je vais appeler Jake. Je sais qu'ils ont une chambre prête pour te recevoir…

— Je rentre chez moi, au chalet ! l'interrompit Sydney. Je ne veux pas m'installer chez Jake et J.D.

Charlotte n'allait pas pouvoir rester très longtemps à Weaver. Elle devrait retourner en Europe dans quelques jours, pour conclure l'affaire qu'elle avait laissée en suspens, afin d'accourir au chevet de sa sœur.

— Franchement, Sydney, s'offusqua-t-elle, le chalet n'est pas du tout adapté à ton état. Il est bien trop petit. J'ai pu le constater quand je suis allée chercher tes vêtements.

— Il est parfait !

— Il n'y a qu'une chambre.

— Je sais.

Charlotte parut sceptique.

— Ma chérie, tu n'as jamais vécu dans un lieu aussi exigu.

— Eh bien désormais, c'est le cas !

— Sydney ! Quand est-ce que tu vas te décider à ne plus jouer les enfants entêtés ? gronda gentiment sa sœur, avant de soupirer et d'ajouter : Bon, quand est-ce que tu peux sortir ? Dès que tu es prête ?

— Elle pourra partir dès qu'elle aura signé les papiers que j'apporte, dit une infirmière qui entrait dans la chambre.

Ses chaussures aux semelles blanches semblaient glisser sur le sol. Charlotte s'écarta aussitôt pour qu'elle puisse s'approcher de Sydney, à qui elle remit plusieurs feuilles.

— Sur la dernière, vous trouverez la date de votre prochain rendez-vous avec le Dr Keegan, conclut-elle. Tout comme les instructions concernant votre alitement. Et maintenant, je vais vous aider à vous habiller.

— Je peux tout à fait le faire, déclara Charlotte en glissant discrètement son Blackberry dans son sac à main.

— Très bien, dit l'infirmière. Je vais chercher un fauteuil roulant et dès que vous êtes prête, vous sortirez.

Malgré son envie de quitter au plus vite l'hôpital, Sydney se rendit compte que le moindre effort l'épuisait. Elle avait encore des hématomes et des bosses, et elle se sentait raide de la tête aux pieds. Heureusement, ses vêtements en coton épais étaient faciles à enfiler.

— Il ne me manque plus que des oreilles pour ressembler au lapin de Pâques, ironisa-t-elle, une fois assise dans son fauteuil roulant.

— Tais-toi, lui dit Charlotte sur le même ton. Le rose te va superbement bien.

Sydney fit un petit signe de la main aux infirmières, en passant devant leur bureau.

— A dans quelques mois, lui dit l'une d'elles.

— Mais oui, c'est vrai ! fit Charlotte. Je n'y avais pas pensé. C'est ici que tu vas accoucher, continua-t-elle, tout en la poussant jusqu'à l'ascenseur. Je n'arrive toujours pas à croire que tu sois enceinte, et surtout que tu ne m'aies rien dit plus tôt.

— J'allais le faire, tu sais… Je voulais simplement vous l'annoncer à tous en même temps. A Jake, à tante Susan et à toi.

— Je te pardonne, lui dit Charlotte, mais c'est bien parce que tu sors de l'hôpital.

Les portes de l'ascenseur s'ouvrirent… et Derek se retrouva soudain devant elles.

Sydney sentit sa gorge devenir toute sèche.

— Tu t'es rasé, dit-elle de façon stupide, sans plus pouvoir détacher les yeux de lui.

C'était la première fois qu'elle le voyait rasé de si près, et elle découvrit qu'il avait une fossette au menton. Il était vêtu de façon plus chic que d'ordinaire, avec son jean noir, sa chemise blanche et sa veste en daim.

Sa simple vue fit naître en elle des désirs impossibles. Des désirs de toujours et d'à tout jamais…

— Mouais, fit-il avec un petit sourire.

Il salua Charlotte de la tête, puis se tourna de nouveau vers elle.

— Tu rentres à la maison, n'est-ce pas ?

— Comment le sais-tu ? Je viens tout juste de l'apprendre.

Les portes de l'ascenseur voulurent se refermer, mais il les bloqua de la main.

— Tu peux toujours faire confiance au téléphone arabe de Weaver.

— Donc je te laisse aux commandes du fauteuil roulant ? fit Charlotte.

— Pas de problème ! répondit Derek.

Perplexe, elle le regarda avant de reporter son attention sur sa sœur.

— Qu'est-ce que tout cela veut dire ?

— Il t'enlève, l'informa Charlotte. Puisque tu ne veux pas aller chez Jake, tu iras chez Derek.

Sydney n'en revenait pas.

— C'est chez moi que je veux aller, protesta-t-elle. Je viens juste de te le dire, Charlotte !

Elle aurait aimé s'enfuir en courant, mais elle était bien trop faible, et la tête lui tournait presque. D'autant que la main de Derek posée sur son épaule n'arrangeait rien. De son autre main, il retenait toujours les portes de l'ascenseur.

— Qu'est-ce que tu as fait ? demanda-t-elle à Charlotte. Tu lui as envoyé un SMS ?

Charlotte haussa les épaules.

— Que cela te plaise ou non, Syd, il est hors de question que tu restes toute seule dans ton petit chalet. Tu nous as fait bien trop peur..., ajouta-t-elle d'une voix devenue rauque. J'aurais sincèrement aimé rester avec toi, mais ce n'est pas possible, poursuivit-elle. Jake tient à ce que je surveille de près les intérêts de Forco et il a raison.

— Mais je ne suis jamais allée chez lui ! murmura-t-elle alors, comme si Derek n'était pas juste devant elles.

— Chez moi, c'est plus spacieux qu'au chalet, décréta-t-il. Je serai avec toi le soir et la nuit, et dans la journée, Susan, J.D. ou Tara se relaieront à ton chevet.

— Mais Tara est elle-même sur le point d'accoucher, protesta-t-elle, troublée rien qu'à l'imaginer auprès d'elle le soir et la nuit. En plus, je ne peux même pas l'aider à la boutique en ce moment et...

— Arrête !

Visiblement las de retenir les portes de l'ascenseur, il poussa le fauteuil roulant à l'intérieur, et Charlotte s'engouffra à son tour, de sorte que les portes se refermèrent.

— Tu sous-estimes l'attention que les gens d'ici te portent, enchaîna-t-il. Maggie aidera Tara à la boutique, le temps que tu sois de nouveau sur pied. Tout est déjà prévu.

Elle serra les dents. La seule personne dont l'attention lui importait, c'était lui, mais il ne pouvait voir au-delà de sa grossesse.

— Tu n'as pas à t'occuper de moi, dit-elle, consciente

que sa sœur ne perdait pas une miette de ses propos. Je ne relève pas de ta responsabilité.

— C'est vrai, dit-il sans hausser le ton. Tu es une femme entêtée, contrariante et qui, par miracle, est sortie vivante d'un carambolage contre un semi-remorque et plusieurs 4x4. Alors fais-moi une faveur, et viens chez moi sans rechigner !

— Cela me paraît une excellente idée, renchérit aussitôt Charlotte.

Sydney ne se défendit pas. Elle préférait que Derek la prenne pour une femme entêtée et contrariante. Tout plutôt qu'il se rende compte de l'amour qu'elle lui portait !

— Dès que je pourrai me lever, je rentrerai au chalet, prévint-elle. Et maintenant, on change de sujet.

Charlotte étouffa un petit rire.

— C'est incroyable, on dirait papa. Tu ne te souviens pas ? Il disait toujours ça !

Sydney se contenta de la regarder. Mieux valait fixer sa sœur plutôt que de porter ses yeux sur Derek qui, en dépit de tout, la troublait tant !

L'ascenseur se rouvrit, et ils se dirigèrent vers l'entrée de l'hôpital. Derek les quitta pour aller chercher son pick-up.

— Qu'est-ce qui ne va pas ? lui demanda Charlotte dès qu'il ne fut plus en mesure d'entendre ce qu'elle disait. Derek n'a pas quitté l'hôpital tant que tu n'as pas eu repris conscience.

Sydney sentit son cœur se serrer.

— Peut-être, répliqua-t-elle, mais ensuite, je ne l'ai pas beaucoup revu. Il est resté pour s'assurer que le bébé allait bien. C'est tout ce qui le préoccupe. Et aujourd'hui encore, s'il m'accueille chez lui, c'est pour s'assurer que je me repose pour le bien du bébé.

— Et alors, quel mal y a-t-il à cela ? fit Charlotte en

fronçant les sourcils. Tu as enfin rencontré un homme qui s'intéresse aux bébés et, si je peux me permettre, à toutes ces choses qui te semblaient si peu attrayantes, il y a quelque temps encore, et tu lui en veux ?

— Il ne me supportait pas quand nous nous sommes rencontrés.

— Et toi, il t'a plu tout de suite ?

— Il m'a traitée de snob, et je lui ai répondu qu'il était odieux.

Sa sœur parut amusée.

— Cela me semble un bon départ, dit-elle.

Contrairement à Charlotte, cela ne l'amusait pas du tout. Elle se rendait compte que, même si Derek avait été à ses côtés quand elle avait repris conscience après l'opération, rien n'avait changé entre eux.

— Tu te trompes. Je me suis mise à l'intéresser quand il a su que j'étais enceinte.

— En tout cas, il a l'air extrêmement attentionné. Tu sais, ce n'est pas toujours facile, au début. Il paraît que Jake s'est très mal comporté, la première fois qu'il a vu J.D.

Tara lui avait tenu les mêmes propos. Elle vit le pick-up de Derek se garer devant l'entrée de l'hôpital. Elle n'arrivait toujours pas à croire que c'était pour elle qu'il se démenait.

— Peu importe. Nous nous connaissons depuis quelques semaines seulement, et ce qui s'est passé entre nous, c'est une question d'hormones, rien de plus.

— D'alchimie, peut-être ? suggéra Charlotte.

Sydney l'écoutait à peine. Derek s'avançait à présent vers elles, avec, à la main, un manteau de femme en cachemire, couleur cannelle. Où avait-il trouvé un modèle pareil ? Le sien avait été détruit dans l'accident, comme tous les vêtements qu'elle portait ce jour-là.

— En tout cas, ce n'était pas un choix, c'était de l'ordre de la pulsion, précisa-t-elle à sa sœur.

— Et si tu avais le choix, tu ne le choisirais pas, aujourd'hui ? demanda encore Charlotte.

Elle n'eut pas le temps de répondre. Derek était déjà rentré dans l'hôpital. Il s'arrêta devant elle et posa le manteau sur ses jambes et ses épaules.

— Il y a du chauffage dans mon pick-up, mais tu me diras si tu veux que je le monte encore de quelques degrés, d'accord ?

— Entendu, répondit-elle.

Et sa réponse s'adressait autant à Charlotte qu'à Derek.

Il fit rouler son fauteuil jusqu'au pick-up, puis, sans lui demander son avis, il la souleva et l'installa sur le siège avant.

— En tout cas, moi, j'aimerais bien qu'un homme me porte comme ça, lui chuchota Charlotte, en prenant place à l'arrière.

Sous son manteau, elle serra les mains. Derek l'avait portée plus d'une fois dans ses bras, la nuit où ils avaient fait l'amour. Et rien qu'à cette pensée, son pouls s'accéléra…

— Tu es bien assise ? lui demanda-t-il, une fois qu'il eut pris place derrière le volant.

Elle hocha la tête, puis déglutit avec difficulté.

— Où as-tu trouvé ce manteau ?

— Je l'ai acheté à Cheyenne, hier.

— Tu es allé à Cheyenne ?

— Oui, j'avais des courses à faire, dit-il en démarrant.

— En tout cas, merci, il est très beau. Je te rembourserai.

— Oui, c'est ça !

Elle sentit ses mains se crisper un peu plus et tourna la tête vers la fenêtre, s'efforçant de respirer calmement pour ne pas se mettre à sangloter, comme une enfant.

Ils quittèrent rapidement la ville, et elle se rendit compte qu'il ne prenait pas la direction de chez son frère.

— Où allons-nous ? demanda-t-elle.

— C'est dimanche, aujourd'hui.

Elle cala une mèche de cheveux derrière son oreille. Ils avaient poussé et avaient besoin d'une petite coupe.

— Oui, je sais merci !

— Nous sommes invités à Double-C.

— Mais Mallory a dit que je devais me reposer !

— Il y a des lits là-bas. Mallory est au courant, et nous avons son accord officiel.

Elle fit la moue, et regarda par la fenêtre, sans mot dire.

— Elle faisait toujours cette tête, enfant, quand elle était contrariée, dit Charlotte.

— C'est bon à savoir, dit Derek.

— Au cas où vous ne l'auriez pas remarqué, je suis là ! s'indigna Sydney.

— Oui, et tu fais la tête ! fit Charlotte en riant.

Un jour, sa sœur tomberait elle aussi amoureuse, et elle verrait ce que cela ferait, si son amour n'était pas partagé !

Non, c'était bien trop affreux, elle ne pouvait pas souhaiter un tel calvaire à sa sœur.

En attendant, Charlotte, qui savait heureusement entretenir la conversation, anima le trajet jusqu'à Double-C.

Une fois qu'ils furent arrivés, Derek se gara, puis descendit du pick-up.

— Attends-moi, dit-il, j'arrive tout de suite.

Charlotte en profita pour se pencher vers elle.

— Ecoute, lui chuchota-t-elle, si tu ne veux pas de lui, je suis preneuse.

Sydney lança un regard noir à sa sœur, qui éclata de rire.

— Ouf, me voilà rassurée ! fit cette dernière, qui sortit aussitôt du véhicule. Quel endroit fabuleux ! s'écria-t-elle. Tout en pierres anciennes… J'ai hâte de voir l'intérieur.

Et sans plus attendre, Charlotte avança d'un pas confiant vers la maison.

Derek se tourna vers Sydney.

— Prête ?

Elle détacha sa ceinture de sécurité et fit « oui » de la tête.

Il la prit alors dans ses bras, tout en s'efforçant de ne pas faire tomber son manteau. Mais peu importait ! La chaleur de Derek suffisait à la réchauffer.

Comme ils approchaient de la première marche de la véranda, il déclara :

— Je me rends compte que je ne me suis pas bien fait comprendre, la semaine dernière.

Elle se tenait toute raide contre lui.

— Mais si, tu as été parfaitement clair !

— Non, dit-il en continuant à avancer. Je m'en suis aperçu quand je t'ai vue sur ton lit d'hôpital.

A présent, il entrait dans la maison. Elle sourit aux visages qui surgissaient devant elle. Imperturbable, Derek la conduisit dans l'une des chambres qui avait visiblement été préparée pour elle, et la posa sur le lit. Elle se rendit alors compte que toute la famille leur avait emboîté le pas, mais Derek agissait comme s'ils étaient seuls.

— Quand je t'ai vue si pâle, sur ce lit d'hôpital, reprit-il, j'ai compris que s'il t'arrivait quelque chose, ma vie ne serait plus jamais la même…

Il lui prit les mains, et elle se rendit compte qu'elle tremblait. Puis il s'agenouilla devant elle.

— Tu as dit que je ne t'avais pas demandée en mariage,

et je reconnais que tu avais raison. J'ai eu tort. Mais cela ne signifie pas que je ne voulais pas t'épouser.

— Tu sais, ce n'est pas parce que Ant…

— Non, Sydney, c'était juste une coïncidence ! En fait, j'aurais simplement dû te dire que je t'aimais.

Malgré tous ses efforts pour la retenir, une larme coula sur sa joue.

— Derek…

— Laisse-moi finir. J'ai eu si peur de te perdre, sur ce lit d'hôpital, sans t'avoir dit ce que je ressentais pour toi…

Il pressa ses mains dans les siennes, et la pièce retomba dans le silence, en dépit du monde qui se pressait toujours sur le seuil.

— Je ne me le serais jamais pardonné, ajouta-t-il encore.

— C'est bon, Derek, tu n'as pas à…

— Si ! Tu es bien plus riche que moi, Sydney, et pourtant j'aimerais que tu acceptes ceci…

Il brandit alors une bague ornée d'un magnifique diamant.

Elle eut l'impression que la terre s'arrêtait de tourner.

— Je t'aime, Sydney. Toi et le bébé que tu portes. Je ne te promets pas qu'on sera toujours d'accord…

Il lui adressa un sourire malicieux et elle se mit à rire.

— En fait, je peux te promettre que nous serons souvent en désaccord, mais que jamais je ne cesserai de t'aimer, poursuivit-il en la regardant avec intensité, sans plus sourire. Je ne peux même pas imaginer ma vie sans toi… Et je me suis dit que si je t'avouais mon amour devant témoins, devant tous les gens qui comptent pour nous, alors tu comprendrais que je suis sérieux.

Il leva le diamant vers elle, et le solitaire, captant les rayons du soleil, envoya des éclats de lumière danser dans la chambre.

— Je t'aime, mon chou. Est-ce que tu veux bien porter mon nom, accrocher chez moi tes tableaux bizarres, et te réveiller chaque matin à mes côtés ?

Tout en elle lui criait de dire « oui ».

— Tu avais dit que je ne pourrais pas rester à Weaver, objecta-t-elle pour la forme.

— Tu m'as prouvé le contraire… Et il a fallu que je manque de te perdre pour pouvoir le comprendre. Sydney, veux-tu être ma femme ?

— Tu m'as à peine parlé, la semaine dernière.

— Tu veux me tuer à petit feu, mon chou ?

Elle secoua la tête.

— Tu t'es rasé parce que tu voulais me faire ta demande en mariage ?

— Oui, j'ai pensé que tu apprécierais.

— C'est le cas.

Elle plongea ses yeux dans les siens et comprit que jamais elle ne se lasserait de ce regard. Parce qu'elle y voyait aussi son cœur.

— Mais tu sais, je t'aime également avec ta barbe de deux jours, ajouta-t-elle. Et même avec de la terre sur ton jean. Je t'aime, Derek.

Elle laissait à présent ses larmes couler tranquillement sur ses joues. Avec cet homme, elle serait pour toujours en sécurité, toujours aimée. Elle le savait.

— Et je ne souhaite rien d'autre que de passer ma vie avec toi. Oui, Derek, je veux être ta femme, porter ton nom, et me réveiller chaque matin à tes côtés.

— Dieu soit loué ! murmura quelqu'un dans l'assemblée.

Et tout le monde éclata de rire.

Elle ne voyait plus que Derek.

Il lui avait glissé la bague autour du doigt, et maintenant il la serrait très fort contre elle. Son monde était parfait.

— Je t'aime, lui répéta-t-il, et je vais te le redire jusqu'à ce que tu n'en puisses plus.

— Alors tu vas vraiment devoir me le répéter souvent, dit-elle en souriant, au comble du bonheur.

Epilogue

— Allez, mon chou, encore un petit effort !

Elle serra les dents.

— Ne… m'appelle pas… mon chou !

— C'est bien, l'encouragea Mallory de derrière son masque. Allez, pousse une dernière fois.

— Je n'en peux plus, dit-elle épuisée.

Derek pressa sa joue contre la sienne. C'était lui qui l'avait soutenue pendant le travail. Qui lui avait tenu la main. Elle lui avait même enfoncé ses ongles dans la paume.

— Si, tu peux encore, reprit-il avec douceur. C'est une question de mental. Tu es une Forrest, je suis un Clay, à nous deux, on peut soulever des montagnes.

— La prochaine fois qu'on aura un enfant, c'est toi qui feras le travail, dit-elle en haletant.

— Si seulement je pouvais !

— Sydney, la prochaine contraction arrive. On compte ?

Elle lui fit signe qu'elle était prête.

Et quelques secondes plus tard, Mallory s'écriait :

— C'est un garçon !

— Bravo, madame Clay, murmura Derek. Tu y es arrivée.

— Grâce à toi, monsieur Clay.

Elle lui prit la main et pressa les lèvres sur la bague qu'elle avait glissée à son doigt au cours de leur cérémonie de mariage, trois semaines après son retour de l'hôpital. Ils s'étaient mariés à Double-C, et elle n'aurait pas pu rêver de noces plus réussies.

— Le bébé a bien fait son travail, lui aussi, intervint Mallory. Je peux vous présenter votre fils ? Il pèse 4,6 kilos.

Derek le prit alors dans ses bras.

— Tu es presque aussi beau que ta mère, lui dit-il.

Il passa son doigt sur son front.

— Je ne sais pas encore comment on va t'appeler, mais je pense que « quatre-vingts » sera ton surnom.

Elle sourit. Derek ne s'était pas encore remis du prix des Soliere — quatre-vingts millions —, mais il l'aimait, et c'était le principal. Il les avait accrochés chez eux, et avait acheté du même coup une alarme de sécurité.

La vraie richesse, elle avait compris ce que c'était, et cela n'avait rien à voir avec des tableaux. Elle se trouvait dans cet homme qui lui tendait à présent leur enfant. Il était ébouriffé, mal rasé, mais d'une beauté stupéfiante. Et c'était son mari.

— Je t'aime, lui dit-elle.

— Pas autant que moi.

— On parie ?

Elle lui sourit, et son fils dans les bras, cala la tête contre le torse de Derek. Contre son cœur.

— Je viens juste de mettre un enfant au monde, et je suis prête à recommencer dès que tu veux, déclara-t-elle.

— Attendons quelques années, si tu veux bien, répondit-il. J'ai besoin de me remettre de mes émotions.

— Pendant que vous programmez les frères et sœurs de cet enfant, je vais vous l'enlever quelques minutes, annonça Mallory.

Sydney le lui tendit et éprouva aussitôt un grand vide. Elle prit alors les mains de Derek.

— Alors, comment est-ce qu'on va l'appeler ? fit Derek.

Ils ne s'étaient pas mis d'accord, pendant la grossesse, d'autant qu'ils n'avaient pas voulu savoir s'ils auraient une fille ou un garçon.

— Derek Junior, proposa Sydney.

— Non, il lui faut un prénom qui ne soit qu'à lui.

— Dans le Sud, c'est la tradition. Le fils porte le même prénom que le père.

— Mais il portera déjà mon nom de famille.

— On pourra l'appeler D.J., si tu insistes. Et maintenant, on n'en parle plus !

— Très bien, m'dame. Et quand on aura une fille, on l'appellera Petit Chou.

Elle sentit son cœur fondre.

— Comme tu voudras, mon amour, murmura-t-elle.

— Tu me rends si heureux, Sydney.

Alors il l'embrassa et ne détacha ses lèvres des siennes qu'en entendant le toussotement de Mallory. Elle avait enveloppé le petit D.J. dans une couverture à rayures bleues et blanches, et lui avait mis un bonnet assorti.

— Quelqu'un veut un bébé ? demanda-t-elle en riant.

Et dès qu'elle eut reçu une réponse à sa question, en docteur avisé qu'elle était, Mallory se retira pour laisser la nouvelle petite famille savourer son bonheur.

Passions

— Le 1er novembre —

Passions n°359

L'enfant de Wolff Mountain - Janice Maynard

« Où est ma fille? » Face à la colère de Kieran Wolff, Olivia frémit. Et dire qu'autrefois, elle n'espérait qu'une chose : se réveiller chaque matin de sa vie au côté de cet homme. Kieran avait été son premier amour – son seul amant. Il l'avait initiée au plaisir... avant de disparaître. Que veut-il aujourd'hui ? Hélas, elle ne tarde pas à le découvrir. Non seulement Kieran a l'intention de revendiquer des droits sur leur enfant, mais il exige, en outre, qu'Olivia le suive sur les terres familiales... à Wolff Mountain.

Noces sous condition - Allison Leigh

Le jour où Melanie a proposé à Russ Chilton de l'épouser, elle n'imaginait pas que sa vie s'en verrait totalement bouleversée. Car il ne s'agissait entre eux que d'un mariage de pure convenance – garantissant à Russ la moitié du ranch Hopping H en échange de ses précieux conseils pour gérer la propriété. Mais ce que Melanie n'avait pas prévu, c'était que leur union prendrait un tour personnel, intime... Et que, pour braver le froid du Montana, elle ne verrait bientôt d'autre ressource que celle de se blottir dans les bras puissants de Russ...

Passions n°360

Le rendez-vous des promesses - Christine Rimmer

Ni la neige ni les rafales de vent n'auraient pu arrêter Bowie Bravo. Car il lui avait fallu sept ans, sept longues années, pour se résoudre à retourner à Bethlehem Flat, où il avait autrefois abandonné la douce Glory – et leur fils... Non, rien n'aurait pu se mettre en travers de son chemin, décidé qu'il était à se faire pardonner ses errances passées. Mais ce qu'il n'avait pas envisagé, c'était qu'en se retrouvant nez-à-nez avec la femme de sa vie – enceinte ! –, il devrait l'assister pour faire naître le bébé d'un autre...

Ce lien qui nous unit - Annette Broadrick

Cette voix... Chaude et envoûtante. Lorsque Sherri émerge des limbes du sommeil, à la suite d'un terrible accident, quelle n'est pas sa stupeur de découvrir à son chevet Greg Hogan, son ex-mari qu'elle a dû quitter deux ans plus tôt. D'abord émue, elle est très vite paniquée lorsque Greg lui apprend qu'en accord avec les médecins, elle va devoir passer sa convalescence... chez lui ! Greg ne devine-t-il pas que vivre de nouveau avec lui est au-dessus de ses forces ? Est-il à ce point indifférent à ses sentiments pour ne pas comprendre qu'il lui est douloureux de respirer le même air que lui ? Peu importe, car Sherri n'a d'autre choix que d'accepter cette troublante cohabitation...

Passions n°361

Princesse et insoumise - Maureen Child

Et s'il était possible d'écouter son cœur – juste une fois ? Pour Alexis, ce rêve s'incarne bientôt sous les traits virils de Garrett King. Depuis qu'elle a rencontré cet homme au regard envoûtant, elle se prend à vouloir tout oublier – sa charge de princesse de Cadria, ses devoirs et responsabilités – pour vivre le moment présent. Près de lui. Garrett ignorant tout de son identité, voilà qu'elle est enfin considérée pour ce qu'elle est vraiment ! Du moins le croit-elle, car, en réalité, Garrett est un garde du corps, engagé par son père...

Un tendre rival - Cindy Kirk

Devenir mère : deux mots si doux aux oreilles de Meg... Pourtant, avant qu'elle ne soit officiellement la maman du petit Charlie, elle va devoir se battre pour l'enfant. Car Cole Lassiter a été nommé, tout comme elle, tuteur de Charlie. Et il semble résolu à obtenir la garde exclusive du petit garçon. Une situation d'autant plus pénible pour Meg que son rival n'est pas un étranger pour elle. Autrefois, ils ont même été très proches, trop proches. Avant que Cole ne la quitte le lendemain de la nuit passionnée qu'ils ont passée ensemble, sans un au revoir...

Passions n°362

Cet inoubliable baiser - Mindy Klasky

De passage à Eden Falls, la petite ville de son enfance, Kat retrouve Rye avec émotion. Et aussitôt, elle ne rêve plus que de lui. De leur fugitive mais brûlante étreinte, dix ans plus tôt, à la saveur de ses lèvres... Et dire que pendant toutes ces années, elle avait cru pouvoir l'oublier. Or, aujourd'hui, elle doit se rendre à l'évidence : jamais elle n'a cessé de penser à Rye et au plaisir qu'elle a éprouvé entre ses bras. Hélas, hier comme aujourd'hui, céder à ses désirs lui est impossible. Car bientôt, elle sera repartie à New York, où sa carrière de danseuse l'attend. Loin de lui...

Troublant rapprochement - Cat Schield

« Tu seras mon assistante. » A ces mots, Rachel sent la panique la gagner. Certes, elle n'est pas en situation de s'opposer aux exigences de Maxwell Case, un homme d'affaires d'envergure. Seulement voilà, elle sait très bien aussi que Max, en l'embauchant, ne cherche qu'un prétexte pour se rapprocher d'elle. Car il n'a pas pu oublier leur liaison torride, quatre ans plus tôt. Une liaison qui s'était soldée par une violente dispute lorsque Max avait découvert qu'elle lui avait menti. Non, il n'a pas pu oublier... Et le regard d'acier dont il la couve lui dit clairement que Max cherche aujourd'hui à se venger d'elle...

Passions n°363

Une si douce trahison - Maya Banks

« M'aimes-tu, Devon? » Déjà, Ashley sent les larmes ruisseler sur ses joues. L'homme à qui elle a offert son innocence, son amour, et qu'elle a épousé avec bonheur, lui a menti... Cela ne fait aucun doute, à présent. Depuis leur rencontre, Devon n'a cessé de se jouer d'elle, et leur mariage n'a été pour lui qu'une transaction orchestrée par son propre père. Meurtrie, Ashley ne sait que faire. Divorcer ? Impossible, tant l'idée de s'éloigner de Devon lui est douloureuse. Non, si elle veut que leur union de façade se transforme en mariage d'amour, il ne lui reste qu'une possibilité : tenter de séduire celui qui l'a trahie...

Conquise malgré elle - Tracy Madison

Comment en est-elle arrivée là ? songe Mélanie, affolée. Pour la punir d'avoir fait paraître un article particulièrement cynique sur l'amour, voilà que son rédacteur en chef l'oblige à travailler en collaboration – trop – étroite avec Jace Foster. Jace, dont les yeux sombres semblent lui promettre de torrides nuits d'amour – la tentation faite homme. Jace, qu'elle doit à tout prix tenir à distance, car s'il est le plus bel homme qu'elle ait jamais rencontré, il est aussi et surtout un play-boy invétéré, un séducteur...

Passions n°364

L'amant d'Irlande - Kate Hoffmann

Lorsqu'elle ouvre les yeux et découvre face à elle un Irlandais beau comme un dieu, qui semble sorti tout droit de ses fantasmes, Gelsey n'en croit pas ses yeux. Et quand il lui explique qu'il l'a recueillie sur la plage la veille soir, inanimée, elle comprend qu'elle tient là une solution miracle pour rompre enfin avec son passé : si elle lui fait croire qu'elle ne se souvient de rien, peut-être pourra-t-elle recommencer une nouvelle vie dans ce petit village irlandais, où personne ne la connaît. Et dans cette nouvelle vie, espère-t-elle le cœur battant et tous les sens en émoi, son bel amant irlandais pourrait tout à fait jouer un rôle de choix...

Prisonnière du plaisir - Leslie Kelly

Parce qu'une tempête de neige l'a empêchée de quitter les locaux d'Elite Construction, où elle est revenue chercher son appareil photo oublié lors de la fête de Noël qu'elle a animée un peu plus tôt dans la journée, Lucy se résigne à passer la nuit sur un canapé. Mais, au petit matin, elle découvre avec stupeur qu'un homme l'a rejointe pendant la nuit. Et pas n'importe quel homme : Ross Marshall, l'homme qui lui a brisé le cœur 6 ans plus tôt, et qu'elle espérait ne plus jamais revoir de sa vie. Et aussi l'amant extraordinaire qui lui a fait découvrir le plaisir, et qui lui manque terriblement, à en croire la manière dont elle s'est blottie contre son corps brûlant pendant la nuit...

A paraître le 1er septembre

Best-Sellers n°526 • roman

Le temps d'un été - Emilie Richards

Trois femmes – Tessa, sa mère et sa grand-mère – se retrouvent dans la propriété familiale, une grande demeure de Virginie, chargée d'histoire et de souvenirs, où ont vécu plusieurs générations avant elle. Tessa, la plus jeune des trois, noyée dans le chagrin d'avoir perdu sa petite fille, s'est éloignée peu à peu de son mari. Nancy, sa mère, n'a quant à elle jamais cessé de lutter pour échapper à ses origines. Mais à présent qu'elle mène une vie confortable et mondaine, elle est persuadée que son mari ne l'a pas épousée par amour, et qu'elle a trahi celle qu'elle est vraiment. Helen, la grand-mère, est une battante qui a fait face aux épreuves toute sa vie durant, mais s'est murée dans une solitude têtue, prétendant n'avoir besoin de personne et négligeant ses talents artistiques. Toutes trois, bien qu'unies par un lien indestructible, se sont repliées sur leurs propres blessures. Mais si chacune est hantée par un secret douloureux, elles vont tenter, le temps d'un été, de se remettre à croire en l'espoir.

Best-Sellers n°527 • roman

Un été au lac des Saules - Susan Wiggs

A vingt-sept ans, Olivia Bellamy a déjà deux fiançailles annulées derrière elle. Et alors qu'elle s'attend à une demande en mariage, son petit ami lui annonce leur rupture. Pour tromper son désespoir, elle accepte la proposition de sa grand-mère : passer l'été au lac des Saules pour remettre en état le camp de vacances appartenant à ses grands-parents et où, enfant, elle a passé tous ses étés. Pour la décoratrice de talent qu'elle est, la mission est passionnante. D'autant plus que l'endroit est paradisiaque et empreint de nostalgie... même s'il ne lui évoque pas que de bons souvenirs. Adolescente mal dans sa peau et fragilisée par le divorce de ses parents, elle y a, à l'époque, beaucoup souffert. Une seule personne, alors, l'aidait à supporter le rejet des autres... une personne à laquelle elle se refuse de penser : le passé est passé. Mais voilà que, le jour où se présente l'entrepreneur venu l'aider à réaliser son projet, elle reconnaît avec stupéfaction Connor Davis, le garçon qu'elle a secrètement aimé durant son adolescence... et qui lui a brisé le cœur.

Best-Sellers n°528 • thriller

Jusqu'au bout du mal - Michelle Gagnon

A peine remise d'une grave blessure et déterminée à retrouver sa confiance en elle après avoir frôlé la mort, l'agent spécial Kelly Jones refuse l'idée de ne pas reprendre le travail sur le terrain. Aussi décide-t-elle envers et contre tout d'accompagner Jake Riley, son fiancé, ainsi que son équipe d'élite, pour d'une périlleuse mission de libération d'otage. Une mission qui la conduit dans les bas-fonds de Mexico. Mais malgré son courage, Kelly redoute secrètement de ne plus être à la hauteur. C'est alors que dans les bidonvilles de Mexico, elle retrouve l'homme qu'elle recherche depuis des années. Un tueur machiavélique qui semble désormais mettre en scène un effroyable rituel macabre en choisissant ses victimes, des enfants, dans la frange la plus pauvre de la société. Horrifiée et décidée à saisir cette ultime chance de faire ses preuves, Kelly se sépare momentanément de Jake et de son équipe pour se lancer seule dans une mission plus périlleuse que jamais…

Best-Sellers n°529 • thriller

Noire était la nuit - Lisa Jackson

Le jour de son quinzième anniversaire, à La Nouvelle-Orléans, Abby Chastain a vu sa mère se jeter par la fenêtre de l'hôpital psychiatrique Notre-Dame-des-Vertus où celle-ci vivait enfermée, victime d'hallucinations. Et personne n'a jamais su quelle terrifiante vision avait bien pu pousser Faith Chastain à commettre l'irréparable. Vingt ans plus tard, Abby est encore hantée par le souvenir de cette tragédie. L'hôpital, désormais abandonné, est promis à la destruction. Mais Abby pressent qu'il n'a pas révélé tous ses secrets. Et, lorsque des meurtres en série sont commis, elle comprend que les démons du passé sont en train de se réveiller : toutes les victimes ont un lien avec elle, ou avec l'hôpital. A commencer par son ex-mari, sauvagement assassiné. Un lien secret que l'inspecteur Montoya va devoir comprendre pour empêcher le dangereux psychopathe de poursuivre sa série macabre. Mais le tueur, lui, a d'autres plans…

Best-Sellers n°530 • thriller

Elles étaient si jolies - Andrea Ellison

Quand le lieutenant de la brigade des homicides de Nashville, Taylor Jackson, découvre la scène de crime qui l'attend au bord d'une autoroute par une étouffante journée d'été, elle reconnait instantanément la signature de l'Etrangleur du Sud : une victime jeune, jolie, et des indices macabres qui ne laissent aucun doute sur l'identité du meurtrier. Profondément choquée par cette effroyable mise en scène, Taylor est prête à tout pour arrêter l'assassin, avec l'aide de son amant Jack Baldwin, un célèbre profiler du FBI. Car elle ne s'est pas dévouée corps et âme à ce métier pour se laisser manipuler par un tueur psychopathe qui la provoque en laissant derrière lui des poèmes. Des poèmes qui vont la mener dans les beaux quartiers de Nashville qu'elle connaît bien, là où les secrets sont si bien préservés au nom des apparences.

Best-Sellers n°531 • suspense

Noire révélation - Brenda Novak

Madeline, rédactrice en chef du journal de Stillwater, n'avait que 16 ans lorsque son père, le respectable Révérend Barker, a mystérieusement disparu de la petite ville. Vingt ans ont passé depuis, et tout le monde, y compris sa belle-mère et son demi-frère, lui conseille d'oublier ces douloureux souvenirs. Mais un hasard vient bouleverser leur existence et raviver le drame : la voiture de Barker est retrouvée au fond d'une carrière abandonnée. Contre l'avis de tous, Madeline engage Hunter Solozano, un détective privé, pour l'aider à remonter cette piste. Mais de sulfureux indices sont retrouvés dans la voiture de Barker, qui laissent Madeline perplexe. Et sa propre famille, au lieu de lui venir en aide, se mure dans le silence et cherche à la détourner de son enquête. Comme si tous étaient complices d'un passé trouble, soigneusement caché à Madeline ces vingt dernières années. Comme si le démon qui s'était emparé de la ville vingt ans plus tôt était sur le point refaire surface…

Best-Sellers n°532 • historique

Le secret d'Elysse - Brenda Joyce

Irlande, 1839

Si Elysse De Varenne occupe une place d'honneur dans la haute société irlandaise, elle n'ignore pas les cruelles rumeurs qui circulent sur son mariage. Des rumeurs qu'elles s'efforcent de démentir par tous les moyens. Pas question d'admettre qu'elle n'a pas vu son époux depuis le jour où ils ont échangé leurs vœux, et encore moins que leur union n'a jamais été consommée ! Car on ne tarderait pas alors à découvrir le scandaleux secret qui a poussé le ténébreux Alexi De Varenne à l'épouser six ans plus tôt… Hélas, son personnage de parfaite épouse vole en éclats lorsqu'après six ans d'absence, Alexi décide de rentrer en Angleterre. En effet, comment continuer à faire croire en leur mariage quand l'irrésistible Alexi refuse de lui adresser la parole ?

Best-Sellers n°533 • historique

Le mystérieux fiancé - Shannon Drake

19ème siècle, Londres.

Sous la protection des Carlyle depuis son enfance, Ally a grandi dans un havre de paix, loin des troubles qui agitent le royaume. Et si cette existence dorée a des inconvénients – comme celui d'être promise à un inconnu –, Ally a bien conscience que ses origines modestes auraient pu la conduire à un sort moins enviable. Aussi est-ce résignée qu'elle se rend au bal qui officialisera ses fiançailles avec Mark Farrow, l'époux que son parrain lui a choisi. Mais alors qu'elle est en chemin, sa voiture est attaquée par un ténébreux bandit. L'homme, aussi inquiétant que séduisant, fait aussitôt naître en elle un désir implacable. Un désir qu'elle s'efforce de réprimer pour lui tenir tête : comment ose-t-il s'en prendre à elle, Alexandra Grayson, pupille du puissant comte de Carlyle ? Son argument, elle le sait, est peu convaincant… Pourtant, contre toute attente, l'homme la libère dès qu'il apprend son nom, visiblement bouleversé par sa découverte…

Composé et édité par les

éditions HARLEQUIN

Achevé d'imprimer en France (Malesherbes)
par Maury-Imprimeur
en septembre 2012

Dépôt légal en octobre 2012
N° d'imprimeur : 175321